后浪

插图珍藏版

我是猫

〔日〕夏目漱石 著

〔日〕
桥口五叶
中村不折
浅井忠 绘

常非常 译

四川人民出版社

图书在版编目（CIP）数据

我是猫 : 插图珍藏版 / (日) 夏目漱石著 ; (日)
桥口五叶, (日) 中村不折, (日) 浅井忠绘 ; 常非常译.
-- 成都 : 四川人民出版社, 2023.9
ISBN 978-7-220-13309-1

Ⅰ . ①我… Ⅱ . ①夏… ②桥… ③中… ④浅… ⑤常
… Ⅲ . ①长篇小说—日本—近代 Ⅳ . ① I313.44

中国国家版本馆 CIP 数据核字 (2023) 第 119741 号

WO SHI MAO（CHATU ZHENCANG BAN）

我是猫（插图珍藏版）

著　　者	［日］夏目漱石
绘　　者	［日］桥口五叶　［日］中村不折　［日］浅井忠
译　　者	常非常
选题策划	后浪出版公司
出版统筹	吴兴元
编辑统筹	尚　飞
特约编辑	陈怡萍
责任编辑	陈　纯
装帧制造	墨白空间 · 李　易
营销推广	ONEBOOK
出版发行	四川人民出版社（成都三色路 238 号）
网　　址	http://www.scpph.com
E - mail	scrmcbs@sina.com
印　　刷	北京盛通印刷股份有限公司
成品尺寸	147mm × 210mm
印　　张	14.5
字　　数	385 千
版　　次	2023 年 9 月第 1 版
印　　次	2023 年 9 月第 1 次印刷
书　　号	978-7-220-13309-1
定　　价	128.00 元

目录

上卷

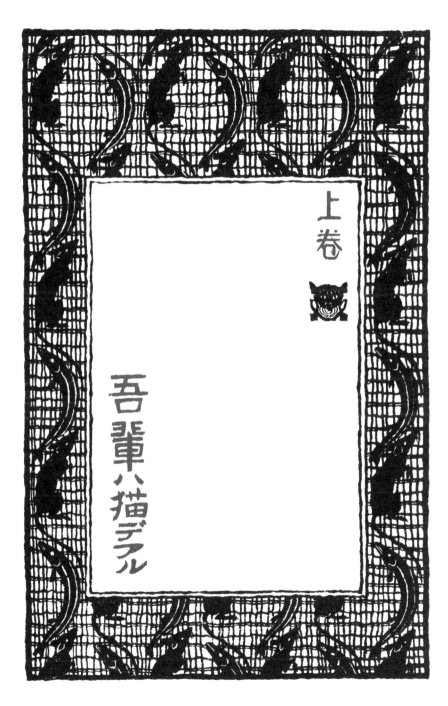

上巻

吾輩ハ猫デアル

上卷序

　　《我是猫》原是在《杜鹃》杂志上连载的小说。本不是普通的小说，没有刻意经营曲折跌宕的故事情节，因此读者不管翻到哪里读下去，都不会影响对整本书的欣赏。照我自己的想法，是想多写一点再出版的，然而书店频频催促，自己也忙得无暇继续写稿，只好暂时出版目前这一部分。

　　我觉得，在杂志上连载的小说，如今能够以单行本的形式再次问世，可见它大概还是有出版价值的。《我是猫》是否真有价值，身为作者不方便论断，但自己的作品能以自己想要的形式面世，自然心中喜悦。对我本人来说，正是这样的想法促使我出版本书。

幸蒙中村不折氏为本书画了几幅精彩插图，桥口五叶氏匠心独运为本书设计装帧。多亏了两位先生，使得本书在文字以外平添了另外的趣味。

《我是猫》写作连载期间，从未谋面的读者常常写信来，或惠赠明信片鼓励我。素昧平生的读者对我的作品如此喜欢，实在令我非常感激。借此出版之机，谨向诸君表示感谢。

此书既无主旨，也无结构，就如无头无尾的海参，即令就此搁笔也无妨，或许这一卷书就是全部了。不过将来有机会忙中偷闲，仍会拂砚伸纸继续写下去。趁着猫还活着——趁着猫身子骨还康健——趁着猫还有这个兴头——我仍将笔耕不辍。

明治三十八年（1905）九月

夏目漱石

第一回

苦沙弥收留苦猫咪 [1]
美学家乱诌美术史

在下 [2] 猫也。暂无名字。

何处出生？完全没有头绪。只记得我在微暗的潮湿之地"喵喵"大哭，正是在此处，在下初识人面。后来听闻，此乃人类之中最为狰狞凶恶之种族，所谓寄宿生是也。传言这寄宿生不时将我等捉去煮了下肚。不过，当时我对此毫不知情，故而并无恐惧之意。只是被他这么嗖一下举起来，未免有些不知所措。

在下待在寄宿生手掌上，稍稍镇静一下后，瞅了瞅对方的脸，算是领略所谓人者是何等生物了。犹然记得当时的感觉，咄咄怪哉！先说脸上吧，本该是有毛来装饰一番的，却光溜溜的活像一把茶壶。后来我也多与猫辈会面，如此不周不正之相，可说是从未见过。不仅如此，这人脸正中还高高凸起，下面的孔洞正噗噗地喷出烟来。可真是呛死本猫

---

① 本书原文无章节标题。为了让读者了解每章的大体情节，译者添加了回目。

② 原文为"吾辈"，译者以为小说模拟猫的口吻，而猫对人说话需仰视方可，译作"在下"，更有风趣。（如未标"编者注"，均为译者注。）

啦。而今方知这是人在抽烟啊。

在下姑且蜷缩在寄宿生手掌心惬意地趴着，可没过多久，身体就快速旋转起来。也不知是寄宿生在动，还是自己在动，总之是头晕目眩，只觉得恶心。没救啦，正这么想着，忽而眼冒金星，扑通一下摔了个跟头。我所记得的到此为止，其余的情形，便一概不知了。

等苏醒过来，寄宿生已不见踪影。猫兄猫弟也不见一个。最要命的是，就连母亲的身影也无处寻觅。此外，周围与之前所在大大不同，明晃晃的，让在下眼都没法睁开。到处都莫名其妙，我慢慢试着爬了出来，好痛啊，原来我是让人从稻草堆一把扔到竹林里了。

费了老大劲儿，爬出了竹林，对面是一个大池塘。该如何是好呢？在下坐在池边思忖着。终究是无法可想。若是再哭叫几声，寄宿生兴许会再来迎接在下吧？于是试着"喵喵"叫了几声，可是不见人影。

此时已是日暮，池上飒飒风起。在下肚中甚是饥饿，想要哭也哭不出声。无可奈何之下，不管怎样，先走去有食物之所吧，于是下定决心，悄悄绕到池塘左边。真是苦不堪言啊，只能强忍着往前爬，终于来到有人的气息的地方。我琢磨着，从这里进去如何，于是从竹篱脚下一个破洞潜入了某家院落。缘分真是不可思议，若是这竹篱没有破洞，在下兴许就成了路边饿殍了。常言说得好，这都是"前世结下的缘分①"啊，这个篱笆上的破洞，直到今日仍是在下访问邻家三花的必经之路。

且说，在下已然溜进人家宅院，下一步该如何是好，却是手足无措。转瞬间天已经暗下来，肚中饥饿，身上寒冷，又下起雨来，不容得一刻犹豫。没办法啦，一不做二不休，在下冲着有亮光有暖意的地方径直走去。现在想来，那时是到了人家宅邸里啦。此处在下又有了机会遭逢寄宿生以外的人类。第一个见到的就是厨娘。这一位比先前的寄宿生还要

① "前世结下的缘分"，原文直译作"一树之阴"，出自《说法明眼论》："宿一树下，汲一河流，一夜同宿，一日夫妻，皆是先世结缘。"

凶暴，一见在下，二话不说，就揪住在下的脖颈，扔到了屋外。

哎哟，我想，这下可完蛋了，只能闭上双眼，听天由命啦。可是，饥寒交迫，实在难挨，在下便趁其不备，潜入厨房。转眼之间，又被扔了出去。扔出去又跑进来，跑进来又被扔出去，如此翻来覆去，足足有四五个来回，在下至今记忆犹新，对厨娘恨之入骨。前几日偷了她的小鱼，才算报了仇，解了心头之恨。

就在最后一次厨娘提起在下准备扔出去时，这家主人走了出来，问："吵吵嚷嚷的，闹腾什么？"

厨娘拎着在下，对主人说："这个不知从哪儿冒出来的野猫崽子，扔出去又钻进来，扔出去又钻进来，好几次了，真烦人！"

主人拈着鼻子下面的黑毛，端详了一番在下的长相，最后说："那就让它待在家里吧。"说罢就回里屋了。看来主人是寡言少语之人。厨娘没好气地将在下扔进了厨房。于是，在下便决定把这家当作自己家了。

主人很少主动与我会面。听说他的职业是教师，从学校回家后，他就窝在书斋里闭门不出。家里人都以为他在刻苦读书，他本人也摆出一副用功的架势，可实际上他并不勤勉。在下时常蹑手蹑脚地跑去他的书斋窥探，见他经常在白天睡大觉，趴在打开的书本上流口水。他患有胃病，皮肤发黄，缺乏弹性，呈现出一副萎靡之态。然而他又是一个饕餮之徒，每次大吃一顿以后，就吞服高峰淀粉酶①，然后翻开书，看上两三页便开始打盹，在书上流口水。这是他每天晚上重复的功课。

在下虽身为猫，却也常常思忖：做教师还真是轻松自在啊。要是生而为人，在下也非做教师不可。这样子天天睡大觉，猫也能胜任啊。可是，照主人说来，天下再也没有比干教师更苦的差事了。在友人来访之时，他频频抱怨，作不平之鸣。

---

① 高峰让吉（1854—1922）于1894年发明的助消化剂。曾经是日本家庭的必备药。

在这家定居以后，除主人外的其他人对在下都很不待见，无论在下去到哪儿，都少不了被一脚踢开，没人把我放在眼里。到现在还没人给我起个名字，就从这一点也能看出在下何等不受欢迎了。在下无可奈何，只好尽可能黏着收留在下的主人。早上，主人要看报纸，在下就趴到他大腿上；他睡午觉时，在下就爬到他背上。并不是在下对主人格外青睐，实在是因为找不到别的靠山，只得如此。此后，在下阅历渐多，便早晨睡在饭桶盖上，夜晚睡在暖炉边，风和日丽的中午就在檐廊睡。不过，最舒服的莫过于到了夜里钻到孩子被窝里，同她们一起睡。这儿的孩子，一个五岁，另一个也有三岁了，晚上两个人睡一间屋、一个铺。在下总是寻个空隙厕身于她们中间。碰上运气差的时候，有个孩子醒过来，那可不得了啦。尤其是那个小的，脾气更坏，每次都大声哭喊："猫来了！猫来了！"接着，患有神经性胃病的主人肯定会被吵醒，从隔壁间赶过来。就在前几天，在下的屁股还让尺子狠狠敲了几下呢。

在下跟人类相处，对他们越是观察，越是觉得他们都极其任性。特别是那两个与在下同衾共枕的孩子，简直蛮横无理。一高兴起来，就将在下或是倒挂金钟，或是布袋蒙头，或是抛掷空中，或是塞入炉膛。然而，若是在下稍加反击，就全家出动，四处追击在下，施加迫害。最近在下只不过在铺席上磨了磨爪子，夫人便大发雷霆之怒，禁止在下进入铺席的房间，只能待在厨房这类铺木板的房间。在下冻得瑟瑟发抖，对方却不为所动，毫无恻隐之心。

在下非常尊敬斜对过的白大姐，时时与之会晤，她常说："天下再也没有比人更不近情理的了。"听说白大姐前几天产下四个雪团儿似的幼崽，可是那家的寄宿生却在第三天把他们提到后面的池塘边扔掉了。说起此事的原委，白大姐不禁潸然泪下："为了维护我们猫族的亲子之情，过上美满的家庭生活，我们誓与人类决战到底，剿灭他们！绝不善罢甘休！"在下对这番言论深以为然。

邻家的三花君也大为愤慨地说："人类不懂得什么是所有权。"本来，在我们同族中，无论是干鱼头还是鲻鱼肚脐，都是先到先得，谁先发现就有吃的权利。要是有谁不守这条规矩，那就诉诸武力解决。可是人类没有这样的观念，明明是我们发现的美味佳肴，他们却掠夺过去。他们依靠蛮力，恬不知耻，将属于我们的食物据为己有。

白大姐的主人是军人，三花君的主人是律师。我因为住在教师家，在这方面比起她俩来更为乐观。做一天和尚撞一天钟，得过且过吧。人类再怎么飞扬跋扈，总不能永远风光下去，还是从长计议，等待猫族独霸天下的日子吧。

随意地想到这儿，那就再讲讲主人因随意而为结果出丑的事儿吧。本来，主人并无异于常人的禀赋，可他什么都喜欢鼓捣鼓捣。曾经写俳句投稿到《杜鹃》①，又写新体诗投稿到《明星》②，还爱写错误百出的英文，有时又沉迷于弓箭，或是练习谣曲，或是吱吱嘎嘎地拉拉小提琴。遗憾的是，每样他都是半瓶醋。

虽说有胃病，但他上来那个劲儿还真是投入，哪怕在茅厕里也会唱起谣曲，因此邻居给他取了个绰号，叫他"茅厕先生"。对此他毫不介意，仍然反复唱那句"俺乃平家宗盛是也③"。大家都嘲笑说："原来是宗盛将军出恭哪。"

在下落脚于此一个月后，正是主人的发薪日，他不知何故拎着个大包匆忙赶回了家。我正在纳闷他买回什么来呢，原来是水彩画颜料、画笔与瓦特曼④画纸。看来他是打算放弃谣曲、俳句，专心于绘画了。

---

① 《杜鹃》，正冈子规1897年参与创办的俳句刊物（"杜鹃"是子规鸟的别名），后由俳人高滨虚子主持。该杂志致力于革新与普及俳句，也促进了写生文与小说的发展。《我是猫》第一回就发表在该刊1905年1月号。
② 《明星》，与谢野铁干1900年4月创办的诗刊，诗歌改革与浪漫主义派的中心阵地。夏目漱石虽写过新体诗，但没有在《明星》发表过。
③ 宗盛，即平宗盛，日本平安时代武将。这句是谣曲《熊野》平宗盛出场时的台词。
④ 瓦特曼（Whatman），一种高级绘画纸。——编者注

果不其然，从次日起，他连午觉也不睡了，一味落纸挥毫。只是他画的究竟为何物，谁也鉴定不出来。估计本人也觉得画得不咋样，某天一位据说研究美学的友人来访，主人便感慨道："无论如何也画不好啊。看别人画的时候，不觉得有多了不起，可自己一下笔，就觉得处处不顺手。"这话倒说得实在。

友人透过金边眼镜打量着他，说："总不可能一开始画就成为大师的啦。别的先不说，老憋在屋里闭门造车，凭空想象是画不出好画来的。从前意大利的大师安德烈亚·德尔·萨尔托①有言，若欲作画，首当描摹自然；天有星辰，地有露华，空中有飞鸟，原野有走兽，金鱼游于池中，寒鸦栖于枯木，自然是一幅巨大的活生生的图画。你想要画出佳作，何不尝试去写生？"

"咦，萨尔托说过这句话？我还是头一次听说呢。说得不错，正是如此，有道理。"主人对这番话甚为叹服，金边眼镜后面却露出嘲讽的笑意。

次日，在下照例在檐廊睡午觉，主人破例从书斋出来，在我旁边窸窸窣窣不知有何贵干。蓦地醒过来，在下将眼睛睁开一条细缝，瞧瞧他在鼓捣什么，原来他正在心无旁骛地写生，将安德烈亚所说的付诸实践呢。见此情景，在下不禁哑然失笑。他竟把友人的玩笑话当了真，拿在下当模特儿，作为写生第一课了。我睡够了，忍不住要打哈欠，只是主人好不容易如此热心地对着我写生，要是乱动起来岂不是对不住他，就静静忍耐着。他现在已将在下的轮廓勾勒完成，正在给脸周围上色。

坦白说，作为区区一猫，在下的长相并非上等，无论身形、毛色、面容，都没有出众之处。只是，本猫的长相再怎么不济，主人当时描绘出来的这副怪模怪样，我也实在无法认同。首先，毛色就不对。在下是

---

① 安德烈亚·德尔·萨尔托（Andrea del Sarto，1486—1530），意大利画家。

像波斯猫一样，淡灰色里带点黄，点缀着生漆色的斑纹。不管是谁，对此都一目了然，毋庸置疑。可是瞧瞧主人画出来的颜色吧，说黄不黄，说黑不黑，既非灰色，又非褐色，说是混合色，也不大像，难以置评，只能说是一种颜色罢了。更奇怪的是，主人画的这只猫没有眼睛。当然啦，画的是睡姿嘛，不应该勉强，只是连眼睛所在的部位也浑然莫辨，那就不知这到底是睡猫还是瞎猫了。在下暗想：再怎么学安德烈亚，这可实在不像画。不过，对于主人那股子热心的劲头，本猫还是很叹服的，想尽量保持不动让他画下去，可是从刚才开始就尿意盎然，全身的筋肉都鼓胀得难受，再不容片刻犹豫，只能失敬了。于是，在下先把两脚往前一抻，脖子压下去往前一探，"啊——"打了个大大的哈欠。这样一来，再也不可能安安静静躺在那儿了。既然已经让主人的写生计划泡汤，不如索性去屋后方便一下，于是，在下便慢腾腾地扬长而去。

主人大失所望，怒气冲冲地骂了一句："混账玩意儿！"这一句是主人骂人的必备口头禅。他也不知道别的脏话，无奈只会骂这一句。他对在下一直克制忍耐的心情毫不体谅，信口就骂，实在太失礼了。若是平日在下爬上他的背，他能和颜悦色、以礼相待，那本猫对此刻他的谩骂也就不必在意了，可是，他从未痛痛快快地为在下大开方便之门。本猫只是去尿尿而已嘛，何必恶语相向？看来，人哪，都喜欢妄自尊大，对于自己的力量过于自满了。倘若没有更强大的物种出来，给他们点颜色看看，真不知他们要嚣张到何等地步。

要是人类的任性止步于此，忍忍也就算了，可是，关于人类丧心病狂的缺德事儿，在下还听过比这些悲惨百倍的传闻呢。

屋后是一个十坪①左右的茶园，虽说不甚广阔，却是个可以晒太阳的心旷神怡的好去处。当家里的孩子过于吵闹，让我没法轻松睡午觉时，

---

① 日本面积单位，1 坪约合 3.3 平方米。

或是感觉百无聊赖、五内不安之时，我便来这里"养吾浩然之气①"。

在一个小阳春的晴和之日，下午两点左右，本猫用过午饭，畅快睡了一觉，要运动运动，便莅临该茶园。嗅着一株株茶树的树根，来到西侧的杉树篱笆墙，忽见枯菊之上，赫然卧着一只大猫，旁若无人地大睡。他对于本猫的驾临似乎全然无所察觉，又或者已然察觉却毫不在乎，兀自打着呼噜、香梦沉酣。擅自闯入别人家的院落，却如此泰然自若地入眠，其胆大程度着实让在下吃惊。此猫毛色纯黑，刚过正午的太阳将透明的光线照射到他的皮毛上，熠熠生辉，全身犹如升腾起看不见的火焰。他体格庞大，足足大我一倍，堪称猫中大王。我怀着赞赏之情、好奇之心，浑然忘我地站在他面前，直愣愣地打量着他。

这时，小阳春的微风轻轻吹动杉树篱笆上方的梧桐枝，有两三片叶子飘落在枯菊之上。猫大王猛地睁开了双眼，在下如今还清楚记得，这双眼比人视为珍宝的琥珀还要璀璨夺目。他纹丝未动，从眸子深处射出的目光落在我低矮的额头上，问："你小子是啥呀？"

虽说是大王，未免也太出言不逊了。只是他声音里暗含的力量，狗也会吓破胆，更别提在下了。若不以礼相待，恐怕小命危矣。这么想着，在下尽量强作镇静，冷冷答道："在下猫也，暂无名字。"此刻我的小心脏比平时跳得剧烈多了。

他用大为轻蔑的口气说："啥？猫？你这样也叫猫，还真是让我开眼了。你现在住哪儿啊？"可真是旁若无人啊。

"在下就住在这个教师家中。"

"我估计也是，瞧你瘦不啦唧的这个样儿吧。"

大王讲起话来真是威风不可一世。从他的言谈举止看，怎么也不像有教养的门第出身。不过瞅他这肥硕的体格，定是每天美味珍馐，

---

① 这句话出自《孟子·公孙丑上》。

过着富足的日子。我不禁问道："敢问阁下尊姓大名？"

他昂然答道："俺就是车夫家的大黑。"

车夫家的大黑是这一带无猫不知、无猫不晓的恶霸。生长在车夫家里，膘肥体壮，但缺乏教养，大家都不怎么同他来往，而且结成同盟，对他敬而远之。在下听他自报大名，不由得为他感到害臊，同时也稍感轻蔑。

在下打算先考考他，看看他到底有多无知。问答如下。

"车夫与教师，哪个更厉害？"

"当然是车夫厉害。瞧瞧你家主人，完全是皮包骨头嘛。"

"看来，阁下就是因为在车夫家里才这么强壮啊。住在车夫家经常大饱口福吧？"

"那还用说，本猫不管到哪里，从来就没为吃的犯愁过。你呀，老是在这个小茶园转悠是不行的，跟在我后面去外边逛一逛，保管你一个月不到，也吃得跟我一样胖咕噜的。"

"这个可就托您的福了。不过，住在教师家可比车夫家里宽敞多了。"

"胡说八道。房子再大，哪有填饱肚子要紧？"

他像是大动肝火，如竹片削成的耳朵扇动着，大摇大摆走开了。我与大黑成了莫逆之交则是后来的事。

我与大黑隔三岔五就会不期而遇。每次邂逅相逢，他都大肆吹捧车夫。先前提到的人类的缺德事儿也是从大黑这里耳闻的。

某日，大黑与我在茶园躺着谈天说地。他又翻来覆去夸耀从前那些事儿，并向我质问："你到现在捉了多少老鼠啦？"

在学识方面，我远远高过大黑，但在体力和勇气上，就逊色许多了，这点在下心知肚明。他这一问，着实让我难堪，但事实就是事实，不容掩饰，我只好坦承："虽说也想去捉几只，可还没捉到呢。"

大黑听了哂笑连连，鼻尖上的长胡须颤动不已。狂妄傲慢的大黑也有弱点。只要装作为他的气势所折服，喉咙里发出呼噜声，表示洗耳恭听，他就很容易对付了。自从与他接近后，我很快掌握了这一诀窍。在目前这种场合下，要是勉强为自己辩护，形势只会更糟糕，倒不如由着他的性子，让他自吹自擂一番，好搪塞敷衍过去。

于是，在下便伏低做小地怂恿他说："您年高德劭，肯定在捕鼠方面所获甚丰吧？"

果不其然，他当仁不让地说："不多不多，三四十只总该有吧。"

他又继续说："老鼠嘛，就是一百两百的全上来，俺也不在话下。不过黄鼠狼那家伙就不好对付咯。有次我碰上一只黄鼠狼，还真是吃了大亏。"

"欸？还有这档子事？"我附和说。

大黑眨巴眨巴眼，说："那是去年大扫除的时候，家里的主人拿了一袋子石灰要放到走廊的木板下面。你猜怎么着，这么大一条黄鼠狼吓得嗖一下蹿了出来。"

"啊？"我发出惊叹。

"黄鼠狼的个头嘛，比老鼠大不了多少，我一鼓作气就追了上去，直把他赶到阴沟里。"

"太厉害了大哥！"我喝彩说。

"可是，没承想，到了紧急关头，那家伙使出了撒手锏，放起臭屁来！真臭啊！打那以后我一见黄鼠狼就恶心想吐。"

说到这儿，他好像又闻到了去年的臭气，举起前爪抚摸了两三下鼻头。我稍稍为他感到遗憾，想给他鼓鼓劲儿。

"不过，要是老鼠，只要阁下一盯上他们，那就手到擒来，管保叫他们小命玩完！阁下可说是捕鼠名手了吧。就因为吃了那么多老鼠，您才生得这么天庭饱满、地阁方圆、满面红光、膘肥体壮的吧？"

不料，我这么一问，竟适得其反，大黑非但没有振奋起来，反而更沮丧了。他喟然叹息说："想想真没劲儿啊。不管捉多少老鼠，都抵不过人类脸皮厚啊！我捉到的老鼠，全让他们抢去交给警察了①。警察根本也不管是谁捉到的，只要交过去就奖励五分钱。主人多亏了我，已经领了一块五毛钱的奖励，却没给我多少好吃的。人哪，都是些装腔作势的贼！"

　　哪怕是胸无点墨的大黑，也是明事理的嘛。他提到这事儿，大动肝火，背上的毛都倒竖起来了。我也很不是滋味，便含糊地应付了几句，回家去也。从此在下决定，绝不捉老鼠，也不去给大黑做跟班，寻觅老鼠以外的野味。与其寻觅美味，还不如睡大觉舒服呢。看来，待在教师家里，猫儿也染上了教师的习气，不留神的话，估计也要得胃病呢。

　　说到教师，家主最近似乎对水彩画死了心，在十二月一日的日记里写道：

　　　　今日的聚会上，与某某初次晤面。大家都说此人喜欢出入花街柳巷，今日一见，果然有风月场老手的气质。有这种气质的人容易招女人喜欢，因此，与其说他是放荡成性，倒不如说他是身不由己更合适。听说他的妻子是个艺伎，很令人艳羡。其实，大多数鄙夷风月场的人都没有放荡的资格，而那些自命风流之辈的人，也大多没有放荡的资格。这些人不是骨子里的风流，只是勉强为之而已。就如本人缺乏画画的天资，恐怕最终也难成正果。可是他们却不管不顾，自命为此道中人。在饭店喝喝花酒，去茶馆看看艺伎，就算是此道中人了吗？这样也行的话，那我也算一个出类拔萃的水彩画家啦。不如索性放弃水彩画的好，宁可老老

---

① 明治三十三年（1900）一月，东京市政府为了预防鼠疫传播，下令奖励捕鼠，凭每只老鼠可领到五分钱。

实实做一个啥都不懂的乡巴佬，也别做什么稀里糊涂的行家。

这番行家论，在下恕难苟同。至于艳羡别人的妻室是艺伎，这种话出自教师口中，实在有伤大雅。他对自己水彩画的评价，倒是允当。只是主人虽有自知之明，却难以完全摒除孤芳自赏之心，过了两天，又在日记中写道：

> 昨晚梦见自己因为老是画不像样，正要放弃水彩之时，却见到有人将我的画作镶在漂亮的画框里，挂在横楣上方。看到这幅画被装进画框，自己马上感到它一下成了杰出的画作，不觉欣喜异常。独自欣赏这幅画作，直到天方破晓，睁眼一瞧，画作仍旧是拙劣得不堪入目，事实如天日昭昭。

哪怕在梦中，主人对水彩画也是眷眷情深啊，可正如他夫子自道，天资阙如则不成行家，看来他是成不了水彩画家的。

在主人梦见水彩画的次日，上次那位戴金边眼镜的美学家，久别后又上门造访了。他一坐下，便开门见山地问："水彩画画得怎么样了？"

主人神态自然地回答："接受了您的忠告，最近都在努力练习写生，对于之前未曾留意过的事物的形体、颜色，那些精细微妙的变化，现在领会得更深了。我想，西洋画有今日的成就，大概就是因为自古以来就主张写生吧。安德烈亚的话果然是金玉良言！"他压根儿没提自己在日记里的感慨，又对安德烈亚表示了一番钦佩之情。

美学家笑着说："实话跟你说吧，那都是我瞎编的。"

"你说什么？瞎编的？"主人还没领会到他被人戏弄了。

"你一再叹服的那段安德烈亚的话，是我捏造的啊。真没想到你会信以为真，还把它奉为圭臬了，哈哈哈哈！"

美学家乐不可支。本猫在檐廊听到这番对话，不禁想象着主人今天在日记中会如何记载此事。

这位美学家喜欢信口胡诌些没边没沿的事儿来捉弄别人，以此作为唯一的乐趣。他根本不管安德烈亚事件对主人造成何等大的震动，又得意扬扬地讲了下面的话：

"经常啊，我说几句玩笑话，别人就当了真，这倒激发了一种滑稽的美感，挺有趣的。前一阵子，我跟一个学生说，吉本接受尼古拉斯·尼克尔贝的建议，没有用法语写他那部毕生大作《法国大革命》，而是用了英语[1]。这个学生还真是记性好，在日本文学会演说的时候，居然一本正经地引用了我的话，当时的听众有一百来人，全都在洗耳恭听我瞎编的鬼话，真是滑稽啊。还有一桩趣事。前不久在一个有文学家在场的聚会上，提到了哈里森的历史小说《塞奥法诺》[2]，我评论说：'这部小说堪称历史小说中的白眉[3]，特别是女主人公临死那一段，真真是鬼气袭人，不寒而栗。'当时对面坐了一位万事通先生，接茬说：'不错不错，那段还真是妙文啊。'这样一来，我就知道他跟我一样，都没读过这部小说啦。"

患有神经性胃病的主人睁大双眼，说："你这么信口开河，要是万一对方当真读过，那可如何是好？"他这么问，似乎是觉得骗人本身无伤大雅，但要是被人戳穿，那就尴尬了。

---

[1] 尼古拉斯·尼克尔贝是狄更斯同名小说的主人公。英国历史学家爱德华·吉本（Edward Gibbon，1737—1794）的毕生大作是《罗马帝国衰亡史》，《法国大革命》则是托马斯·卡莱尔（Thomas Carlyle，1795—1881）所著。

[2] 本书全名是《塞奥法诺：十世纪十字军东征传奇》（*Theophano: the Crusade of the Tenth Century*），女主人公塞奥法诺是拜占庭帝国的皇后。作者是弗雷德里克·哈里森（Frederic Harrison，1831—1923），英国作家和历史学家。

[3] 白眉的典故出自《三国志·蜀书·马良传》："马良字季常，襄阳宜城人也。兄弟五人，并有才名，乡里为之谚曰：'马氏五常，白眉最良。'良眉中有白毛，故以称之。"后用以喻兄弟或侪辈中的杰出者。

美学家不为所动，笑着说："那算啥，就说自己跟别的书弄混了呗，不就完事了？"这位美学家虽说戴着金边眼镜，可瞎编乱说的性情却与车夫家里的大黑差不多。

主人默默吸着日出牌香烟，吐着烟圈，脸上的神情似乎在说："我可没有这样的勇气。"而美学家的眼神则似乎在说："正因如此，你画画才不成气候嘛。"

"玩笑归玩笑，绘画确属难事啊。据说，达·芬奇教学生写生，让他们描摹寺院墙壁上的污渍。要是上茅房时，凝神观察漏雨的墙壁，估计也会在那里发现天然绝妙的图案吧。您不妨留心试试，说不定会画出妙趣横生的画来呢。"

"不会又是骗人的吧？"

"哪里哪里，这次可是真的。这难道不是精辟之语吗？达·芬奇很有可能说出这样的话来吧？"

"这倒是，的确精辟。"主人多半已经认输。不过，他到现在还不曾去茅房里写生过。

车夫家的大黑后来变得一瘸一拐，油光光的皮毛也掉色脱落了。在下曾赞不绝口的那比琥珀还要美的眼睛里满是眼屎。比这更要命的是，他意气消沉、体格衰弱了。我与他在茶园最后一次会面，我问他怎么了，他说："黄鼠狼的臭屁撒手锏，还有鱼贩子的大扁担，可把俺害惨喽。"

赤松林间，红叶飘零，几片残红宛若往昔一梦。洗手钵旁红白两色的山茶花凋零殆尽。三间^①半长的向阳檐廊上，冬日的阳光转瞬之间便已西斜。寒风马上就要吹起了，可以在外面昼寝的时日所剩无几。

主人每天去学校，回来后便缩在书斋里。有人来访，仍然倒苦水：做教师真是够了。水彩画很少再碰。他说淀粉酶不见效，不再吃它了。

---

① 日本长度单位，1 间约合 1.82 米。

孩子们倒是令我佩服，天天去幼儿园，回来后又是唱歌，又是拍球，还时时抓着在下的尾巴倒提在空中。

在下吃不到美味，没有发胖。所幸还算健康，至少没变成瘸猫。就这么一天天地虚度年华吧。老鼠是不会去捉的。照旧讨厌厨娘。还是没有名字，可总不能欲望无止境啊。在这个教师家里，籍籍无名，了此残生，吾愿足矣！

第二回

偷吃年糕猫怪翩翩起舞
虚报菜名迷亭侃侃而谈

新年以来，在下多少有了些名望。作为区区一猫，颇感脸上有光。可喜可贺啊。

元旦一大早，主人收到一张手绘明信片。这是他一位画家朋友的贺年卡，上方一抹深红，下方一抹墨绿，中间是蜡笔画的一个蹲坐的生物。主人在书斋里举着这幅画横着瞧瞧，竖着瞅瞅，说："用色真好。"本想他既然赞叹过了，就该放手了吧，结果他又拿着横着瞅瞅，竖着瞧瞧，身子扭来扭去，伸长手拿得远远的，煞有介事地像老年人给人相面一样细细端详，又对着窗户凑到鼻尖上看了一会儿。他再不罢休，膝盖这么乱晃，我险些就要掉下来了。等他晃得没那么厉害了，就听他小声嘀咕说："这到底画的是什么啊？"原来，主人一个劲儿地赞赏这幅画的用色，居然还没看出画的是什么生物呢，刚才一直在苦心琢磨这件事儿！

什么画这么难懂呢？在下慢条斯理睁开睡眼，定睛观看，没错，这正是在下的肖像。画家不像主人那样硬要学安德烈亚，但不愧是画家，形体、用色都把握得分毫不差，无论谁见了，都认得出是猫无疑了。若是稍微有眼力些，还能看出此猫非别猫，正是在下，画得清清楚楚，毫不含糊。这么明白的事，主人却弄不懂，还在那儿苦思冥想大半天，人类真是差劲啊。可能的话，真想对他直言相告："画上的就是在下啦。要是认不出在下，至少也该明白这是猫吧。"可惜，人啊，不受上天眷顾，听不懂猫语，只得作罢。

请读者诸君公断，原本人类一有什么坏事就说猫这个那个的[①]，没来由地用轻蔑的口气，这非常不好。教师这类人狂妄自大，浑然不觉自己的无知，以为牛马生自人类之糟粕，猫儿又是牛马粪便养成，这种想法真是愚昧无知。自旁观者看来，这类人实在不够体面。即便是猫，也不是粗枝大叶地就能画出来的。在外人眼里，似乎千猫一面，没什么差别，不管哪只猫都没有自己固有的特性。可如果真正走近猫的社会仔细观察，就会发现猫跟人类一样极其复杂，人类社会那句"千人千面"，完全也适用于猫。眼神、鼻子、毛色、步伐，各种各样；胡须排列之势，耳朵竖立之态，尾巴下垂之姿也无一雷同；乃至美丑、好恶、风趣与否，也是千差万别，例数不尽。

面对这么多的区别，人类却对之视而不见，只是一味鼻孔朝天、眼望苍穹。别说我们各自的气质性格了，就连我们外貌上的差异，也难以辨别，这真是遗憾。古话说得好，物以类聚，同类相求。买年糕就得去年糕铺，猫的事儿只有猫才能整明白。人类再怎么进化，在这方面还是不行。况且，他们并不像他们自以为的那么了不起，那就难上加难了。而像我主人这样，缺乏同情心，对"深刻了解是爱的第一要义"也茫然无知，真拿他没办法。他就像品性卑劣的牡蛎一样，吸附在书斋这层壳里，从不向外界开口。然而，他却摆出一副达观的姿态，真是可笑。他根本不达观，证据如下：在下的肖像就摆在他面前，他却一点也没看出

---

① 日语中带有"猫"字的俗语很多都含有贬义。

来，还如堕五里雾中，说什么"今年是日俄战争第二年，画的大概是熊吧"[①]。

在下趴在主人膝盖上，闭目养神之际，女仆又拿来第二张明信片，上面是一幅活版印刷的画，四五只西洋猫排成一列，有的在拿着笔写字，有的在翻开书阅读，还有一只离开桌子，在一角跳西洋舞[②]。明信片上用日本墨写着"在下猫也"，右侧写了一首俳句："读书猫，跳舞猫，猫猫春日皆欢笑。"这是主人的旧日门生寄来的。无论谁一看就能明白其中的意思，可愚钝的主人还是不明就里，纳闷地歪着脑袋，自言自语说："今年不是猫年啊。"看来他还是没发觉在下已经出名啦。

此时，女仆又拿来第三张明信片。这一张不是画片，在"恭贺新年"旁边，还写了"不揣冒昧，谨向贵猫致以节日问候"。这下，白纸黑字写得这么清楚，主人再怎么愚钝，也不容他忽略在下了。他"哼"了一声，瞅了瞅本猫的脸。那眼神里，似乎多少带着与之前不一样的敬意。主人迄今为止一直不怎么受世人待见，忽然之间这么露脸，还不是多亏了在下，以这样的眼神看我，也是理所应当的吧。

门铃丁零零地响了。大概有来客上门。一般来客，女仆自然会去迎接，除非是鱼贩子梅公上门，否则在下绝不起身，依旧安然坐在主人的膝上。至于主人呢，则惴惴不安望着玄关那边，那神情竟似高利贷债主要冲进屋里来一样。他不喜欢接待拜年的客人、陪他们喝酒，为人如此孤僻，实在可怜。既然如此，何不早点出门躲起来？可是他又没有这样的勇气。在这件事上，他牡蛎的本性展露得淋漓尽致。

过了会儿，女仆通报说是寒月驾到。这个寒月也是主人的旧日门生，已经从学校毕业，据说混得有声有色，比主人阔气多了。不知何故，他

---

① 当时正值日俄战争，报纸上经常用熊来指代俄国。
② 此画应是英国插画家路易斯·韦恩（Louis Wain，1860—1939）的作品。

经常来拜访主人，要么说些某女子对自己有情或是无情、世间种种有意思或是没意思的琐事，要么就胡诌些耸人听闻的奇人异事，瞎扯一通再回去。他为何特意找上门来，跟主人这种沉闷无趣的窝囊废聊这些废话，实在是费解。而性格如牡蛎一般的主人，听了这些胡说八道，居然也时时随声附和，真是好笑。

"好久没登门造访了。从去年年末就开始大为忙乱，虽说想过来看看，却一直没能过来。"他故弄玄虚地一边说一边捻着礼服的衣带。

"你都在哪里奔走呢？"主人一本正经地问。他拉了拉他那件黑棉布礼服的袖口。这件礼服下摆有些短，里面的粗绸袍子左右都露出半寸来。

"呵呵，我去的地方嘛，跟这边不是一个方向。"寒月笑答。这才发现，他的门牙少了一颗。

"你的牙怎么回事？"主人换了个话题。

"哦，都是吃香菇的缘故啊。"

"什么？吃什么的缘故？"

"吃了一点香菇，用门牙咬香菇的伞盖时，牙嘎嘣一下磕掉了。"

"吃香菇也能磕掉门牙，可真像个老头子了。这事儿倒是适合写一首俳句，就是不适合恋爱。"主人说着用手轻轻拍了拍我的脑袋。

"哟，这就是那只猫吧。这不长得挺肥硕的吗？不亚于车夫家的大黑啊。果然仪表堂堂。"寒月对我大加赞赏。

"嗯，最近确实长大了许多。"主人不无得意地敲打着我的头。被人夸奖固然感觉惬意，但头被拍得有点疼。

"前晚我们办了个合奏音乐会。"寒月又把话题绕了回来。

"在哪里啊？"

"这个你就不用问了。我们是三把小提琴加一架钢琴伴奏，很有趣。有三把小提琴的话，哪怕演奏水平一般，听上去也还像那么回事。有两位女士，我一个男士混在其中，自己感觉拉得还不错。"

"且慢，不知两位女士是何等人呢？"主人羡慕地问。

本来，主人平常的脸色如枯木寒岩，实际上却绝非对女性心如死灰。他以前读西洋小说，里面有一个人物，对女性往往一见倾心。路上来来往往的女子，细数起来，竟有七成是他所钟情的。小说里这么写，本是讽刺之意，但主人却叹服之至，奉为真理。如此轻浮之人怎么会过着牡蛎一般的生活呢？本猫实在大惑不解。有人说是因为失恋，有人说是由于胃病，还有人说是没钱加胆怯所致。不管如何，他又不是关系到明治历史的要紧人物，无须考究。只是，他艳羡地打听与寒月合奏的女性姓甚名谁，这倒是事实。寒月蛮有兴味地举起筷子从点心碟子里夹了一块鱼糕，用门牙咬下一半。我担心他会不会再度崩掉门牙，结果倒是安然无恙。

"那个……两位是某府上的千金小姐，是您不认识的人。"他有些冷淡地回答。

"原来……"主人拖长了声调，省略了"如此"。

寒月大概也觉得时间差不多了，就说："今天天气不错，有空的话一起出去溜达溜达如何？旅顺攻陷，街上好热闹呢。"

主人脸上的神色，与其说是关心旅顺攻陷的消息，不如说是想打听一下那两位合奏的女性的身份。他寻思了一会儿，终于拿定主意说："那就出去吧。"于是毅然决然站起身来。他身上依然穿着那件印有家徽的黑棉布礼服，以及一件兄长留下来的结城绸面①的棉袄。穿了二十年了，结城绸再怎么结实，也经不起这么穿，有好多处薄得都透明了，迎着阳光能看见里面打补丁的针脚。主人穿衣不讲究腊月与正月，也不分常服与礼服，出门时总是信步袖手而行。他是因为没有别的衣服可换，

---

① 结城绸：日本的一种丝织工艺，主要产地是茨城县的结城市和栃木县的小山市。——编者注

还是嫌麻烦，不得而知。唯一可以确认的是这并不是失恋所致。

　　两个人一出门，在下便不客气了，将寒月吃剩的半块鱼糕大快朵颐。如今在下已非凡猫，哪怕名列桃川如燕 [①] 的《百猫传》也毫无愧色，与格雷 [②] 吟咏过的偷金鱼的猫相媲美也不在话下。对于车夫家的大黑，在下早已不放在眼里。享用区区一块鱼糕，何须外人置喙。再说，趁着别人不注意悄悄吃点心这种事，并非只有猫族才会干。家里的厨娘就经常趁着太太不在家拿点心吃，吃了再拿，拿来就吃。不只是厨娘，就连太太引以为荣、接受过待人接物的优雅礼仪教育的两个孩子，也有这种倾向。

　　四五天以前，两个孩子醒得特别早。当时主人夫妇还在睡觉，她俩就在餐桌旁边面对面坐下。她俩每早都会分着吃一点主人的面包，蘸一点砂糖。这天桌子上正好放着糖罐子，小勺也趁手。因为不像平常有人给她们分糖，姐姐就先从罐子里舀了一勺糖放在自己碟子上。妹妹也有样学样，舀了跟姐姐同样分量的糖在自己的碟子上。两人含怒对视片刻，各不相让，姐姐又舀了一勺，妹妹也照样舀了一勺。姐姐舀了一大勺，妹妹也不甘落后舀一大勺。姐姐手不离糖罐子，妹妹手不离糖勺子。眼看着两人碟子里的糖一勺又一勺地堆成了小山，罐子里一勺糖也没剩下。正在这时，主人揉着惺忪睡眼从寝室出来了。两人好不容易舀出来的糖只得再装回罐子里。看来，人类从利己主义出发导出公平的观念，这一点或许胜过猫，但论智慧反而不如猫。趁着主人没来，先不管那么多，把糖舔光多好啊。虽说觉得遗憾，但与她们语言不通，只能在饭桶上默默旁观。

　　主人与寒月出去，也不知去了何处、怎么逛的，晚上回来得很晚。

---

① 桃川如燕（1832—1898），日本说书先生，作品有《百猫传》（又译作《猫怪传》）。

② 托马斯·格雷（Thomas Gray，1716—1771），英国诗人，曾写过一首《悲歌悼溺死于金鱼缸的猫》。

次日坐在餐桌边时，已经是九点左右了。我像往常一样从饭桶上望过去，见主人在默默吃煮年糕。他吃了一块又夹起一块，虽说年糕切的块儿比较小，可也吃了六七块哪。最后，他留了一块在碗里，说了声"不吃了"，就搁下筷子。换作别人这么任性，他肯定不答应，但作为威风八面的一家之主，看着混浊的汤里焦煳的年糕残骸可以若无其事。

太太从橱柜里拿出淀粉酶放在桌上。主人说："那玩意儿没用，我不吃了。"

"可是你不是说淀粉酶有奇效吗？还是吃吧。"

"淀粉也好，啥也好，都不吃了。"主人耍起了犟脾气。

"你真是没恒心。"太太似在自言自语。

"不是我没恒心，是药不管用。"

"可前一阵子不还经常说非常管用，天天都吃的吗？"

"这就叫彼一时，此一时也。那时有用，现在没用。"他说话跟对对子似的。

"这样子吃一阵，停一阵，药就是再管用，也得坚持吃才行。胃病又不像别的病，不坚持吃药怎么能好呢？"太太说着，使了个眼色给站在旁边端着茶盘的女仆。

"确实是这样。您要是不继续吃吃试试，也不知这药是好是坏。"女仆不管啥时候总是给太太帮腔。

"管他呢。说不吃就不吃。头发长见识短，别多嘴。"

"女人怎么就见识短啦？"太太把淀粉酶愣是推到主人面前，就如逼人剖腹一般。主人却一语不发，进了书房。

太太与女仆相视而笑。这种时候，我要是不识相跟在主人后面去爬他的膝盖，肯定没好果子吃，于是我从庭院绕路，上了书斋外的檐廊，透过拉门的缝隙往里窥探，主人正在读爱比克泰德①的书。要是能像平常一样读明白，那可就了不起啦，可是见他只读了五六分钟就一下子把书扔到桌子上。早料到会这样收场了。再看他，已拿出日记本，如此写道：

> 与寒月去根津、上野、池端、神田一带散步。在池端的酒馆前，见一身着花边下摆的春服的艺伎在玩羽毛毽子。其服饰虽美，容貌却不敢恭维。颇类寒舍之猫。

形容别人丑陋，大可不必拿在下来比较吧。要是在下也去理发店刮干净脸，相貌哪里比不上人呀？人如此自恋，实在没办法。

> 拐过宝丹店铺，又见一艺伎。这位身姿窈窕，瘦肩而貌美，身着淡紫色和服，气度雍容高雅。只见她皓齿微露，语笑嫣然对人说："源先生，昨晚过于忙碌，招待不周……"声音如流浪的乌鸦一般沙哑难听，其风采因之大大失色。那位源先生是何等样人，也就懒得回头去看了。袖手来到御成道上。寒月看起来有些魂不守舍。

再没有比人心更难猜测的了。主人现在的心情是气愤还是骚动不安呢？抑或想从哲人的书中寻求慰藉呢？本猫实在不懂。他是对世间冷嘲热讽，还是想融入其中呢？是为鸡毛蒜皮的事儿大动肝火呢，还是超然物外呢？在下难以揣度。在这方面，猫就单纯多了。想吃就吃，想睡就睡，发怒了就火冒三丈，难过了就拼命哭泣，绝不会干写日记这种无用之事，因为没有写的必要。只有主人这种表里不一的两面派才需要写

---

① 爱比克泰德（约55—约135），古罗马著名的斯多葛学派哲学家。

日记，在暗室内展露自己没法在大庭广众之下示人的真实面目。至于我等猫辈，行住坐卧，拉屎撒尿，便是真正的日记，又何须煞费工夫，在日记本里保存自己的行迹。有写日记的工夫，还不如在檐廊里睡大觉呢。

　　在神田某家店里用晚餐。长期以来滴酒未沾，这次喝了两三杯"正宗"清酒，今早感觉胃里很舒服。愚意以为不妨每晚小酌几杯，不无裨益。高峰淀粉酶决计不再吃了。不管谁怎么说，都是没用。不管用就是不管用。

主人拼命攻击淀粉酶，就像一个人跟自己吵架似的。今早那场怒火在这里露出了端倪。人类日记的本色就在于此。

　　前一阵子听某甲说早餐断食对胃病有益，于是就有两三天没吃早饭，结果只是肚子饿得咕咕叫，并不见效。某乙则劝我戒掉酱菜，说酱菜是胃病之源，只要戒掉酱菜，胃病就断了根，自然不治而愈。因此，约有一周时间没碰酱菜，可是病情如故。后来就又开始吃酱菜了。又听某丙言道腹部按摩法可治疗胃病，不过一般的按摩法不行，须以皆川流古法按摩，按上一两次，胃病大抵根治。据说安井息轩[1] 非常喜欢这种按摩法，坂本龙马[2] 这样的豪杰也时时接受这种治疗。我赶紧去上根岸找人按摩。按摩师说要想治愈，非按到骨节不可，且须按到将五脏六腑都颠倒一遍才可根治。这种按摩法未免也太残酷。按完以后，全身酥软如棉，如得了昏睡症。只按了一次，便难以忍受，只得作罢。A君云，

---

①　安井息轩（1799—1876），江户时代儒学集大成者。

②　坂本龙马（1836—1867），明治维新时代的志士、思想家。

要想胃病好，万万不可吃固体食物，于是我试着一整天只喝牛奶，结果肠内隆隆作响，如同要发大水一般，整夜难眠。B君曰，以腹式呼吸法活动内脏，胃部功能自然会强健。试了一下，不知为何腹内不安。有时能一心不乱做上五六分钟，可之后一走神就忘干净了。若是老惦记着腹式呼吸，书也看不了，文章也写不了。美学家迷亭看我这样子，嘲讽说："又不是孕妇临盆，还是拉倒吧。"最近我也放弃了这种练习。C先生建议吃荞麦面来治病，于是我马上轮流吃汤面和打卤面，结果吃得老是拉肚子，没什么疗效。为了治这多年的胃病，可说是穷尽了各种办法，结果总是徒劳。昨晚与寒月喝了两三杯清酒，倒是效果不错。以后不妨每晚都小酌两三杯试试。

这个做法估计也不会持久的。主人的心绪就和本猫的瞳仁一样变幻不定，做什么都没恒心。别看在日记里对胃病这么操心，在旁人面前却又死要面子，煞是好笑。前几天有位学者朋友来访，大发议论说："以某种观念看来，所有疾病都是祖先与自身罪孽的结果。"这一说法似乎经过深思熟虑，条理明晰、逻辑井然，可怜主人虽想反驳几句来保存颜面，无奈头脑欠缺，学问粗浅，只好辩解说："你的说法固然有趣，可是卡莱尔也有胃病啊。"好像既然卡莱尔也有胃病，他就与有荣焉似的。这个回答真是驴唇不对马嘴。

那位友人马上回应道："卡莱尔有胃病不假，可是得了胃病未必能成为卡莱尔啊。"

这一反驳毋庸置辩，主人被噎得哑口无言。主人虽说如此虚荣，但实际上还是巴不得胃病能好起来，说什么今晚开始小酌之类的真是滑稽。这么看来，今早吃这么多年糕，也是昨晚与寒月推杯换盏之故了。想到这儿，本猫也想尝尝年糕的滋味了。

在下虽是猫，但从不挑食。我没有车夫家大黑那样的勇气远征小巷的鱼店，也没有小巷里二弦琴师傅家的三花姑娘那样的福气可以摆阔，因此对食物来者不拒。孩子们吃剩的面包我吃，糕点馅儿我也吃。酱菜难吃至极，可为了体验体验，我也吃过两片腌萝卜。说来也怪，吃过这玩意儿以后，我啥都能吃了。要是这也不吃，那也不吃，如此讲究起来，就什么都不得吃了，毕竟是教师家里的猫啊。

据主人讲，法国有个叫巴尔扎克的小说家，最能讲究。他讲究不是在吃食方面，而是小说家对于自己的文章精益求精。有一天，巴尔扎克要为自己小说里的人物取个名字，想了好几个，哪个都不中意。后来，有位友人来访，跟他一起出去散步。友人对他的烦心事儿毫不知情，而巴尔扎克则一直绞尽脑汁要找个好名字，来到街上一门心思只想从店铺招牌上找灵感。看来看去都没有中意的。友人稀里糊涂地跟着他，从早到晚把巴黎逛了个遍。回来的路上，巴尔扎克突然发现一家裁缝铺子的招牌，上写"马库斯"，不禁拍手大乐："这个好，非它不可了。马库斯前面再加一个字母 Z，那就十全十美了。必须加个 Z，Z. 马库斯，无可挑剔。自己编出来的名字，再怎么好，总显得有点造作，没那么有趣。终于还是找到称心如意的名字啦。"他欣喜地自言自语，完全忘记了旁边如堕五里雾中的友人。为了给小说里的人物取个名字，一整天都在巴黎转悠，这也太大费周章了。讲究到这个地步，也还好吧。只是本猫有个牡蛎般的主人，哪能如此讲究，只要能填饱肚子，啥都成。这也是境遇使然，不得不如此。如今在下想吃年糕，也不是嘴馋，只是自己正处于不管是啥吃了再说的时候，而且我想主人吃剩下的年糕应该是放在厨房了吧……待我过去探一探。

今早所见的那块年糕还粘在碗底，颜色还跟早上一样。老实说，年糕这种东西，在下迄今为止还没吃过呢。看上去挺好吃，可感觉又有点瘆得慌。我用前爪扒拉了一下上面的菜叶子，拨到一边，爪子上粘了点年糕皮，黏糊糊的。闻了闻，有一种将锅底的饭舀到饭桶去时的味儿。吃，还是不吃？我四下瞅瞅，周围没一个人影。幸耶？不幸耶？厨娘无论岁末还是新春都是一个样儿，在玩羽毛毽子。孩子们在里屋唱"小兔子，小兔子，你说啥呀"。机不可失，时不再来，要吃的话就趁现在，错过当前的机会就得等到明年才能知道年糕的滋味了。

刹那之间，在下虽是猫，却也领悟到一条真理："一切动物都会由于难得的机会干出并非情愿之事。"坦白讲，我并不想吃年糕。碗底的样子，越看越觉得瘆得慌，根本不想吃。要是此时厨娘开门进来，或是孩子们的脚步声就在附近，我会毫不可惜地弃之而逃，也不会再有"明年才能吃上年糕"这种念头。

可是，没有什么人过来。犹豫了好一阵子，就是没人现身。仿佛有个声音在催促我："赶快吃吧，吃吧。"我看看碗里，心里盼着要是有谁这会儿过来多好啊，可就是没人过来。看来这块年糕是非吃不可了。我将全身的力气压到碗底，从年糕一端咬进去一寸左右。如此用力咬去，普普通通的东西都该咬断了，然而，奇哉怪也！感觉该咬断了，牙齿却拔不出。想要重新咬，也动不了。这才发觉，年糕原来是个妖怪，可是悔之晚矣。就像人陷入泥沼，越是急着想拔脚出来就陷得越深，我越是使劲咬，嘴越是不听使唤，牙齿也没法活动。那东西真是有嚼头，可是又拿它没办法。美学家迷亭先生以前曾评价主人是"当断不断"，确实如此。这年糕跟主人一样，也是当断不断。无论怎么咬，就像用三除十般怎么也除不尽，怎么也摆脱不掉。

烦闷之际，不觉又领悟到第二条真理："一切动物都有预感吉凶祸福的直觉。"尽管已经发现了两条真理，可年糕还粘在嘴上，一点都不愉快。牙齿吸进年糕里，跟要揪掉一般疼。不赶紧把它咬断逃走，厨娘就要来了。孩子们听上去也已经唱完歌，肯定也会来厨房的。我焦躁地将尾巴甩了好几圈儿，可是不管用；前倾耳朵再压下来，也是白费劲儿。也是，耳朵与尾巴跟年糕有啥子关系嘛。总之，甩尾巴也好，前倾耳朵再压下来也好，都是枉然。算了。忽而又急中生智，想到用前爪把年糕拂拭下来如何，于是先抬起右爪挠了挠嘴巴周围。这么挠可挠不下来，我又伸出左爪以嘴为中心画圈，这念咒似的动作也没能解除年糕妖怪的魔法。我想，最要紧的是耐心，便左右开弓，轮番去摩挲，年糕兀自岿然屹立不动，牙齿照旧深陷其中。哎呀，真烦哪，两脚一起用力试试看，这一下，蹊跷事儿来了，咱家居然用两只后腿直立起来了。感觉自己不是猫了。不过，是猫也罢，不是猫也罢，现在都不要紧，总得先把年糕这个妖怪弄下来再说。在下抖擞精神，在脸周围胡乱抓挠，前爪的动作太剧烈，老是失去重心，险些跌倒在地。每次眼看着要摔倒时，就得用后腿调整姿势来保持平衡，无法固定在一个位置，便在厨房里这么转着圈圈。原来咱家身形也这么灵巧啊。于是第三条真理也蓦地出现在心头："身临险境，便能做出平常做不了的事儿。此之谓天佑。"在下蒙受天佑，与年糕大妖怪展开殊死搏斗。这时从里屋传来脚步声，有人来了。这下可好了，被人撞见这副丑态岂不是丢死人了？我在厨房转着圈圈，越发上蹿下跳起来，脚步声越来越近。真是可怜，虽有天佑，可还是被孩子们发现了。

"猫吃了年糕跳起舞来啦！"孩子们大声嚷嚷。

厨娘第一个听见了这话，扔下羽毛毽子和球拍，从厨房门飞奔进来："有这回事！"

穿着绉绸和服的太太说："这个猫真讨厌。"

主人也从书斋赶过来，说："真是蠢货！"

孩子们连声说着："太好玩了，太好玩了！"

大家不约而同地齐声哈哈大笑。我又是气恼，又是难受，也没法停下来不跳舞，真是无奈啊。眼看着笑声快停歇了，结果五岁的小女孩说了句："妈妈，厉害了这只猫！"这话挽狂澜于既倒，大家又大笑起来。人类缺乏同情心的行径，我也见过不少了，从未像眼下让我这么痛恨过。

最后，天佑消失，我像往常一样四脚着地翻着白眼，完成这丑态百出的表演。主人见我这副惨相，似乎心有戚戚焉，便吩咐厨娘："给它把年糕弄下来吧。"厨娘瞅了一眼太太，似乎在说："要不要再让它跳一阵子？"太太呢，看来拿不定主意，好像还想让我继续跳一跳，但又怕我累死，没有出声。

"不给它弄下来，它就没命了，赶快弄下来吧。"主人又扫了一眼厨娘。

厨娘就像正在做梦享用山珍海味时突然被唤醒一样，老不乐意地抓住年糕猛地一拽。我不是寒月君，却感觉好像门牙全都崩断了。要问我痛不痛，结结实实陷进年糕里的牙齿，被她毫不留情地扯这么一下，如何受得住啊。于是，我体验到了第四条真理："一切安乐必先经历困苦。"等我回神，睁大眼环视四周时，家里人已经全都进屋了。

如此出乖露丑，再待在家里，让厨娘她们看见，可就太害臊了。为了排遣一下郁闷的心情，不如索性从厨房溜到屋后，去探访一下住在小巷里的二弦琴师傅家的三花姑娘。三花姑娘是远近闻名的美女。在下虽是一介猫，也是多情善感的，每当在家中看够了主人的苦瓜脸，或是挨了厨娘的痛骂感到不快之时，必定去找这位异性朋友倾诉一番。不知不觉间心情就豁然开朗起来。忧愁啊，劳苦啊，全都忘到了九霄云外，就如获得了重生。女性的影响实在功莫大焉。

我且透过杉树篱笆的缝隙，看看她在不在家。正见三花姑娘戴着正月的新项圈，斯斯文文地坐在檐廊下。她那背部的弧度，极尽曲线之美，美得无以言表；她那尾巴摇来晃去的样子、蜷腿的坐姿、耳朵慵懒的转动之态，都是难以形容的美景。沐浴在阳光中，更显得她温暖可亲、端庄静穆。她的绒毛如天鹅绒一般柔滑，反射着春日的阳光，虽无轻风吹拂，也在微微颤动。

我看得出了神，好一阵子才醒过来，抬起前爪向她致意，低声叫着："三花姑娘！三花姑娘！"

三花下了檐廊，招呼我说："哟，是先生啊。"她红色项圈上的铃铛叮叮地响着。

哟，正月里她戴上这铃铛，声音可真好听啊，佩服佩服。她来到我身边，尾巴向左摇了摇，说道："啊呀，先生，恭贺新禧。"我等猫族之间打招呼，是将尾巴像棍子一样竖起来，然后向左晃动。在这一带街区，称呼在下为"先生"的，就只有三花姑娘了。上回说过，咱家还没有名字，只是因为住在教师家里，三花姑娘便尊称我为先生了。这么让她叫着先生，感觉也挺受用的，就"嗯嗯"地答应下来。

"恭贺新春啊，打扮得真漂亮。"

"嗯，这是去年师傅给买的，漂不漂亮？"她把铃铛晃得叮叮响。

"真好，我自打出生以来，从没见过这么气派的首饰呢。"

"哪里哪里，大家都有铃铛的啦。"她又叮叮地晃着铃铛，"好听吧？戴着它我真是开心呢。"说着又把铃铛叮叮地摇响。

"看起来你家师傅可真是宠爱你啊。"我把自己的身世与她的相比，不由得泛酸起来。

三花是个天真的姑娘，一脸无邪的表情，笑着说："对啊，她简直把我当作她亲生女儿呢。"

谁说猫不会笑的。人类以为除了他们自己，别的动物都不会笑，这真是大错特错。我们笑的时候是鼻孔成三角形，震动喉结发出笑声，人类不懂而已。

"你家主人是什么身份啊？"

"你叫她主人，听起来有点怪啊^①。她是师傅啊，教二弦琴的师傅啊。"

"这个我知道。我是想问她是什么出身，以前她应该很高贵吧。"

"嗯。"

　　　　待君君未至，松枝惹相思……

拉门内传来师傅弹唱之声。

"好听吧？"三花自豪地问。

"好听。只是我听不太懂。唱的是什么啊？"

"那个……那个好像挺出名的，是师傅特别喜欢的一段……师傅六十二岁了，可身体还是好结实呢。"

六十二岁还健在，那身子骨肯定够硬朗的。我"嗯嗯"地应了声。这样的回答听起来有些呆头呆脑的，可又没有巧妙的答复，只好作罢。

"那个，据说她以前的身份好高贵呢。总听她这么说。"

"那以前是何等身份呢？"

"听说是天璋院^②的文书官的妹妹出嫁后的婆婆的外甥的女儿。"

"是……是什么？"

"是天璋院的文书官的妹妹出嫁后的……"

"原来如此，稍等，是天璋院的妹妹的文书官……"

"不对，是天璋院的文书官的妹妹……"

"哦，我明白了。是天璋院对吧？"

---

① "主人"在日语里还有"丈夫"的意思。
② 天璋院（1836—1883），又名笃姬，本名岛津敬子，是日本德川幕府第十三代将军德川家定的正室（御台所），在幕府末年骚乱和明治维新初期发挥了巨大的斡旋作用。她在德川家定死后出家，法号为"天璋院"。

"嗯，对。"

"然后是文书官？"

"对。"

"然后出嫁了？"

"是他妹妹出嫁。"

"嗯，是我弄错了。是他妹妹嫁过去的那家……"

"她婆婆的外甥的女儿。"

"她婆婆的外甥的女儿？"

"对，明白了吧？"

"还是不太明白。感觉好乱，有些不得要领。简单讲，她是天璋院的什么人啊？"

"看来你还是没弄明白啊。她是天璋院的文书官的妹妹出嫁后的婆婆的外甥的女儿，刚才不是已经讲过了吗？"

"那个我已经明白啦。"

"这个明白了，不就结啦。"

"嗯。"我无可奈何，只得服输。我等猫族有时也不得不揣着糊涂装明白啊。

拉门里的二弦琴声戛然而止，师傅的声音喊道："三花，三花！开饭啦！"

三花喜笑颜开，说："哎呀，师傅叫我啦。我要回去了，行吗？"

我想说不行也没辙啊。

"那就再见啦，有空再来玩啊。"她叮叮地响着铃铛，走到院子尽头，又忽然折返，担心地问，"你看上去气色好差，出什么事啦？"

怎好把吃了年糕跳舞的事告诉她呢？我只好说："没啥特别的事，就是想了点问题弄得头疼。想着跟你聊聊会好一些，就奔着你过来了。"

"这样啊。那可要好好保重啊，再见。"

她看起来对我有些依依惜别之情，我因年糕带来的一肚子不痛快一下烟消云散了，心情畅快起来。回去途中，又穿过茶园回家，踩着正在融化的霜花，钻过建仁寺的篱笆坍陷处，正遇见车夫家大黑在枯菊之上弓着背打哈欠。最近在下见到大黑已经不会吓得魂飞魄散了，只是觉得上前跟他搭讪怪啰唆的，就装作没看见的样子走过去。可惜以大黑的脾气，要是认为对方有轻视自己之意，那是绝不会默默忍受的。

"呔！你这个没名没姓的乡巴佬！这阵子尾巴都举到天上去了！教师家的饭吃得再多，也不至于脸大到这个地步吧？你真没劲儿！"

看来大黑还不知晓本猫已经名闻遐迩哪。想跟他通报一下，但又一想，他这种无知之徒又怎么会明白这种事，还是马马虎虎打个哈哈过去得了。

"大黑哥哥新年好啊，恭喜发财，您身子骨还是那么硬朗吧？"我竖起尾巴向左转了一圈。

大黑只是竖了一下尾巴，没有还礼。"发财发财，发个屁财！不如给你发个棺材呢！看你那个熊样儿，长得跟个出气筒似的。"

出气筒啥的肯定是骂人的话，只是我不明白到底是啥玩意儿。"那个我想问一下，你说的出气筒是啥啊？"

"哼哼，挨了骂还有脸问骂的是什么，真是个邵瓜。"

邵瓜一词颇有诗意，只是其意义比出气筒更难明了，待要请他指教一二，但估计肯定得不到确切的答复，只好跟他相对无言杵在那儿，未免有些尴尬无聊。

此时，从大黑家那边传来厉声怒吼："碗架上放的鲑鱼哪儿去了？这还了得！肯定又是那个黑畜生给叼走了，除了这个恶猫还有哪个？等回来了，看我怎么收拾你！"

初春恬静的空气登时被搅动得不安起来，"风定树静的太平盛

世 ①"也一下变得庸俗不堪。大黑摆出一副不可一世的神态，意思是：吼就吼吧，随便！他的方下巴朝我一伸，好像在说："瞧见没？"

我刚才忙于和他应对，没留意他脚下，现在才注意到那里有一块能值二分三厘钱的鲢鱼骨头，上面沾满了泥巴。

"您还是好汉不减当年勇啊。"我本来想告辞，见到这个，不觉为他献上一曲赞歌。

可是大黑并未因此消气。"你说什么？一两块鲢鱼算啥？说什么不减当年勇，忒小瞧我了吧？我不是吹，咱可是车夫家的大黑啊！"他用右爪挠挠肩膀，这是个与人撸袖子、摩拳擦掌类似的姿势。

"我早就知道您是车夫家的大黑了。"

"既然知道，还说什么好汉不减当年勇？什么屁话？"

他一再向我挑衅，如果是人的话，他这时肯定会揪住我的脖领子将我推搡在地了。在下不免觉得大事不妙，退了一两步。这时又听见刚才那个大嗓门在喊："哟，是西川老板啊，那个，西川先生，有事要跟您说一下，有空了您给我送一斤牛肉过来行不？听清楚了是吧？要一斤嫩牛肉哦！"买牛肉的叫喊声打破了四邻的寂静。

"哼，一年就吃这么一次牛肉，用得着大嗓门吆喝吗？买一斤牛肉就要跟街坊显摆，真是个没救的母夜叉。"大黑冷笑着，在地上又叉四脚。我不知该怎么搭话，只好一声不吭。

"就一斤而已，咱家根本不放在眼里。也罢，只好不嫌麻烦弄来吃了啊。"他说这话好像这牛肉是特意给他买的一样。

"这次可是实实在在的美餐哦，不错，不错。"我想让他快点回去。

"你懂个屁，闭上臭嘴吧，真聒噪。"他说完后脚一蹬，卷起的霜花冰碴扬了我一脸。我吓了一跳，正在抖身上的土的当儿，大黑已经

---

① 日本谣曲《高砂》中的 句唱词。

钻过篱笆，消失得无影无踪，估计是为了牛肉去西川家远征了。

回到家，客厅里一派春意四溢，罕见地传出主人爽朗的笑声。真蹊跷啊，我从敞开的檐廊进去，靠近主人身边，见到一位陌生客人。他留着整整齐齐的分头，上穿带家徽的棉质礼服，下着小仓① 布裙裤，俨然是一副规矩体面的书生打扮。在主人手炉一角，一张名片与上了春庆牌油漆的烟盒并排放着，上写"谨此介绍越智东风君 此致问候 水岛寒月"，由此可得知这位客人尊姓大名，也知道了他是寒月的朋友。主客对话正好进行到一半，不了解前因后果，不过话题似乎与上回提到的美学家迷亭有关。

"迷亭先生说会趣味盎然，一定要我一同前往。所以……"客人沉稳地说道。

"是说去那个西餐厅吃午饭会特别有趣味吗？"

"嗯，他说的趣味，我当时也是一头雾水。不管做什么，他都有一些异想天开的点子，我觉得……"

"你果然和他一起去了？"

"嗯，结果颇为意外。"

主人拍了一下坐在他膝盖上的在下的头，似乎想说："你瞧怎么着。"我被拍得有点疼。

"迷亭又搞恶作剧了吧？他这个家伙就喜欢干这种事儿。"看来他忽然记起了画家安德烈亚的事。

"是呢，他当时问我，要不要吃点新奇的菜。"

"那吃什么了？"

"他先是看着菜单，东拉西扯地聊了聊西洋菜。"

"在点菜之前？"

---

① 小仓，位于日本福冈县，以产棉布驰名。

"对。"

"然后呢？"

"然后他就歪过头，看着侍应生说：'你们这儿好像也没啥特别新奇的菜啊。'侍应生不服输地说：'鸭脯肉、小牛排什么的都有啊。'先生说：'这种陈词滥调，也用不着特地跑到你们这儿吃啊。'侍应生做了个鬼脸，没有吭声，估计他对什么是'陈词滥调'不大明白。"

"那是自然咯。"

"迷亭先生又转身对我言道：'要是去法兰西，或是英吉利，那就不一样了，尽可以吃到些天明调、万叶调①的菜，可在日本呢，不管去哪儿，都是一个模子印出来的司空见惯之物。唉，简直让人提不起兴致去吃西餐啊。'我听他这么煞有介事地议论，只是不知他到底有没有去过西洋呢？"

"他哪里去过西洋。当然啦，只要有钱又有闲，想去随时可以去。估计迷亭是把计划当成了回忆，才这样开玩笑吧。"主人自以为说了句妙语，先笑起来，可惜客人没领会到他的话妙处何在。

"原来如此，我还以为他真的留过洋呢，在那儿一本正经地洗耳恭听。他说起什么蛞蝓汤啊、青蛙粥啊，就好像亲身经历过一样。"

"他大概是听别人讲的吧，在扯谎方面他可是大名鼎鼎。"

"这样说来他都是扯谎咯。"客人观赏着花瓶里的水仙，有些遗憾的神色。

"刚才说的趣味，就是指的这个吗？"主人追问客人。

"哪里，这只是个序曲，好戏还在后头呢。"

"哦？"主人颇为好奇地感叹。

"迷亭先生接着就说：'既然蛞蝓汤、青蛙粥啥的吃不上，那就

---

① 天明调是天明年间以与谢芜村为中心兴起的俳句风格，万叶调指类似《万叶集》的简洁、雄浑的俳句风格。这里是迷亭信口开河的戏言。

退而求其次，将就将就，吃点账面肝怎么样？您意下如何？'我也没多想，就附和说：'那就来这个吧。'"

"账面肝？听起来有点怪。"

"是很怪，但先生一副正儿八经的表情，我也就没留意。"他似乎在向主人检讨自己的疏忽大意。

"后来如何？"主人对客人的道歉没表示同情，满不在乎地问。

"于是，他就跟侍应生说：'来两份账面肝。'侍应生问：'您是不是要煎鹅肝？'先生就越发正儿八经地纠正他说：'不是煎鹅肝，是账——面——肝。'"

"原来……那到底有没有叫账面肝的这道菜呢？"

"我也是觉得稀罕，但先生态度那么沉着冷静，再加上我以为他是货真价实的西洋通，对于他留过洋一事信以为真，也就帮腔跟侍应生说：'对，就是要账面肝。'"

"侍应生怎么说呢？"

"现在想起来，侍应生那样子真是滑稽，也够倒霉的。他想了一会儿，说：'真是不巧，账面肝没有了，要是点煎鹅肝的话，那马上就能来两份。'先生一脸遗憾的神色，说：'大老远地好不容易来这里一趟，居然没有这个菜，太没意思了。还有劳你多想想办法筹措一下。'说完给了他两角钱的小费。侍应生就说：'那我再去跟厨师商量商量。'就去了后厨。"

"看来他是真的很想吃账面肝哪。"

"没多久，侍应生又出来了，说：'真是不凑巧，您点的菜得花好长时间才能找到材料。'迷亭先生很镇定地说：'那没事，大正月的，闲着也是闲着，等就等呗，反正吃了再走。'说着掏出雪茄，咕嘟咕嘟地抽起来。我呢，无可奈何，也从怀里掏出一份《日本新闻》来读。侍应生又去了后厨商量。"

"这可真是大费周章啊。"主人往前凑了凑，那劲头就好像在读战争通讯一样。

"过了一阵子，侍应生又出来了，说：'真是抱歉，最近做账面肝的材料都没有了，哪怕去龟屋和横滨的十五番也都买不到，实在不巧，非常遗憾。'先生一脸失望的表情，说：'你看这真是，特地为了这个跑过来，结果……'他看着我一再表示失望。我呢，也不好一声不吭，只好附和他说：'是啊，实在是遗憾哪，真是遗憾至极。'"

"确实如此，那是当然之理。"主人也赞成道。我实在不懂他说的是哪门子当然之理。

"侍应生带着歉疚之情说：'那等我们有了材料再劳驾两位赏光了。'先生就问他做这个菜是用什么材料，侍应生只是笑笑，答不出来。先生就追问：'可是用安藤擀面杖①？'侍应生说：'对，就是用这个，最近去横滨都买不到，真是抱歉。'"

"哈哈哈哈，原来如此，这个包袱抖得好，好玩好玩。"主人不由得大声笑起来。他很少笑得这么开心，膝盖剧烈颤动，差点把我摔下来。他知道不止他一个人上了安德烈亚的当，格外高兴。

"后来我们从店里出来，先生说：'怎么样？刚才这个段子不错吧？拿擀面杖做包袱有意思吧？'他为了这个大为得意。我跟他说'佩服佩服'，就与他分别了。说实在的，这时早就过了午饭的点，我已经饿得受不住啦。"

"是啊，你也真是受罪啦。"主人这才表示了一下同情。

对此我不反对。谈话暂停了一会儿，我喉咙里发出咕噜声，传到主客二位的耳边。

东风将已经凉了的茶咕嘟一声喝下，郑重地讲道："老实说，今

---

① 前文的"账面肝"是将"擀面杖"的字序颠倒过来。擀面杖（日文写作"橡面坊"）是俳句诗人、记者安藤炼三郎的俳号。这里译者对原文的谐音双关略作修改，以便把"包袱"留到最后。

天来拜访，是有事相求的。"

"哦，不知何事呢？"主人也一副煞有介事的表情。

"如您所知，我对文学和美术颇感兴趣。"

"不错，不错。"主人鼓励他说下去。

"前阵子与一群同好之人组织了一个朗诵会，每月聚会一次，去年年末已经举办了第一次活动，今后打算继续搞下去。"

"你所说的朗诵会就是以抑扬顿挫的声调朗诵诗歌文章之类的吧，不知你们都朗诵些什么呢？"

"我们想一开始先读一些古人的作品，渐渐地再读一些同人的创作。"

"所谓古人的作品是指白乐天《琵琶行》之类的吗？"

"不是。"

"是与谢芜村[①]的《春风马堤曲》之类？"

"也不是。"

"那是读什么呢？"

"上次我们读的是近松[②]的情死戏。"

"近松是写净琉璃[③]的近松吗？"

哪有第二个近松，一说到近松，肯定是指戏曲家近松啦。主人连这种事都要问，真是蠢到家了。不过主人对我的不屑丝毫也未觉察，还柔和地抚摸我的头。将别人的翻白眼当成送秋波，世上这种人真是一大把，主人误解我，也不足为怪，就让他摸吧。

---

① 与谢芜村（1716—1784），与江户时代的松尾芭蕉、小林一茶齐名的俳人，"俳画"的创始人。《春风马堤曲》是他写的一首自由诗，颇受正冈子规推崇。

② 近松门左卫门（1653—1725），江户时代净琉璃（木偶戏）和歌舞伎剧作家，原名杉森信盛，别号巢林子，近松门左卫门是他的笔名。文中提到的戏可能是他的《情死天网岛》。

③ 净琉璃，日本传统戏曲的一种说唱故事，在三味线的伴奏下说唱，包括义太夫调、常磐津调、清元调、新内调等，江户时代起同木偶戏相结合。

"是的。"东风觑着主人的脸色答道。

"那是一人包揽，还是分角色来读呢？"

"是分角色读的。我们是力求尽可能体会剧中人物的心理，演绎各自的性格，除了声调，语气、手势和动作也都要讲究。念对白时，尽量表现出那个时代的人的特色，不管是小姐还是学徒，都务求活灵活现，像真人一样。"

"哦，这样就和演戏差不多了吧？"

"对，只是不穿戏服，没有布景。"

"冒昧地问一下，不知举办得还算顺利吗？"

"作为第一次，还算成功吧。"

"你刚才说的情死戏是哪一出呢？"

"就是船夫载着客人去芳原①那一幕。"

"这一幕可不大好演啊。"主人侧着头，一副很懂行的样子，鼻子里呼出的日出牌香烟的烟雾掠过耳朵，袅袅飘到脑后。

"哦？也不算难演吧。登场的人物只有嫖客、船夫、花魁、仲居、遣手和见番②几个人。"东风平和地说。

主人听到花魁一词稍稍皱了皱眉，不过对于仲居、遣手、见番这些术语并没有明确的了解，就开口问道："仲居就是妓院里的侍女吗？"

"这个没有仔细研究过，感觉应该是茶馆里的侍女，遣手好像是妓院里帮忙打理事务的。"

东风刚才还说要把人物演得活灵活现，可是就连遣手、仲居是干什么的都不怎么了解呢。

---

① 当时江户（现东京）的烟花巷。

② 仲居，艺伎的侍女；遣手，管理妓女的女子，相当于老鸨；见番，也叫"检番"，原本是妓女管理所，后变成替客人拉皮条，接送妓女、客人，代收嫖资的部门，该词也指该部门的工作人员。

"原来仲居是隶属于茶馆的，遣手是在妓院负责她们的饮食起居？那么见番是指人还是场所呢？指人的话，是男人还是女人呢？"

"见番，我想应该是男人吧。"

"他具体是掌管什么的呢？"

"我还没有深入研究到这个地步，有空再去查一查。"

就这么着，演出那天肯定出尽了洋相。我抬头瞅了一眼主人的脸。主人倒是出乎意料地认真。

"参加朗读会的人，除了你，还有谁呢？"

"人还挺多的，演花魁的是法学生K君，他留着小胡子，却要念诵女性娇滴滴的台词，很有意思。还有花魁突发腹痛的情节……"

"朗读的话也要把肚子痛的感觉表现出来吗？"主人关切地问。

"对，表情是很重要的。"东风君总是带着文艺家的气质。

"那么当时肚子痛得还行吗？"主人脱口而出一句"妙语"。

"首次演，很难说痛得还行。"东风也回了一句"妙语"。

"对了，你是演什么角色呢？"

"我是船夫。"

"哦，你是船夫啊。"主人的那个语气，言外之意似乎是"你能演船夫，那我演个见番也不在话下了"。

"船夫应该很难演吧？"主人不留情面地问。

东风倒没有动气，仍然用沉着的语调说："就因为我演的船夫，好不容易办起来的朗读会才弄得虎头蛇尾。会场隔壁住了四五个女学生，她们不知从哪儿打探到当天有朗读会，就在会场窗下旁听。我当时模仿着船夫的腔调，自己感觉这个状态刚刚合适，还挺得意的……结果，大概是因为动作太夸张，那几个女学生刚才还一直憋着，这时突然就齐声笑起来。我大吃一惊，真是要多尴尬有多尴尬。被打断以后，后面的怎么也接不上去了，只好就演到那儿便散场了。"

原来第一次还算成功的朗读会就是这样子啊，那要是失败，还不知道是怎样一副情形呢。想到这儿，我不禁失笑，喉咙里发出咕噜声。主人却越发温柔地抚摸我的头。我在嘲笑人，人却抚爱我，这很难得，但也不太对劲。

"那可真是飞来横祸啊。"主人在大正月里说起不吉利的话来。

"我们打算从第二回开始，努力奋发，办得更盛大隆重一些。今天来拜访您也完全是为了这个，实话说，就是希望您也能入会，算是对我们的鼎力支持。"

"我可不会表演腹痛的哦。"秉性消极的主人马上回绝了。

"那倒不用，不会让您来表演生气什么的。这里是赞助人的花名册。"他说着从一个紫色包袱里郑重掏出一个小本子，"想请您在这里署上大名，盖上印章。"他把本子在主人膝前摊开，只见上面密密麻麻、端端正正写满了一些学界名流的名字。

"那个，做赞助会员并不是不可以，只是不知道有什么样的义务没有？"牡蛎先生顾虑重重地问。

"没有什么硬性义务，只要签上您的大名，表示一下赞助的意愿，那就是莫大支持了。"

"那我就忝列其中了。"一听说这件事不牵涉什么义务，主人立刻放下心来。那表情仿佛在说，只要不用负责任，哪怕是谋反的连名状，他也敢署名。更不用说那上面已经有这么多知名学者，自己也能厕身其中，对于此前从未有过这种机会的主人而言，是无上的光荣。他如此痛快地答应下来，那是自然之理。

"稍等。"主人去书斋拿印章了。我扑通一下掉到了榻榻米上。东风君从糕点碟子里拿了一块蛋糕迅速填到嘴里，鼓起腮帮子开始咀嚼，看样子噎得有点难受。我不由得想起了早上的年糕事件。等主人从书斋里拿了印章出来，那块蛋糕已经躺在东风的胃里了。主人好像没有留意到碟子里的蛋糕少了一块，要是他发现了，恐怕首先怀疑的也是我吧。

东风告辞后，主人进了书斋，见书桌上不知何时多了一封信，是迷亭先生写来的。

恭贺新年，大吉大利……

主人想：很少见他正经啊。迷亭的信几乎从来都没正经过，前阵子还来函说："其后别无女子可恋，亦无情书可得，唯无所事事消磨光阴，贤兄尽可释怀。"与之相比，这封贺年信看起来格外中规中矩。

本拟登门拜谒，然贤兄之消极处世之态度弟实不能，乃采取力所能及之积极方针，为迎接此千古未有之新年，每日疲于奔命，还望海谅……

这种人哪，果然在正月里忙着到处游玩。主人对迷亭暗暗同情。

昨日偷得浮生半日闲，与东风君一起去品尝账面肝，无奈材料欠缺，美意成空，憾甚……

又露出本来面目了，主人默默微笑。

明日将参加某男爵之歌留多纸牌会 ①，后日乃审美学协会之新年宴会，其后又有鸟部教授之欢迎会，再其后……

_____

① 歌留多是一种日本式的纸牌，上面写着《百人一首》中的和歌。日本人新年时常玩这种纸牌，玩的时候，一人吟诵某和歌的上句，参赛者须迅速抢到对应的纸牌，最后得牌多者获胜。

真絮叨，主人跳过了这一段。

如上所述，日日出席谣曲会、俳句会、短歌会、新体诗会等，万般无奈，只得以贺年信笺以代拜趋，怠慢之处，还望贤兄宥恕……

主人心里暗自回复：无事何须登门。

贤兄下次大驾光临寒舍，必当恭候，久别重逢，当共进晚餐。虽无珍馐美味，然账面肝者当尽力筹措，谨以献上……

又在扯你的账面肝了。主人有点气恼。

然近来账面肝材料售罄，如何是好？积虑再三，欲以孔雀舌代之，不知尊意可否……

呵呵，居然有两手准备啊，这话勾起了主人继续往下读的兴致。

所可虑者，如兄所知，孔雀舌肉尚不及小指一半，而以贤兄饕餮之胃囊，欲大快朵颐，则……

"又在胡诌八扯了。"主人厌烦道。

则需至少二三十只孔雀方可。然孔雀者，于动物园、浅草花屋敷①等处偶见之，至于普通禽鸟店则一向未曾见着，小可为此

---

① 东京台东区浅草寺附近的游乐园。

煞费苦心……

主人对此毫无感激之情：费什么苦心，都是你自寻烦恼。

　　往昔罗马全盛之时，此孔雀舌料理，曾一度风靡，为豪奢风流之极致，令人食指大动，请贤兄谅察……

主人很冷淡：这种事有什么好谅察的，傻瓜。

　　降至十六、十七世纪，孔雀舌已成全欧不可或缺之美味。莱斯特伯爵[①]于凯尼尔沃思城堡宴请伊丽莎白女王时，即用此。伦勃朗之名画《飨宴图》中，亦有一孔雀尾开屏于餐桌之上……

"有这种闲暇，写孔雀料理史，可见并不怎么忙碌嘛。"主人不满地咕哝。

　　总之，迩来连日赴宴，即令如愚弟脾胃健壮者，亦将如贤兄罹患胃病矣……

主人嘀咕："什么？'如贤兄'？把我当成胃病的典型啦这是？实在多余。"

　　据史家考证，罗马人日宴二三次，酒池肉林之会略无停歇。无论何等健壮之食客，亦不免于消化机能不调，何况如贤兄者……

---

① 罗伯特·达德利（Robert Dudley，1532—1588），伊丽莎白一世的重要大臣，相传是她的情夫。

"如贤兄者"，又来了，真是放肆。

因此，如何使奢侈与卫生两全，彼等殚精竭虑加以研究，既可多尝美味，又能不伤及肠胃，于是得一秘法……

哦？主人顿时来了精神。

彼等饭后必入浴，入浴后有一法，可将浴前所食之物尽行呕吐，令胃内扫除净尽。如此即可胃内廓清，再次赴宴。待酒足饭饱之后，再次入浴，重又呕吐。如此一来，既可贪享好物，又丝毫无损于内脏诸机能，可一举两得，愚弟以为……

确实一举两得啊，主人流露出向往之情。

今二十世纪，交际频繁，宴会增加，自不待言。又军国多事，日俄战争已是翌年，吾等战胜国之国民，自当效仿罗马人，行此入浴呕吐之术。愚弟以为对此不可不研究，此恰逢其时也。若不然，则吾大国国民，恐悉如贤兄沦为胃病患者，愚弟心痛之不能自已……

主人想：怎么又是"如贤兄"，烦死了。

若吾国人有通达西洋掌故者，考察古史传说，将失传已久之秘法挖出，应用于今日之明治社会，可防祸患于未萌之际，功德无量也。亦聊以报答平素耽于逸乐之恩……

主人歪了歪头：这是什么奇谈怪论。

　　此间泛览吉本、蒙森、史密斯①诸家著述，迄未发现此呕吐秘法之详情，颇为遗憾。然而如贤兄所知，愚弟一旦发愿，不达目的决不罢休。假以时日，必将使呕吐秘法复兴，敬请期待。一旦发现，必及时告知贤兄，请贤兄明鉴。又及，前述之账面肝、孔雀舌之美味，俟觅得食材之后即可办成，届时遑论愚弟，于贤兄之胃病，亦不无裨益焉。草草。顿首。

　　主人笑笑，说："终于还是让他带进坑里去啦。写得那么严肃，自己还认真读了。新年这么忙还搞这种恶作剧，看来迷亭很空闲嘛。"

　　之后四五天安然无事。白瓷瓶中的水仙花渐渐凋零，绿萼梅在瓶中渐次开放。日子在花开花落中度过，未免有些沉闷无聊。我想去寻访三花姑娘，去了一两回都没见着。起初还以为她不在家，第二次去才知道她病倒了。我躲在洗手钵旁叶兰的阴影里，听到拉门后面传来师傅与女仆的对话。

　　"三花吃饭了吗？"

　　"没有，从早上开始就什么都没吃。我让她躺在被炉上暖和暖和。"

　　这不像对待猫，倒像是对待人一般。

　　再看看自己的待遇，一比较，不由得醋意大发。可另一方面，想到自己钟情的猫有这样优厚的待遇，又觉得很是欣慰。

　　"真是麻烦啊。老这么不吃饭，身体是会垮的哦。"

　　"是啊，就连我们，一天不吃饭，第二天干活也都干不下去。"

---

① 蒙森，即特奥多尔·蒙森（1817—1903），德国历史学家，著有《罗马史》，曾获诺贝尔文学奖；史密斯，应指英国词典编纂家威廉·史密斯（William Smith，1813—1893），其代表作为《希腊罗马古迹辞典》。

听女仆这么说，竟好像猫是比她自己更高等的动物似的。在这个家里，猫可能确实比女仆更珍贵吧。

"带她去看医生了吗？"

"嗯。那个医生真有意思。我带三花去了诊所，他问我是不是感冒了，要给我把脉。我说病人不是我，说着把三花抱到膝盖上给他看。他笑着说：'我不懂看猫的病。不用管她，自己就会好的。'这也太过分了吧。我生气了，说：'那我不看了，这只猫可珍贵呢。'就把三花抱在怀里急忙赶回来了。"

"真是的。"

"真是的"这样的话在我们之间可不会听到。果然不愧是天璋院贵人的什么什么人才会用这么文雅的词句啊，佩服佩服。

"她喉咙里好像有嘶嘶嘶嘶的声音。"

"嗯，肯定是得了感冒，喉咙痛吧。一旦感冒了，都会咳嗽哦。"

就连天璋院的什么什么人的女仆，也是这么斯斯文文地讲话呢。

"最近好像肺病又流行起来了。"

"确实，最近肺病啦，鼠疫啦，这类新的病越来越多，可不能马虎大意啊。"

"旧幕府时代没有的，都不是什么好事。你也要小心啊。"

"您说得真对。"女仆大为感动。

"说是感冒，可三花也不怎么外出啊……"

"才不是呢，您还不知道，她最近认识了一个不三不四的朋友。"

说起这个，女仆就像透露国家机密一样得意扬扬。

"什么朋友？"

"就是街那边教师家里那只邋里邋遢的公猫。"

"教师？就是每天早上都要哇呀呀乱叫的那一个？"

"嗯，每次洗脸的时候都发出一些怪声，就像掐死大鹅时发出的声音。"

掐死大鹅时发出的声音，这个形容真是活灵活现。咱家主人每早在浴室洗漱时，总要把牙刷伸到喉咙那儿，肆无忌惮地发出怪声。心情坏时嘎嘎嘎地叫唤，心情好时更是起劲儿地嘎嘎嘎叫唤。总之，不管心情好坏，都是不休地嘎嘎嘎叫，一天也不落下。听太太讲，尚未乔迁至此之前，他还没有这样的怪毛病，某天起，突然之间就开始这样了，直到现在也没间断过。如此差劲的怪癖，何以能够坚持不懈，吾等猫族实在难以想象。这些都休提，她俩说我是"邋里邋遢的猫"实在是太损了。我且竖起耳朵继续听着。

"发出那样的怪声，真不知念的是什么咒。维新以前，哪怕是武士家的侍从和仆人做事都规矩得体，在武士的街区，那种洗漱方式，根本是闻所未闻。"

"确实是这样哪。"女仆深表赞同之意，不分青红皂白地使用语气词"哪"。

"主人是这种德行，猫能好到哪儿去？总之是个野崽子，下次要是再来，我非得给他点颜色瞧瞧。"

"是该收拾收拾他。三花生病保准是他害的，这个仇非报不可。"

这可真是天上掉下来的不白之冤。这样的人万万不敢再靠近了，最终我也未能再见着三花姑娘一亲芳泽，只得回家了。

家里头，主人正在书斋握笔沉思中。要是在下把从二弦琴师傅那里听来的评论如实转述给他，他肯定气不打一处来。俗话说，眼不见为净，耳不闻不烦。只见他口里念念有词，俨然一副神圣的诗人做派。

这时，特地写来贺年信说忙得抽不开身的迷亭飘然来访。

"您在作什么新体诗吗？肯定是佳作，让我拜读一下吧。"

"哦，正好发现有篇不错的文章，现在想把它翻译出来看看。"主人郑重其事地开口道。

"文章？谁的文章？"

"不知道是谁的。"

"无名氏的啊。无名氏的文章也时有极为出色的佳作，不容小觑。是刊载在哪里的呢？"

"《第二读本》。"主人镇定地回答。

"《第二读本》？"

"我翻译的妙文就是出自《第二读本》①啊。"

"别开玩笑了。这是为了报孔雀舌的仇吗？"

"我才不像你，整天大吹法螺。"主人泰然自若地捻着胡须。

"从前有人问山阳②：'先生最近可写有大作？'山阳便把马夫写的催债信拿出来说：'近来所写佳作，莫过于此。'你的审美眼光也许很准，给我读读听听，让我品评一下。"迷亭这么一说，就好像他是审美眼光的行家。

主人用禅僧读大灯国师③的遗训一样的口气开始读起来："巨人，引力。"

"巨人，引力？这是何意？"

"巨人引力就是文章的题目啊。"

"好怪的题目，我实在不知何意。"

"我想，是名叫引力的巨人吧。"

"感觉有些牵强。先把题目放到一边，赶快读正文吧。你的声音不错，很有意思。"

---

① 指日本当时流行的一种英语教科书《新世纪第二读本》，但主人所翻译的短文实际出自《新世纪第一读本》。这很有可能是主人自己张冠李戴记错了，但迷亭以为是主人故意为之来戏弄他，因此闹出了下面的误会。

② 赖山阳（1781—1832），名襄，字子成，号山阳，别号三十六峰外史，生于大阪，江户时代后期历史学家、思想家。

③ 日本临济宗僧宗峰妙超（1283—1338），大德寺创始人，花园天皇特赐"兴禅大灯国师"号。

"别乱打岔哦。"主人提醒了一句，便开始读：

凯特望着窗外。孩子们在玩球。他们将球高高抛往空中，球越飞越高，很快又落了下来。他们又把球抛向高空。一连三次。每次抛上去，球都落了下来。"为什么球要落下来，不能一直往上飞呢？"凯特问。"因为地心住着巨人，"母亲回答，"他就是巨人引力。他很强大。他把万物都吸引到自己身边。他把房屋拉到地面上，否则房屋就飞走了，小孩也飞走了。看见落叶了吗？那是巨人引力在召唤它们。书本会掉下，也是因为巨人引力叫它下来。球一往空中飞，巨人引力就召唤它，它就掉下来了。"

"就这？"

"嗯。写得妙吧？"

"得啦，我算是领教过了。你这一招可是出其不意啊，作为账面肝的谢礼，我就收下了。"

"休提什么谢礼之类的，我是确实觉得文章好，才试着翻译了。贤弟不觉得吗？"主人打量着金边眼镜的后面。

"真是出人意料啊，原来你也懂得这种伎俩，这次我算是上了你的当，认栽服输啦。"

迷亭一个劲儿地自嘲，主人却好像没明白对方的意思。"我可没让你告饶认输的意思，只是觉得文章有趣，才试着翻译了而已。"

"确实有趣。这样子玩才算是玩真的。厉害，厉害！佩服佩服！"

"不必这么佩服吧。我最近不画水彩画，转为写文章了。"

"水彩画没有远近纵深、黑白之别，哪里比得了这个。佩服之至。"

"你这么夸我，让我有些忘乎所以了。"主人到头来也没懂对方的意思。

这时，寒月唠叨着"上次失礼了"进了门。

迷亭没头没脑地来了一句："失敬失敬。刚才拜听了一段妙不可言的文章，驱散了账面肝的幽灵。"

"哦，有这回事？"寒月的回应也是不知所以。

主人仍是不动声色："前几天你介绍的越智东风君来过。"

"哦？他来过？这个越智东风倒是实在人，就是有点怪，他一定要我介绍一下，没给你添麻烦吧……"

"也没啥麻烦的……"

"他来这里有没有解释一下自己的姓名呢？"

"没有提到这个。"

"居然没有？他可是不管去哪儿都要跟初次见面的人解释一下自己的姓名的。"

"他都怎么解释的呢？"巴不得找点新鲜事的迷亭君插嘴问。

"他很介意别人用音读[①]来念'东风'这两个字。"

"哦？"迷亭从金漆皮面的烟盒中取出烟草。

"每次他都纠正别人，我的名字不读おちとうふう，而是读おちこち。"

"有意思。"迷亭将云井烟一直吞到腹底。

"这完全是出于文学热情。读作おちこち，他的姓名发音就跟'远近'这个熟语一样，而且也押韵[②]了，因此他为之很自豪。'要是按音读来念东风二字，我的一片苦心可就付诸东流了。'他痛心疾首地说。"

"可真是个怪人啊。"迷亭有些得意忘形，让腹底的云井烟从鼻

---

① 日语汉字按汉语的发音读出来，叫音读（由于日语是吸收了历史上当时汉字的发音，故而与汉字现在的发音有不少差异）；只取汉字义，读日语音，叫训读。"东风"按音读念念作とうふう（TOHU），训读念作こち（KOCHI）。

② 指姓"越智"（おち）与名"东风"（こち）押韵。

孔喷出。有些烟迷失路途，堵在咽喉处，他握着烟管，"吭吭"地咳嗽了几声。

主人笑道："上次他来，说到在朗读会上演船夫，被女学生笑的事。"

"哦，那个事啊。"迷亭将烟管在膝盖上磕了磕，我感觉有点危险，就稍稍避开了些。

"朗读会的事，之前请他吃账面肝的时候也提到过。他说：'想在第二次聚会时，邀请知名文士，开成一个盛会，请先生务必光临。'我问他下次是不是还演近松的世情剧，他说：'这次会选个新的，《金色夜叉》①。'我问：'你演哪个角色？'他说自己演阿宫。东风君演的阿宫肯定很有趣。届时我一定出席给他喝彩。"

"估计会很有趣。"寒月君意味深长地笑了笑。

"不过，他这人浑身上下都透着老实，毫无轻薄之态，与迷亭之流是大相径庭。"主人这句话是对安德烈亚、孔雀舌与账面肝的全面复仇。

迷亭对此并不介怀，笑笑说："不管怎么说，我等就是行德的砧板②啊。"

"差不多吧。"主人其实并不懂行德的砧板是何物，但常年做教师，练就一套稀里糊涂蒙混过关的本领，这时就把教坛上的经验用在社交场了。

"行德的砧板，这话何意？"寒月老老实实地问道。

主人望着壁龛的方向："那水仙是我年底洗澡回来路上买来插上的，花期还挺长。"就这么硬是压下了行德砧板的话题。

迷亭演杂技似的在指尖上旋转着烟管说："说到年底，去年年底我倒真是经历了一件蹊跷的事。"

①　《金色夜叉》，日本明治时代小说家尾崎红叶的名著。阿宫是小说的女主人公。
②　行德，日本地名，属于千叶县，当地盛产蛤蜊，日语叫"马鹿贝"，而"马鹿"又是蠢的意思。行德的砧板指一个人又愚蠢又世故。

"什么事？说来听听。"主人见行德砧板已被远远抛诸脑后，松了一口气。

迷亭所说的蹊跷事如下：

"记得是年末腊月二十七，东风君提前通知我说，要来寒舍'请教些文艺上的高见，希望您届时在家'。于是我从早上开始就在家等着，左等右等怎么也不见他来。吃完午饭，我正在火炉前读巴里·佩因[①]的滑稽小说，静冈的母亲来信了。老人家还是拿我当小孩看，信里都是诸如'时令严寒，切莫夜出''冷水浴时，先生炉子''保持室温，谨防感冒'之类的各种注意事项。不愧是母爱难得啊，别人绝不会跟我说这些。哪怕是游手好闲的我也深受感动，觉得自己一直碌碌无为实在太不像样，发誓要写出大作，扬名天下，让母亲在有生之年能亲眼看到我迷亭在明治文坛的显赫声名。我又继续读下去。'你们真是幸运。与俄国的战争打响以后，年轻人都在为国家不辞辛苦地工作，而你们呢，岁暮年关过得也如正月里一样逍遥自在。'——我也没像母亲说的那样一味耽于玩乐吧。之后，母亲便列举了一大堆名字，都是我小学时代的朋友，在此次战争中或是阵亡，或是负伤。我一一读着那些名字，一时间忽然觉得尘世的无味，人生的虚无。信的结尾说：'我也上了年纪，今年的年糕汤恐怕是最后一次喝了……'这些话让我心乱如麻，莫名烦躁，要是东风早点来就好了，可他偏偏没来。到了晚饭时间，想起来还要给母亲回信，就写了十二三行。母亲一写信，动辄就是六尺[②]以上，这种本事我可学不来，每次写了十来行就罢笔了。因为一整天都没怎么动弹，胃里很不舒服，我就想，先去寄信，顺便散散步，东风来了就先让他等着。我没像平常那样去富士见町方向，而是不知不觉去了土手三番町方

---

① 巴里·佩因（Barry Pain，1864—1928），英国诗人、幽默作家。——编者注
② 日本旧时写信用卷纸，故而会有这种说法。

向。正好那天晚上有点阴，北风从护城河那边吹过来，非常冷。神乐坂方向来的火车'呜呜呜'呼叫着从河堤下经过。感觉真是凄凉。岁暮、战死、衰老、无常迅速，这些词在我脑海里盘旋。人在自杀时，就经常被这样的情绪鬼迷心窍，是吗？我无意中抬头向河堤上望去，原来不知何时已经来到那棵松树下面……"

"你说的那棵树，是哪棵树啊？"主人插嘴问。

"悬首松啊。"迷亭说着缩了缩脖子。

"悬首松在鸿台吧？"寒月又节外生枝。

"鸿台的是悬钟松，三番町的是悬首松。这个名字怎么来的呢？自古传言，不管谁来到这儿，都想上吊自杀。河堤上的松树有好几十棵，但只要是来上吊，就会吊在这棵树上。每年都有两三个人在这棵树上吊死。不知为何，别的树都不像这一棵树那么让人想寻死。我瞧了一下，这棵树的枝丫横着向大路方向生长，婀娜多姿，不利用一下确实可惜。真想看看那上面吊个人是什么样子，却不见人来。东张西望了一会儿，不见人影。没办法，只能自己来了。不不不，自己吊上去，命可就没了，危险危险。不过，我听说古希腊人有个在宴会上模仿上吊来助兴的游戏。玩法是一个人登上台子，脖子套上绳圈，另一个人踢开台子的同时，脖子套进绳圈的人松开绳子跳下来。这个如果属实的话，那上吊也没什么特别可怕的。我不妨也试试。于是我手搭在树枝上，树枝柔顺地弯下来，弯曲的样子很完美。一想到脖子挂在上面轻轻颤动，摇曳生姿，我喜不自胜。正想着一不做二不休吊上去，可又一想，要是东风君来了，在家里空等，实在对他不住，还是先跟东风会面，履约晤谈过后，再出来吧，这样我便回家了。"

"就这么'从此过上了幸福的生活'？"主人问道。

"果然有趣啊。"寒月笑嘻嘻地说。

"回家一看，东风还是没来，只是送来一张明信片，说今日突然有事缠身，未能上门赴约，待来日面晤。这样一来我放了心，不用再有顾虑，出去上吊好了，真开心。急急忙忙穿上木屐，快步走到原处一看……"他说到这里，若无其事地打量了一下主人与寒月的脸色。

"看见什么了？"主人有些焦躁。

"渐入佳境啊。"寒月捻着礼服的带子。

"一看，有人抢先一步，已经吊在上面了。就差一步啊，真遗憾。仔细想来，那时我是死神附身了吧。按詹姆斯[1]等人的说法，这是潜意识里的幽冥界与我所在的现实世界以一种因果法则相互感应。真是一件不可思议的蹊跷事，对吗？"迷亭的神色从容自在。

主人想，又让他戏弄了一次，就默默地在嘴里填了一块"空也"点心[2]鼓鼓囊囊地咀嚼起来。

寒月认真地扒拉着火盆里的灰，低着头咻咻笑了一阵子，用极为平静的调子开口道："听你说到此事，确实很奇怪，有点难以置信，但我本人最近正好也经历了一件类似的事，所以一点也不怀疑。"

"哦？你也有过想上吊的念头？"

"不，我不是想上吊。这件事说起来也是在去年年底，和先生说的事是同日同时发生，因此更为奇特。"

"这就有意思了。"迷亭也大口吃起"空也"点心。

"那天在向岛的朋友家里开了个忘年会兼合奏会，我也带着小提琴去了。有十五六位小姐和夫人参加，可说是盛会一桩，近来的一件赏心乐事。什么事都进行得有条不紊。晚餐完毕，合奏也结束了，大家四下里天南海北地闲聊，时间已晚，我正打算告辞回家。这时某博士的夫人来到我身边，小声问：'你知道某某姑娘生病的事吗？'我吃了一惊，

---

① 威廉·詹姆斯（William James，1842—1910），美国机能主义心理学和实用主义哲学先驱，美国心理学之父。

② 由一家叫"空也"的糕点铺开始制作的豆沙馅脆皮点心。

因为我在两三天前还见过她，跟平常一样，没什么发病的迹象，于是我就问她详情如何。听说，她从我遇见她的那一晚开始，就突然发烧，不住地说胡话。不仅如此，在她说的胡话当中，还时时提到我的名字。"

不仅是主人，就连迷亭也没说诸如"你艳福不浅"之类的陈词滥调，而是安静地聆听。

"叫了医生来看，也不知是什么病，只是诊断说，发烧得厉害，侵害到大脑了。要是催眠剂不能如愿奏效，就危险了。我听了，马上有一种不祥之感，就像被梦魇缠身，沉重而窒息，似乎周围的空气一下变成固体，从四面八方挤压着我的身体。回去的路上，我脑子里总想着这个事，苦闷不堪。那么漂亮，那么快活，那么健康的姑娘……"

"不好意思，稍等一下，你刚才两次提到某某姑娘，不介意的话，能否告诉我们她的芳名呢？"迷亭说着回头看了主人一眼，主人模棱两可地"嗯"了一声。

"恐怕会给本人带来麻烦，这个就免了吧。"

"你就这么稀里糊涂地讲下去吗？"

"请不要嘲讽我，这是很严肃的一件事……一想到那位姑娘突然之间患上了那样的病，我心里就满是落叶飞花、感慨万端，全身的活力仿佛一下子罢了工，精神萎靡下来。我跟跟跄跄来到吾妻桥上，倚着栏杆，俯视着下面，也分不清是涨潮还是退潮，只看见一片黑水茫茫，默默涌动着。从花川户方向过来一辆人力车，驰过桥上，我目送着车上的提灯越变越小，最后消失在札幌啤酒公司那里。我又望向水面。这时，从遥远的河流上游传来一个声音，在呼唤我的名字。现在这个时分，怎么会有人呼唤我的名字？这是谁？我极力向水面望去，但那里只是黑沉沉的一片，什么也看不见。莫非是我的错觉？赶紧回去吧。刚走出一两步，又听见那微弱的声音从远方呼唤我。我停下脚步，侧耳倾听，第三次听到了呼唤之声。我紧紧抓住栏杆，膝头不住颤抖。分不清那声音是来自远处，还是发自河底，但毋庸置疑，那是那位姑娘的声音。我不由得应了一声："哎！"我的声音很大，在寂静的水面上回响，把我自己吓了一跳。我惊诧地向四周张望了一番，不见人，不见狗，不见月亮，什么都看不见。这时，我自身宛如被卷入了黑夜之中，有种想要奔赴那声音之所在的冲动。姑娘的声音又传来了，这声音刺穿了我的耳膜，这声音里有痛苦，有倾诉，又像是在呼救。这回我应答道："这就来了。"我倚着栏杆，探出半个身子，眺望着黑茫茫的水面，感觉那呼唤我的声音正从水波之下挣脱出来。我想，你是在水下啊，就跨到了栏杆上。这时我打定主意，要是再叫我一声，我就跳下去。我望着水流，那悲哀的声音又如游丝般浮现。就在那儿——我纵身奋力一跃，就像一块小石头一样，毫不犹豫地坠落下去。"

"终于还是跳下去了？"主人眨巴着眼睛问。

"应该还没到那一步吧。"迷亭揉揉自己的鼻头。

"跳了之后，我就不省人事了，有好一阵子宛若梦中。等后来睁开眼，虽说觉得冷，但身上并没有湿答答的，也没有呛了一肚子水的感觉。可是我确确实实跳了啊，真是纳闷。正在大惑不解之际，向四下一瞧，这才吃了一惊，原本以为是跳入水中，结果弄错了方向，竟跳到了桥中央。那时可真觉得后悔啊。就因为前后颠倒，没有去到那个呼唤我的声音所在之处。"寒月咻咻笑着，仍旧拨弄着礼服上那累赘的带子。

"哈哈哈哈，有意思。这跟我的经历还真像。无巧不成书，也可以作为詹姆斯的研究案例了。要是以人的感应为题作一篇写生文，定能震惊文坛……哦，对了，那位姑娘的病情后来如何了？"迷亭先生想寻根究底。

"两三天前我过去拜年，她在院子里和女佣玩羽毛毽子呢，看来已经痊愈了。"

主人刚才就一直在若有所思，这时好像不甘示弱似的开口道："我

也有过。"

"你也有过，是什么事呢？"迷亭的口气，明显是没把主人放在眼里。

"也是在去年年底。"

"大家都是在去年年底，这也太不可思议了吧？"寒月笑着，残缺的门牙处粘着块"空也"糕点。

"也是在同日同时吗？"迷亭插科打诨道。

"不，不是同一天。是在二十日左右。内人那天说，她不要过年的礼物了，带她去听一场摄津大掾①的新年演出就行。这不算啥，我就问她今天演哪一出，内人看了下报纸，说是演《鳗谷》。我不喜欢这出戏，就说今天先不去了。到了次日，内人又拿来报纸，说：'今天演《堀川》，这个应该可以吧？'我说：'《堀川》是个三弦戏，只是热闹，没什么实质内容。'她一脸不痛快地走开了。下一天，内人说：'今天的戏是《三十三间堂》，我一定要去听摄津的《三十三间堂》，你是不是讨厌《三十三间堂》我管不着，反正是我去听，带我去行不行？'她很严肃地跟我谈判。'你那么想去，咱就去吧。不过这是大师的告别演出，肯定会满座，就这么蒙着头去了，可能没法入场。本来，应该先跟剧场茶馆交涉，订好座位，这才是正当的手续。不按常规，可不大好，真是抱歉，今天还是不去了吧。'内人眼神里满是怨恨，带着哭腔说：'我是个妇道人家，不懂这些复杂的手续，可是大原的母亲、铃木家的君代都没走你说的正当手续，不也都痛痛快快地看了回来了？你做教师再怎么了不起，看场戏也用不着这么麻烦吧？你太过分了！'我一看这样，就告饶了，说：'既然这样，咱们还是去吧。吃了晚饭就坐电车去。'内人这下来了精神，说：'要去的话，必须四点以前赶到那儿，磨磨蹭

---

① 摄津大掾（1836—1917），著名义太夫流派净琉璃艺人。

蹭的话，就看不成了。''为什么非得四点以前到那儿呢？'我问。'要是不早去，就没得位子，没法入场。这都是铃木家的君代跟我说的。'我又追问了一句：'要是过了四点再去就不行了是吧？''对，那样就看不成了。'内人回答。这时，可真是怪，突然打起寒战来了。"

"是夫人吗？"寒月问。

"不，内人倒是好好的。是我本人，感觉就像破了的气球，一下子萎缩了，两眼冒金星，动弹不得了。"

"急病啊。"迷亭加了一条注释。

"唉，真是为难啊，内人一年到头就求我这么一次，怎么着也得让她称心如意才行吧。平日里我对她要么是叱责，要么是冷落，她任劳任怨，又要照顾孩子，又要料理家务，我却从未报答过她的操劳。今天正好有空闲，也有几个余钱，带她去看戏完全没问题。内人那么想去，我正寻思着一定要带她去的当儿，怎么就打起寒战来，头晕目眩的呢？这样子别说去坐电车，就连走去换鞋都不成。真是遗憾啊。我越是着急，越是觉得恶寒不止，天旋地转，得赶紧请医生来看看，服上药，兴许能在四点以前好起来。于是就跟内人商量了一下，去请甘木医生。不巧的是，他昨晚在大学里值班，还没回来。他家里人说，两点左右就会回来，到了家就让他过来诊病。真是糟糕啊。要是现在喝点杏仁茶，肯定能在四点以前好起来吧。运气差起来，真是祸不单行。内人难得出去开开心，眼看着计划要落空了。她一副不痛快的神色，问：'到底还去不去了？'我说：'肯定去，肯定去，四点以前绝对会好起来，你就放心吧。你先洗洗脸，换上衣服，在家里等着。'嘴上虽这么说，心里却无限惆怅。寒战越来越严重，眩晕也越来越厉害。我保证了四点以前好起来，若到时不能履约，内人气量小，真不知会出什么事。居然弄到这等凄惨的境地，唉，如何是好呢？以防万一，眼下有必要对之晓以大义，说明造化无常、生者必灭的道理，让她有临变不乱的觉悟，这也是丈夫对于妻子的义务。这么一考虑，我立即把内人叫到书斋，说：'你虽然是妇道人家，也听说过西洋有一句谚语是 many a slip 'twixt the cup and lip（方欲饮美酒，哪知祸临头）[①] 吧？'内人说：'这种洋文谁懂啊？你又不是不知道人家不懂英语，还故意拿这个来嘲讽人家。好吧，反正我不懂英语，你既然那么喜欢英语，怎么不娶一个教会学校的毕业生？从来没见过你这么没良心的！'内人火冒三丈，我苦心设计的计划就这么夭折了。我得跟你们辩白几句，我用英语绝无恶意，完全是出于对妻子的一片至情，内人这么误解我的好意，真让我无地自容。刚才一直感觉寒战与眩晕，脑子里乱作一团，急于想让她明白造化无常、生者必灭的道理，把她不懂英语这回事全忘了，就信口说了出来。这么着一寻思，这全都是我的错。因为这场失误，我的寒战更剧烈了，眩晕也更严重。内人按我的吩咐，走去浴室脱了上半身的衣服梳洗打扮，从衣柜里找出和服来换上，整装待发。看见她这个随时准备出门的架势，我越发心急如焚。甘木医生早点来就好了，这么想着，一看表，已经三点了。离四点还有一个钟头。内人拉开门，探头进来问：'现在能出门了吗？'夸奖自己的妻子显得有点可笑，可是我确实觉得她从来没这么漂亮过。她裸露的肩膀，用肥皂仔细洗过的肌肤光泽照人，与黑色绉绸的和服相映成趣。由于肥皂和去看摄津大掾的愿望的双重作用，她的脸由内到外都熠熠生辉。无论如何，我要满足她的愿望，带她出去。我下定决心，抽了根烟，正要强打精神出门，甘木先生终于如约驾到。正合我心意。我向他描述了一下症状，他瞧了瞧我的舌头，握了握我的手，敲了敲我的胸，摸了摸我的背，翻了翻我的眼皮，擦了擦我的脑门，沉思了片刻。我说：'总觉得有点危险。'先生镇静地说：'没什么要紧的。'内人问：'出门一趟也没什么要紧的吧？'先生想了想，说：'要是感觉还行的话……'我说：

[①] 出自希腊神话的一个谚语。海神波塞冬的儿子正要痛饮葡萄酒，听说野猪糟蹋了葡萄园，便去追赶野猪，反被野猪触死。

'我感觉挺差的。''那我先给你开点一次服用的药和药水吧。''怎么样？不危险吧？''不，这个病不需要担心，不用紧张。'先生回去了。这时已是三点半。女仆去拿药了。她奉了内人的严令，飞奔出去，疾驰而归，到家时还差一刻钟就四点了。我本来没啥大碍，这时突然恶心想吐。内人在碗里倒了药水推到我面前，我端起碗正要喝，胃里却打起嗝来，只好把碗放下。内人催逼我：'你可快点喝啊。'要是不早点喝下去，早点出去，那就太不近情理了。硬着头皮喝吧，可是刚把碗拿到唇边，就又打嗝起来。拿起碗又放下，拿起碗又放下，翻来覆去，茶室立柱上的挂钟'铛铛铛铛'敲了四下。呀，已经四点钟了，不能再磨蹭了。我又拿起碗，你说怎么着，再没有比这更怪的事儿了，四点一到，我的气就顺畅了，药水也顺当地喝下去了。到了四点十分，这才认识到甘木先生不愧是名医啊，背上发冷、眼冒金星这些症状全都烟消云散了。当时还以为站都站不起来的病，转瞬之间就痊愈了，真令人开心啊。"

"那么后来去戏院了吗？"迷亭一副不得要领的表情问。

"虽说想去，可内人说过，过了四点，就没法入场了。无可奈何，只能作罢了。要是甘木先生早来十五分钟就行了，我就能做这个人情，让内人心满意足了。就差那么十五分钟，真是遗憾哪。现在想起来，还真是悬。"

说完之后，主人的神情好像是终于完成了自己的义务，在两人面前露脸了一样。

寒月又露出残缺的牙齿，说："真是遗憾啊。"

迷亭则装糊涂，自言自语似的说："有你这么一个体贴入微的丈夫，尊夫人真是幸福啊。"

拉门后面传来太太故意咳嗽的声音。

我从头到尾认认真真听了三位讲的故事，既不觉得好笑，也不觉得可悲。人类这种生物为了打发时光，强逞口舌，不好笑的事儿硬要笑，没趣的事儿硬说有趣，除此之外别无所长。我家主人之任性、偏狭，本猫早就了如指掌。只是他平常少言寡语，还有些微让我捉摸不透之处，就是这一点让我对他略存敬畏之念，可听了他刚才这番话，咱家忽而对他生出轻蔑。他为何不能默默静听那两位讲话呢？为何偏偏要争强好胜，胡说一些蠢不可及的话呢？到头来又所获几何？难道爱比克泰德在书里教导他这么干了？真是不可理喻。总而言之，主人、寒月、迷亭这些人都是太平逸民，他们就如微风吹拂下的丝瓜，故作一副超然物外的淡泊姿态，实则不乏俗念与贪欲。在他们的日常谈笑中，争强好胜之心也隐约可见。他们平常喜欢痛骂"俗骨"，其实他们与"俗骨"相去几何呢？一丘之貉罢了。在我等猫眼看来，实在可悲又可怜。好在他们与普通的半吊子之辈不同，墨守成规的腐朽习气还不算深，尚有可取之处。

想到此处，顿时觉得三人的谈话好没劲，还不如去看望一下三花姑娘。于是逛到了二弦琴师傅家，绕到院子门口。如今已是正月初十，新年装饰的门松、注连绳①已经撤掉。和暖的春日高悬在万里无云的深邃天空，普照四海天下。不到十坪的小院，比起元日曙光照耀时显得更为生气盎然。檐廊放着一张坐垫，但不见人影。拉门关闭着，琴师大概是去洗澡了。师傅在不在与我无关，我只牵挂着三花姑娘的病情。见四周静悄悄的，寂无人声，我也不管脚上的泥巴，一跃而上，躺在檐廊的坐垫中央，感觉很是惬意，竟昏昏沉沉地酣然入睡，把三花姑娘的事忘到脑后了。忽然，拉门里传出人声。

"你辛苦了。做好了吧？"是师傅的声音，原来她并没有外出。

"嗯，我回来得有点晚。我到佛事店②的时候，赶巧刚刚做出来。"

"在哪儿？给我看看，哟，挺像样的，这样三花就能超度了。这

金字不会掉漆吧？"

"我特意问过了，他们说用的是上等货，比给人用的牌位还要耐用……他们还说，'猫誉信女^①'的'誉'字稍微潦草一点才好看，就稍微变了一下笔画。"

"好，好，赶快供到佛龛上，给她上香吧。"

三花姑娘怎么了？我觉得很不对劲，从坐垫上起身。

叮——"南无猫誉信女，南无阿弥陀佛，南无阿弥陀佛……"师傅念叨起来。

"你也过来念一念吧。"

叮——"南无猫誉信女，南无阿弥陀佛，南无阿弥陀佛……"这次是女仆的声音。我猛地感到一阵心悸，站在坐垫上，两眼发直，就如木雕一般。

"真让人心疼啊，刚开始只不过是一点感冒而已。"

"要是甘木医生给她开点药，兴许就好起来了。"

"那个甘木医生心眼真坏，太不把咱家三花当回事了。"

"也不能怪人家，都是命中注定啊。"

看来三花也让甘木医生诊疗过。

"我看啊，都怪大马路那边教师家里那只野猫，老是死皮赖脸勾引咱家三花出去。"

"嗯嗯，就是那个畜生害的。"

我想稍稍辩解一__，只是现下还得忍一忍，就咽下唾沫继续听着。她们的对话断断续续。

"世上不如意事十八九啊，三花这么漂亮，却这么早就夭折了，那个长得不成样的野猫倒活蹦乱跳，到处惹是生非……"

---

① 日本民俗，死者家属会请和尚为死者取一个成名（法号），写在灵牌或者墓碑上。这里的"猫誉信女"即是戒名。

"谁说不是呢，三花这么可爱的猫，就是敲钟打鼓^①，再也找不到第二位了。"

女仆不说"第二只"，而说"第二位"，可见在她心里人与猫是同种族的。这么说来，这个女仆的面容和我等猫族还挺像的。

"要是能找一个替三花去……"

"那个教师家的野猫要是死了，那倒是天从人愿……"

你们倒是天从人愿了，我可受不了。死是怎么一回事，没经历过，不敢说喜欢还是不喜欢，但前些日子因为天气冷，我钻进了闷火罐^②，女仆不晓得我在里头就盖上了盖子，那时那个苦哦，现在想起来还是心有余悸。照白大姐的说法，像那样的苦再挨上那么一阵子就完蛋了。要是能替三花去死，生命并不足惜，可是要经历那样的苦才死得成，为了谁我都不想。

"虽说是猫，也请和尚念了经，也取了戒名，算是死而无憾了。"

"对啊，好猫有好报，要说还有缺憾，就是觉得和尚念的经太简短了。"

"我也觉得太短了，问了一声，月桂寺的师傅说，这样子正好，一只猫嘛，这样念就能往生极乐净土。"

"这么说……像那个野猫……"

在下虽然多次声明自己是无名之辈，可这个女仆一口一个"野猫"地称呼我，真是无礼。

不知她们此后又说了我多少次"野猫"。我实在听不下去这没完没了的絮絮叨叨，从坐垫上溜下来，蹿下檐廊，身上八万八千八百八十八根毛发倒竖起来，浑身颤抖。打那以后，我再也没有走近二弦琴师傅家。

---

① 江户时代用敲钟打鼓来寻找走失的儿童。
② 日语汉字写作"火消壶"。当时日本家庭惯烧木炭，在不用火时，将还在烧的木炭放入一个瓦罐或者金属桶中，盖上盖之后灭火，待以后再用。

如今，该轮到师傅本人接受月桂寺师傅那草草了事的经文念诵了吧。

最近没有外出的勇气。不知怎的，总觉得这世间百无聊赖，厌倦而郁闷。我要变得跟主人一样怠惰了，成了一只名副其实的懒猫。主人老是缩在书斋里不出门，被人说成是失恋，现在觉得真是不无道理。

我还是没有捉过老鼠。厨娘一度要对我下驱逐令，好在主人还认得咱家非同凡猫，因此我仍旧这么优哉游哉地在这个家里虚度时光。就这一点，我对主人千恩万谢的同时，也对他的眼光表示佩服。至于女仆鼠目寸光，对我百般虐待，我也并不特别恼恨。有朝一日，左甚五郎①再世，将本猫的肖像雕刻在楼门柱子上，或是日本的斯坦伦②在画布上描绘出我的尊容，这些昏庸之辈大概就会为自己有眼无珠而羞愧吧。

---

① 江户初期的雕刻艺人。日光东照宫的一处山门柱子上有他雕刻的"睡猫"。
② 泰奥菲勒·亚历山大·斯坦伦（Théophile Alexandre Steinlen，1859—1923），法国新艺术风格画家、版画家，常绘猫。

第三回

吊颈本是力学老课题
咏鼻竟成俳句新趣味

三花姑娘已芳容杳然。大黑对我不理不睬。虽说难免有些寂寞之感，但还有人类做朋友，因此没感觉那么烦闷无聊。前一阵子居然有人致函主人索要我的玉照。最近还有人指名道姓给我送来了冈山名产吉备团子。随着从人那里得到越来越多的同情，我忘却了自己原属于猫族。渐渐地，我的心理上与猫疏远，而与人接近了，纠合同类与两脚先生们一决雌雄的想法，早已抛到九霄云外。不但如此，还常常觉得自己已经进化为人类世界中的一员了。倒也并未因此轻蔑同胞猫类。只是因性情相投，暂时在人间栖身而已。要是因此而指摘在下是变心、轻薄、背叛，诸如此类，那真是冤枉了在下。只有那些冥顽不化、心胸狭隘之辈才会为此飞短流长、搬弄是非。

我身上的猫性既已退化，就没法再老是牵挂着三花与大黑的事儿，只想站在与人类平等的地位上评骘他们的思想、言行。这乃是自然之理。可惜在下虽具有这样的远见卓识，主人却仍把在下视作一般的猫儿，从未对在下假以辞色，就连本该归我的吉备团子也毫无愧色地自己独吞了，实在遗憾。至于本猫的玉照，看来也不会好好地拍了送人。我对此虽难免腹诽，可主人是主人，在下是在下，我们的见解自然会有分歧，也就无可奈何啦。鉴于在下自认为差不多是个人了，对疏于交往的猫的言行，便难以形诸笔墨，姑且还是交代一下迷亭、寒月这几位的近况吧。

今天是周日，天气大好，主人施施然从书斋钻出来，在本猫身边摆好笔砚与稿纸，趴在榻榻米上，嘴里不住地念念有词。这样的怪声是不是写稿之前的序曲呢？但见他用浓墨重笔写下"香一炷"三字。这是诗，抑或是俳句？可是"香一炷"这三字好像对于主人来说太过风雅了，他又撇开"香一炷"，另起一行信笔写道："为天然居士写篇文章的事，酝酿已久。"之后笔就停下来。主人提着笔，歪着脖子，由于才思枯竭，就舔了舔笔尖，这下可好，嘴唇变成黑色的了。他又在句子末尾画了个圆圈，圈里点了两下算是双眼，又在正中画了个鼻孔张开的鼻子，下面画了一道横杠作为嘴巴。喂，这可不是写文章，也不是作俳句啊。主人也察觉到自己这样不像话，就把这张脸抹掉了。他又另起一行。看来，他一厢情愿地认为，只要他另起一行，什么诗词歌赋、颂赞铭诔都会构思出来。

终于，他用言文一致体一气呵成写出一句："天然居士是一个研究空间、攻读《论语》、爱吃烤地瓜、爱流鼻涕的人。"这什么乱七八糟的。主人泰然自若地将这句话朗读一遍，少见地哈哈大笑道："流鼻涕这个，有点太刻薄了，还是删去吧。"然后就在上面画了一道。其实只画一道就可以，他却接连画了两三道不止，画成整齐的平行线，都侵占到另一行去了，他也满不在乎。一连画了八道杠杠，也没再想出别的佳句，就放下笔，捻起胡须来。他把胡须狠狠扯上去，又使劲扯下来，好像这样就能把文章从胡须里揪出来一样。

这时太太从起居室出来了，在主人面前坐下："哎，跟你说点事。"

"什么事啊？"主人闷声闷气地回答，声音如水中敲锣。

好像是对这样的回应不中意，太太又叫了他一声："哎，你听我说啊。"

"什么事啊？"主人这次把拇指与食指塞进鼻孔，拔出一根鼻毛。

"这个月的钱不大够……"

"不会吧？医生的钱已经结清了，书店的钱上个月也付了，肯定还有余。"说完，他满不在乎地把拔下的鼻毛拿在眼前欣赏，就如这是天下奇观一般。

"可是，你不吃米饭，老是面包蘸着果酱吃。"

"总共吃了多少瓶果酱？"

"这个月吃了八瓶。"

"八瓶？我记得没吃那么多吧。"

"不止你一个人吃，孩子们也吃。"

"不管吃多少，也就五六块钱吧。"

主人平静地把鼻毛一根一根认真地竖在稿纸上。鼻毛因为沾了油脂，像针一样笔挺地站着。主人觉得这是意外的发现，对着它们吹了一口气。因为黏着力很强，鼻毛竟纹丝不动。

"哟，还挺顽固的呢。"主人拼命吹着。

"不光买果酱，也要买别的东西啊，都是非买不可的。"妻子牢骚满腹地鼓起了双颊。

"也许吧。"主人把指头又塞进鼻孔拔了几根鼻毛，颜色红黑夹杂，还有一根是全白的。主人不胜惊诧之全，将这根白鼻毛夹在指头间，杵到太太面前。

"啊，真讨厌。"太太皱着眉，拨回主人的手。

主人大为感慨地说："看看嘛，连鼻毛都有白发了。"

太太被逗乐了，笑着回了起居室，不再谈论经济问题。主人又回到天然居士上来。

用鼻毛赶走了太太，这下可以安心地拔鼻毛、写稿子了。可是，越是着急就越是难以下笔。"'爱吃烤地瓜'一句，实在是画蛇添足，还是忍痛割爱吧。"主人说着把这一句也抹去了。"香一炷，太突兀了。算了吧。"于是，这句也被毫不留情地毙掉。只剩了"天然居士是一个研究空间、攻读《论语》的人"。主人又觉得，这样未免过于简单。唉，写文章太麻烦了，只写一篇简短的碑铭吧。于是，大笔一挥，在稿纸上猛画一通，就像蹩脚的文人画的兰花一样。好不容易苦心孤诣写就的文字，一字不落地全抹掉了。最后，主人在稿纸背面写了一段不知所云的话："生于空间，探究空间，死于空间。空兮间兮，天然居士兮！噫！"这时迷亭进来了。

迷亭从来不把自己当外人，不打招呼就直接进门，有时还从后面的厨房门悄然而入。可见他天生就不会有担忧、客气、顾虑、费心这些事儿。

"又在写巨人引力方面的大作啊？"还没等落座，他劈头就问。

"不可能老是写巨人引力。我正在为天然居士撰写墓志铭。"主人虚张声势地答道。

"天然居士？跟偶然童子一样，都是戒名吗？"迷亭又像平常一样信口开河。

"有叫偶然童子的人？"

"虽没听说，应该会有吧，我想。"

"我没听说过偶然童子，但说到天然居士，你也认识的。"

"那是何方神圣，竟然叫天然居士？"

"就是曾吕崎君。他毕业后进了研究院，探究空间论的课题，由于用功过度，得了腹膜炎去世了。曾君也算是我的好友哪。"

"既然是你的好友，我绝不会说什么坏话。只是，是哪位给他取了天然居士这种名号啊？"

"就是我，我给他取的这个戒名。和尚原来给他取的那个戒名，实在是恶俗不堪。"他这么说，看来是颇为得意"天然居士"之雅致了。

迷亭笑着说："你写的那个叫墓志铭的玩意儿给我看看。"

他拿起稿子来大声念道："这写的啥呀？……生于空间，探究空间，死于空间。空兮间兮，天然居士兮！噫！……果然不错，正适合天然居士。"

主人喜上眉梢，问："当真不错？"

"这首墓志铭应当镌刻在压酱菜缸的石板上①，或是像神社的石锁一样扔到屋后去，这样才更风雅哪。有这样的墓志铭，天然居士定当往生极乐啊。"

"我也是这么想的。"主人一本正经地回答，"不好意思，我要稍微失陪一下，你就先逗逗这只猫玩儿吧。"未等迷亭回话，他就飘然离去了。

没承想，在下竟会接到招待迷亭先生的命令，总不能板起面孔拒人于千里之外吧，于是便"喵喵"叫着表示友好，爬到他膝盖上。结果迷亭不由分说揪住我脖子上的皮毛把我拎在空中，说："哟，肥了好多啊！后腿这么耷拉着，看样子就不会抓老鼠……太太我说得对不对，这个猫捉过老鼠吗？"唉，由我来招待他还不满足，又去跟隔壁房间的太太搭讪。

"老鼠没抓过，倒是吃了年糕会跳舞。"这个婆娘又在提人家的黑历史，让我在空中下不来台。迷亭也不放我下来。

"果然长了一副会跳舞的嘴脸啊。太太，这个猫的面相不容小觑啊，跟传奇小说里的妖猫很像哪。"他信口瞎说一气，与太太攀谈。太太有些不太情愿地放下针线活，来到客厅。

"可让您久等了。他应该很快就回来了。"她倒了新茶递给迷亭。

---

① 这里是暗用古语"覆瓿"，讥讽主人的文章毫无价值。

"他去哪儿了呢？"

"他是那种不管去哪儿，从来不打声招呼的人。大概是去医生那里了吧。"

"去甘木医生那儿？有他这样的病人，甘木医生也够呛了。"

太太不知怎么回应才好，只含糊地"嗯"了一声。

迷亭哪里在乎这个，又问："最近先生的胃病可好些了？"

"也不知是好是坏，甘木先生再怎么给他治，像他这么一个劲儿吃果酱，我觉得胃病是好不了的。"太太向迷亭透露了自己的不满。

"那么爱吃果酱，简直像个小孩子啊。"

"还不光是果酱，最近又大吃特吃萝卜泥，说是能治胃病……"

"这还真没听说过。"迷亭感叹道。

"他说报纸上讲的，萝卜泥里含有什么淀粉酶。"

"原来如此，这样子就可以抵消吃果酱的损害了吧？他还真行！哈哈哈哈！"迷亭听了太太的牢骚，觉得很是好笑。

"最近也劝孩子们吃呢……"

"劝她们吃果酱？"

"不是，劝她们吃萝卜泥……'哎，宝宝乖，爸爸给你们吃好吃的……'我还寻思着，他也知道疼疼孩子们了，谁知道他老干蠢事。两三天前，他把老二抱起来放在衣柜上……"

"他这是出于什么动机啊？"迷亭不管什么事，都要问问动机如何。

"他能有什么动机，说是想看看她怎么从上面跳下来。还是个三四岁的小女孩，哪里会干那种疯丫头干的事儿？"

"这是过分了，不过也没什么不好的动机啊。总之是个没有坏心眼的好人啊。"

"他要是有坏心眼，我早就不跟他过了！"太太越说越来气。

"太太未免有点不知足了。我觉得他这样挺好的。长长久久的，过一天算一天呗。像苦沙弥这样的人，又不去寻花问柳，也不爱讲究穿戴，老老实实过日子，有啥不好。"迷亭很起劲儿地讲起了大道理，跟他平素的为人很不相称。

"您还不知道啊，他……"

"莫非他背地里做些见不得人的事？这个世道还真是让人看不透啊。"迷亭不着边际地乱扯。

"他虽说没有不良嗜好，可是总爱买些自己根本不看的书。要是算计好了再买回来也就罢了，可他老是一去逛丸善书店，就不管不顾带回来好多本书，一到月底该结账的时候，又一副一问三不知的面孔。去年年底，欠了好几个月的书款哪，真是难办。"

"我还当是有啥事，书嘛，想买就买呗，不用管他。要是来要账，就说'马上就给马上就给'，那不就得了吗？"

"话虽是这么说，一直这么拖下去也不是个事儿啊。"太太气鼓鼓地说。

"那就跟他好好说说，削减他的书费预算。"

"还说呢，他根本不听，倒是反过来教训我说：'你啊，根本不像个学者的夫人，丝毫不了解书籍的价值。古罗马有个这样的故事，我讲给你听听，你也长长见识！'"

"哦？有意思，是个什么故事啊？"迷亭马上来了兴致。这与其说是出于对太太的同情，倒不如说是受好奇心驱使。

"他说，古罗马有个国王叫捆他……"

"捆他？这个名字有意思。"

"外国人的名字那么啰唆，我哪里记得住，据说是第七代国王。"

"第七代国王捆他？有意思啊，这位第七代国王捆他怎么了？"

"唉，就连您也这么挖苦我，叫我脸上挂不住。您既然知道，开导我一下不就得了，真是的！"太太数落了迷亭几句。

"我才不会挖苦人呢。我是干那种事的人吗？只是说到第七代国王捆他，我得好好想想……等一下，是罗马第七代国王对吧？我记不太准了，应该是 Tarquin the Proud[①] 吧？先不管这事儿，这个国王怎么样了？"

"有个女人[②]拿了九本书来到国王面前要卖给他……"

"哦……"

"国王就问卖多少钱，女人开的价相当高，国王就说：'能稍微便宜点不？'那个女人二话不说，冷不丁抽出三本书就烧了。"

"真是可惜啊。"

"据说书里写的都是别处看不到的预言……"

"哦？"

"国王寻思着，九本书只剩六本了，总该便宜点了吧？结果一问价，女人说还是原来那个价，一分也不能少。国王说，这也太离谱了。女人又抽出三本书扔进火里。国王觉得真是可惜啊，又问剩下的三本书怎么卖。女人报的价还是跟九本书一样，九本变成了六本，六本又变成了三本，可原价是一厘都不少。国王怕要是再讨价还价，剩下的三本也被扔进火里保不住了，终于还是用原价买下了这剩下的三本书……先生说完了还问我，听了以后能稍微明白一点书籍的宝贵吗？可我还是不懂，书到底宝贵在哪里？"

太太讲了自己的见解，就催问迷亭。平素能言善辩的迷亭竟然词穷了，从袖子里掏出手帕逗着我玩儿，过了一会儿才忽然想起什么似的大声说："不过，太太，就因为你家先生喜欢买书，囫囵吞枣地看了那么多，

---

① 罗马王政时期第七任国王卢修斯·塔克文·苏佩布（？—前496年），一般译作"骄傲者塔克文"，也是王政时期最后一位国王，后被卢修斯·尤尼乌斯·布鲁图斯领导的起义推翻。此后罗马进入共和国时代。

② 指住在库迈山洞里的女巫西比拉。

人家才称他是学者啊。最近在文学杂志上还看见苦沙弥君颇受好评呢。"

"真的？"太太一下来了精神。毕竟还是夫妻啊，对于主人得到好评的事很是在意。"上面都说什么了？"

"不过也就两三行，说苦沙弥君的文章如行云流水。"

太太微笑着问："就只说了这个？"

"下文还说：'稍露头角，则忽焉而逝，逝而久之，则忘归矣。'"

太太有些狐疑地问："这是夸奖的话？"她不大敢相信。

"应该是夸奖的话吧。"迷亭在我面前垂着手帕逗我，满不在乎的样子。

"书呢，他要靠这个养家糊口，也就罢了，只是他有时脾气也太古怪了些。"

迷亭没想到太太又从另一条路上兜转回来，回应说："古怪是古怪，做学问的人嘛，都是这样。"这话说得既像是在附和太太，又像是在替主人辩护，真是不即不离的妙答。

"前几天从学校回来，说什么马上要再出一趟门，嫌换衣服太麻烦了，你猜怎么着，就那么连外套也不脱，坐在书桌前吃饭。盘子就放在熏炉上——我端着饭桶坐在旁边，看他那样子真好笑……"

"这有点像验明首级的架势，哈哈。虽说如此，这正是苦沙弥之所以为苦沙弥啊，有个性，不是'俗调'①之辈。"迷亭这么恭维主人，真是肉麻。

"'俗调''俗调'的，我们女人家也不懂。不管咋说，他也太乱来了。"

"这总比'俗调'之辈强多了。"

迷亭太过于袒护主人，引起了太太的不满："老是听你们说这个'俗

---

① "俗调"原文"月並"，是指一些俳句爱好者每月聚会，所作俳句风格千篇一律、陈词滥调。这个词引申为平庸、俗套之意。迷亭在解释这个词时刻意卖弄学问，越解释反而让太太越糊涂。

调'那个'俗调'的，到底怎么样算是'俗调'啊？"她竟正儿八经地问起'俗调'的定义来。

"'俗调'啊，说起这个来，一下子很难讲清楚……"

"那么含糊不清，是不是说哪怕是'俗调'，也没啥不好吧？"她以女人特有的逻辑步步推进。

"这个不能说是含糊不清，我见到'俗调'之人，还是一目了然的，只是要解释何谓'俗调'的话比较费劲。"

"只要是自己不喜欢的，就可以说成是'俗调'吧。"冷不防太太说了句一针见血的话。

已经到了这个地步，迷亭势必要对"俗调"郑重解释一番了。"太太，说到'俗调'之人，大概是指这么一帮家伙，他们一见到二八佳人，就'求之不得，寤寐思服，辗转反侧'；一遇到天朗气清的日子，就呼朋引伴、携酒出游于墨堤之上，'风乎舞雩'……"

"有这样的人？"太太没听明白，只能模棱两可地应了一句，但终于还是作罢，"你说了这一大堆，我一句也不懂。"

"在马琴①的身体上安上潘登尼斯少校②的脑袋，熏上一两年欧洲的空气，管保'俗调'之人出来。"

"要那么着才能造出一个'俗调'之人？"

迷亭没有回答，只是干笑，过了阵子又说："也用不着那么麻烦，只要把一个中学生跟白木屋商场的掌柜加起来再除以二，得！一个标准的'俗调'之人就应运而生。"

"这样啊。"太太歪着头想了好一阵，如堕五里雾中。

"还没走啊？"主人不知何时回来了，在迷亭旁边坐下。

---

① 曲亭马琴（1767—1848），江户时代通俗小说作家，代表作《八犬传》。

② 潘登尼斯少校，英国作家萨克雷的自传体长篇小说《潘登尼斯》中主人公亚瑟的叔叔，是个势利眼和马屁精。

"什么叫'还没走'，也太刻薄了吧？刚才你不是说很快就回来，叫我在这里等着吗？"

"他呀，啥事都是这个样。"太太回头看着迷亭说。

"你不在这儿的时候，你的趣闻逸事我可是一件不漏地都听了。"

"女人就是多嘴多舌，人要是像猫一样守口如瓶就好了。"主人摸着我的头说。

"听说你给小娃娃吃萝卜泥。"

"嗯，"主人笑着说，"别看还是个娃娃，现在的小孩都聪明着呢。尝了以后，我问她：'哪里辣呀？'她就把舌头伸出来。真有意思。"

"这简直就像训练小狗，也太残忍了吧？哎，现在这个时间，寒月君该来了吧？"

"寒月要来？"主人一脸意外的神色。

"对啊，我给他寄了明信片，约好下午一点钟来苦沙弥家。"

"真是，你也不问一声人家方不方便，就擅作主张。叫寒月来有何贵干？"

"今天可不是我倡议的，是寒月自己的要求。他今晚要在物理学协会发表演讲，想先练习一下，让我听听。我就说，那也让苦沙弥听听吧，因此就约他到贵府来了。反正你闲着也是闲着，不耽误你干正经事，听听也无妨嘛。"迷亭自言自语似的说。

"物理学方面的东西，我可不懂。"主人对迷亭的自作主张有点恼火。

"这次演讲的并不是磁化玻璃管之类枯燥乏味的题目，而是上吊力学这种超凡脱俗的研究，还是很值得听一听的。"

"你有过要上吊的经历，听听倒也好，我就算了……"

"一说去看戏就打寒战的人，也不能下结论说这个演讲听不得吧？"他又用平常的玩笑口吻讲起来。

太太呵呵笑着看了眼主人，去隔壁房间了。主人默默抚摸着我的头，这种时候他的抚摸格外亲切。

之后七分钟左右，寒月君如约而至。因为今晚要登台演讲，不比平常，他穿上了气派的礼服，衬衫领子浆洗得雪白笔挺，平添了两分男子气概。

他平静地打招呼："不好意思，有点来迟了。"

迷亭看着主人说："我俩早已恭候多时，赶快开讲吧。"

主人含含糊糊地"唔"了一声。

寒月不急不忙地提出："先给我来杯水吧。"

"哟，还真是讲究啊。接下来就得要求我们鼓掌喝彩了吧？"迷亭一个人在起哄。

寒月从怀里掏出准备的讲稿，慢悠悠地说："这只是个练习，请不吝赐教。"然后把讲稿放在前面，开讲。

"将犯人处以绞刑，主要是盎格鲁－撒克逊人的做法。上溯到更远古的时代，上吊主要是作为一种自杀的方法而存在的。犹太人对犯人是施以石刑。研究《旧约全书》发现，所谓'吊挂'指的是把犯人的尸体吊起来，让野兽和食肉的鸟来吃。按照希罗多德的说法，犹太人在离开埃及以前，最忌讳夜间将尸体曝露在外。而埃及人，会先将犯人斩首，仅将其躯体钉在十字架上，夜间曝露在外[①]。波斯人呢……"

"寒月君扯得与题目越来越远了。"迷亭插嘴说。

"马上就进入正题了，请少安毋躁……且说，波斯人如何呢？乃是将犯人钉死，不过，是在犯人活着的时候钉上木架，还是杀死后再钉

----

① 参见《旧约·创世记》第 40 章 19 节："三天之内，法老必斩断你的头，把你挂在木头上，必有飞鸟来吃你身上的肉。"《旧约·申命记》第 21 章第 22—23 节："人若犯该死的罪，被治死了，你将他挂在木头上，他的尸首不可留在木头上过夜，必要当日将他葬埋，免得玷污了耶和华你神所赐你为业之地。因为被挂的人是在神面前受咒诅的。"寒月这一段所说虽然不无根据，但并不完全符合《圣经》原文。

上去，那就无从得知了……”

“这种事，知不知道都无所谓。”主人厌烦得打哈欠。

“诸如此类的例子，不胜枚举，恐怕诸君觉得无聊，就不再多列了……”

“你说‘恐怕诸君觉得无聊’，还不如说‘估计诸君觉得无聊’，对吧，苦沙弥君？”迷亭在咬文嚼字。

主人爱理不理地说：“还不都一样？”

“那就闲话少叙，言归正传。”

“‘言归正传’是说书人的套话，演说家嘛，还是得用更文雅的词才好。”迷亭又在插科打诨。

“说‘言归正传’太俗套，那怎么说比较好呢？”寒月有些不悦地问。

“迷亭君，真不知你是在听演说，还是闹场子啊？寒月君不用管他，他爱闹就闹，继续往下说吧。”主人想跨越这道难关。

“今宵演讲何处？杨柳岸，言归正传，晓风寒月①。”迷亭这句俏皮话让寒月忍俊不禁。

“据我调查，在处刑时正式动用绞刑，是在《奥德赛》第二十二卷，即忒勒玛科斯绞死珀涅罗珀的十二个侍女这一节。本想用希腊语朗读一下原文，只是这样未免有卖弄之嫌，因此就算了。诸位读一下原文的 465—473 行②，自然会明白。”

---

① 原文中迷亭套用了江户时代大岛的一首俳句，译者在这里是套用了柳永的名句"今宵酒醒何处？杨柳岸，晓风残月"。

② 参见《奥德赛》第22卷："他们把女仆带出坚固的房居，押往圆形建筑和牢不可破的院墙之间，逼往一个狭窄的去处，谁也不得逃脱，善能思考的忒勒玛科斯开口发话，说道：'我要结果她们的性命，这帮女子，不让她们死得痛痛快快。她们把耻辱泼洒在母亲和我头上；不要脸的东西，睡躺在求婚人身旁！'他抓起绳缆，乌头海船上的用物，一头绕紧在粗大的廊柱，另一头连系着圆形的建筑，围绑在高处，使女人们双脚腾空，像一群翅膀修长的鸫鸟，或像一群鸽子，试图栖身灌木，扑人抓捕的线网，睡眠的企愿带来悲苦的结果。就像这样，女仆们的头颅排成一行，每人一个活套，围着脖圈，她们的死亡堪属那种最可悲的样式，扭动着双腿，时间短暂，只有那么几下。"

"用希腊语朗读什么的，压根儿就别提了吧，就像跟大家显摆自己懂希腊语似的，你说对不对，苦沙弥君？"

"这个我也赞成，这种故作炫耀的话，去掉更好。"主人今天还是头一遭与迷亭达成一致。大概因为两个人对希腊语都是一窍不通吧。

"好，那两三句话我就略过不提了，言归正传——不，回到正题上来。以现代人的想象，这绞刑如何执行呢？有两种方法。第一，忒勒玛科斯在欧迈俄斯与菲洛提俄斯的帮助下，将绳子一头拴在廊柱上，在绳子上的各处打活扣，如此炮制十二个绳套，将侍女们的头一个个套进去，然后用力拉紧绳子另一头，使她们双脚腾空。"

"这就像是西洋洗衣房里晾晒衬衫那样把侍女挂起来，是不是？"

"没错。然后，第二种方法呢，是如前所述，将绳子一头拴在廊柱上，另一头从一开始就拴在顶棚上。接着在这根高空的绳子上，另外绑上若干短绳子垂下来，各自结成圈套，将女人的脖子套进去，到时候再将女人们脚下的凳子撤掉就行了。"

"打个比方，就如同酒馆门口绳帘上吊着一排灯笼球，这么想，差不多吧？"

"我没见过那种小灯笼，不能给出明确答复。真有这个的话，应该是差不多吧……下面，我要从力学角度证明，第一种方法是不能成立的。"

"有意思。"迷亭说。

"嗯，确实有趣。"主人也附和。

"首先我们假定侍女们是以等距离被吊起的，再假定离地面最近的两个侍女之间的绳子是水平的。设各段绳子与水平线的角度分别为 a_1、a_2……a_6，设绳子各部分所受的重力为 T_1、T_2……T_6，设 $T_7 = X$，为绳子最低部分所受的力。W 当然就是侍女们的体重了。诸位听明白了吗？"

迷亭与主人面面相觑，说："大体上明白了。"所谓"大体上明白"到底是明白了多少，只有他们自己知道，其他人恐怕难以推测。

"根据众所周知的多边形的平均性理论，可成立以下十二个方程式：

"$T_1\cos a_1 = T_2\cos a_2$……（1）

"$T_2\cos a_2 = T_3\cos a_3$……（2）

"……"

"方程式之类的，不用列那么多。"主人不客气地说。

"可这是我这个演讲的核心所在啊。"寒月不胜惋惜地说。

"核心不核心的，就算了吧。"看来迷亭对此也承受不起。

"要是把这些方程式略去，费了九牛二虎之力研究的力学成果可就白费了……"

"顾虑这么多干吗？统统略去得了。"主人满不在乎地说。

"那我就恭敬不如从命，忍痛割爱了。"

"太好了！"迷亭在这种没必要喝彩的地方啪啪啪地鼓起掌来。

"我们再转到英国。在《贝奥武甫》这部史诗中，出现了叫 galga[1]的绞刑架，可见此时已经开始有了绞刑。按照布莱克斯通[2]的说法，被处以绞刑的犯人，万一因绳子的缘故没有死成，需要再受同样的刑罚。可奇怪的是，在《农夫皮尔斯》[3]中，却有这样一句话：'纵然罪大恶极，也无二次上绞刑架之理。'不知哪种说法正确，但一次吊起来没死成的事的确有过。一七八六年，有个叫菲兹·杰拉尔德的臭名昭著的恶棍被押上绞刑台。奇特的是当他第一次从台子上腾空而降时，绳子却断了，

---

[1] 古英语词，现代英语"gallow"（绞刑架）的词源。

[2] 威廉·布莱克斯通（William Blackstone，1723—1780），英国法学者。——编者注

[3] 14世纪末的一部头韵体长诗，据传是中世纪英国诗人威廉·兰格伦（William Langland，约1332—约1386）所著。——编者注

只好重新把他放上去。然而这一次绳子又太长，脚还挨着地，仍然没死。直到第三回，才在看客们七手八脚的帮忙之下，将他送去西天。"

"啧啧。"迷亭一听这个来了精神。

"真是命大啊。"就连主人也不由自主赞叹了一句。

"还有个更有趣的事实，人被吊死后，身高会增加一寸左右。这个有医生测量过，千真万确。"

"这倒是个增高的新办法哦。怎么样，苦沙弥君要不要试一试，身高增加一寸，那就赶上普通人的身高了。"迷亭望向主人。

没想到，主人竟一本正经地问："寒月君，身高增加一寸后还能活转来吗？"

"那肯定不成。上吊以后是脊柱拉长，其实不是长个子，简单说，是脊柱拉坏了。"

"原来如此，那就算了。"主人断了这个念头。

演说的下文还很长，本来寒月还想就上吊的生理作用做一番论述，可迷亭老是东拉西扯、插科打诨，而主人则无所顾忌地打哈欠，寒月最终还是中途作罢，告辞而去。当晚寒月是以何等优雅之风采、何等雄辩之姿态上台演讲，由于相隔遥远，在下一概不知，也就无可奉告了。

安然无事地过了两三天。一日午后两点，迷亭又如偶然童子一般姗姗而至。他一落座，就开口道："仁兄可听说过越智东风君的高轮事件？"看这个架势，就跟报告旅顺攻陷的号外新闻一样。

"不知道，最近没见他。"主人又是平常那副萎靡不振的样子。

"今天百忙之中拨冗而来，就是特地为了报告东风君出丑的故事。"

"又来那一套夸大其词的说法，你真是个放荡不羁之人。"

"哈哈哈哈，与其说我是放荡不羁，不如说我是放荡无羁，这其中还是有区别的，关系到我的个人名誉哦。"

"没啥区别。"主人若无其事地嘀咕了一声，俨然是天然居士再生。

"前不久一个周日，东风君去了高轮泉岳寺。这样冷的天，也不好好待在家里——再说了，现在这个年代还去泉岳寺，不就跟没来过东京的乡巴佬一样吗？"

"那是东风的自由，你没有不让他去的权利。"

"那是自然，我没有这个权利。权利什么的，咱先不管它，那个寺院里有个义士遗物保管会，你知道的吧？"

"哦，那个啊……"

"你不知道？那你去过泉岳寺没？"

"没有。"

"没有？这可真是没料到。难怪你为东风辩护呢。作为土生土长的江户人，居然没去过泉岳寺，太可怜了吧。"

"没去过又咋了，不照样当教师吗？"主人越发一副天然居士的派头了。

"行，行，好样的。且说东风进了那个展览馆参观，有对德国夫妇也在那里。听说他们最初是用日语问东风问题。可东风是那种巴不得卖弄一下自己会德语的人，就呜哩哇啦跟人家讲了两三句，没想到出奇地顺利。谁知啊，这正是灾祸的根苗。"

"然后呢，出什么事了？"主人被他说得上钩了。

"德国人看见大鹰源吾①漆金印盒，就问这个卖不卖。当时东风君的回答很是风趣，他说：'日本人都是清廉君子，想必是不会卖的。'迄今为止，他说得都很流畅，德国人这边也庆幸得了一个很好的翻译，一个劲儿地提问题。"

"都问了些什么？"

"要是知道问的啥也就不必担心了，他们语速很快，又乱问一气，

---

① 又作大高源吾，名忠雄，赤穗浪人（即因主人蒙受不公而刺杀敌人的四十七刺客）之一。

完全不得要领。偶尔听明白一两句，问的却是鹰嘴钩①和木槌。如何将鹰嘴钩和大木槌翻译给西洋人，东风从来没学过，这下子可出洋相了。"

"的确如此。"主人想到自己当教师的经历，对之表示同情。

"再加上这时好多闲人都聚集过来看热闹，从四面八方将德国人和东风团团围在中央。东风这时是面红耳赤，心慌意乱。刚开始那是意气风发，现在则是狼狈失据。"

"最后怎样了呢？"

"最后，东风再也难以忍受，就用日语说了句'萨伊娜拉'，拔脚就溜了。我问他：'萨伊娜拉听起来有点奇怪啊，难道你们家乡的方言把撒哟娜拉②说成萨伊娜拉吗？'他说：'哪里，我们当然也是说撒哟娜拉的，只不过因为对方是西洋人，所以要调和一下说成萨伊娜拉。'东风君在这种危难之际还不忘调和东西方语音，真是佩服啊佩服。"

"先别提萨伊娜拉了，那西洋人怎么样了？"

"那对西洋人一时间张口结舌，茫然不知所措，有意思啊有意思，哈哈哈哈！"

"没啥特别有趣之处。为了这种鸡毛蒜皮的事儿特地跑来告诉我，你倒真是有意思。"主人把烟灰在火盆里弹落，这时格子门的门铃突然响了，让人吓一大跳。就听一个刺耳的女声叫道："家里有人吗？"迷亭与主人不由得互相瞅了一眼，谁也没吭声。

破天荒头一遭，主人家居然也来了女客！抬眼一瞧，那个尖嗓门的女人穿着双重绉绸和服，下摆拖在榻榻米上。年纪四十出头了，前额秃了，朝天梳起的头发仿佛一道大坝巍然耸立，足足有一半脸那么高。两眼犹如劈开的山路两旁的峭壁断岩，形成两条直线斜挑上去，左右对立。

---

① 消防用具，救火时用来勾拉木材或其他物品。
② 即再见、再会之意。

说它们是直线，是因为它们比鲸鱼眼睛还要细。唯独鼻子大得离谱，就好比偷来别人的鼻子安在她脸上似的，又像是将招魂社的石灯笼移到了一个三坪大的小院子里。尽管硕大无朋，但总让人觉得有失协调。另外，该鼻子是所谓的鹰钩鼻，顶端一味高耸上去，在半途又觉得需要谦逊一下，于是鼻尖那里就失去了最初的势头耷拉下来，回望着下面的嘴巴。由于鼻子如此显著，此女讲话时不像是在用嘴说，倒像是鼻子本尊在发言。为了对这一伟大鼻子表示敬意，下文谨称此女为鼻子。

初见面的寒暄客套过后，鼻子在铺席上坐定，冷眼瞅了瞅四周，说："府上很气派啊。"

主人默默抽着烟，心里暗道：瞎胡说。

迷亭望着顶棚，逗引主人发话："那边的纹路妙不可言，不知是漏雨的水渍，还是木板的纹理呢？"

"当然是漏雨啦。"主人回答。

"美啊。"迷亭淡然说道。

鼻子暗暗痛恨这二位不懂社交礼仪。三人鼎足而坐，久久无言。

"有事想请教一下，因此冒昧来拜访。"鼻子再起话头。

"哦。"主人极其冷淡地应了一声。

鼻子感觉老这样下去没法收场，就继续说道："我们也算是近邻了，我就住在对面街角那栋房子。"

"就是那栋带仓库的洋房吗？怪不得挂着个金田的姓氏牌呢。"虽说主人已经得知对方是金田家洋房与仓库的女主人，却没有因此增加一丝半点敬意。

"其实家里的先生本来要过来拜访的，只是公司里忙得脱不开身。"她的眼神似乎在说：这回该奏效了吧？

然而主人丝毫不为所动。作为一个初次见面的人，鼻子刚才的措辞未免过于妄自尊大，主人很是不满。

"不仅仅是一家公司，还兼任着两三家公司的董事，大概您也早就听说了……"她的眼神似乎在说：吓死你们了吧？

谁知，主人若是听说对方是博士或者大学教授，自然毕恭毕敬，可怪的是，他对实业家却毫无尊敬之态。他认为比起实业家，中学老师更了不起。哪怕不这么认为，他既然与实业家、金融家之类的人老死不相往来，而且不管对方何等财力雄厚，都不可能分自己半杯羹，那他对学术界以外的其他领域，尤其实业界的事也就漠不关心，毫无尊敬畏服之意了。

鼻子怎么也想不到，普天之下，与她共同享受阳光雨露的，还有如此怪人。以前她交往过的人，但凡她自报家门，说是金田夫人，哪个不肃然起敬？无论参加什么聚会，也不管对方是何等高贵之人，金田夫人的招牌都是如雷贯耳，更何况对方只是个身居陋室的穷教师。本来她以为哪怕不提及自家的身份，只要一说自己是住在对面街角的洋房，对方也会吓破胆的。

"你知道叫金田的这位吗？"主人漫不经心地问迷亭。

迷亭倒是认真地回答："知道。金田先生是我伯父的朋友，最近还在游园会上碰过面。"

"哦？你伯父是哪位？"

"牧山男爵。"迷亭越发认真地回答。

还没等主人再说什么，鼻子马上转向迷亭，打量了他一眼。见迷亭端端正正坐在那儿，身穿大岛绸和服，外面是一件古渡更纱①还是别的什么料子做的罩衣。

"哟，原来是牧山男爵的那个……刚才不知道，失敬失敬。我家先生时常跟我提起，一向多蒙牧山男爵关照。"转眼之间，她连连用起

---

① 这种面料最早是从南亚传入日本的，后来日本也有仿制品。

了敬语，还躬身深深施了一礼。

迷亭笑着说："哈哈哈哈，岂敢，岂敢。"

主人目瞪口呆地望着两人。

"小女的婚事，让牧山男爵多多费心了……"

"哦？有这回事？"听到这儿，迷亭也觉得突然，吃了一惊。

"提亲的人家络绎不绝，不过，考虑到我们自己的身份，不能随随便便跟来历不明的人结亲，因此……"

"原来是这么回事啊。"迷亭安下心来。

"就是为了这事儿，所以想过来打听打听，"鼻子转向主人这边，马上又变成了没那么尊敬的口气，"有位叫水岛寒月的男士经常来您这里，不知他是个什么样的人呢？"

"你问寒月，有何贵干？"主人不悦地问。

迷亭机敏地代为解释："是不是关系到令爱的终身大事，因此想打听一下寒月君的品行如何？"

"确实是想问这个，方便的话……"

"这么说，令爱是要嫁给寒月咯？"

"还没到谈婚论嫁那一步呢。"鼻子给主人来了个下马威，"除了他，提亲的还有好多人家，绝不会勉强俯就的……"

"既然如此，那又何必费心打听寒月的事？"主人也起劲道。

"虽说这样，您也不必隐瞒什么吧？"鼻子也摆出了要吵架的架势。

迷亭坐在两人中间，手里拿着银烟管高高举起，如同相扑裁判举着发令扇①，心里说：好样的，开战吧，扳倒他，扳倒他！

"不过，寒月这边有没有明确求婚呢？"主人使出了正面强推的招式。

---

① 相扑比赛时裁判手里所举的扇子。

"虽然没有明确求婚，可是……"

"只是你自己猜着他要求婚是吧？"主人说。心里想：对付这种女人，就只能针锋相对。

"虽说还没到那一步，但寒月先生肯定是乐意这门亲事的。"鼻子眼看着要打败仗，危急时刻又杀了个回马枪。

"这么说，寒月已经恋上令爱了，何以证明呢？"主人挺了挺胸，气势咄咄逼人。那意思是说：有的话，从实招来。

"差不多，十拿九稳吧。"

主人这一招落空了。迷亭刚才一直以裁判自居，兴致勃勃地旁观，此刻让鼻子这句话勾起了好奇心，就放下烟管，往前探了探身子，说："莫非寒月给令爱写过情书？这可太有意思啦。今年这个年，又增加了一桩趣闻，绝妙的谈资啊。"他有点乐不可支。

"虽没有情书，可有更有力的证据呢。您二位心里难道没数吗？"鼻子挖苦了他们一句。

"你知道吗？"主人的表情就像中了邪似的，问迷亭。

迷亭也一头雾水，说："不晓得。估计只有贤兄才晓得吧？"在这种微不足道的小事上，他倒是谦逊起来了。

鼻子夫人得意扬扬，说："这事儿两位可都是一清二楚的哦。"

"啊？"两人听了都目瞪口呆。

"要是两位已经忘了这事儿，我就提示一下吧。去年年底，向岛阿部先生的府上有个演奏会，寒月先生也过去了，不是吗？那晚回来的时候，在吾妻桥上，是不是出了点怪事？我就不讲那些详细的情节了，再讲的话，当事人未免难堪。这些证据，我认为已经足够。两位觉得呢？"鼻子将戴了钻戒的手并拢放在膝盖上，又坐得更直了些。她那伟大的鼻子越发熠熠生辉，相比之下，迷亭和主人简直渺小如尘埃。

遭逢这样的突袭，别说主人，就连一向见怪不怪、淡定自若的迷亭也是闻风丧胆，茫然失措，就如刚发完疟疾的病人一样呆在那儿。等到两人回过神来，惊魂平定，恢复了常态，心头不由得涌起一种滑稽之感。

"哈哈哈哈……"两人不约而同地捧腹大笑。这出乎鼻子的意料，她狠狠瞪了两位一眼，想：这种时候笑成这样，实在大大失礼。

"原来那是令爱啊。没错，您说得都对。苦沙弥君，看来寒月君的确是爱上金田小姐了，这事儿也没必要藏着掖着，就坦白交代吧。"

"哼。"主人不置可否。

"确实瞒也瞒不住，证据确凿嘛。"鼻子又得意起来。

"既然如此，那也无可奈何了。寒月君的恋爱事实，怎么也得透露一二，作为参考吧。苦沙弥君，你作为主人，也别老是那么笑嘻嘻的，不顶用啊。唉，秘密这个玩意儿实是可怕，再怎么掩藏，到头来还是泄露出去了……不过，未免也太蹊跷了，金田夫人，您是怎么打听到这个消息的？还真是料想不到。"迷亭兀自絮絮叨叨。

"我办事讲究滴水不漏嘛，没把握的事儿不干。"鼻子愈加意气风发。

"果然是滴水不漏，您到底是听哪一位说的呢？"

"就是屋后那个车夫的老婆。"

"那个养了个大黑猫的车夫家？"主人圆睁双眼问。

"嗯，为了打听寒月先生的事儿，我破费不少呢。每回寒月先生来这儿，我想知道他说了些什么，都会拜托车夫老婆事后向我详细报告。"

"真是离谱。"主人大声说。

"哟，我可是从来没打听过您本人干过什么，说过什么，我只是想了解一下寒月先生罢了。"

"你是探听寒月也罢，别人也罢，总之车夫老婆这样干很让人讨厌！"主人独自恼怒起来。

"可是人家难道还没有在你篱笆墙外面站一站的自由啦？要是怕别人听见，那就说话小声点嘛。要么搬到一个宽敞点的房子住，那不就没事了吗？"鼻子说起这些真是一点都不害臊，"也不光是车夫家，小巷里二弦琴师傅那里，我也打听了好多消息哪。"

"关于寒月的？"

"别人的也有啊。"她说得有点离谱。

我还以为主人这回会惊慌失措，没料到他却破口大骂："那个琴师平常老是自以为了不起，跟个人似的，其实是个混蛋！"

"不好意思，人可是女人家，你骂人家混蛋，骂错了吧？"

这话的措辞愈加显出她的粗俗本色来。她简直就像是为了吵架才上门的。不愧是迷亭先生，身处这种局面也镇静自如，对二人你来我往的唇枪舌剑作壁上观，就像铁拐李看斗鸡，看得饶有兴致。

主人认识到要是真的挑起骂战，自己可不是鼻子的敌手，只好暂时沉默。不过他又眉头一皱，计上心来。

"你一口咬定说是寒月君主动对你家小姐有意，可是据我所知，这不完全属实。迷亭君，对不对？"他向迷亭求救。

"对，那时候听说是贵府令爱有恙……还说了些胡话。"

"根本没有这回事！"金田夫人斩钉截铁地否认。

"可是，寒月君确实听某某博士夫人这么讲过啊。"

"那都是我的计谋，想托她试试寒月心里的意思。"

"那位夫人知道你的用意，还答应了？"

"对，我也没让她白帮我操心，送了她好几样礼物哪。"

一直淡定的迷亭也不高兴了，用有些粗鲁的口气说："您是不是已经打定主意，要把寒月的情况刨根究底问个清楚，否则决不罢休？这样吧，苦沙弥君，说说也没什么妨碍。那就说说好了。那个，金田夫人，不管是我，还是苦沙弥君，只要是有关寒月的事，凡是没妨碍的，我们都可以说……就请您一个一个按顺序提问吧。"

鼻子这才心满意足，开始提问。刚才虽然一时言语无礼，这时面对迷亭又礼貌有加。

"听说寒月先生是个理学士，他学的专业到底是什么呢？"

"在大学研究院研究地球磁力。"主人认真回答。

遗憾的是，鼻子对此茫然不知所谓，只是"哦"了一声，一脸的迷惑，又问："研究那个能不能当博士？"

主人很是不快，反问道："您是说，您家小姐非博士不嫁？"

"那是自然，如果只是个普通的学士，那岂不是一抓一大把？"鼻子不咸不淡地回答。

"寒月能否当上博士，我们是保证不了的。那就请您接着问下个问题吧。"主人望着迷亭，心里越来越不痛快，而迷亭的神色也是闷闷不乐。

"最近寒月先生还在研究地球什么的吗？"

"两三天前，他在物理学协会发表了一个演讲，是关于上吊力学的研究。"主人漫不经心地说。

"好讨厌！什么上吊不上吊的？可真是个怪人。研究上吊什么的，恐怕怎么也当不上博士吧？"

"要是他自己上吊，那估计有点难。不过，研究上吊的力学，也不一定就当不上博士。"

"是这样？"鼻子看了看主人的脸色。很遗憾，她不懂力学是啥玩意儿，因此不大放心，可又觉得这么点事儿也要请教对方，未免有失脸面，便想从主人脸上看出点端倪来，偏偏主人脸上的表情又让人猜不透。

"除了这个，难道他就没研究过好懂一点的？"

迷亭在旁边接茬说："也有啊，前一阵子他还写过一篇论文，叫《橡子的稳定性与天体运行》①。"

"大学里还要学橡子这门课？"

迷亭假装正经地戏弄鼻子说："这个嘛，我也是外行，不大懂。既然寒月研究这个东西，那就说明它有研究的价值。"

鼻子认识到谈论学术问题，她可不是对手，就撇下这个话题，说："再问点别的吧。听说今年正月，寒月先生因为吃香菇磕掉了两颗门牙，有这回事吗？"

迷亭一听这个，心里欢呼雀跃，想着"你要问起这个来，我可就来劲儿了啊"，就回答说："是啊，豁牙的地方到现在还塞着年糕呢。"

"那样不是很不雅观？他怎么不用牙签剔掉呢？"

"下次见面，我们提醒一下他吧。"主人呵呵笑起来。

"吃香菇也会磕掉牙，是不是牙齿不大好，对吧？"

"嗯，这不能算是牙口好，迷亭君，是不是？"

"牙虽说不好，可看上去挺可爱的嘛。他一直没镶牙，留着那个窟窿，年糕在里面都做窝了，真是了不起的奇观。"

"他是因为没有钱去镶牙，还是说他就喜欢这样？"

"你放心，他没宣称自己会一直留着这个窟窿的。"迷亭的谈兴渐渐恢复了。

鼻子又提出新的要求："如果府上有他的书信之类的，很想拜读一下。"

主人从书斋拿来三四十张明信片，说："明信片倒是有不少，请看吧。"

"也不用看那么多，看两三张就行……"

"我看看，给您选几张好的。"迷亭挑出一张来，"这张怎么样，

---

① 指像橡子这样的椭圆球体做圆周运动的稳定性，这与天体运行有关联。

看上去很有意思呢。"

"哟，还会画画啊，了不得，好咧，我瞧瞧看。"她刚看了一眼，就说，"呀，讨厌，画什么不行，偏偏画什么山狸。不过，画得倒还挺像的，一看就知道是山狸！"她又表示了佩服。

主人笑着说："读一下文字吧。"

鼻子用女仆念报纸的调子念道：

　　　　除夕之夜，山狸举行游园盛会，载歌载舞，唱道："来呀来呀都来呀！今晚没人上山哟！嘿呀嘿，砰砰！"

鼻子念完了，很不满："这什么呀？是戏弄人吗？"

迷亭又抽出一张，上面画的是一个正在弹奏琵琶的羽衣仙女。"您喜欢这位仙女吗？"

"这位仙女的鼻子似乎太小了。"

"哪里，这就是一般人的鼻子。您再念一下上面的字吧。"

画面上的题字是：

　　　　从前有位天文学家，一天夜里，他像往常一样登上高台，一心仰观星辰。此时，一位窈窕仙女现身空中，奏出人间哪得几回闻的仙乐。天文学家一时忘记了凛冽寒风，着迷地听着。次日一早，天文学家已魂归天外，尸体上覆盖了一层白霜。此事绝非虚构，一位爱撒谎的老者如是说。

"这是啥啊？毫无意义。这样能当上博士吗？够不够资格啊？还不如我平常读的《文艺俱乐部》好看呢。"鼻子狠狠批了一通寒月。

迷亭又挑出第三张，半开玩笑地说："那这张呢？"

这张上面印着一幅画，是一叶帆船，画上胡乱写道：

昨夜码头上，有一小女郎；

年方十六岁，孤苦无依傍；

岩滩群鸥鸣，寒鸟栖复翔；

自言失双亲，一流泪双行；

葬身海浪里，如何不哀伤。

"这个写得真好，让人佩服，值得传唱啊。"

"值得传唱？"

"对啊，就是可以用三弦琴伴奏唱出来给人听啊。"

"用三弦琴伴奏，那确实不得了啊。再看看这一张？"迷亭又随便抽出一张。

"不用，看这些就够了，别的不看也罢，反正知道他不是一个粗鲁的人就行了。"鼻子满意地说。看来有关寒月的问题她都已经问完了，她又提了一个自私的要求："刚才给你们添麻烦了，还有个失礼的要求，就是我来访的事情希望你们对寒月保密。"

也就是说，有关寒月的事她什么都要刨根问底，弄个水落石出，但她自己的事，别人却要对寒月守口如瓶。

迷亭与主人都冷淡地"唔"了一声作为回答。

"以后我再来致谢吧。"她说完这句，就站起身来。

两人送她出去以后，刚一落座，就不约而同地说："这是个啥玩意儿啊。"

隔壁房间里，太太也忍俊不禁，呵呵大笑起来。

迷亭大声说："哎，太太，这次'俗调'的标本可来了，庸俗到那个地步，也算是极致了吧？你不用顾忌什么，尽情地笑吧。"

主人窝了一肚子火，狠狠地说："最看不惯的就是她那张脸。"

迷亭马上接茬说："那个鼻子盘踞在脸中央，可真是威风八面啊。"

"而且是钩鼻子。"

"她还有点驼背，驼背配上鹰钩鼻，嚯！真是奇葩啊。"迷亭开心地乐起来。

"一副克夫①相！"主人还是很愤愤然。

"十九世纪卖剩下的一张脸，二十世纪又摆出来卖了。"迷亭说了句怪话。

太太毕竟是女人，从里间出来提醒了他们一句："这样老说人家坏话也有点过分了吧？你们就不怕车夫的老婆听见了又去通风报信？"

"就让她去通风报信吧。良药苦口，忠言逆耳嘛。"

"可这样老是评判人家的长相，也挺低级的。谁愿意长那样一个鼻子啊。"如此，她既为鼻子夫人辩护，也为自己的容貌辩护，"再怎么说也是个女人家，你们也太刻薄了。"

"哪里刻薄了，那种人就不能叫女人，只是个蠢货。对吧，迷亭君？"

"固然是个蠢货，可是也挺厉害的。我们不是都让她牵着鼻子走吗？"

"在她眼里，教师算是什么？"

"大概跟后面的车夫差不多吧。要得到那种人的尊敬，除非你当上博士。当不上博士，只能怪你太疏忽大意了，对不对，太太？"迷亭笑着回头看太太。

"他啊，这辈子是甭想当博士了。"太太对主人已经死了心。

"说不定我马上就能当博士呢，可别瞧不起人。你大概不知道吧，

---

① 日语中的"克夫"指妻子与丈夫争吵时占上风，与汉语中的意思不同。

伊索克拉底^①九十四岁才写出了巨著；索福克勒斯^②写出震惊天下的杰作时，已接近百岁高龄；西摩尼得斯^③八十岁才写出了不起的诗篇。我呢……"

"真是胡说，像你这样整天犯胃病的人可能那么长寿吗？"太太干脆地断定了主人的寿命。

"简直乱讲——你问问甘木医生去。都是因为你让我穿这种皱巴巴的黑棉布礼服，上面满是补丁，才会被那种女人小瞧的。从明天起，我要穿像迷亭那样的衣服。给我拿出来准备好吧。"

"说得容易，'拿出来准备好'，哪有好衣服啊？再说，金田夫人对迷亭客气，那是因为听说了他伯父的名字，不是因为着装。"这样，太太很巧妙地撇开了自己的责任。

主人听到"伯父"一词，忽然想起了什么，对迷亭说："我今天还是头一次听说你有个伯父，以前怎么从来不知道啊，你真有这么一个伯父？"

迷亭好像就等着主人问他这个似的，说："嘿嘿，我那个伯父啊，也是个顽固不化的老古董，从十九世纪绵绵不绝一直保存到今天。"他看了看主人和太太。

太太笑呵呵地说："你真能凑趣。老人家住在哪儿啊？"

"住在静冈。他这人可不一般啊。他那脑壳上一直留了个丁髻^④，让人一见就毕恭毕敬。我跟他说：'您还是戴个帽子吧。'他却吹嘘说：'我活了这么大年纪，从来没觉得头顶上冷得要戴帽子。'有次我跟他说：'天冷的时候您就多睡会儿吧。'可他说：'人啊，睡四个小时就

---

① 伊索克拉底（前436—前338），古希腊演说家、修辞学家。

② 索福克勒斯（约前497—约前406），古希腊三大悲剧诗人之一。——编者注

③ 西摩尼得斯（约前556—约前468），古希腊抒情诗人。——编者注

④ 江户时代的一种男子发型，前额头发剃去大片，剩下的头发梳到脑后绾成发髻。明治维新后被废止。

够了，超过四个小时，那就是浪费时间！'所以呢，他总是天还没亮就起床，还得意地讲：'年轻时候我也贪睡，为了缩短睡眠时间，我也曾长期锻炼过，直到最近才进入随心所欲而不逾矩的境地，很开心。'他都六十七岁了，睡眠自然少了，这跟锻炼有啥关系，但他全把这个归结为他克己的功夫。另外，他出门一定要带一把铁扇子。"

"带这个有啥用？"

"谁知道呢，他就是要拿着，那意思大概跟手杖差不多吧。不久前啊，还闹了洋相。"这次迷亭转向太太，太太不想打岔，只"哦"了一声。

"今年春天突然来了一封信，叫我火速给他寄圆顶礼帽和长礼服。我有点吃惊，写信问他怎么回事，他回信说，是他自己穿，二十三日在静冈要开祝捷会，必须得赶上。他下命令要我速速寄过去，不得有误。更好笑的是，命令里还说，帽子买个差不多大小的就行，长礼服给他估量一下尺寸，在大丸服装店定做……"

"最近大丸也开始做西装了？"

"哪里，是他把大丸跟白木屋搞混了。"

"西装也叫人估摸着去做，这也太难为人了。"

"这正是伯父的个性所在啊。"

"那你是怎么办的呢？"

"没办法啊，只好估摸着给他做了一套寄过去了。"

"这也太乱来了吧。没出什么岔子吧？"

"还好吧，算是对付过去了。后来我看地方报纸上说，当日牧山翁破天荒地穿了一次西装长礼服，照旧手持一把铁扇子……"

"看来这把铁扇子是不肯离身了。"

"嗯，等他驾鹤西游时，我打算将那把铁扇子也给他放棺材里。"

"虽说是估摸着定做，但帽子和衣服上身都还行，那也不错了。"

"可惜啊，根本不是那么回事。我原以为谢天谢地，万事大吉了，可没多久就从家乡寄来一个包裹，我还寻思着是给我的回礼呢。打开一看，却是那顶礼帽，还有一封信，说：'承蒙购得礼帽，然尺寸稍大，烦请你去帽店改小为盼。改制款汇单随信附上。'"

"还真是迂阔啊。"主人发现了比自己还要迂腐的人，显得很是满意，又问，"后来呢？"

"后来？没办法，帽子只好我来戴咯。"

"就是现在这顶帽子吧。"主人呵呵笑起来。

"他果真是男爵吗？"太太好奇地问。

"谁？"

"你这位拿铁扇子的伯父啊。"

"怎么可能？他是个汉学家，自幼在孔庙潜心修习朱子学，还是什么学的，哪怕今天在电灯光下，也恭恭敬敬留着丁髻，真拿他没办法啊。"说着，他胡乱揉搓着自己的下巴。

"可刚才你跟那个女人说他是牧山男爵啊。"

"的的确确，我在茶室也听见你这么说了。"唯独在这一点上，太太赞成主人的意见。

"是吗？哈哈哈哈！"迷亭放声大笑起来，"那都是扯谎啦。我要真有个做男爵的伯父，如今也能混上个局长什么的了。"他面不改色地说。

"我说怎么觉得有点不对头呢。"主人的神色是既觉得好笑，又替他担心。

太太很是佩服，说："哎呀呀，一本正经扯这种谎，您还真是个吹牛高手啊。"

"相比之下，还是那个女人更胜一筹啊。"

"哪里，你比她毫不逊色哪。"

"太太，我吹牛就只是吹牛而已，可那个女人呢，是连蒙带骗，居心不良，品行恶劣。咱可不能把捣鬼的伎俩与天生的滑稽趣味混为一谈啊，否则喜剧之神也要悲叹世人有眼无珠了。你们说对吧？"

主人垂下眼皮说："这就难讲了。"

太太笑着说："还不都一样？"

迄今为止，在下还未曾去过对面那条巷子。拐角处的金田家，是何等气派，自然不曾领教。在主人家里，实业家的话题一次也没提起过。在主人家吃饭的本猫与他们也素无瓜葛，极为淡漠。只是刚才鼻子夫人意外来访，在下也拜听了她的言谈，心头也不由得想象金田家小姐的花容月貌与他们府上的富贵权势之相。在下虽贵为一猫，却也觉得不能再安闲地酣眠于檐廊下了。况且，我对寒月也抱有深深同情。那边已经收买了博士夫人、车夫老婆、二弦琴师傅天璋院，就连磕掉门牙这种事儿也都神不知鬼不觉让人探听去了。寒月君这边还只知道傻呵呵地搓和服带子。就算是个刚毕业的理学士，未免也太无能了。

话说回来，在脸正中安置了那样伟大鼻子的女人，也不是轻易就能接近的。像这种事，主人不用说也是漠然置之，再加上自己的生活捉襟见肘，帮不上啥忙。迷亭虽说不愁钱，可生性优哉游哉，是个偶然童子，也不会给寒月出什么力。那位发表上吊力学的先生看起来还真是可怜哪。倘若本猫再不能挺身相助，潜入敌营，侦察敌情，那也太不公平了。在下虽是一介猫，寄寓在学者家中，主人是个翻看爱比克泰德的书没一会儿就摔到一边去的学者，但在下与世间一般的痴猫、蠢猫判若云泥，这点侠肝义胆还是有的，冒险的勇气可以说一直灌注到尾尖之上。

倒不是在下对寒月有知恩图报之情，也不是在下心血来潮、轻举妄动。大而言之，上天有好公平、讲中庸之德，在下将其付诸现实，岂非伟大壮举哉！那鼻子夫人非但未经本人许诺，就将吾妻桥事件宣扬得人人皆知，还悄悄派了走狗潜伏在他人屋檐下窥探消息，逢人便大肆吹嘘，又雇用了车夫、马夫、无赖汉、落魄书生、打零工的老妈子、接生婆、妖婆、按摩妇、呆子，肆无忌惮地为国家栋梁之材找麻烦，那本猫也就豁出去了。

好在正值风和日丽，虽说刚刚化霜，道路泥泞难行，但为了公义，赴汤蹈火在所不辞。纵然脚下沾泥，在走廊里印下梅花印，最多不过是给厨娘添一点麻烦，对自家而言，算不得痛苦。等不及明天了，即刻出发！

在下以勇猛精进之大决心，飞奔至厨房，又一寻思："且慢。"作为一介猫儿，在下已进化到顶点，脑力之发达不亚于中学三年级学生，但可悲的是，受限于咽喉之构造，无论如何无法讲人类的语言，就算成功潜入金田宅邸，充分调查了敌人的情势，也无法将之告知当事人寒月啊，也无法向主人、迷亭传达消息啊。若不能言语交流，就如钻石埋在地下，无法反映太阳的光辉。好不容易得来的情报，终为无用之物。好蠢啊，算了吧。我心里嘀咕着，伫立在门口，踌躇再三。

又一想，大好的计划就这么半途而废，就如焦急等待骤雨的降临，却眼睁睁看着乌云被吹往别处地面，实在不胜惋惜之至。倘若我们这边不占理，那另当别论，可为了正义，为了人道，即令徒劳无功，哪怕白白死去，也应当奋勇向前，这才是男子汉义不容辞的本分。受点辛苦，脏了手脚，对猫来说算啥？由于生来是猫，没法与寒月、迷亭、苦沙弥诸公以三寸不烂之舌切磋学问，但在下也有强过诸公的长处，那就是只有猫儿才有的潜踪隐迹的本领。成就他人所不能之事，这本身便是一大快乐。金田家的内幕，哪怕只有我自己知晓，也总比谁都不知情要开心。哪怕不能告知别人，让那帮家伙知道隔墙有耳，也是一大乐事。愉快的念头一个连一个，看来是非去不可了，启程吧。

来到对面巷子一看，果然如我所闻，在拐角处有一所洋房，不可一世地矗立在那儿，占了好大一块地儿。想必洋房的主人也跟这房子一样，一副骄横跋扈的嘴脸。进得门来一瞧，只见这二层楼房，除了给人威压之感，别无特色。迷亭所说的"俗调"，大概就是这样吧。

进了门向右拐，穿过花园，转到厨房门口。这厨房还真是大，面积足足有苦沙弥家那个厨房的十倍，不亚于前阵子《日本新闻》上详细报道过的大隈伯① 家。里面收拾得整整齐齐，擦洗得锃光瓦亮。

"真是个模范厨房啊。"进来后，见是一个用灰泥夯实的二坪土间，那车夫的老婆正在里面跟烧饭的厨娘还有车夫叽叽咕咕地说话。危险！我连忙躲到水桶后面。

"那个教师真的连家里老爷的名字都没听说过？"厨娘问。

"怎么可能？这一带谁不知道金田家的宅子，除非他是瞎子、聋子！"这是车夫的声音。

"也难说，那个教师啊，除了书本，啥都不懂，就是个怪人。他要是多少打听一下老爷的身份，那还不吓一跳？可他连自家小孩几岁了都说不上来呢。"车夫老婆说。

"连金田老爷家都不服气，这种呆子就得好好调教调教。也不是什么难事，咱们大家一块儿过去吓唬吓唬他怎么样？"

"好啊，好啊。他老是提起太太的鼻子太大，说看不顺眼，也不瞧瞧他自己那个样儿！就跟个今户烧的陶瓷山狸似的！自以为相貌堂堂，长那么难看，还说别人！恶心！"

"不光长得难看，你看他拎着毛巾去澡堂的时候那个样儿！简直就是目中无人嘛，好像谁都比不上他似的。"看来厨娘对苦沙弥先生也很不待见。

"咱们干脆就趁着这股劲儿，过去在墙外头骂他一个狗血淋头！"

"这么一来他肯定老实。"

"不过，要是让他瞧见咱们，那就不好玩了。刚刚太太也吩咐了，

---

① 大隈重信（1838—1922），明治时代政治家、侯爵，日本第 8 任和第 17 任首相，创建了东京专科学校，即早稻田大学的前身。"伯"是敬称。

叫咱们偷偷地过去，让他只听见声响，看不见人，让他读不了书，干着急。"

"这个我明白了。"车夫老婆的意思是她已欣然承担了三分之一的骂人任务。

他们这就去吵骂苦沙弥先生了。我想着，从三人身旁去了里间。

猫脚是虽有若无的，走到哪儿都悄无声息，就如腾云驾雾、凌空飞行，如水里击钟敲磬，洞里鼓瑟吹笙，如品尝醍醐妙味，冷暖自知，不足为外人道也。不管是平庸的洋房，模范的厨房，还是车夫老婆、听差、烧饭的厨娘、小姐、丫鬟、鼻子夫人、夫人的老爷，全都不放在眼里。只要是想去的地方就能去，想听的话就能听。吐吐舌头，甩甩尾巴，翘翘胡须，悠悠然来去自如。本猫对于此道，堪称日本第一。传奇小说里猫妖的血脉衣钵，大概是让在下继承了吧。据说蛤蟆额头有夜明珠，而在下的尾尖之上，早已藏下祖传妙药，嘲佛骂祖、爱恋无常自不必说，睥睨天下也是小菜一碟。在金田家的走廊里人不知鬼不觉地穿行，就如金刚大力神踩烂一块魔芋豆腐那样容易。这都拜平时珍爱有加的尾巴所赐，想到此，对尾巴大神焉能等闲视之，应该顶礼膜拜一番、祈祷"喵运长久"才是。稍稍低头一瞧，尾巴去哪里了，正要对着尾巴三叩首，可一转身，尾巴也自然跟着转过去了，想要赶上它，尾巴却隔着同样的距离跑在前头。果然是将天地玄黄皆收纳于三寸之中的灵物，在下望尘莫及。跟随尾巴转了七周半以后，便累得筋疲力尽，只得作罢。只觉得头晕目眩、天旋地转，分不清身在何处。且不管它，胡乱走走看。隔扇后面传来鼻子夫人的声音。本猫停下脚步，支起耳朵，屏息静听。

"就一个穷教师，还挺狂的。"之前那个尖厉的声音又响起来。

"嗯。不知好歹的家伙，找人教训他一下。他那个学校里有咱们的老乡。"

"谁啊？"

"津木乒助、福地细螺都是，让他们去玩玩他。"

不知金田的老家是何处，只是那方水土有这等稀奇古怪的名字，让人不免吃惊。

金田又问："那家伙是英语教师？"

"对，车夫老婆说他专门教什么英语读本的。"

"就是个屁都不顶的教书匠嘛。"金田居然能讲出"屁都不顶"这种话来，在下实在佩服。

"前几天遇上乒助，他说学校老师里有个怪人，学生问他，'番茶'用英语怎么说，他一本正经回答说是 savage tea[①]，成了教员之间的笑柄，都说这种教员让别的老师脸上无光了。大概就是这个家伙搞出来的笑话吧。"

"肯定是那个家伙，看他那样吧，就是会出这种笑话的人，还留着两撇胡子。"

"果然是个混蛋玩意儿。"

要是留胡须就成了混蛋玩意儿，那猫族可就没一个清白的了。

"还有那个叫迷亭，还是叫酩酊的家伙，准是个发疯的贱货，说什么他伯父是牧山男爵，就那个样儿也会有做男爵的伯父？想想就不可能有！"

"你也是糊涂，居然让那种人给耍了，真没眼力。"

"说我糊涂，也太瞧不起人了吧？"鼻子夫人到现在还是憋着一肚子火。

奇怪的是，关于寒月君他们没提过只言片语。不知道是在我到来之前，他们已经完成了对他的评判呢，还是寒月君在他们心目中早已落选，不值一提了呢，不得而知。没办法，在那里伫立片刻，隔着走廊的

---

① 番茶即粗茶，英语可译为 coarse tea，"番"字有"异国的，野蛮的"之意，因此老师误将其译为 savage tea。

房间有铃声响起。那边又出事了吧。莫迟疑，且待我即刻赶过去。

过去一听，是一个女子大声讲话的声音。那声音与鼻子很像，可以推断就是令寒月差点跳水自尽的那位小姐吧。惜哉，隔着拉门，无法拜见芳容。是否也在脸正中供奉着一个大鼻子，无法确认。不过，从她讲话的气势、粗暴的鼻息猜测，绝非一只泯然众人的蒜头鼻。我只能听见女人自个儿喋喋不休，听不到一点对方的声音，看来这就是传说中的打电话吧。

"喂，是大和茶馆吧？我明天过去看戏，给我订个雅座，明白了吗？什么，没明白？给我订个雅座……订不了？怎么可能订不了？真是开玩笑。开什么玩笑，捉弄人吗？你是哪一个？是长吉吗？长吉，你啥都不懂，叫老板娘来接电话……你说什么都能办？不像话，你知道我是谁吗？我是金田！……什么，你早就知道？真是个混账！我说我是金田啊……什么，谢谢惠顾？我不愿听谢谢……你又笑什么？真是个蠢货……照我吩咐的办？你再这么胡说八道我就挂电话了。你不在乎是不是？……你怎么不出声了？你倒是出声啊。"

似乎是长吉那边挂了电话，没有回音了。小姐火冒三丈，狠命摇铃，脚下的哈巴狗吃了一惊，狂吠起来。在下深知，这可大意不得，急忙钻到走廊地板下躲起来。

此时走廊传来一阵走近的脚步声和拉开纸门的声音。谁来了？侧耳倾听，好像是丫鬟。

"小姐，老爷和太太请您过去呢。"

"我没听见！"小姐让丫鬟吃瘪。

"老爷和太太说有事找小姐，叫我请您过去呢。"

"烦死了，我不是说了吗？我没听见！"丫鬟第二次吃瘪。

"听说是关于水岛寒月的……"机灵的丫鬟想缓和一下。

"管他什么寒月、水月的，真烦。看那张脸就知道是个傻不啦唧的窝囊废！"不在场的寒月也吃瘪了。

"哟，你啥时候梳了个西洋发型？"

"今天。"丫鬟松了口气，尽量简短地回话。

"一个臭丫头，神气啥啊？"小姐又掉过头来给丫鬟吃瘪。

"你还戴上了新衬领？"

"嗯，前一阵子小姐把它赏给了我，当时我觉得太漂亮了，舍不得戴上，就放在箱子里了。今天因为见以前戴的衬领脏了，就找出这个来换上。"

"我啥时候给你的？"

"今年正月里，您去白木屋商场买的，是茶绿色，上面还有相扑力士等级表的图案。您当时说：'太素了，就送给你吧。'就是这个衬领。"

"呀，好讨厌，你戴着真好看，真让人恨！"

"我……真是不敢当……"

"我可不是夸你，是恨你！"

"嗯？"

"那么好看，怎么你不哼不哈就收下了？"

"呃……"

"就连你戴上都那么好看，我戴的话肯定也不赖吧？"

"嗯，肯定也好看。"

"明明知道我戴也行，怎么一声不吭就收下，还没脸没皮地戴上了？"丫鬟接连吃瘪。

就在本猫仔细聆听局势发展之际，老爷从对面屋里大声呼唤小姐："富子！富子！"

小姐没奈何，应了一声，走出电话室。

那条比本猫大一点点的哈巴狗，眼睛跟嘴都挤到了脸中央，它也跟在小姐后面出去了。在下又蹑手蹑脚从厨房蹿到街上，急急忙忙回到主人家。此次探险，大功告成。

从漂亮的房子回到那藏垢纳污之处，就好比从阳光明媚的山巅跌进了黑咕隆咚的山洞。探险过程中，本猫心无旁骛，故而对于房间的装饰、隔扇、拉门的状况都没有留心观察，但也能感觉到自家居室的寒碜，同时也不知不觉喜欢上了他们家所谓的平庸之相。在下觉得，比起教师，还是实业家更厉害。这么说未免有点匪夷所思，便跟平常一样竖起尾巴，询问尾巴大神的意见。尾巴尖那儿向我开示：所言极是！

进了房间，意外地发现迷亭先生还没有走，一个个烟蒂按在火盆里就如蜂巢一般。他盘腿坐在那里，正在高谈阔论。不知何时，寒月君也来了。主人曲肱而枕，一门心思端详着顶棚上的漏雨之痕。这又是一次太平逸民的聚会。

"寒月君，那位因你而病，病中喊你名字的女子，那时你当作秘密，现在总可以说说她是谁了吧？"迷亭开始逗他。

"说出来对我本人并没有妨碍，只恐怕给对方添麻烦。"

"还是不能说？"

"跟某某博士夫人有过约定啊。"

"是保密协议对吧？"

"嗯。"寒月又跟往常一样搓着礼服的带子，这带子是现在很少有卖的紫色款式。

"这带子的颜色，看着像是个占董货。"主人躺着说。他对金田事件漠不关心。

"对，这可不是当前日俄战争时候的东西。要跟这条带子搭配，得戴上阵笠 ①，穿上葵记纹章的开缝礼服才行。据说织田信长婚后去见

---

① 日本古代下级武士上阵打仗时用来代替头盔的斗笠。

岳丈时，头上扎的是茶刷式发髻，当时扎头发用的就是这种带子。"迷亭又滔滔不绝讲起来了。

"其实，这个是祖父在征伐长州^①时用过的。"寒月一本正经地说。

"那真的该送到博物馆去了。作为绞首力学的演说者、理学士水岛寒月，装扮得就像个过时的旗本武士[②]，实在有伤体面啊。"

"您的意见不无道理，只是也有人认为这条带子挺适合我的。"

"是谁，讲这么没品位的话？"主人翻了个身，大声说。

"是你们不认识的人。"

"别管认识不认识了，说说是谁吧。"

"某位女士。"

"哈哈哈，真有你的。估计又是在隅田川水下呼唤你名字的那位小姐吧？你何不穿上那件礼服，再次跃入水中、往生佛国？"迷亭在旁边含讥带讽。

"嘿嘿嘿……她已经不在水下呼唤了，而是在西北方的清净世界……"

"那里不见得有多清净吧，有只让人望而生畏的鼻子哦。"

"哦？"寒月脸上显出惊讶之态。

"刚才对面巷子里那个大鼻子女人闯到这里来了，可把我俩吓得不轻。是不是，苦沙弥君？"

"是啊。"主人躺在那儿一边喝茶一边应了一声。

"大鼻子？你们说的是哪一位？"

"就是你那位相爱到永远的小姐家的令堂大人啊。"

---

① 江户时代末期，由于长州藩致力于"尊王攘夷"之倒幕运动，遭到德川幕府所组织的两次征讨。在幕府发动第二次征伐时，长州藩与萨摩藩联合，一举打败了幕府军。经此一役，德川幕府的权威彻底丧失。

② 旗本按语意指战场上主将旗下的近卫武士。到江户时代，专指将军直属武士中领地不满一万石，但有面见将军资格者。

"哦？"

"金田的老婆上门来探听你的虚实咯。"主人认真地解释说。

寒月是惊讶、开心，还是羞怯呢？在下悄悄从旁边窥视，却见他一如往常、若无其事地说："大概是想让你们劝我娶她家小姐吧？"说着，又搓弄起紫色的带子。

"然而你错了，那位小姐的令堂大人可是拥有一个伟大的鼻子……"

迷亭还没说完，主人就节外生枝转移了话题："哎，跟你们说啊，我正在为那个鼻子夫人构思一首俳体诗！"

太太在隔壁房间忍不住扑哧一笑。

"你真有闲心啊。构思完了没有？"

"想好了一两句，第一句是：'浴佛之日祭鼻神①'……"

"下面呢？"

"鼻梁之上置酒樽……"

"再下面？"

"还没想好。"

"有趣啊。"寒月笑吟吟地说。

迷亭马上接了一句："'鼻孔深深深几许'，这句如何？"

寒月说："再接一句'鼻毛掩迹无处寻'，好不好？"

他们正在你一句我一句地联诗，外面墙根的马路上有四五个人吵吵嚷嚷地喊道："卖今户窑烧的山狸瓷器咯！"主人和迷亭都吃惊不小，透过墙缝向外面望去，只听一阵哈哈大笑之声渐渐远去。

"今户窑烧的山狸是啥玩意儿啊？"迷亭不解地问主人。

"天晓得！"主人回答。

---

① 原文"鼻祭り"谐音双关。浴佛日即佛诞，4月8日，日本乡村也把这天作为丰收节。

"倒是挺新奇的，难得他们想出来。"寒月评论说。

迷亭像是忽然想到什么，猛地站起来，用演讲的架势说："不才多年以来从美学角度对鼻子潜心研究，现向两位汇报一下，烦请拨冗一听。"

这出其不意的提议，让主人一时无语。寒月则低声说："定当洗耳恭听。"

"经本人多方考察研究，对于鼻子的起源问题还不是非常清楚。最让人不解的是，如果它只是一实用器官，那只需两个鼻孔即可，何必像现在这样，如诸君所见，从面部中央突兀而起且越来越高耸呢？"他捏了一下自己的鼻子，作为现场演示。

主人毫不客气地说："你的鼻子可不见得有多么高耸。"

"不管咋说，都没有凹陷下去吧？绝不会与两个并排的孔洞相混淆吧？这是我首先要提醒两位注意的。愚以为，鼻子的发达，乃是人类擤鼻涕这一微细行为的结果，经过长期自然的日积月累，最后呈现出的表象。"

"这倒确实是如假包换的愚见。"主人插入一句短评。

"众所周知，擤鼻涕时一定要揪住鼻子才成，而且要揪鼻子，就会给这一部位以刺激。根据进化论的大原则，这一部位由于这一刺激就会特别发达起来，导致与其他部位不成比例。其表皮自然也硬起来，而肉也坚固起来，最后凝聚成骨头。"

"这未免有点太……肉怎么可能那么一蹴而就变成骨头呢？"寒月毕竟是理学士，表示了质疑。

迷亭不动声色，继续讲道："您有此疑问，无可厚非，但事实胜过雄辩，鼻梁骨就在这里，没办法否认吧？骨头长出来了，鼻涕照样要流，一流鼻涕，那就要擤鼻涕。在这样的作用下，鼻子左右两侧磨得越来越细高而隆起，这确实是令人敬畏的变化啊。如水滴石穿，如宾头卢①头顶自然大放光明，入幽兰之室，久而不闻其香，入鲍鱼之肆，久而不闻其臭，就这样，鼻梁变得又高又硬……"

"可是，你的鼻子还是软塌塌的啊。"

"为了避免自我辩护的嫌疑，演讲人特意没有论及此点。然如那位金田小姐的令堂大人所拥有的鼻子，实乃天下珍品，最为发达和伟大，故而为二位特意介绍之。"

寒月不禁有些局促不安起来。

"事物发展到极致，固然壮观，但难免令人望而生畏，难以接近。那个鼻子伟则伟矣，但窃以为未免过于险峻。古人之中，苏格拉底、哥尔德斯密斯以及萨克雷②的鼻子构造，虽不能说无可指摘，然而其可指摘之处，也正是其可爱之处。所谓鼻不在高，奇则为贵，俗语云'宁要糯米团子，不要酒糟鼻子'，便是这个道理。因此以美学价值而言，迷亭本人之鼻子，最为恰如其分。"

寒月与主人都呵呵笑了，迷亭自己也开心地笑起来。

"闲话休提，言归正传。且说……"

"先生不是说'言归正传'是说书人的套话，不够文雅吗？"寒月借此报前日之仇。

"那咱们就另起炉灶……嗯嗯……以下就鼻子与面孔的搭配比例略抒己见。若不考虑其他方面，单就鼻子而论，那位令堂大人的鼻子可以说惊天地而泣鬼神……哪怕在鞍马山的展览会上拿个头等奖也不成问题。可悲的是，她的鼻子没有跟眼睛、嘴巴及其他诸位商议，就孤军突起，兀自挺立出来。尤利乌斯·恺撒之鼻子，诚然大矣，但若恺撒之鼻

---

① 十六罗汉中的第一罗汉。在日本，人们相信如果抚摸了此罗汉能治病，极为有名。

② 哥尔德斯密斯和萨克雷都是英国作家。

剪下，安到贵府这只猫脸上，那将成何体统？在猫脑门这么大的底盘上，英雄之鼻突兀高耸，就好比在棋盘上安置一尊奈良大佛，比例失调至极，毫无审美价值。那位令堂大人的鼻子，其隆起程度堪比恺撒，确实英姿飒爽，然而环绕其周围的面孔条件又是如何呢？虽不至于像府上的猫那么劣等，但就如癫痫病发作的妇女，八字眉皱着，眯缝眼斜吊着，这岂不是事实？诸君，这怎能不令人喟叹，有其鼻却无其面呢？"

迷亭说到这儿，稍稍停顿了一下，就听后面传来喊声："还在那里说鼻子，还真是头死犟驴呢！"

"这是车夫的老婆。"主人告诉迷亭。

迷亭面不改色地继续讲道："没想到后面还有异性旁听者，发现这一事实，对于演讲者本人来说真是莫大荣幸。尤其是那婉转动听的娇媚嗓音，更是为枯燥的讲座增添了别样韵味，令人喜出望外。为了不辜负佳人淑女的深情眷顾，本该讲得通俗易懂一点，可惜下面要讲到的是力学问题，兴致勃勃赶过来听讲的女士可能难以理解，请多多包涵。"

寒月君听到他提到力学，不觉莞尔。

"我想证明，这个鼻子与这张脸绝不协调，有违蔡辛①的黄金分割律。这可以从力学公式严格推导出来。首先设鼻高为 h，设鼻子与脸平面的角度为 a，w 自然就是鼻子的重量了。如何，大体明白了吗？"

"哪里会明白？"主人说。

"寒月君呢？"

"我也不甚了然。"

"这可就难了。苦沙弥也就算了，你作为一个理学士，总该明白的吧。这个公式可是这个演说的核心啊，把这个略过去，那之前苦心孤诣的研究就白费了……没办法，略去公式，只说结论吧。"

---

① 阿道夫·蔡辛（Adolf Zeising，1810—1876），德国数学家、美学家，把数学上的黄金分割率应用到美学领域，对后世产生巨大影响。

"还有结论？"主人诧异地问。

"那是当然。没有结论的演说，那就像没有饭后甜品的西餐……两位好好听着，现在是结论……按照前面的公式，参考魏尔肖、魏斯曼[1]诸家学说，我们不得不承认，鼻子的形状自然是先天形体特征遗传的结果。此外，关于这一形体特征所伴随的精神状态，学界大都认为是后天形成，与遗传无关；但不可否认的是，其在某种程度上仍然要受遗传因素影响，这是必然的。因此，像那样一个女人，长了一个与其面容不相称的鼻子，她所生的孩子的鼻子也会有异常之处。寒月君现在还年轻，没发现金田小姐的鼻子构造有什么特别的异常，但遗传因素有很长的潜伏期，不知道什么时候她的鼻子就会因为气候剧变，突然之间就像她令堂大人一样膨胀发达起来。因此，按照我迷亭的学理论证，安全起见，这场婚事还是断了此念为好。对于这一点，我们的主人想必是完全赞成的，就连躺在那边的猫精大人，估计也无异议吧。"

主人翻了个身，坐起来很起劲儿地说："对对对，那是自然。那种婆娘的女儿，谁会娶她？寒月君，千万要不得。"

在下为了表示赞同，也"喵喵"叫了两声。

寒月仍是一副安之若素的神态，说："既然两位尊意如此，我断了这个念头也未尝不可。只是担心女方在意起来，相思成疾，那就不美了。"

"哈哈哈哈，那样你可'艳罪不浅'啊！"迷亭打趣道。

只有主人仍是余怒未平，气呼呼地说："怎么可能有这种事？那种臭娘儿们，生的女儿估计也不是啥好东西！头次上门，就想给我吃瘪！目中无人的家伙！"

这时，又听见三四个人在墙根那儿哈哈大笑。一个说："没眼色

---

① 魏尔肖、魏斯曼均为德国生物学家。

的蠢货！"另一个说："有能耐就搬到大房子去住啊！"又有一个大声喊："可怜哦，再怎么逞威风，也是家里威风外面尿！"

主人跑到走廊上，扯着嗓门吼叫道："吵什么吵？为啥偏偏跑我墙根这里？"

"哈哈，撒外之气（savage tea），撒外之气！"墙外人破口大骂。

主人怒火冲天，猛地起身，抓过手杖奔向马路。

迷亭拍手叫道："好玩儿，好玩儿！大干一场！"

寒月则仍旧笑嘻嘻地揉搓着他那条带子。

本猫跟在主人后面，从篱笆墙豁口钻出去来到马路上，只见主人拄着手杖，就如中了邪一般茫然伫立。路面上寂无一人。

第四回

搞窃听猫侠潜入金田府
耍诡计铃木拜访卧龙窟

照例潜入金田宅邸。

何谓"照例"，如今没必要解释了。照例，无非是说已经屡次又屡次。干过一次，就想干第二次，干了第二次，又想干第三次。这种好奇心非人类所独有，猫也带着这一心理特质降临于世。这是无可否认的事实。重复三次以上，即可冠之以习惯之名，而这一行为便进化成生活之必需，在这点上本猫与人类没啥两样。若是有人问："为何三番五次频频去金田家？"那我要反问："为何人要将烟吸入口中，又从鼻子里喷出来？此物既不能果腹充饥，也不能滋补血气，人却毫不羞耻、无所顾忌地吞吞吐吐。既然如此，那在下出入金田宅邸，又何须大声呵斥？对本猫来说，出入金田家即是一种烟瘾。"

所谓"潜入"云云，有些语病，听起来很刺耳，就像小偷或者奸夫一样。在下去金田家，虽说是不速之客，但绝非为了偷吃鱼干，更非为了跟那个眼睛鼻子挤在脸中央同疼挛似的哈巴狗有什么密谈。

——什么，做侦探？

——那更是滑天下之大稽。若问在下，世上何种职业最卑贱，在下要说，再没有比做侦探与高利贷更卑贱的了。我不否认，曾经为了寒月君一时半会儿激起过非分的侠义之心，一度去金田家窥视其动静，但只有那一次而已，之后在下便绝不再做这种让猫族的良知感到羞耻的鄙陋之事。

——既然如此，那为何还要用"潜入"这种带有嫌疑的词语呢？

——其中自有深意，容我慢慢道来。本来，在我等猫族眼里，苍天者，万物之所覆；大地者，万物之所载。无论哪个爱好奇谈怪论之人，都无法否认这一事实。且说，天地开辟之事，他们人类何曾出过半点劳力？无尺寸之功，对于非自己创造之物，岂能据为己有？据为己有也就罢了，还要禁止其他生物出入，是何道理？在这茫茫大地之上，人类逞其私智，竖起围墙，插上界桩，划定某地归某某所有，这就好比拉起绳子切割苍天，说这块天空归我所有，那块天空归他所有。若能将土地分割成块，一平方一平方地贩卖其所有权，那我等所呼吸的空气，也可以一立方一立方地切割贩卖了。既然空气不能售卖，天空也不能作为一己之私，那土地私有岂不是毫无道理？吾辈持有如是观，信奉如是法，自然来去自如，哪里都去得。不想去的地方自然不去，但只要想去，绝无东西南北之别，悠悠然前往，脸不红心不慌。如金田之流，何足挂齿？

可悲之处在于，猫的武力毕竟不是人类的对手。尘世竟有这样的格言，说"强势即权力"，猫的理论再怎么无懈可击，也是行不通。硬要越界，就难免像车夫家的大黑一样吃鱼贩子家的扁担。真理在我们这边，权势却在他们那边。情况如此，要么放弃自己的主张，乖乖地屈从于权势；要么瞒天过海，背着权势的耳目照旧贯彻自己的理论。在下当然是选择后者了。要想不吃扁担，只能潜踪隐迹；而既然我有进入他人宅邸的权利，那就势必要进入，因此，在下便"潜入"金田宅邸了。

潜入次数多了以后，在下虽无意侦探，但自然而然地对金田家的底细了如指掌。好多事哪怕不想看，也自然映入眼帘；哪怕不想记住，也自然在脑子里留下了印象。

鼻子夫人每次洗脸，都要一丝不苟地擦鼻子；富子小姐一吃起阿倍川饼就停不下来；还有金田君本人——金田与他夫人截然不同，是个塌鼻子。不仅鼻子塌，整个脸都是扁平的。就好像是他小时候跟人打架，被孩子王按住脖颈子狠狠压在了墙上，四十年后的金田，他那平坦的脸上仍保留着那场争斗的痕迹。这张脸平稳至极，波澜不惊，但总觉得缺乏变化。不管如何火冒三丈，都是一张平板的脸。金田君还有一怪癖，吃生鱼片吃得来了劲头，会啪啪地打自己的脑壳。他不仅脸扁平，个子也矮，老喜欢戴高帽子，穿高齿木屐。他家的车夫觉得这事很可笑，告诉了寄宿生，寄宿生佩服不已："你的观察还真是细致入微啊，难得难得。"诸如此类的事，不一而足。

最近我从厨房旁边穿过庭院，在假山后眺望对面，若发现拉门紧闭，四下寂静无人，那就徐徐从容而入；如人声嘈杂，有让房间里的人发现的危险，那就绕到水池东面，悄悄从厕所来到檐廊。本猫身正不怕影子斜，又不干坏事，不需要东躲西藏，但如果在那里碰上人这种无法无天不讲理的家伙，那可就倒霉了。若世间都是熊坂长范①之辈，那无论何等盛德之君子，也会像在下这么小心翼翼的。金田君是堂堂实业家，自然不会像熊坂长范那样挥舞五尺三寸大刀杀过来，但据我所知，他有个毛病，就是不把人当人，既然不把人当人，那当然也不会把猫咪当猫咪咯。故而，无论何等盛德之猫，在其宅邸内也马虎不得。然而，其马虎不得之处，也正是我觉得趣味横生之处。我频频出入金田家，也许正是为了冒这种风险吧。待我深思熟虑过后，将猫儿的心理详尽剖析之，再来向诸位郑重报告一番。

---

① 平安末期的江洋大盗。

今日情况如何呢？在下照例下巴贴在假山的草地上，望着前面那个十五铺席的大客厅。正值阳春三月，春光明媚，很是敞亮，金田夫妇与一位来客谈兴正浓。鼻子夫人的鼻子偏偏冲着这边，隔着池子，与本猫正面相对，让鼻子如此打量，还是头一遭呢。

金田正好侧着身，与客人相对，平坦的脸只能看到一半，看不到鼻子在哪儿，只见杂乱丛生的花白胡须，由此不难得出结论：那上面应该有两个窟窿的吧。我不由得浮想联翩：若是春风吹过这张平滑的脸，肯定毫不费力。

来客是三人中相貌最普通的。只因普通，也就没有可介绍之处。普通虽说不是坏事，但若普通至极，"登平凡之堂，入庸俗之室"，那就未免可怜了。命中注定要带着这副无聊面孔生逢明治盛世的这位客人，是哪一位呢？在下要钻到檐廊地板下听一听，才能明了。

"老婆特意到那人家里去了解情况……"金田照旧用蛮横的口气讲话。口气虽说蛮横，却丝毫感觉不到严厉。他的语调就像他的脸，大而平板。

"他确实教过水岛……对对，这是个好主意……对，对……"这个满口唯唯诺诺的人，就是客人了。

"可是啥也没问出来……"

"唉，苦沙弥这人就是问不出啥来的……以前他跟我一起寄宿的时候，就是个黏黏糊糊的家伙，给您添麻烦了吧？"客人对鼻子夫人说。

"还说什么麻烦不麻烦啊，我这么多年来去人家里，就从来没受过这种委屈！"鼻子夫人用鼻子呼着狂风。

"估计他说了些放肆无礼的话吧？他啊，以前就是个犟驴，就看他十年如一日教英语入门读本，也就明白他是啥人了。"客人委婉地附和道。

"他真是不像话，不管老婆问他什么，他都跟吃了枪药似的……"

"这就太不应该了……人啊，稍微有点学问，就好自高自大，再加上家里贫寒，就更容易清高……世上这种不懂规矩的人可真多啊。也不想想，明明是自己没本事，却对富人骂骂咧咧，老觉得别人剥夺了他的财产一样，真让人吃惊……哈哈……"客人越说越得意。

"哎呀，真是荒唐透顶。他这么不知好歹，肯定是没见过世面，所以由着自己性子来。我想稍微给他点教训才好，就给他吃了点亏……"

"对对对，这下他该知道点深浅了吧。对他本人也好啊。"客人还不知道到底是给对方吃了啥亏，就先对金田表示赞成。

"不过，他可真是倔，听说他到了学校里头，对福地和津木理都不理。还以为他是从此老实了，才不吭声，没想到他竟然拎起手杖，追赶家里那个寄宿生，孩子有什么过错？他也是，三十好几了，还这么管头不顾腚的，干出这种蠢事，真是个疯子！"

"哎？他怎么能这么胡来呢？"这次连早已熟知其为人的客人也感到大惑不解。

"还能因为什么，听说，就因为学生在他面前讲了一句什么话，他马上拎起手杖光着脚就蹿出来了。就算在他背后嘀咕他几句，不就是个孩子吗？你可是个长胡子的大男人啊！还是教书先生呢！"鼻子夫人接着说。

"对啊，作为教师哪能这样？"客人附和道。

"作为一个教师……"金田又重复了一遍。

看来，按照这三位达成的共识，当了教师就该唾面自干，不管受到什么样的侮辱都该像个泥塑木雕一样乖乖承受。

"还有那个叫迷亭的，也是个不知道天高地厚的家伙，没一句实话，满嘴胡说八道，我还是头一次见识这种怪人……"

"哦，迷亭？他还是像以往那样爱吹牛啊。夫人也是在苦沙弥家遇上他的吧？跟他打交道可真受不了，以前他跟我搭伙，也是老喜欢捉弄人，我为了这个老跟他吵架。"

"那种家伙，谁见了都恼火。有时候确实谁都难免说一两句假话，情面上过不去啊，不对付几句不行啊……那种时候心里不是那个意思也都那么说。可那个家伙倒好，根本犯不上说瞎话的事儿，你闭嘴不行吗？他偏偏要东拉西扯，满嘴胡喷，也不知道他图个啥，自己一点也不害臊。"鼻子夫人到现在还是一肚子火。

"对对对，确实这样。那个人就是把说瞎话当成了爱好，真拿他没办法。"

"您评评这个理，我特意过去打听水岛的事儿，结果是乱七八糟的。我窝了一肚子气，心里那个恨啊……可毕竟还得还这个人情，总不能去打听了事情，还假装不懂人情吧。我后来就让车夫送了一箱啤酒过去。可你猜怎么着？他说：'无功不受禄，拿回去吧。'车夫说：'就一点小意思，不管咋说您就收下吧。'他说：'我是每天吃果酱的人，怎么会喝这种苦兮兮的玩意儿？'抹下脸来就进屋了——你瞧瞧，这像不像话？还懂不懂礼节？"

"这可真是太过分了。"客人这次似乎确实觉得苦沙弥有失分寸了。

"因此，今天特意请你过来……"好一阵子没吭声的金田君又说话了，"那些混账玩意儿，本来想暗暗地奚落他们一通也就算了，不过还有点麻烦的事儿……"

说着，他就像吃生鱼片时那样拍打着自己的秃头。当然了，身处檐廊下，在下无法看到他是不是确实拍自己脑壳了，不过最近这声音也听惯了，就像尼姑能一下听出木鱼声，在檐廊下我也能根据这声音鉴定出是金田拍脑袋。

"有个事想劳驾你……"

"凡是我力所能及的，您尽管吩咐。这次能来东京工作，也全凭您费心啊。"客人很干脆地答应了金田的要求。从这话来看，他以前多蒙金田照顾。

　　事件的发展越来越有意思了。本来没想着过来，只因为今天天气不错就逛了进来，能有这样的收获，完全出乎意料。正好比春分过后去庙里上香，方丈却拿出牡丹饼来款待香客，真是不虚此行啊。金田要拜托客人做什么呢？我在檐廊下凝神倾听。

　　"那个叫苦沙弥的怪物，不知为啥给水岛出馊主意，说什么'别娶那个金田家的小姐'，明里暗里地挑唆，是吧，鼻子[①]？"

　　"他可不单单是挑唆，他说的是，'那种家伙的女儿谁会娶，那不是天下少有的傻瓜蛋吗？寒月君绝不能那样干啊'。"

　　"说什么'那种家伙'，也太放肆了吧？他真说过这种混账话？"金田问。

　　"什么真的假的，车夫老婆可是一字不差地这么跟我说的。"

　　"铃木君，你都听见了，真是麻烦啊。"

　　"唉，还真难办啊。这种事不比别的事，外人是不该妄加议论的。这点道理苦沙弥是不会不懂得的。不知道他到底是怎么回事。"

　　"你看，你跟苦沙弥学生时代是在一起住的，不管现在怎样，以前算是好朋友，这件事就拜托你。你见了他，跟他说清楚利害关系。他也许因为什么事生我们的气，但那都是他自己不好。他要是好好配合，自然会有他的好处。我也不会再搞那些让他不自在的事。可他要是继续死犟着不回头，那我这边也只能不客气了。总之，早晚吃亏的是他自己。"

　　"嗯嗯，您说得一点没错，脑袋不开窍，老这么抗着，什么好处都捞不着。我好好劝劝他。"

　　"再说了，来我家提亲的人有的是，水岛呢，又不是非得嫁他不可。只是打听了打听，觉得他学问和人品还不算差，要是本人肯用功，兴许

---

① 金田称呼自己的妻子为鼻子，有些不可思议，不过原文确是如此。

最近当上博士的话，那就有结亲的希望。你这么劝劝他。"

"嗯，这么说对水岛本人也是一种激励啊。好好好，我这就去办。"

"再说了，我觉得也真是怪了，这跟水岛的身份也不大相称，他对苦沙弥那怪物一口一个老师，什么话都听他的。真是的。我们又不是非要跟水岛结亲，苦沙弥再怎么插一杠子，我们都无所谓，根本不在乎！"

"倒是水岛怪可怜的啊。"鼻子夫人插嘴说。

"我还没见过这位水岛君，不管咋说，跟府上结亲，那是他高攀了，是一辈子的福分，他肯定是不会不愿意的。"

"嗯，水岛本人当然是愿意，就是苦沙弥，还有迷亭这些怪物在那边这个那个的……"

"这种事啊，他们这样做真是很不对。有教养的人哪能这么干。我去苦沙弥那里，好好跟他谈谈。"

"哦，那就麻烦你了，多多费心了。还有，水岛的事苦沙弥是最知根知底的了，可前几天老婆过去打听，却弄出那些乱事儿来，你这次去，再好好跟他了解了解那位品行、学识怎么样。"

"明白了。今天是周六，我现在过去的话，估计他也该回家了。最近他是在哪边住呢？"

"你从门前边往右拐，走到头，再往左走一百米，那里有一道快要倒的黑墙，就是他家了。"鼻子夫人说。

"这样啊，那还挺近的。没问题，我回去时顺路过去瞧瞧。只要见到他家姓氏牌，也就找到了吧。"

"他家的姓氏牌是有时候有，有时候没有。好像他那个姓氏牌是用饭粒粘在门上的名片，一下雨就冲下来，天气好了，又再粘上去。去他家，找姓氏牌不可靠！整那么麻烦，还不如钉个木牌上去省劲呢。真是个处处让人捉摸不透的怪人！"

"这可真是没想到，就是说看见一面快要倒了的黑墙，我找到那儿就该清楚了。"

"我们这边像他家那么脏的，再也找不到第二家了，一下就能认出来。哦，这样还不行的话，我还有个好办法。你只要找到谁家屋顶上长草，那准是他家，没跑了！"

"他家还真是有特色啊，哈哈哈哈！"

我得趁着铃木君光临寒舍前赶紧回去，否则就不妙了。话听到这里，也差不多了。我顺着檐廊出去，绕过厕所往西，从假山背后来到马路上，加快脚步回到了屋顶长草的家里，不动声色地转到客厅前的走廊里。

明媚春光里，主人在檐廊下铺了块白毛毯，正趴在上面晒太阳。阳光是公平无私的，照到屋顶上生着蓬蓬乱草的陋室里，也像照在金田家的豪华客厅里一样和煦温暖。遗憾的是，这块毛毯与春天的气息不太相称。毛毯制造商织出来的是白毛毯，洋货店里卖的也是白毛毯，主人买回来的也是白毛毯，然而这已经是十二三年前的往事，白色的时代早已过去。如今毛毯进入变色时期，成了深灰色，若它的生命延续下去，会不会变成暗黑色尚属疑问。历经不下一万遍磨损，已然经纬毕露，继续称之为毛毯，实在言过其实，不如省掉毛字，径直称其为毯子更合适一些。不过，主人的想法是，既已用过一年、两年，那再用个五年、十年，哪怕用一辈子也没问题。也真能凑合啊。

且说他趴在这缘分不浅的毯子上，有何贵干呢？原来是两手托着下巴，右手指间夹着根卷烟。仅此而已。当然啦，在他满布头皮屑的脑袋里，兴许正飞旋着如火轮一般的宇宙大真理，可惜从外表看上去，这种事是做梦也想不到的。

烟火越来越烧近烟蒂，累积了一寸长的烟灰啪嗒一下掉在毯子上，主人也不管不顾，兀自心无旁骛地凝视着袅袅升起的烟。烟在春风中载沉载浮，画出好几重烟圈，缭绕在太太刚洗过的发丝之间。哎呀，我忘记说太太也在场了。

太太的屁股正冲着主人。太太这样是不是失礼呢？这算什么失礼啊。礼乎，非礼乎？就看如何解释了。主人对此可是处之泰然，冲着妻子的屁股支着下巴。太太呢，若无其事地将庄重的臀部冲着主人的脸。双方都没有感到丝毫失礼之处。两人结婚后一年不到，就将束缚彼此的礼仪做法全然抛却，成为一对超越世俗礼法的夫妇。

那将尊臀朝向主人的太太，今天不知怎的，心血来潮，趁着天气大好，用海藻和生鸡蛋将一尺多长的黑发稀里哗啦好一通洗，显摆一样从肩上披到背上，默默地给孩子缝制坎肩。其实，她是为了晾干头发，才拿着薄呢坐垫和针线来到檐廊，将屁股恭敬如仪地朝向主人。也许是主人看到屁股在此，才特地把脸凑过去。

袅袅升起的香烟在太太浓密蓬松的黑发之间摇曳，主人静静地注视着香烟与发丝缭绕的奇观，然而烟不会停留在一处，而是不断往上升腾，因此主人的视线也跟着移动，从腰间顺着脊梁，徐徐挪到肩头和脖颈，又从脖颈逐渐转到头顶。这时，主人不由得吃了一惊。

原来那要跟自己白头到老的夫人脑门正中竟然秃了圆溜溜一块，秃的地方正反射着阳光，熠熠生辉呢。万万没想到会有如此不可思议的发现，主人显出惊奇的神色，在耀眼强光下半睁半闭的双眼瞳孔大开，目不转睛地盯着这块秃了的头皮。

看到这块秃头皮，主人脑海里首先浮现的是家传的佛龛上那好几代人供奉的灯碗。他们家里信奉净土真宗，而真宗信徒往往不顾家当几何，在佛龛上所费不赀。小时候家里的仓库中，有一尊包着厚厚金箔的大佛橱，佛橱里总是吊着一个黄铜灯碗，哪怕在白昼也燃着朦胧灯火。这盏灯在周围的微暗中发出的光，他不知看过多少遍，如今妻子的秃顶又唤醒了他沉睡多年的记忆。

灯碗的印象不到一分钟就消失了，这次主人又想起了观音庙的鸽子。那观音庙的鸽子与妻子的秃顶毫无关系，但在主人的头脑里，这两者却密切相关。同样也是在小时候，他每次去浅草，都会在那儿给鸽子买豆子，一小碟豆子要两文钱。那粗陶碟，无论是颜色还是大小，都与这块秃头皮很像。

"简直一模一样。"主人赞叹似的说。

"什么？"太太头也没回地问。

"什么？你头上秃了一大块，你自己知道吗？"

"嗯。"太太照旧忙着手头的针线活，没有停下来，一点都没有害怕出丑的样子。果然是个光明磊落的模范妻子。

"啥时候有的？是嫁过来时就秃了，还是结婚后才秃的呢？"主人问。他嘴上没说，心里却暗想：要是嫁过来时就秃了，那就是欺诈。

"啥时候有的，这哪还记得。秃了就秃了呗，爱咋样咋样。"太太一副看破红尘的姿态。

"爱咋样咋样，这不是你自己的头吗？"主人有点恼火了。

"正因为是自己的头，才说爱咋样咋样啊。"虽这么说，太太毕竟还是有点在意，就用右手在秃了的头皮上画着圈摸了摸，说，"哎呀，居然这么大了。真没想到啊。"看来，她也觉得按年龄来讲，这块秃头皮未免太大了些。

"女人盘上头发去，那个地方都要揪起来，哪有不秃的？"她试图为自己辩护几句。

"要是以这个速度秃下去，到四十来岁，肯定都秃成西洋水壶了。这｜有八九是一种病，说不定还传染，还是趁早请甘木医生给看看吧。"主人说着，不停地摸着自己的头。

"你就知道说别人，咋不看看你自己鼻孔里还长白毛呢！秃头传染的话，白毛也会传染的吧？"太太气鼓鼓地说。

"鼻子里长白毛，又没人看见，那有什么妨碍。可头顶上秃成那样，尤其是年轻女人，也太丑了。简直就是残废嘛。"

“说我是残废，为啥还要娶我？你自己愿意娶了我，又说我是残废……”

“可我那时候不知道啊。直到今天才知道。你那么威风，嫁过来之前怎么不先让我看看脑袋？”

“真是胡扯！哪里有先检查脑袋，通过了再嫁人的？”

“秃顶也就算了，你个子还那么矮，看着实在不顺眼。”

“个子多高，不是一下就能看清楚吗？当初不是明明知道我矮，也要娶我的吗？”

“那时是答应了，可是以为还会再长高才娶你的啊。”

“你真是开玩笑，已经二十了，哪里还会再长高？”太太把手上的坎肩一扔，扭头转向主人，看他这回怎么答，大有不依不饶之势。

“谁说过了二十就不能再长高了？我还以为你嫁过来以后多给你补充营养，你还会再长高点呢。”主人煞有介事地发表着这番奇谈怪论，突然，门铃响声大作，有人大声喊：“打扰了！”原来是铃木君靠着屋顶上的蓬蓬乱草找到了苦沙弥的卧龙窟。

太太暂时不跟他计较了，慌忙收拾好针线盒与坎肩，逃到了起居室。主人卷起深灰色毯子扔到了书斋。女仆拿了名片过来，主人神色有点吃惊，说了句“请他进来”，就握着名片进了厕所。他为何这么急着去厕所，实在令人费解，又为何拿着铃木藤十郎的名片去厕所，更令人摸不着头脑。反正那位不得不奉陪他去茅厕的名片君是倒霉了。

女仆在壁龛前面摆好洋布坐垫，说了句“请坐”，就退下了。铃木君环视四周，见壁龛上挂着木庵[①]的《花开万国春》赝品，京都烧制的廉价青瓷瓶里插着早樱花。他依次看过这些，忽而发现女仆请他落座的那个坐垫上正有一只猫大大方方地端踞着。不用问，那就是在下了。

---

① 木庵性瑫（1611—1684），福建晋江人，清初入日籍，俗姓吴，字木庵，号性瑫。日本黄檗第二代宗祖，在日本禅宗界有崇高的地位，擅长书画。

此时铃木君心内一阵波澜涌动，几乎就要发作了。毫无疑问，这个坐垫乃是特意准备给铃木君的。自己还没坐上去，却有个莫名其妙的动物从容蹲踞其上，这是打破铃木君内心平静的第一件事。倘若这坐垫一直空空如也，听任春风吹拂，那铃木君为了特意表示谦逊起见，或许在主人劝他落座之前会将就着待在硬邦邦的铺席上。然而就在迟早都要给自己坐的坐垫上，却不知何方神圣旁若无人地一屁股就坐上去了。如果是人嘛，那还可以礼让再三，猫的话，简直是岂有此理。由于对方是猫，心里越发地不痛快。这是打破铃木君内心平静的第二件事。最后，这只猫的态度令人怒不可遏。就那么一点也不觉得歉疚，在自己无权落座的坐垫上，傲然而坐，圆睁着令人讨厌的双眼，打量着铃木君的脸，好像在说："你哪位啊？"这是破坏铃木君内心平静的第三件事。按理说，既然已经火冒三丈，那就该抓住在下的脖子扔到一边才对，但铃木君只是一声不吭地对着我。堂堂一个人，总不会害怕一只猫而不敢出手吧。那为何他没有速速惩治在下以泄愤呢？我觉得这都是出于铃木君要维持个人体面的自重心理。倘若诉诸武力，哪怕是三尺童子，也可轻易地将我提起来扔到一边，但作为金田君的股肱之臣的铃木藤十郎，考虑到要重视体面，对于端坐在二尺见方正中的猫仙人的我，还真是奈何不得。哪怕是在旁人见不到之处，与猫争座，也有损人的尊严。正儿八经地与猫为敌要争个是非曲直，实在不像男子汉大丈夫所为，只会显得滑稽。为了避免这种耻辱，他只能忍受这种尴尬不便。然而，他越是忍受，对本猫的憎恶之感也就越强烈。铃木君对我哭丧着脸，而本猫端详着他愠怒的脸色，觉得滑稽有趣，只好尽量做出矜持之态。

当在下与铃木君上演这一出哑剧时，主人整理好衣襟从厕所回来了。他说了声"呀"，手里拿着的名片早已踪影皆无。看来铃木君的大名早已被判处无期徒刑，去那臭气熏天之所服役了。我正想念着遭受灭顶之灾的名片君，就听主人骂了句"混账畜生"，揪着我的后颈忽地把我扔到檐廊去也。

"请坐吧。稀客啊，稀客。什么时候来的东京？"主人说着，劝老朋友落座。铃木君将坐垫翻过来坐下了。

"一直忙得不可开交，也没跟你联系，其实我最近是回到东京总公司来了……"

"好啊，真好，真是好久没见啦。从你去了外地，这是头一次见吧？"

"嗯，大概快十年了吧。从那以后倒是来过东京好几次，只是手忙脚乱的，一直也没过来拜访。不要见怪哦，哈哈。公司里可不同于你们的职业，忙得很！"

"十年了，真是大变样啊。"主人上下打量了铃木一番。铃木理了个整齐的分头，穿着英国斜纹西装，系着漂亮的领带，胸前还挂着条金表链，气派非凡，怎么看也不觉得像是苦沙弥的老朋友。

"唉，就连这种东西，要是不戴一个都不行啊。"铃木君不断地暗示主人留意他的金表链。

"这是真金的吗？"主人冒冒失失地问。

"是十八开金的。"铃木君笑着回答，又说，"你看起来也显老啦。有一个小孩了吧？"

"岂止啊。"

"两个？"

"还不止。"

"还不止，难道是三个？"

"嗯，三个咯。将来说不定还会有几个呢。"

"你说话还是那么逗。最大的几岁了？不小了吧？"

"嗯，具体几岁说不清楚，反正不是六岁，就是七岁了。"

"哈哈哈，当教师真是悠闲自在啊。我要是也当教师就好了。"

"嘿，你试试，不出三天你就烦了。"

"哪里，当教师又高雅、又舒服、又清闲，想学点什么也行，哪里不好啦？做实业虽说不错，但像我这种不行。做实业做不到上层都是白瞎，待在下面，老是得到处赔笑脸讨好人，不想喝的酒也得喝，没意思！"

"我从上学时候就很讨厌做实业的。只要能赚钱，简直无所不为！就是从前说的那种市井之徒、势利眼呗。"主人当着实业家的面也毫无顾忌。

"这么说……也不能那么说，是有点庸俗不假，不过干这行就得豁出去，有'人不为己，天诛地灭'的觉悟才行……钱这个东西，千万小看不得……最近刚刚在一位实业家那里听了这么一句话，说要赚钱就非得使用三绝术不可：绝义理、绝人情、绝廉耻。你说有趣不？哈哈哈哈！"

"是哪个蠢货说的？"

"可不是蠢货哦，是个精明能干的人物，在实业界很有名的，你也知道的吧？就在对面那条巷子里……"

"金田？那种家伙……"

"你看你来气了吧？那个不过是开一句玩笑而已嘛，只是打个比方说要赚钱就得那样子嘛。要是像你那样一本正经解释起来，那可就没劲了。"

"三绝术什么的，开开玩笑也就算了，可他那个老婆的鼻子真够人瞧的。你去他那里也看见那个鼻子了吧？"

"他夫人？也是个很老练的人啊。"

"我是说她的鼻子，那可是个大鼻子哦。前不久我还给那个鼻子写了一首俳体诗呢。"

"什么是俳体诗？"

"你连俳体诗都不知道，看来对当前文学界的形势一无所知啊。"

"我这么忙，哪有空顾得上文学。再说，以前就不是很爱好这个。"

"你知道查理曼大帝的鼻子吧？"

"啊，哈哈哈，这种八竿子打不着的事，我怎么会知道？"

"威灵顿的部下给他取了个绰号'鼻中之鼻'，你知道吗？"

"你怎么老提鼻子啊，这有什么啊，管他圆鼻子、尖鼻子呢？"

"可不是那么回事。你知道帕斯卡吧？"

"又来了，老问我知道这个、知道那个不？我可不是来考试的。帕斯卡怎么了？"

"帕斯卡说过这样一句话……"

"什么话？"

"他说，若是克利奥帕特拉的鼻子稍微短一点，世界的局势就会大不一样。"

"有这回事？"

"所以说像你那么不把鼻子当回事可不行。"

"好好好，今后我会重视起来。这事先不提了，今天我来拜访，是有点小事……你教过一个学生叫水岛……水岛……你看，我一下想不起来了。他是经常来找你的吧？"

"是寒月吧？"

"对对对，是寒月。我是为了打听一下他的事而来的。"

"为了婚姻的事？"

"差不多吧。今天我去了金田家……"

"最近鼻子也来过。"

"是吗？哦，太太也说了，想跟苦沙弥先生虚心打听一些事，不巧的是迷亭老是打岔，最后弄得乱糟糟的，啥也没问清楚。"

"谁叫她带着那么个鼻子过来？"

"哎，她可没说你什么不好，只因为迷亭在这儿，老是搅浑水，她没问明白就走了，觉得很遗憾。因此他们委托我过来再问问。我以前也没管过这种事，只是觉得如果双方当事人都乐意，从中撮合一下也不算是坏事，就过来了。"

"辛苦你了。"主人虽说回答得颇为冷淡，可听到"双方当事人"一词，不知为何心动了一下，感觉就像在闷热的夏夜，袖口里吹来一缕清风一般。本来，主人是个不通世故、顽固死板之人，但与那些冷酷、无情的文明产物还是不可相提并论的。要问他是何等样人，只看他遇上什么事就火冒三丈、愤愤不平即可明白。前日与鼻子争吵，只因看不惯鼻子，对于那位小姐他并无什么反感之处。他的确是讨厌实业家，因而仇视作为实业家一员的金田，但这与金田小姐并不相干。他和这位小姐素无瓜葛，无冤无仇。而寒月呢，则是比兄弟还要亲密的爱徒。果如铃木所言，男女双方互相爱慕，自己若间接地从中作梗，非君子所为，而苦沙弥是以君子自居的。那男女双方是不是相爱呢？问题就在这里。要让自己转变对此事的态度，首先要确认这件事。

"那位小姐愿意嫁给寒月吗？且不管金田跟鼻子如何如何了，小姐自己的意向如何？"

"这个嘛，怎么说呢？大概不会不愿意的吧？"铃木的答复未免有些含糊其词。其实他只是想打听一下寒月的事回去交差，至于小姐的意向如何他并不明确。故而一向圆滑的他在这个问题上有些狼狈。

"大概？就是说不确定咯？"主人不管什么事，都是迎头痛击、不依不饶。

"不，这都怪我没说明白。小姐那边确实有意。是真的……太太亲口跟我说的，说她经常骂寒月呢。"

"那位小姐？"

"是啊。"

"岂有此理，既然是骂他，那肯定是对寒月没那个意思咯？"

"不是那么回事，世上的事就那么怪，明明是自己喜欢的人反而骂得更厉害，这种事也是有的。"

"世上还有这种傻瓜吗？"主人听了铃木这番洞察人情幽微的话，毫无感触。

"像这样糊涂的人世上多的是，没办法。今天太太也是这么解释的。小姐经常骂寒月是迷迷糊糊的废物一个，其实心里很爱慕的。"

主人听了这番奇特的解释，未免出乎意料，一时语塞，就像算卦先生给人相面一样瞪着眼，盯着铃木的脸。铃木君似乎预感到这样下去，恐怕十有八九要搞砸了，就转移话头到主人也能理解的方面上去。

"你想想看啊，这不是明摆着的吗？他们家那么有钱，小姐长得也标致，哪里找不到一个门当户对的人家呢？寒月虽说不错，但身份上——不说身份了，有点失礼，就只说财产吧。不管谁都会觉得不般配吧。可他们却特意委托我过来撮合，父母这么操心劳神的，不正说明是小姐本人对寒月君有意吗？"

铃木君搬出这套天花乱坠的理论，主人不得不服。铃木安下心来，但他怕在这种时刻若是踟蹰不前，仍有遭遇突袭的危险，应当尽快把话头推进，早一点完成使命，方为万全之策。

"就这么回事嘛，像我刚才说的，对方说了，金钱啦，财产啦，有没有都无所谓，只需要本人有个资格就行。所谓资格，就是学位啦，也不是小姐要摆架子，非得博士才肯嫁，不要误解。上次太太过来，迷亭老是打岔，说一些怪话——不，这不是你的错，太太还夸你呢，说你是不落俗套、正直坦率的人，都怪迷亭……他们说了，要是本人当了博士，女方家里会觉得在社会上扬眉吐气、脸上有光。怎么样？近期内水岛君能否交出博士论文，拿到博士学位呢？如果只是金田自己的话，那无论学士也好，博士也好，怎么着都行，但是要考虑到社会上的看法，那就不是那么简单了。"

听铃木君这么一说，主人觉得对方要求有博士学位也不无道理了。既然觉得不无道理，那就按铃木君的意思办，听凭对方发落吧。主人果然是个单纯、老实的人。

"既是这样，那下次寒月再来，我就劝劝他早日写出博士论文。只是他本人是不是愿意娶金田小姐，我得先问个明白再说。"

"你要正儿八经地去问，反而把好事弄糟了。还是平常聊天时，旁敲侧击一下，这样最简便了。"

"旁敲侧击？"

"哦，这么说有点不恰当。也不用旁敲侧击，就是在谈话中自然而然就会弄明白的吧。"

"你也许能行，我可不行，非得问个一清二楚才可以。"

"就是不清楚也没啥不好的，就是别像迷亭那样多管闲事、从中作梗，坏了人家的姻缘，那就不好了。这种事，哪怕不去努力成全，也得听凭本人做主才是。下次寒月再来，尽量别发表干扰的意见就是。我这不是说你，都怪迷亭。那个人一插嘴，最后啥事都搅黄了。"

铃木把什么事都赖到迷亭头上，结果念叨谁，谁就到，迷亭在这当儿随着春风从后门飘然而入。

"哟，稀客，稀客啊。像我这种三天两头跑来的熟客，苦沙弥是不放在眼里的。来苦沙弥这里，就该十年来一次。你看，待客的点心也比平常高级啊。"说着，他毫不客气地拈起藤村糕点铺的羊羹大嚼起来。铃木不由得有些如坐针毡，主人是喜笑颜开，迷亭则吃得大快朵颐。本猫在檐廊下冷眼旁观，这一刻的光景真是构成了一幕精彩的哑剧。禅宗有无言问答、以心传心的法门，这一幕可谓以心传心了。虽说简短，倒是意味深长。

"我还以为这一辈子都'君在异乡为异客'了呢，没想到你不知何时又转悠回来啦。人还是活长久一点好啊，说不定哪天就时来运转。"

迷亭对铃木说话就像对主人一样毫不客气。虽说曾经搭伙吃饭，可也是十年没见了，总会有些忸怩，然而迷亭全然没有这样的神态，咱家一时有点说不清这是伟大呢，还是愚蠢。

"说得我那么惨，还不至于那么瞧不起我吧。"铃木君不咸不淡地回了一句，可总有些心神不宁，神经质地摆弄起自己的金表链。

"你坐过电车了吗？"主人突然对铃木提了个奇怪的问题。

"我今天是来这里接受两位的奚落的吗？我再怎么乡巴佬也不至于……我在电车公司还有六十股的股票呢。"

"那是，可小瞧不得啊。我虽然也有八百八十八股半的股票，可惜都叫虫子蛀了，现在只剩了半股。要是你早点来东京，说不定我还能把没有虫蛀的十股给你，真是遗憾啊。"

"嘴还是那么毒。不过，玩笑归玩笑，有那些股票不会吃亏，年年都涨。"

"对啊，哪怕持有半股，等上一千年也够建三所库房的。我俩在这方面都是当世的英才啊，苦沙弥在这方面就不济了。你说到股票，他兴许还以为是萝卜的兄弟①呢。"

迷亭又抓了一块羊羹，看了一眼主人。主人让他的吃相勾起了食欲，手也伸向了糕点盘子。由此可见，世间那些对万事积极的人都容易被人效仿。

"股票的事我不关心，我倒是真想让曾吕崎也坐坐电车，哪怕一次也行啊。"主人望着咬下一块的羊羹上的齿痕，郁郁寡欢。

"要是曾吕崎坐上电车，保管每次都是坐到品川②。不如还是把他天然居士的法号刻到压酱菜缸的石板上，倒是省事许多。"

---

① 萝卜的兄弟指芜菁，日文中"股票"（株）和"芜菁"（蕪）发音相同。
② 品川是当时电车的终点站。

"听说曾吕崎君死了，真是遗憾哪。那人很聪明，可惜了。"

听铃木这么一说，迷亭马上接了一句："还说他聪明呢，他做饭最差劲了。曾吕崎当班时，我都是外出吃荞麦面凑合过去。"

"确实啊，曾吕崎每次煮饭不是煳了就是夹生，我也是怕了，而且每次的菜必定是拌生豆腐，凉飕飕的让人吃不下。"铃木也从记忆深处唤起了十年前的不满。

"苦沙弥那时候就跟曾吕崎格外要好，每晚一起出去吃小豆粥，结果呢，得了慢性胃病的报应，现在可受罪吧。说实话，算一下的话，苦沙弥比曾吕崎吃小豆粥吃得更多，怎么没有先行一步呢？"

"天底下哪有这种道理？别只顾说我吃小豆粥的事儿了，那时候你每晚带着竹刀，号称是去锻炼，到后院的墓地敲那些石碑，结果让和尚看见了，狠狠呵斥了一通，你咋不说说这事儿呢？"主人很不服气，暴露了迷亭往日的恶作剧。

"哈哈哈哈，是有这回事，和尚说：'敲打亡灵的头，会妨碍安眠的，赶快停手吧。'不过我只是用竹刀敲一敲，这位铃木将军可就更粗暴了，跟石碑玩起相扑来了，足足摔倒了大小三座石碑。"

"那时候和尚真是气疯了，一定要我照原样再立起来，我说，等我雇几个人来干行不行，他说不能雇人，为了表示忏悔之意，只能自己把它们立起来，否则就是触犯神佛之意。"

"你那时再也没了先前潇洒倜傥的风采，穿着细白布衬衫、丁字兜裆布，站在雨后的水注里，吭哧吭哧地丁啊……"

"你哪，可倒好，根本无动于衷，还在旁边给我写生，太可恨了。我本来是不大会生气的人，但那次也觉得你太无礼了。那时你还胡诌了一套说辞，还记得吗？"

"十年前的话谁还记得，不过我倒记得那个石碑上刻的字：归泉

院黄鹤大居士安永五年①辰正月。那个石碑颇为古雅，我搬家时还想偷走它呢。真是按美学原理修筑的哥特式石碑。"迷亭又卖弄起他马马虎虎的美学来。

"先不说这个了，你当时的说辞是：本人专攻美学，故凡天地间有趣之事皆应描摹下来，以作为将来之参考；恻隐之心乃私情也，本人所忠实者，学问也。你当时说得那么满不在乎，我想既然你那么不近人情，就一气之下用沾满泥巴的手把你的写生簿撕了个稀巴烂。"

"唉，我本来前程似锦的绘画才能，遭受了这样的挫败，从那以后就一蹶不振了。这都是被你的锋刃所毁。咱俩以后就是仇人啦。"

"别耍贫嘴了。应该是我恨你才对。"

"迷亭从那以后就老爱吹牛。"主人吃光了羊羹，便加入进来。

"约好的事儿，他从来不履行。要是诘问他，他也不道歉，东拉西扯地推脱。寺院里的百日红花开的时节，他说要在百日红花全谢以前写出一部《美学原理》的著作。我说，算了吧，你根本写不出来的。迷亭说，人不可貌相，他可是个说到做到、意志坚强的人，既然怀疑他，那打个赌怎么样。我当时还信以为真了，跟他打赌说谁输了就请客吃西餐。我虽然认为他肯定写不出这部著作，才跟他打赌，但内心还是有些忐忑不安。毕竟我可没有请人吃西餐的钱啊。可是迷亭先生压根儿就没有动笔写书的意思。七天过去了，二十天过去了，一页纸都没写。终于百日红全都凋谢了，一朵花也不剩了，本人还是一副若无其事的样子。我想这次西餐自己可是吃定了，结果一说让他履约，他根本不买账！"

"这次他又搬出什么托辞来？"铃木插嘴问。

"哼，真是个厚颜无耻的人，死鸭子嘴硬，说什么'本人没有别的本事，但是意志力方面绝不输于老兄'。"

---

① 即 1776 年。

这次就连迷亭也疑惑地说："竟然一页纸也没写吗？"

"那还用问，当时你是这么说的：'在意志力方面，我不输于任何人，可遗憾的是我记忆力比别人差好多。想写《美学原理》的意志是坚强的，但跟你宣布过后，第二天就忘得荡然无存。因此在百日红全谢之前未能完成著作，非意志之罪也，记忆之罪也。既非意志之罪，也就用不着请客吃饭了。'你就是这么胡搅蛮缠的。"

"果然是迷亭这种人的特色啊，有意思啊有意思。"不知为何，铃木也开始凑趣了，和迷亭不在时的语气截然不同。这就是聪明人的特色吧。

"这哪里有趣了？"主人直到现在仍然愤愤不平。

"那件事真是抱歉，正因为如此，我为了将功补过，才不惜重金敲锣打鼓地寻找孔雀舌嘛。息怒，息怒，静待佳音吧。只是说到著书，我恰好有个特大新闻要报告一下呢。"

"你每次来都说有特大新闻，我可不再上你的当了。"

"不过今天的特大新闻可是不折不扣、丝毫不掺假的新闻哦。你知道寒月动笔写博士论文的事儿吗？寒月可是个自命清高的人，他现在愿意做这种没趣味的苦工，看来还是动了春心啊。你务必要把这事通知给那个鼻子，他最近也许正梦想着当橡果博士呢。"

铃木一听寒月的名字，就努下巴、使眼色暗示主人：不要说啊，千万不要说啊。可主人一点都没懂他的暗示。刚才跟铃木交谈时他接受了铃木的说法，同情金田小姐。现在迷亭一说到鼻子，他又想起之前吵架的事，既觉得滑稽，又觉得鼻子讨厌。不过，寒月动笔写论文的事，的确是好事一桩，正如迷亭所自夸的，是难得的特大新闻，是令人喜出望外的消息。是否要娶金田小姐，且先不去管它。寒月能当上博士本身就是件好事。自己呢，就像一件雕刻坏了的木像，哪怕丢在佛像师傅店里的角落任凭虫蛀，没有油漆过的白茬木头都熏黑了，也没什么关系，而寒月却是一尊精雕细琢的佛像，应当包上金箔呈给世人。

"真的开始写论文了？"主人热切地询问，对铃木的暗示根本无视。

"你这个人啊，老是不相信我。当然了，论文题目到底是橡果还是绞首力学，我还不清楚。总之寒月这次肯定要让鼻子刮目相看了！"

从刚才开始迷亭就不客气地一口一个"鼻子"，铃木每次听到都局促不安。迷亭对此似乎完全没发觉，满不在乎地继续说：

"那次的事以后我又做了鼻子的相关研究，最近在《项狄传》①中发现了精彩纷呈的鼻子论。作者斯特恩若是见识到金田夫人的鼻子，必能善加利用之，可惜啊。充分具备了'千载鼻名②扬'的资格，却只能寂寂无闻，就此埋没，实在令人叹惋。下次她要是再来，为了美学上的参考，我就给她画一幅写生图吧。"迷亭仍是信口开河，喋喋不休。

"不过，我听说那位小姐愿意嫁给寒月哦。"主人将从铃木那里听到的消息原封不动报告给迷亭。铃木拼命地挤眉弄眼暗示主人：这么说可就麻烦了哦！可是主人就如绝缘体一般根本不通电。

"这可奇了，那种人生的女儿也会恋爱？不过估计也爱不到哪里去，大概也就鼻子那样大小的爱吧，可称之为'鼻恋'。"

"鼻恋不鼻恋的，寒月愿意娶就行。"

"你说他愿意就行，前一阵子你可是强硬反对啊。今天怎么软化了？"

"哪里软化了，我是绝对不会软化的……"

"那是怎么回事呢？喂，铃木君，你也是位列实业家木席之人，本人有一言相告，仅供参考。那个金田某某，那个某某的女儿想要攀龙附凤，嫁给天下英才的水岛寒月，就如提灯挂吊钟，实在不般配。我等

① 《项狄传》全名为《绅士特里斯舛·项狄的生平与见解》，是18世纪英国文学大师劳伦斯·斯特恩的代表作之一。
② 日文中"鼻名"与"美名"一词谐音。

身为朋友，没有冷眼旁观、坐视不管之理，您即使身为实业家，对此也无异议吧？"

"你还是那么有精神头啊。不错不错。跟十年前一样能说会道，现在一点没变啊。了不得。"铃木岔开话题，想糊弄过去。

"既然夸我，那我就再展示一下自己的渊博学识。古希腊人非常重视体育，拿出贵重的悬赏，想方设法给予各种竞赛奖励。然而奇怪的是，唯独对于学者的知识却没有什么奖赏，至今这仍是个令人百思不得其解的问题。"

"确实有点怪啊。"铃木尽量附和对方的话。

"不过，两三天前，我在研究美学之时，发现了其中的缘由，多年的疑团一朝冰释，恍然大悟，如打破漆桶，可说是达到了欢天喜地的境界。"

迷亭过于夸大其词，就连一向善于应对的铃木也露出甘拜下风的神色。主人低着头，用象牙筷子敲着点心碟子的边缘，意思是：又要开始滔滔不绝讲一大通了。

且听迷亭得意扬扬地讲道：

"将这一矛盾现象明确加以说明，从黑暗深渊之中，将吾等之疑问于千载之下拯救出来的，是哪一位呢？正是那自有学问以来就被尊为学者、希腊之哲人、逍遥派之元祖的亚里士多德是也。他的说明如下……喂，别敲碟子了，静静地听我讲……他们希腊人在竞技中所获得的奖赏，总是比他们所展示的技艺本身更为贵重，因此奖品才成了褒扬的一种手段。但论到知识，情况如何呢？要褒扬知识，应该给予何等奖品呢？自然应该给予比知识价值更高之物。然而纵览世间万物，还有比知识更珍贵的吗？当然是没有了。若给予的奖品与知识不相称，那就有损于知识的尊严。哪怕将一箱一箱的金银堆积如奥林匹斯山那么高，哪怕倾尽所有克里萨斯王①的财产，也无法与知识的价值相提并论。因此，考虑来考虑去，他们最终决定什么都不给。由此可见，黄金白银铜钱都比不上知识也就完全可以理解了。

"且说，本人既已服膺这一原理，即可将其用于当前的问题上。那金田之为人，不过是安上鼻子眼睛的钞票而已。再精辟点，就是一张活动钞票。活动钞票的女儿，至多不过是活动商品券而已。反过来再看寒月君是何许人也，毫无愧色地说，他以第一名的成绩毕业于最高学府，至今仍佩戴祖上征伐长州的带子，毫无懈怠之态，夜以继日地研究橡果的稳定性。不仅如此，最近他又将发表足以压倒开尔文勋爵②的大论文。这岂非事实？虽然他偶尔也干过在吾妻桥上试图投水未遂的丑事，但不过白璧微瑕，是热诚青年常见的一时冲动罢了，无损于他知识大家的身份。以我迷亭常用的比喻来评价寒月君，可以称他为活动图书馆。或者说是一枚二十八厘米的炮弹，这一炮弹一旦时机成熟必将在学术界爆炸，你就等着瞧吧，说它爆炸，它肯定会爆炸的。"

说到这儿，一时想不出别的他所谓的迷亭常用形容词，眼看就要虎头蛇尾，他马上接着说："那种活动商品券哪怕有几千万张，也会炸成齑粉，灰飞烟灭。所以，对寒月而言，找个不般配的女性是不行的。我不赞成这桩亲事，这就像百兽中最聪明的大象跟贪婪的小猪成婚一样。你说对不对，苦沙弥君？"

主人又敲起了点心碟子，没吭声。铃木君垂头丧气，只能支吾着说："也不见得这样吧。"

他之前一直在说迷亭的坏话，现在要是再乱说，像苦沙弥那样口

---

① 吕底亚国最后一个国王，是个大富翁。——编者注

② 威廉·汤姆森（William Thomson，1824—1907），第一代开尔文勋爵（Lord Kelvin），英国数学家、物理学家、工程师，热力学温标（绝对温标）的发明人，被称为热力学之父，在很多领域都做出了杰出贡献。

无遮拦的主儿，还不知会说出什么揭他老底的话来呢。还是尽可能韬光养晦，避开迷亭的锋芒，别再节外生枝了。铃木君是个聪明人，他的心得就是当今世上要避免不必要的争执，不必要的口头争执是封建时代的遗物。人生的目的不在于口舌之争，而在于实际行动。若能按照自己的想法一步步取得进展，就可以说是达到了人生的目的。若无须劳苦和争执，即可如愿以偿，那可以说是人生至乐了。铃木君毕业后即依照这种享乐主义取得了成功，戴上了金表，接受了金田夫妇的委托，且巧妙完满地说服了苦沙弥。此时眼看着就大功告成、十有八九了，结果一个不遵守常规的迷亭忽然插进来一杠子，让人怀疑他是个性情异于常人的狂狷之徒。铃木君被打了个措手不及，一时茫然了。发明享乐主义的是明治的绅士，将之付诸实行的是铃木藤十郎，而现在为之感到棘手的也是铃木藤十郎。

"你对情况一无所知，才会无所谓地说什么'也不见得这样吧'，做出一副惜字如金的斯文架势。可要是你也见了前不久那位鼻子夫人的神气，恐怕就连你这种爱吹捧实业家的都会受不了的。是不是啊，苦沙弥君，你不是跟她大战了几个回合吗？"

"可据说人家对我的评判比你还好一些呢。"

"啊？哈哈哈，真是自信极强男啊。否则让学生和同僚嘲弄了一顿'savage tea'，怎么还能从容自若地去学校上课呢？我在意志力方面绝不输于旁人，但在脸皮厚这方面，对你我可是佩服得五体投地啊！"

"学生和教师中有些人背地里说三道四有什么好怕的？古今独步的评论家圣伯夫①在巴黎大学上课时，很不受欢迎，外出之时为了应付学生攻击，还在袖筒里随身携带短剑以防身哪！还有布吕内蒂埃②在巴

---

① 圣伯夫（1804—1869），法国文学评论家，将传记方式引入文学批评的第一人。

② 费迪南·布吕内蒂埃（Ferdinand Brunetière，1849—1906），法国作家、评论家。——编者注

黎大学时曾攻击过左拉的小说……"

"然而你并非大学教师啊！顶多算是个教英语读本的老师，引用这些大家的例子，岂不是像小杂鱼拿鲸鱼来比作自己吗？你这样子，人家更会嘲笑你咯！"

"住嘴！我跟圣伯夫同样是学者。"

"真是见识不凡哪。不过，带剑而行可太危险了，最好不要仿效为好。大学教师带剑的话，教英语读本的老师只带把小刀就行了。不过，毕竟是凶器，还是太危险，不如去集市上买一把玩具气枪背着，那样会很可爱的哦。铃木君也所见略同吧？"

铃木君见话头终于从金田事件引开，松了口气。"还像往常那样畅谈无忌，真是痛快啊。十年了，跟两位重逢，就像从狭窄的巷子来到广阔的原野一样心情豁然开朗。跟那些生意人在一起谈话，可是丝毫都马虎不得。不管说什么，时时提防，处处小心，又紧张，又难受。咱们的谈话何等轻松自在啊。跟以前学生时代的朋友聊一聊，也用不着客气。没想到还碰上了迷亭君，开心，开心！现在我还有点事，就先告辞了。"

铃木君起身要走，迷亭也站起来，说："我也要走了，要去日本桥演艺矫风会一趟，我们就一起走吧。"

"那敢情好啊，难得重逢，一起散散步吧。"

两位携手而去。

第五回

假寒月智盗真山药
独猫侠勇挑众鼠贼

    要将二十四小时内的种种事无巨细全都记录下来，再从头到尾一字不落地读完，至少也要二十四小时吧。我等再怎么鼓吹写生文，也不得不坦白承认：这不是猫所能企及的。因此，虽说主人在二六时中 ① 有各类奇特的言谈举止值得精细描写，但倘若将其逐一向读者报告，本猫却既无本领，也无耐性，实在遗憾之至。遗憾也无可奈何啊。对猫来说，休息是很有必要的。

    铃木与迷亭走后，家里变得就如狂风止息后、雪花簌簌飘落的冬夜那样安静。主人照旧一头钻进书斋里，孩子们在六铺席间里并枕而睡，太太在隔着几尺宽的纸壁向南的房间里，正躺下来给三岁的绵子喂奶。樱花时节，天老是阴沉沉的，黑得很快，转瞬之间日已西沉，外面街道上的木屐声在起居室里清晰可闻。邻家有笛声时断时续，轻轻刺激着睡意沉沉的耳底。外面已是暮色苍茫。晚餐时把猫食盆里的鱼肉饼连汤带

---

① 佛教用语，指一天十二个时辰。

水吃了个精光，肚子里现在鼓鼓的，怎么也要休息了。

在下略有耳闻，世人对猫咪之恋颇有兴趣，并以之为题写成俳句。早春时节，街区的同胞往往焦躁不安、狂乱奔走，搅得人难以安眠。不过，本猫迄今还未经历这种心理变化。毋庸置疑，恋爱乃宇宙之活力也。上至天神朱庇特，下至鸣于土中的蚯蚓、蝼蛄，都为这恋爱之道意乱情迷，这是万物之习性。我等猫辈因春心萌动，而干出风流之事，也是理当如此。回想起来，我对三花姑娘也有过思慕之情，哪怕倡导三绝主义的金田老板的女儿，那位酷爱阿倍川糕点的富子小姐，据说也爱恋着寒月君。

因此，在这千金一刻的春宵，满天下的雌猫雄猫如痴似醉地狂乱奔走，在下绝无将其视为自寻烦恼而轻蔑之的念头。只是就本猫自身而言，再怎么受勾引，却并无心动之感，那就没可奈何了。我目前的状态，还是只想要休息。这么困倦思睡，是不会堕入情网的。于是在下便悄悄地转到孩子们的被子角上，美滋滋地睡下了。

忽地睁眼一瞅，主人不知何时已从书斋来到寝室，钻到太太旁边的被窝里了。主人有个习惯，睡觉时一定要从书斋带一本横排洋文书过来，然而一躺下来，这本书从未能连续读上两页，有时候拿过来就放在枕边，连翻都没翻。既然一行都不会看，何必费心劳神地拿过来。可是，不管太太取笑他也好，劝阻他也好，主人都没有让步，每晚都会千辛万苦地将并不会读的书运到寝室。有时他还贪婪到一下子拿三四本。前一阵子，他甚至每晚抱着一本《韦氏大词典》过来。想来主人这个毛病，就如一些爱讲究的人要听着龙文堂水壶的松风之声[1]才能入眠一样，主人若不在枕边放一本书，便无法入睡。由此可见主人拿来的书不是用来读的，而是催眠的工具，是活字印刷的催眠药。

---

[1] 龙文堂是制造烧水铁壶的店铺名。松风之声是茶道中的一个说法，指温度不到沸点时水在铁壶中所发出的嗡嗡的声响。据说这种声响与松涛声极像，故名。

今晚又带了什么书呢？打眼一瞧，是一本薄薄的红皮书，放在主人胡须旁边，打开一半，倒扣在那儿。主人左手拇指夹在书里没抽出来，由此推断，他今晚很稀罕地读了五六行。红皮书旁边是他的镀镍怀表，反射着寒光，与温暖的春夜不太相称。

太太把吃奶的孩子推出去一尺开外，张着嘴，打着鼾，没枕在枕头上。在本猫看来，在人做的种种丑事中，再没有比张着嘴睡觉更难看的了。猫一辈子也不会干这种丢脸的事儿。本来，嘴是用来发声的，鼻子才是呼吸空气的器官。当然，若是去了北方，人们都懒得开口，只用鼻子说话，话音都闷声闷气的。可是比起闷声闷气地说话，这样紧闭鼻子、只用嘴来呼吸，更不成体统。别的不说，就说要是从顶棚上掉下老鼠屎来，岂不是危险？

再看小孩这边的睡相，也不比她们的父母雅观。姐姐敦子好像是要显示一下自己作为姐姐的权力，右手伸过去搭在妹妹澄子的耳朵上。而妹妹澄子呢，像是要报仇似的，威风十足地仰躺着，将一只脚放在姐姐肚子上。这睡姿跟她们刚睡下时相比，真是九十度的翻转。然而她们却维持了这不自然的姿态，两人都毫无不满之意，安安稳稳地睡着。

春日的灯火自有一番别样情调。在这天真烂漫却又粗俗寒碜的光景里，幽幽灯光闪耀，似乎在敬告人们莫辜负这良夜。现在是几点了呢？我环视了一下室内，沉寂之中只听见挂钟嘀嗒声、太太的呼噜声与远处女仆的磨牙声。旁人若告诉这个女仆她睡觉会磨牙，她总是一口否定："我从出生到现在没记得睡觉会磨牙。"她绝不会说"以后会注意啦"或者"吵到您啦，真不好意思"之类的话，只是坚决主张没这回事。当然了，睡着以后谁能知道会怎样。可是，不管你自己是否察觉，事实就是如此。世间有一种人，明明是在行恶，还自以为是十全十美的善人。这种人自认为无罪的自信，实在幼稚得可以，再怎么幼稚，也确实祸害了别人，这是没法否认的。我想，这样的绅士淑女与这个女仆是同一类人。夜更深了。

嗵，嗵，厨房的防雨窗那里轻轻传来两下敲击声。深更半夜的，不会有人来拜访吧。可能是老鼠。老鼠的话，反正我是决计不会去捉的。爱怎么折腾就怎么折腾，请便。

又是嗵嗵两声。看来不是老鼠，哪里会有这么小心翼翼的老鼠。主人家的老鼠，一个个都跟主人学校里的学生一样，不分白天黑夜地琢磨着怎么胡闹，惊破可怜的主人的美梦，将肆意妄为作为自己的天职，才不会这么客气呢。现在这声响确实不是老鼠。前阵子有只老鼠闯进主人的寝室，咬了他的塌鼻子，然后高唱凯歌扬长而去。比起那只老鼠来，现在敲窗户的这一位也太谨小慎微了。不，这一个绝非鼠辈。

吱——这次是把防雨窗从下面推上去，同时响起了将格子门尽量慢慢沿着槽沟滑动的声音。这更说明来者不是鼠类了，是人。在这样的深夜，一个人不打招呼就擅自破门而入，肯定不是迷亭和铃木。大概这就是我久仰大名的"小偷隐士"吧。越是隐士，本猫越想拜见其尊容。

隐士现在进了厨房，抬起没脱鞋的脚走了两步。跨第三步时，在地窖盖板上被绊了一下，咕咚一声摔倒了，声音在黑夜中回响。我背上的毛就像被鞋刷倒着刷了一遍，根根直立起来。脚步声消失了一会儿。瞅瞅四周，太太还是张着嘴，在梦中吞吐着太平空气。主人还是拇指夹在书里，香梦沉酣。厨房传来划火柴的声音。看来小偷也没有我们这样的夜视眼，在厨房里摸黑很是不便。

本猫这时好好思量了一番。小偷是打算从厨房那儿前去起居室，还是折向左边，通过玄关进入书斋呢？听脚步声随着推纸门的声音过了檐廊，想来小偷终于进了书斋。接下来便寂无声息。

这时我才忽然想起应该趁机赶快唤醒主人夫妇，但怎么叫起他们呢？一时想不出好主意，各种念头在脑子里像水车一样转来转去。先是咬着被子一角抖了两三次，毫无效果，又试图用凉凉的鼻尖擦主人的脸，结果刚一凑近，主人在睡梦中一伸手，正打在我鼻子上。鼻子对猫来说可是紧要部位，疼死我了。没办法，喵喵叫两声吧，可不知为何，咽喉里像是堵了东西，怎么也发不出声。费了好大力气，总算发出点沙涩低沉的声音来，自己也吃了一惊。不但主人没醒过来，还突然传来了隐士那咯吱咯吱、越来越近的脚步声。果真来了！这下我算是死了心，只好赶紧藏在隔扇与柳条筐之间，窥视着动静。

隐士的足音来到寝室门口突然停下了。我屏住呼吸，凝神注视着对方接下来的动作。后来我想，要是在捕鼠时能有这样的状态就好了。当时整个心魂都集中在两眼，就如要从眼里飞出去似的劲头。多亏了这位隐士，让我当时有了这种难得再有第二次的觉悟。忽然，隔扇的第三个窗棂正中就像被雨水打湿一样变色了，透成了粉红色，接着，颜色越来越浓，窗户纸很快就破了，露出红色的舌头。舌头转瞬之间又消失在黑暗中，取而代之的是一个亮晶晶的、可怕的东西，毫无疑问，这就是隐士的眼睛。奇怪的是，他的眼神并不像是在看屋里的什么东西，而是死死盯住隐身在柳条筐后面的我。只不过盯了不到一分钟，却觉得被他盯得减寿了。正当我忍无可忍，要从柳条筐后面蹿出去之时，小偷候地拉开寝室的纸门，终于，等候多时的隐士现身了。

以正常的叙述顺序，这时我该荣幸地介绍一下这位不速之客的长相了，但在此之前，我想略陈鄙见，供诸位参考。

古代的神被尊奉为全知全能者。特别是基督教的神，在二十世纪的今日仍被视为全知全能者。然而俗人所以为的全知全能，有时也可解释为无知无能。这分明是个悖论。自天地开辟以来，道破这一悖论的，也只有本猫了。想到这儿，不免有些自命不凡的虚荣心。在此我一定要申述一下自己的理由，向傲慢的人类诸君脑里灌输这一事实：猫是不可小觑的。

据说，天地万物皆为神所创造，那么，人也是制作出来的咯。《圣经》上分明就是这么记载的。人类对于自身数千年来观察积累的结果，一方面感到大大地玄妙而不可思议，另一方面也越来越倾向于承认神的全知全能。事实如此，其原因无他，只因世间处处都是人头攒动，却无人长得面目相同。脸上都有五官，面庞大小也差不多。换言之，他们都是以同样的材料做成。虽然用的材料相同，人们的面目却无一雷同，这令我经常不得不叹服造物者的本领：那么简单的材料，却能制造出如此千差万别的面孔。若没有独创的想象力，怎么会有这样的千变万化呢？一代画工殚精竭虑，以求画出各种不同的容貌，最多也不过求得十二三种变化。由此看来，不得不惊叹神造人的手段的确高妙。这样的手段，在人类社会毕竟无法得见，因此将它说成是全能者的本领也当之无愧。由此而对神怀有惶恐敬畏之意，从人的观点来看，自然不无道理。然而从猫的立场而言，这同一事实也可解释为是神的无能的证据。哪怕不能据此说神全然无能，至少也可以断定其不具有超人的能力。

神固然是有多少人就造出来多少副面孔，但这是一开始就胸有成算要穷尽各种变化呢，还是本来就想把谁都造成一个模样，结果却未能如愿，每一个都搞砸了，最后弄得乱七八糟呢？谁也说不清。因此，把人们的面孔看作是神成功的纪念也可，看作是失败的痕迹也行。赞美说是其全能也无妨，但评价为无能也说得通。人类的双眼在一个平面上并列，很难同时看到左右，落入视野内的只有事物的片面，这实在是遗憾。若能转换立场看一下，他们的社会里实在日夜不间断地涌现着这样简单的事实。只是他们由于受神威震慑，头晕目眩，所以才没有开窍，不能领悟到这一点。

要说在制作时展现变化很困难，那么，要做到彻头彻尾的仿制，也同样困难。如果向拉斐尔定做两幅分毫不差的圣母像，就跟定做两幅迥然不同的圣母像一样，都是强人所难。不，画两幅完全一样的画反而更难一些。请求弘法大师[1]以与昨日同样的笔法署名"空海"二字，比起让他换用一种书体，恐怕更让他发窘吧。人会说话，完全是模仿主义一代代传习的结果。他们从母亲、奶妈那里学习实用的语言时，只是反复模仿听到的话，尽其所能学得更像，别无野心。然而这样通过模仿而学来的语言，过上十年、二十年，其发音已自然发生变化。这证明了人缺乏真正的模仿能力。纯粹的模仿，困难如斯。因此，神若能将人类造得全无区别，如同一个模子刻印出来的，分不出甲乙丙丁，那才越能证明神的全能。而像现在这样，将一堆胡乱造出的面孔曝露于光天化日之下，其变化令人头昏眼花，反而证明了神的无能。

在下何必要有这番长篇大论呢，已然忘怀了。人自己不也是经常一说起来就离题万里吗？对猫来说，自然也不足为怪。总之，当那位小偷隐士拉开寝室的纸门，蓦地出现在门槛时，我瞥见他的面孔，以上感想就从心头油然而生。何以如此？既然问到这个，本猫不由得思忖再三。哦，对了，是出于下面这个缘故。

我平常就对神把人造成这样参差多态是荣耀还是无能这件事持有怀疑，然而在我眼前悠然出现的这个小偷的面部特征，却一下打消了我的疑问。其特征不是指别的，而是指如下事实：其容貌与我们的美男子水岛寒月简直可以说是一个葫芦两个瓢，毫无差别。我在小偷当中自然没什么莫逆之交，但按照其平日的肆意妄为去想象，也暗暗在心里为他们描绘了一副面孔：小鼻子左右展开，小眼睛如一文铜钱，剃着平头。然而现在实际看到的真人与我的任意想象真是云泥之别。看来胡乱想象是不顶用的。

这位隐士身材高挑，肤色微黑，眉毛修长，可以说是个潇洒气派、一表人才的小偷。年龄在二十六七岁，说是寒月君的写生图也未尝不可。

① 弘法大师，即空海（774—835），日本真言宗的开山祖师，也是一位杰出的书法家。

神能造出如此相似的容颜，这种手段绝不可以说是无能之辈。不，老实说，我简直怀疑是寒月本人自己精神错乱，深更半夜跑到主人家里来了呢。如此酷似，实在让人吃惊。只是这位隐士鼻子下面不像寒月有两撇浅浅的胡须，才没认成是寒月。

寒月君是神精心制造的美男子，被迷亭称为活动商品券的金田富子小姐也为他神魂颠倒。而这位隐士呢，就其容貌而言，对女性的魅力也不会逊色于寒月君。若是金田小姐为了寒月的俊美而意乱情迷，那她也会以同样的热情为这位隐士芳心大动，否则就太不公平了。公平与否且不论，至少是不合逻辑。那样有才气、有头脑的姑娘，这种事不用人说，自然会明白的。因此，倘若这个小偷李代桃僵，肯定也能得到富子小姐全心的爱，做上乘龙快婿，过起琴瑟和谐的美日子。万一寒月因迷亭的劝阻而舍弃这段千古良缘，那只要这位隐士还健在，便万事大吉。我预想着未来事件的发展，替富子小姐觉得安心。这位隐士存在于天地间，是小姐幸福生活的大前提。

隐士腋下好像夹着什么东西，一瞧，原来是先前主人扔在书斋里的旧毛毯。只见他身穿蓝底花格外褂，屁股上系着青灰色博多带子，膝盖下露着苍白的小腿，正抬起一只脚进入房间。

主人刚才梦见红皮书咬了手指头，这时翻了个身，大叫了一声："寒月！"隐士吃了一惊，毛毯掉在地上，伸出去的脚连忙缩了回来。纸门上的影子里，两根小腿站在那儿微微抖动。

主人哼哼着嘟囔了几句，将那本红皮书推开，又像是得了皮癣似的挠了挠黑黑的手腕，之后便安静下来，头没再枕回枕头上，继续睡着。可见大叫"寒月"的那一声，完全是不自觉的梦呓。

隐士在走廊里僵立片刻，倾听着屋里的动静，见主人夫妇仍在熟睡中，就一只脚踏入房间，这次没再听见召唤寒月的叫喊，终于另一只脚也踏进来。一盏春灯所照耀的这个六铺席间里，被隐士的影子截然分成两半，柳条筐这边，在我头上的半面墙全是黑的。扭头一看，隐士的面影正好在墙高三分之二处，影影绰绰晃来晃去。虽是美男子，这影子却像个妖怪模样。隐士俯视太太的睡相，不知为何露出怪笑。这笑容也与寒月君如出一辙，让我吃了一惊。

太太枕边有一个钉子钉起来的箱子，有四寸宽、一尺五六寸长，似乎很是珍贵的样子。这是前一阵子多多良三平君回肥前国[1]唐津老家带过来的土特产山药。把山药放在枕边入眠，可说是前所未有，不过太太从来就缺乏何物应当放置在何处这种观念，别说山药了，她还经常把做汤用的白砂糖放在衣柜里，就算把咸菜放在寝室里，她也照样不以为意。然而小偷又不是神灵，哪会知道她是这种女人。见她如此郑重其事地贴身放着，便断定这箱子里必然是贵重之物，这也是自然之理。隐士将山药箱子提起来一点试了下分量，沉甸甸的正合他的心意，便露出满足的神色。看来他是真的要偷山药了，这样的美男子跑来偷山药，我觉得很好笑，可是怕有危险，不能放声大笑，只好竭力忍着。

小偷隐士恭恭敬敬地用旧毛毯包起了山药箱。用什么来绑一下呢？他环视四周，正好主人睡觉前解下的绉绸腰带在旁边，他便用这条带子把山药箱捆得结结实实，轻松地背起来。现在这个样子可不会讨女人喜欢。接下来，他又把小孩的两件棉坎肩塞进了主人的棉线裤里，裤腿鼓起来，就像吞了青蛙的青蛇——不，是快临盆的青蛇，这么形容也许更合适。反正样子很怪。谁要是不信，可以自己试一下。隐士把棉线裤缠在脖子上。接下来该拿什么呢？他把主人的绉大褂像包袱一样摊开，将太太的腰带、主人的外套与衬衣，还有其他一些零星杂物一股脑儿地都叠好放了进去。其熟练灵巧程度让我佩服不已。然后他把太太的衬腰带和饰带连在一起，捆扎好这个包袱，用一只手提着。他又瞅瞅四周，看

---

[1] 日本古代的令制国之一，属西海道，肥前国的领域大约包含现在的佐贺县及除了壹岐岛和对马岛的长崎县。

还有没有能拿走的东西，见主人脑袋旁边有一盒朝日牌香烟，就揣进袖筒，继而又从里面抽出一支烟，在灯火上点着，很享受地深吸了一口。他吐出的烟在乳白色的灯罩周围缭绕，还未消散之际，这位隐士的足音已在走廊里渐行渐远，最后再也听不见了。主人夫妇仍在熟睡。人啊，也太马虎大意了。

本猫需要休息了。这样子絮叨不休，身体撑不住啊。沉沉睡去后，醒来时正是三月艳阳天，天空一片晴朗。在厨房门口，主人夫妇正在与一个巡警谈话。

"那么，是从这里进来，转到寝室这边。你们都睡熟了，啥也没感觉到，是吧？"

"嗯。"主人有点难为情地应声道。

"那被偷的时间是几点呢？"

巡警问了个强人所难的问题。要是知道几点被偷，那也不至于被偷了吧。主人夫妇没想明白这其中的道理，还在那里反复地商量。

"那是几点呢？"主人说。

"这个嘛……"太太考虑了一下，她以为只要她好好想想就能记起来似的，"你昨晚几点睡的？"

"我比你睡得晚。"

"嗯，我躺下的时候，要比你早。"

"那是几点醒的呢？"

"七点半了吧。"

"那小偷进来的时候，是几点呢？"

"总之是在夜里吧。"

"已经知道是夜里啦，是问到底几点啊！"

"确切的时间，不好好想想，实在想不起来啊。"

太太还打算继续考虑下去。其实巡警问这个只不过是走个形式，至于小偷几点进来的，压根儿无关痛痒。他们胡扯一个时间，马马虎虎对付过去就完事了，可是主人夫妇还在云山雾罩地讨论这个，巡警再也没耐心了，说："那就是失窃时间不明咯？"

主人用平常一贯的口气说："哦，对，就这样。"

巡警毫无笑容地说："那这样，你们写一份诉状，上面写：'明治三十八年某月某日，闭门入睡期间，盗贼将某处的防雨窗摘下潜入室内，盗走物品如下……特此告诉如上。'这是一份诉状，不是报告，不用写收件人名称。"

"失窃的物品要一项一项列出来是吗？"

"嗯，比如外套几件，价值多少，这样列个表呈报上去……我进去看也没啥用，反正已经被偷了。"巡警满不在乎地说完，便扬长而去。

主人拿来笔砚，坐在房间正中，就像要吵架似的大声叫着太太："我这就写失窃诉状，都偷走什么了，一项一项跟我说，喂，说啊！"

太太腰上只缠了根细带子，一屁股坐下来，埋怨道："真讨厌，'说啊，说啊！'就跟使唤下人似的，谁愿意说啊？"

"你看你打扮的这个样儿！就跟个站街女似的！怎么不扎一个正经带子出来？"

"你觉得不像样，就给我买一条。像个站街的也罢，怎么也罢，腰带被偷了有什么办法？"

"连腰带也偷去了？好可恶的家伙。那就先写上腰带吧。是什么样的腰带？"

"还什么样的腰带，我还能有几条腰带？就是那条黑缎子、绸子衬里的带子呗。"

"黑缎子、绸子衬里腰带一条……价值是多少钱呢？"

"六元吧。"

"好贵的带子，也太奢侈了！下次买条一块五的就行。"

"哪有那么便宜的？人情世故啥的，你真是一点都不懂。甭管老婆穿得多寒碜，自己收拾好了就行了，真是的！"

"好啦好啦，还有啥东西丢了？"

"捻丝绸外褂一件，那是河野婶婶留给我的遗物。同样叫捻丝绸，跟现在那些捻丝绸的料子可不一样。"

"用不着解释这些。多少钱？"

"十五元。"

"十五元的外褂？这跟我们的身份不相称啊。"

"这用得着你来管？又不是你花钱买的！"

"还有啥？"

"黑布袜子一双。"

"是你的？"

"是你的。价格两角七分。"

"还有呢？"

"山药一箱。"

"山药也偷走了？他是想煮着吃，还是做汤呢？"

"这我哪里知道？你去小偷那里问问不就成了？"

"多少钱啊？"

"还不知道是多少钱的山药呢。"

"那我就写上十二元五角钱吧。"

"这也太离谱了吧！哪怕是从唐津挖的山药也值不到十二元五角啊。"

"你不是说不知道价格吗？"

"虽说不知道，可是说十二元五角就太离谱了。"

"又说不知道，又说十二元五角太离谱。太不合逻辑了。你可以称得上个'君是淡定笨驴罗格斯'①了。"

"是什么？"

"君是淡定笨驴罗格斯。"

"这个'君是淡定笨驴罗格斯'是什么意思？"

"这个你就不用管了。还有什么丢了……我的衣服还一件都没说呢。"

"丢了啥就甭管了，你先告诉我这个'君是淡定笨驴罗格斯'是什么意思吧。"

"这能有什么意思？"

"告诉我这个有什么妨碍的？你老是戏弄我，肯定是看我不懂英语就用英语来骂我。"

"你净说胡话，快点接着说，还丢了什么吧。不赶快提交诉状，东西就拿不回来了。"

"哪怕现在告诉也没啥用了，还不如告诉我上面是啥意思呢。"

"女人就是啰唆，不是跟你说了没啥意思吗？"

"既然这样，丢失的物件也就这些了。"

"真能犟，那就爱咋样咋样吧，我也不写什么失窃诉状了。"

"我也不跟你说丢了多少东西了，本来就是你自己要写诉状的，我可没非让你写不可，你爱写不写。"

"好好好，那就算了。"主人忽地站起来，又钻回了书斋。太太则去了起居室，坐在针线盒面前。两人各自一动不动，默默盯着隔扇，有十分钟之久。

这时有人精神抖擞地推开大门进来了，正是赠给他们山药的多多良三平。多多良三平原先是寄宿在这家的学生，现已从法科大学毕业，

① 东罗马帝国皇帝君士坦丁·帕里奥洛格斯（1405—1453），主人在这里故意把他的名字变成了骂人的话。

任职于某公司的矿山部，也是实业家的苗子，铃木藤十郎后继有人。三平君因为以前的关系，经常来拜访先生的草庐，周日在这儿玩一整天才回去，早已跟这家人不拘礼节。

"太太，天气真好啊。"三平君说话带着唐津口音。他穿着西装裤，进屋后并没有马上坐下，而是走到夫人跟前才屈膝跪坐下来。

"哟，是多多良君啊。"

"先生出去了？"

"没，在书房里呢。"

"太太，先生老这么用功可不行啊。难得赶上星期天……你得劝劝他。"

"我说不管用，你去跟他说说呗。"

"那倒也是，不过……"三平君话说到一半，环视房间四周，"今天怎么没见姑娘们……"话音刚落，敦子和澄子就飞奔出来。

"多多良叔叔，今天带寿司过来了没？"姐姐敦子还记得他之前的许诺，跟三平君一见面就来催债。

多多良挠着脑袋，说："你记得可真清楚啊，下次一定带过来。今天忘了。"他只好如实坦白。

"不——行！"姐姐这么一说，妹妹也跟着说："不——行！"太太跟先生怄的气消了，稍稍露出笑容。

"我没带寿司来，可是带山药过来了啊。小姐们吃过了吗？"

"山药是什么？"姐姐一问，妹妹也跟着问三平君："山药是什么？"

"还没吃过啊，快点让妈妈煮给你们吃啊。唐津产的山药跟东京的可不一样，可好吃咧。"三平君带着对家乡的自豪感说。

太太这才想起来要表示谢意，说："多多良君真是一番好意啊，送给我们那么多山药。谢谢啊。"

"怎么样，尝过了吗？怕折断，我还特意定做了一个木箱，包装得结结实实的，都没有断吧？"

"可惜啊，你辛苦送过来的山药，昨晚让人偷走了。"

"偷走了？真是混账，还有喜欢偷这个的？"三平君很是吃惊。

"妈妈，昨晚进来小偷了？"姐姐问。

"嗯。"太太轻声回答。

"进来小偷啦！哎呀，来的小偷长什么样？"这次是妹妹发问。

对这奇怪的问题，太太不知如何作答，只好看了多多良一眼，说："一副吓人的模样哦。"

"像三平叔叔那样吓人的模样吗？"姐姐毫无顾忌地追问。

"怎么这么说？太没礼貌了。"

"哈哈哈哈，我的长相有那么吓人吗？真是糟糕啊。"多多良挠着脑袋说。他的脑后有直径一寸大小的地方秃了。这是一个月前开始秃的，去看过医生，但没怎么好。敦子是头一次看见这块秃的地方。

"哎呀，多多良叔叔的脑袋跟妈妈的一样光呢！"

"让你住嘴，你还在那里说！"

"妈妈，妈妈，昨晚来的小偷脑袋也是光的吗？"妹妹问。

太太跟多多良忍不住都笑出声来。可是姐妹俩太吵闹了，没法正经说话，太太就说："你俩去院子里玩一会儿吧，等会儿妈妈给你们点心吃。"这样把她俩撵了出去。

"多多良君，你的头上是怎么回事？"太太很当一回事地问。

"长皮癣了。一下子好不了。太太也长皮癣了？"

"乱说，哪里有皮癣，就是女人盘发髻的地方，总要稍稍掉些头发的。"

"秃头顶都是有细菌的。"

"我的不是因为细菌。"

"那是太太不愿承认。"

"就不是细菌嘛。不过，在英语里秃头顶怎么说？"

"秃头是 bald……"

"不是，不是这个，还有个更长的词……"

"问一下先生，不就一下明白了？"

"他怎么都不肯跟我说，所以才问你的嘛。"

"我不知道除了 bald 还有别的词，你说更长的词，是怎么念的？"

"叫什么'君是淡定笨驴罗格斯'，我想这个词就是秃头顶的意思吧。"

"可能吧。我去先生书房里查一下《韦氏大词典》就知道了。不过先生也太怪了吧，这么好的天气，憋在屋子里不出来，这样对胃病可不好啊。劝劝他去上野公园看看花也好啊。"

"你带他一起去吧。先生根本不听我们女人的话。"

"最近还是老吃果酱吗？"

"是啊，还是老样子。"

"前不久，先生还发牢骚呢，说：'老婆总抱怨我贪吃果酱，真愁人，我没吃那么多啊。估计是搞错了吧？'我就说：'那也许小姐们和太太也都跟着吃了些……'"

"多多良君真讨厌，怎么说这种话？"

"可是看太太的样子，应该也是吃过不少的吧？"

"这种事怎么看得出来？"

"就算看不出来，难道夫人就一点也没吃吗？"

"是吃过一点。自家的东西，吃一点算啥？"

"哈哈哈哈，我就说嘛。不过，说正经的，遭窃可是飞来横祸啊。只偷了山药吗？"

"要是只偷了山药，还没那么糟糕，平时穿的衣服全都让他卷走了！"

"那样可是大麻烦，又要借钱度日了吧？这只猫要是一条狗就好了——真可惜啊，太太得养一条大点的狗才行。猫是没用的，只是吃白食——逮过几只老鼠了吗？"

"一只都没逮住过。真是个没脸没皮的懒猫。"

"哎哟，那还成？赶紧扔了吧。要不让我带走煮了吃得了。"

"呀，多多良君还吃猫肉啊？"

"吃啊，猫肉好吃着呢。"

"敢吃猫肉，真是英雄豪杰啊。"

在下等寄宿生当中，有一班吃猫肉的野蛮人，对此在下早就有所耳闻，然而我做梦也没想到，平素常常关照我的多多良君竟然也与这类人沆瀣一气。更何况这位已非寄宿生，虽说毕业还不久，也是堂堂法学士，六井物产公司的职员，居然讲出这种话来，真让我不胜惊愕之至。有格言道："逢人先防他是贼。"这话已有寒月二世的行径做了证据；而多亏了三平君，我才领悟到"逢人先防他吃猫"这一真理。阅历越深，越能洞明世事，洞明世事诚然可喜可贺，然而也一天比一天地感觉危险增多，一天比一天地马虎大意不得。上了年纪的罪过就是洞明世事，洞明世事的结果就是变得狡猾、卑劣，披上表里不一的护身服。老于世故者多老奸巨猾之辈，就是这个道理。倒不如趁着现在年纪还轻，在多多良的锅里伴着圆葱头魂归西天，反而更好些哪。想到这儿，不禁缩在角落里瑟瑟发抖。这时，之前与太太吵架钻进书斋的主人听见多多良的话语声，不慌不忙地来到起居室。

"听说先生遭了贼啦，也太傻了吧？"多多良一上来就单刀直入。

"来偷的那个家伙才真是傻。"主人一向是以贤明自任的。

"来偷的当然傻，被偷的也不够聪明吧。"

"多多良最聪明了，根本没东西可以偷。"太太难得这次给主人帮腔。

"不过，最蠢的就是这只猫了。真是的，不知是何居心，也不捉老鼠，小偷来了也不管不问。先生不如把这只猫给我得了。在这里也没啥用，白养着它。"

"也好，你带去做什么呢？"

"煮了吃呗。"

猛然听了这话，主人不置可否，扑哧一声，现出胃病发作般可怖的笑容，而多多良也没再表示一定要吃了在下，这真让我喜出望外。

主人转换话头说："猫的事先不管，衣服被人偷了，身上实在是冷啊。"他一副垂头丧气的样子。难怪他会觉得冷，直到昨天他还穿着两层棉衣，今天只穿着一件半袖衬衣外加一件夹袍，再加上从早上起来就没运动，只是在屋里枯坐，本来就不充裕的血液都供给胃部了，循环不到手脚那里，能不冷吗？

"先生这教师当得实在不划算啊，一旦遭了贼，马上这日子就难了——今后看看还是考虑改行当实业家吧。"

"这话说了也是白费劲，先生最讨厌实业家啦。"太太在旁边回了多多良一句。不用说，她是巴不得主人能当实业家的。

"先生从学校毕业这是几年了？"

"今年是第九年了。"太太说着回头看了主人一下。主人对此没说是，也没说不是。

"都九年了也没涨工资。学问再好，别人也没什么好话啊。可以说是'郎君独寂寞'了。"多多良把中学时代背熟的诗句朗诵给太太听，太太听不懂，便没搭腔。

"当教师自然很讨厌，可是更讨厌当实业家。"主人说。他好像是在心里盘算自己到底喜欢干什么。

"你先生是什么都讨厌……"太太对多多良说。

"唯一不讨厌的就只有太太了吧。"多多良开了个不合时宜的玩笑。

"最讨厌了。"主人斩钉截铁地回答。

太太歪过脸去，做出不在乎的样子，沉默片刻后又转向主人，打算一句话把主人给呛住："大概连喘气都讨厌吧。"

出乎意料，主人从容不迫地回应道："也不怎么喜欢。"这回太太没辙了。

"先生也该振作一下，出去散散步什么的，要不然会搞坏身体的。我说您还是做个实业家吧，不费力气就能发财。"

"也没见你发大财啊。"

"哎哟，太太，我去年才进公司的嘛。尽管如此，也还是比先生存下的钱多一点点。"

"存多少钱了？"太太很热心地打听。

"已经存了五十元。"

"到底一个月拿多少工资呢？"太太又问。

"三十元。每月拿出五元来存在公司里，一旦有需要再取出来用。太太有零钱也买点外濠线电车公司的股票呗，现在三四个月就能翻倍。就一点点钱，很快就两倍、三倍地涨。"

"我们要是有钱，也不至于一遭了贼，就愁成这样了。"

"所以嘛，还是要当实业家。先生要是法科毕业，进了公司或者银行工作，现在一个月也得有三四百元的收入了，真是可惜啊。先生认识一个叫铃木藤十郎的工学士吗？"

"嗯，昨天刚来过。"

"这样啊，前不久我和他在一个宴会上见面，说起先生来，他说：'原来你在苦沙弥君家里做过寄宿生？我跟苦沙弥君以前在小石川寺还曾经一起搭伙自炊呢。下次你再去，帮我问个好，说我最近就登门造访。'"

"听说他最近调到东京来工作了。"

"嗯，之前他是在九州的煤矿工作，最近调到了东京。真走运啊。

他跟我也是一见如故，谈得很开心。先生可知道他的薪水有多少吗？"

"不知道。"

"月薪二百五，外加盂兰盆节和过年都有分红，怎么着每个月平均下来也有四五百元呢。他那样的人也能挣这么多钱，先生还在教英语读本，十年一狐裘，也太傻里傻气啦。"

"确实够傻气的。"像主人这样秉持超然主义的人，其金钱观念与普通人也没啥不同，不，应该说，也许正因为穷困潦倒才加倍地渴望金钱。

多多良不遗余力地鼓吹做实业家的好处，再没别的话可说，就又问："太太，有个叫水岛寒月的常来先生这里吗？"

"嗯，经常过来的。"

"是个什么样的人？"

"学问很好的人吧。"

"可是个美男子？"

"呵呵呵呵，跟多多良君差不多吧。"

"真的？和我差不多？"多多良的口气很严肃。

"你怎么知道寒月的名字的？"主人问。

"前不久有人托我打听来着，真是个值得打听的人物吗？"多多良还没等问个明白，先摆出一副比寒月高人一等的派头。

"比起他来，你可差远了。"

"果真如此？比我了不起？"多多良听了主人的话没笑也没恼，这正是他的特色，"最近他能当上博士吗？"

"听说现在正写博士论文呢。"

"看来还是蠢材。我还以为是个通情达理的人呢，写什么博士论文！"

"你还跟以前一样，见识不一般啊！"太太笑着说。

175

"有人说什么要是他当上博士，就把女儿嫁给他啥的，真是岂有此理。为了娶人家的女儿去当博士，这种人值得嫁吗？我跟他说，与其嫁给这种人，不如嫁给我哪。"

"跟谁说啊？"

"让我打听水岛的那位啊。"

"是铃木吧？"

"不是，铃木还没资格托我办事。那位是个大老板。"

"多多良君也是背后威风啊，在我们这儿架子十足，可真到了铃木君面前就伏低做小咯。"

"那是，不然就倒霉啦。"

"我们出去散步吧，多多良君。"主人突然说。他之前外面只穿了一件夹袍，觉得身上冷，想到运动一下或许会暖和一点，因此破例提出动议。而多多良一向是漫无计划，对此当然毫不犹豫地欣然接受。

"好啊，走吧。去上野呢，还是去芋坂吃糯米团子？先生吃过那里的团子吗？太太也去尝尝吧。又软，又便宜。还能喝酒。"他照旧东拉西扯乱说一气，主人已经戴上帽子，走近门口去换鞋了。

在下又要稍事休息了。至于主人与多多良在上野公园都干了些什么，在芋坂吃了几碟饭团，这种逸事在下觉得既无侦探之必要，也无尾随之勇气，故而一概略过，在此期间还是休息为好。

休息是万物向上天所要求的权利。世间蠢蠢蠕动的万物既有生长繁衍之义务，为了尽此义务，便必须休息。倘若神如是曰："汝等要为劳作而生，莫为休眠而生。"在下将答复如下："诚如斯言。我等既为劳作而生，亦要求为劳作而休息。"哪怕像主人这种牢骚满腹、刻板如机器之人，不也会在周日以外的时间偷懒休息吗？像本猫这么多愁善感、日夜操心劳神，理所应当要比主人休息得更多才对。

只是刚才多多良君辱骂本猫，将我视为除了偷懒之外一无是处的废物，这让我心里难免疙疙瘩瘩的。俗人总是拘泥于表面现象，认识不到在五感刺激外还有别的活动，评价他者时，眼里只关注到形骸，只要不是光着膀子、大汗淋漓地干活，就不将其视为劳作，真让人犯愁。君不知有位达摩祖师，坐禅坐到腿都腐烂了，哪怕从墙缝中爬出的茑萝封住了他的眼睛嘴巴，他依旧纹丝不动。然而他并非睡着，更未圆寂，反而头脑活跃异常，正凝神思索"廓然无圣"[1]之理。儒家也有所谓静坐的功夫，这并非窝在室内盘腿而坐，安闲修行不动之功，而是比常人加倍活跃地思索。只因从外表看去是沉静端肃之态，那些肉眼凡胎之辈便将这些知识巨匠看作昏睡假死的庸人，诽谤之声不绝于耳，什么无用之物啦，酒囊饭袋啦，他们都是些只见外表、不识内心的睁眼瞎。多多良这种人，正是这类睁眼瞎的典型人物。这位多多良三平把本猫看得如同干屎橛[2]也就罢了，主人也算是读过几本古今中外的典籍，对事物真相也稍稍有了解，居然也二话不问就赞同多多良的浅薄见解，没有阻拦将在下做成猫肉火锅的提议。

然而，他们对在下轻蔑至此，也并非完全没有缘由。所谓"大声不入于里耳"[3]，阳春白雪之曲，和者甚寡，古已有之。对于无视精神活动的人，让他们认识到本猫性灵的光辉，实在勉为其难，就像逼迫和尚束发髻，勉强金枪鱼发表演讲，要求电车脱轨，劝说主人辞职，拜托多多良别老惦记着赚钱，都是非分无理之想。

猫嘛，毕竟还是社会动物。既然是社会动物，就不能太过于自视甚高，要在某种程度上跟社会妥协。主人、太太乃至厨娘、三平君之辈对在下的评价有欠公允，实在遗憾之至，但也无可奈何。倘若他们不管三七二十一，剥了本猫的皮卖给做三弦琴的，蒙在琴箱上，或是剁了本

---

① 《碧岩录》第一则，梁武问达摩大师："如何是圣谛第一义？"摩云："廓然无圣。"
② 即厕筹，大便后擦屁股用的小竹木片。佛家常用来比喻秽至贱之物。
③ 出自《庄子·天地》。

猫的肉给多多良，让他大快朵颐，那可就不妙了。

在下受天命而降生于此娑婆世界，以头脑而论，实乃古往今来千载难逢之猫也，身家性命，可轻忽不得。古语云，千金之子，坐不垂堂，若只一味志存高远，而将自身置于危险境地，不仅自身招致祸殃，也是大大违背天意。虎落平阳遭犬欺，鸿鹄被擒，也只能与鸡鸭同俎。在下既然混迹于凡夫俗子之中，也只得降贵纤尊为一只凡猫。既是凡猫，那就得捕鼠才行啊。——在下终于决定要捕鼠了。

听说前不久日本与俄国进行了一场大战。我等既是日本猫，当然是偏向日本的啦。天遂我愿，真想组织一个猫咪混成旅，抓死几个俄国兵。本猫有如此勇猛无畏的劲头，只要想捕鼠，闭着眼捉它一两个也是不在话下。从前有人问禅师："如何才能开悟？"禅师答曰："如猫儿捕鼠。"意思是说，只要像猫儿捕鼠一心不乱，自然大功告成。谚语说"女子无才便是德"，可还没听说，猫咪有才捉不得老鼠。由此可见，如本猫这么聪明，总不会捕鼠不成的。不想捉是一回事，只要想捉，那肯定手到擒来。之前没捉到老鼠，只是因为不想捉而已。

春日又如往日，已是黄昏时分。春风吹落的花瓣如雪片飞扬，从隔扇的破洞里飘入，落在桶里的水面上，在厨房微暗的灯光下映出白色。本猫决意今晚要大显身手，让全家人都刮目相看。

首先必须得勘察一下战场，对地形了如指掌。战线当然不是很长。若是铺席的话，这个房间也就是四个榻榻米大小，其中有一个榻榻米大的地方分割开来，一半是水槽，一半用来接洽卖酒卖菜的贩子。炉灶豪华气派得与这个寒酸的厨房不太相称，一个锃亮的铜壶坐在上面。炉灶后面到护壁板之间有二尺宽的地盘，放着个鲍鱼壳，这是在下平时的餐具。离起居室六尺之处是一个放杯盘碗碟的橱柜，把本来就狭小的厨房分割得越发逼仄，高得快要贴近横在墙上的储物架了。其下是一研钵，口朝上仰卧着，钵里有个底朝向我的小桶。墙上挂着萝卜泥擦板、捣杵，旁边则悄然蹲着一个灭火罐。熏黑的房椽交叉处吊了个能调节高度的自在钩，钩上挂着个平底大竹筐，不时被风吹得晃晃悠悠的。这里为何要吊着个大竹筐，刚来这里时，我是百思不得其解，后来才恍然大悟：这是为了把食物放到里面让本猫够不着啊。人啊，真是鼠肚鸡肠。

下一步要制订作战计划了。在何处与鼠辈开战呢？当然得是鼠辈出没之处才可以。不管我这边占据了如何有利的地形，如果只是坐以待敌，战争也是打不起来的，必须研究一下鼠辈从哪里出动才行。敌将从哪个方向发动攻势呢？本猫站在厨房中央，环视四面八方，俨然有东乡大将[①]的派头。厨娘刚才出去洗澡了，还没回来。孩子们已熟睡。主人在芋坂吃了团子回来，又缩到书斋里。太太嘛——她在做什么，不得而知。大概已经睡着，在做山药梦吧。门前不时有人力车经过，之后越发显得冷清。无论是本猫作战的决心、气概，还是厨房里的光景，抑或是周围寂寥的氛围，都有一种悲壮肃杀之气。在下怎么说也可称得上猫中的东乡大将了。不管是谁，身处这种境界，在恐慌之中又会有一种愉悦之感，而我在这快感的底部还有一种担忧。与鼠辈开战，本来是运筹帷幄，无须担忧的，但若敌军出动的方向不明确，那就大大不利。

综合由周密观察得来的信息可知，鼠贼出动之路径有三条。

其一，若它们是地沟里的老鼠，则会沿着地沟来到水槽，绕到炉灶背后，那本猫可隐身在灭火罐后，断其归路，一举歼灭之。

其二，浴室有个向地沟排水的洋灰洞，鼠贼可能由此迂回进入浴室，然后出其不意冲入厨房。这种情况下，本猫可以在锅盖上居高临下，待敌来到眼前，一跃而下将其擒获。

其三，我看了下四周，见橱柜右下角被咬了个月牙形小洞，怀疑这是鼠贼出入之要道。嗅了一下，稍有老鼠的气味。若是彼等从这里奔

---

① 即东乡平八郎，日俄战争时在对马海峡海战中率领日本海军击败俄国海军。

出，我就以柱子为掩护，先放它们过去，然后由侧翼突袭，将其收入爪下。

若鼠贼从顶棚俯冲下来呢？抬眼一瞧，只见灯光的上方被煤烟熏得黑咕隆咚，如同倒悬的地狱一般，这种地方我是上也上不去，下也下不来。那么高的地方，彼等怎么下得来？这方面的警戒就解除了吧。

尽管如此，还是有三面受敌的隐患。若只是一方来敌，我闭着一只眼也能将其制服；若是两路进攻，在下仍有信心奋战之后将其击毙；然而倘若敌从三面来袭，就算本猫天生即有捕鼠的本事，那也无可奈何了。可否请车夫家的大黑来助阵？然而这关系到本猫的尊严，不妥不妥。到底如何是好呢？正在举棋不定之际，忽而觉得最简便的让自己心安理得的法门就是将这件事认定为不会发生。凡事只要无法防备，人们就会认定此事不会发生。看看世间百态吧。昨天刚刚迎娶的新娘，说不定今天就会暴病而亡，然而新郎不也在信誓旦旦，说什么白头到老、海枯石烂，并无担忧之色吗？面无忧色，并不等于没有可担忧之事，只是因为再怎么担忧也无济于事。在当前这种场合下，断言肯定不会有三面受敌之事，尽管没有足够的证据，但认定其不会发生，便可以让自己安心。万物都是需要安心的，在下也需要安心。因此，三面受敌之事绝不会发生。

不过，还有件事让我放心不下。前思后想，终于明白了：三个作战方案，选择哪个最合适呢？对于这一问题，我苦于没有明了的答案，很是烦闷。若敌从橱柜来，我自有应对之策；若敌从浴室现身，我也有迎敌之计；若敌从水沟蹿出，我也稳操胜券。可是，如何从三者之中选定一个方案呢？这可让我大为其难了。东乡大将曾为同样的问题头疼不已：俄国的波罗的海舰队是经由对马海峡还是津轻海峡，或是迂回绕过宗谷海峡而来呢？如今本猫从自身境遇体会东乡大将左右为难的情形，深有感触。本猫不仅整体状况与东乡阁下类似，就那番良苦用心而言，尤其惺惺相惜。

咱家正在冥思苦想，残破的隔扇门突然被拉开，厨娘的脸自夜色中浮现。我只提到脸，并非说她没有手脚，只是因为她的其他部分在夜色中隐匿不见了，只有面容清楚地映入眼帘。洗澡出来，厨娘那张红扑扑的脸比起平常越发鲜艳了。由于昨晚的教训，她早早地顺手就把厨房门关上了。

只听书斋里的主人吆喝道："把我的手杖放在我枕头边！"为何要在枕边放手杖啊？在下想不明白。难道主人已经狂乱到想要效仿易水送别的壮士荆轲，在睡觉时也要听听匣中宝剑龙鸣①吗？昨天是山药，今天是手杖，明天又是什么呢？

夜色尚浅，鼠辈尚未出动。大战之前，在下要先休息一番。

主人家的厨房没有拉绳天窗，客厅开了一尺左右的楣窗，冬夏通风，以代替天窗。飒飒风起，无情凋落的早樱花飘入，我猛地惊醒，但见不知何时朦胧月色已笼罩大地，灶台的影子斜斜地投在地窖盖板上。我是不是睡过头了？我摇了摇耳朵，窥探了一下家里的动静，像昨晚一样，只听得见挂钟嘀嗒声。鼠辈该出动了，它们会从哪里冒出来呢？

橱柜里传来咯噔咯噔的声音，好像是鼠贼在用脚按着碟子边大嚼里面的东西。我在月牙洞口那儿等着它们。左等右等不见出来。碟子响动声停下来，这回成了咕咚咕咚的沉重声响，好像是在吃大碗里的东西。只隔着一道橱门，就在那一边，距离我的鼻尖只有三寸。时不时听见窸窸窣窣的脚步声跑近洞口，继而又离我远去。一只老鼠也没露面。就在橱门那边，故鼠正肆无忌惮地逞凶施暴，而我只能静静等在洞口，这可真得有耐心啊。鼠辈此刻正在旅顺碗②中举办盛大舞会。要是厨娘早点

---

① 唐朝李白诗《独漉篇》中有："雄剑挂壁，时时龙鸣。"传说宝剑在夜间会声如龙鸣。宝剑龙鸣与荆轲易水送别其实并无关联。
② "旅顺碗"三个字的读音在日语中与"旅顺湾"一样，是作者自造的一个词。日俄战争期间，东乡平八郎率领的日本联合舰队把俄国的太平洋舰队堵在旅顺湾内将其歼灭。作者在此将橱柜中的老鼠比作俄国的太平洋舰队。

打开橱门，我就可以进去大开杀戒了。可惜她是个死脑筋的乡下丫头。

炉灶后面属于本猫的鲍鱼壳那里传来喀喇喇的声响。敌人从那里出来了！我蹑手蹑脚地靠近，只见在水桶之间有条尾巴一闪而过，消失在水沟里。紧接着浴室那边又传来碗和铜盆碰撞的咣啷啷的颤音，敌在身后！转身一瞅，一条五寸长的大家伙啪地撞掉一个牙粉袋，又冲到地板下。休走！本猫紧追过去，那家伙已然踪影全无。看来，捕鼠这个活儿要比想象中难多了。兴许在下并不具备天生的捕鼠本领啊。

我若转移到浴室，敌便从橱柜奔出；我若在橱柜警戒，敌便从水沟蹿上；我若在厨房中央坚守，敌则从三个方面喧闹骚动。称之为狂妄也好，卑怯也行，总之，彼等非君子之敌也。我来来回回疲于奔命，却无尺寸之功。遗憾啊，与小人为敌，恐怕就连东乡大将也无计可施。刚开始，我是勇气充沛、豪气干云，甚至有种悲壮的崇高之美，然而到后来却觉得进退失据、傻头傻脑，又累又困，只好在厨房里稳坐中军帐。我自岿然不动，却眼观六路、耳听八方，以为敌既是小人，料其也难成大事。如此卑怯猥琐之敌，只知道东躲西藏，把我作战的荣誉感消磨殆尽，唯余厌倦。而厌倦之念一起，不免意气消沉，身心麻木下来，此后就听之任之，觉得"谅你们也折腾不出啥花样来"，对敌轻蔑至极，并打算睡大觉了。经历了上述过程，我最后已经困得不行了。睡去也。即令身在敌中，休息也是必不可少的。

向屋檐那边横着拉开的透气窗里，一片落英如雪花般又飘进来。我被凛冽的夜风吹得一激灵，却见从橱柜洞口那儿有一物如弹丸嗖地扑上身来，咬住我的左耳。没等我反应过来，转瞬之间又有个黑影已绕到我身后，一口咬住了我的尾巴。我本能地胡乱往上一跳，想将全身力气注入每个毛孔，甩掉这两个怪物。

咬住我耳朵的那家伙失去了重心，挂在我脸上，柔软的尾巴尖跟橡胶管一样好巧不巧正插进我嘴里。真是天赐良机，我咬住它的尾巴左右一甩，结果只有尾巴尖夹在我的门牙缝里，其身体已撞到旧报纸糊的墙壁上，又弹回来掉在地窖盖板上。不等它爬起来，我乘机扑过去，然而那家伙像一个球被踢了一脚，从我的鼻前掠过，跳到了架子上，缩起脚在架子板边缘蹲着。它从架子上俯视在下，在下从地板上仰望着它。相距五尺。其间月光斜着照进来，如悬在半空的横幅。

我前脚一用力，勉勉强强跳到了架子上，可惜只是前脚搭在架子边缘，后腿还悬在半空乱蹬。尾巴上那个黑家伙仍是死死咬着不松口。情势危急！我两条前腿交替用力往前攀，想抓得更紧一点，可由于尾巴上的重量，每次一往前抓，反而滑落得更靠后了。再往后滑二三分，非掉下去不可。情势越发危急了。

架子板被我的前爪挠得咯吱作响。这样下去可就倒霉啦！正当我抬起左爪往前挠时，一时间没有抓牢，只有右爪抓在架子板上。我自己的重量再加上尾巴上那个家伙，让我的身体拧巴到了极点。这时，静静蹲在架子上的那个怪物瞅准这个时机，就如一块投石般飞过来撞向我额头。我的右爪失去了最后一点支撑，二鼠一猫在月光里滚成一团笔直坠落下去。下一层搁板上的研钵、钵里的小桶还有空果酱瓶也一同掉下来，连带打翻了灭火罐，一半掉在水缸里，一半滚落在地板上，全都在深夜撞出轰然巨响。与死亡擦肩而过的我惊得魂飞天外。

"贼来了！"主人扯开那"像被勒死的大鹅一样"的嗓子大叫了一声，从寝室冲过来。只见他一手提着油灯，一手持着手杖，虽是睡眼惺忪，这时也目光炯炯。我乖乖地蹲在鲍鱼壳旁边，两个怪物早已钻入橱柜，销声匿迹。主人一腔豪情无处宣泄，有些茫然失措，便气冲冲地喊了声："是谁？弄那么大声！"

月已西斜，屋里的白光像是被切去了一半。

上巻完

吾輩ハ猫デアル

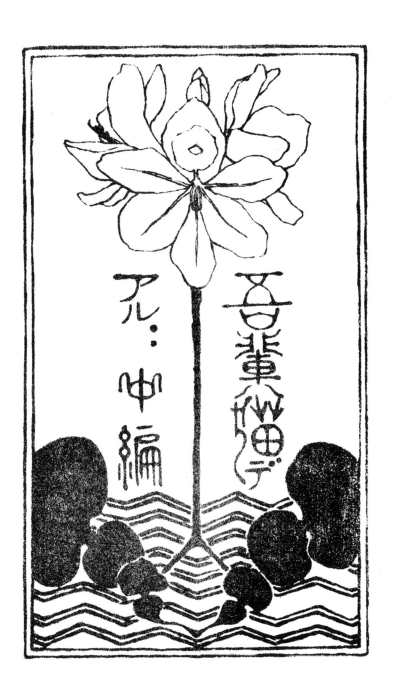

中巻

吾輩ハ猫デアル

　　续写《我是猫》的时候，本打算写和上卷差不多的篇幅便搁笔，分为上、下两卷单行本出版。然而不知怎的就写多了，书店提议分成上、中、下三卷出版。这是出于商业上的考虑，对于作品本身没有什么影响，于是我便同意将这一部分作为中卷发行。

　　写序言的时候，忽然想起一事。在伦敦留学的时候，我为了抚慰当时在病中的亡友正冈子规，将当时在伦敦的情况写成两三封长信给他。深受无聊之苦的子规读了我的书信大感兴趣，请求我说："虽知道你很忙，但还是再写一封来吧。"此时子规已经病重，文字中颇多悲愁酸苦。念及往日深情厚谊，本该满足他的请求，然而独在异乡为异客，哪有那么多有趣的悠闲日子，正在踌躇下笔之际，传来了子规亡故的消息。

从箱底翻出子规那封信，其文如下：

我快不行了，每日无缘无故悲泣，不再给报纸杂志写稿，不再与人书信往来。久疏问讯，今晚忽而有感而发，故特意写信给你。你的来信趣味盎然，是近日我唯一的喜悦。你知道，我很早就想出去见识见识西洋世界，但重病在身，只能付诸遗憾。读你的信，犹如亲至西洋，也是一件快事。若方便的话，趁着我还没有闭上双眼，能否再给我一信呢？（要求可能有点勉强。）

明信片已收到。伦敦的烤芋头味道如何？

中村不折君现在巴黎一处清真寺附近的寓所。虽说过若见到你就送你一条干鲣鱼，但也许已经被那厮吃掉了吧。

高滨虚子生了个儿子，我为他取名叫"年尾"。

炼卿已死，非风亦死，众皆弃我而去矣。[1]

此生我大概不能再与你见面了。哪怕真的见了面，那时也无法言语了。说实话，我现在活得很痛苦。我在日记里特地写下了"古白曰来[2]"四个字。

想写的话还有很多，但苦痛难耐，就此搁笔吧。

明治三十四年十一月六日写于灯下

东京 子规 拜

伦敦 漱石兄 敬启

---

[1] 炼卿、非风都是正冈子规的友人。炼卿，即竹村锻，又名竹村黄塔（1866—1901），曾任女子高等师范学校（今御茶水女子大学）教授。非风，即新海非风（1870—1901），明治时代俳人。正冈子规曾把炼卿称作"敬友"，非风称作"直友"，夏目漱石称作"畏友"。

[2] 古白，藤野洁的号，他是子规的表弟，比子规小 4 岁，于明治二十八年（1895）自杀身亡。"古白曰来"，是说表弟的亡魂在召唤他。

这封信是用行书写在美浓纸①上的。其笔力雄劲完全不像一个垂死的病人。我每次见到这封信，总觉得对于故人很抱歉。信中有"想写的话还有很多，但苦痛难耐，就此搁笔"这样没有掩饰的话语，相比之下，我回信里如果说"想写的话还有很多，但因为忙碌纷扰，见谅"，就显得像是敷衍。可怜的子规一直在眼巴巴等着我的回信，最终还没有等到，便停止了呼吸。

　　子规是可恨的人。他曾经在《墨汁一滴》中写道："在德国的日本留学生，姓姉崎或是藤代的，在柏林的佛诞节上用德语发表演说，博得一片喝彩。相比之下，闷居在伦敦郊区的夏目漱石却被房东太太刁难。"子规这么写，实在是可恨，可写到"想写的话还有很多，但苦痛难耐，就此搁笔"，又是何等凄惨啊。我对子规所抱的这一遗憾一直难以释怀，最终就让他这么死去了。

　　子规如果还在世，读到《我是猫》，不知会说些什么。或许，他虽然很想多读些"伦敦消息"，对《我是猫》却敬谢不敏吧，这也未可知。话说回来，《我是猫》是我的成名作。当然，出名这件事不值得趾高气扬，但对于在《墨汁一滴》中暗暗激励我的故人，地下若有灵，我将此书寄与他，或可慰藉一二。古有季子挂剑以酬故人之意的事②，我也将《我是猫》献于子规墓前，往日的遗憾在五年后的今天或许略可释怀了吧。

　　子规死前，吟咏了三首写丝瓜的俳句。因此世人将子规的忌日称为"丝瓜忌"，而将子规本人也叫作"丝瓜佛"。十余年前，我与子规在一起作俳句时，曾经稀里糊涂偶得一句云：

---

① 日本一种传统工艺纸。
② 司马迁《史记·吴太伯世家》："季札之初使，北过徐君。徐君好季札剑，口弗敢言。季札心知之，为使上国，未献。还至徐，徐君已死。于是乃解其宝剑，系之徐君冢树而去。"

何物如许香？黄粱一梦来枕上，午后丝瓜细细长。

也算是与丝瓜有缘了，与《我是猫》一并供奉于子规灵前。此外，

尊臀何其大，稳坐青藤罗帐下，庄庄重重一南瓜。

这首俳句大约也是那时候作的。南瓜和丝瓜名号里都有瓜字，可见也是亲属了。既然是亲戚，将写南瓜的俳句供奉在"丝瓜佛"灵前，也就顺理成章了。故而将此俳句一并献给子规之灵。不知子规如今魂归何处，尊臀可有稳坐之处否？恐怕未必有机会如句中南瓜那样恰得其所吧。子规在前，我当殿后。如有机会，打算先稳稳坐定，不管别人怎么想，毫不动摇。然而子规又将像以前那样设身处地为我担忧了，为免他在远方为我的事牵挂，让亡友安心，我就此搁笔吧。

明治三十九年（1906）十月

夏目漱石

第六回

迷亭痛述旧情史
寒月瞎编新俳剧

　　热成这样，猫也受不了啊。英国有个叫悉尼·史密斯[1]的曾经叫苦道："恨不能剥掉这身皮，剔掉这身肉，只留一副骨架子凉快凉快。"本猫觉得，倒也不必只留一副骨架子，但至少把这身淡灰色的带斑纹的"毛衣"洗洗，权且送去当铺存放也好啊。

　　也许在人眼里，猫是一年到头都同一副脸孔，春夏秋冬都穿戴着同一套行头，过着最单纯、最悠闲、最省钱的日子吧。可纵然是猫，也懂得冷热啊。偶尔也想去水里洗洗凉快一下，只是这一身毛泡了水，想要晾干可没那么容易，故而就只能忍耐着汗臭，直到如今也没潜入澡堂泡上一泡。时不时也想拿把扇了摇一摇，可自己的爪了握不住扇柄，也只得作罢。如此看来，人可真奢侈啊。本来生吃就可以，却要么水煮，要么火烤，要么蘸醋，要么加酱，大费周章，拼命折腾一遍后才心满意足。

　　衣服也是如此。要想让他们跟猫一样一年到头只穿同一件衣物，

---

① 悉尼·史密斯（Sydney Smith，1771—1845），英国散文家、牧师。

对于生来就残缺不全的他们来说实在有点勉为其难，可把那么多杂七杂八的玩意儿披在身上，也太多余了吧。多亏了羊的奉献、蚕的慷慨、棉花的恩情，他们才得以不断变换花样。然而如此穷奢极欲，本猫可以断言，这正是无能的结果。

衣食方面，毕竟与生存直接利害相关，在下本着息事宁人的态度就马马虎虎放过去，不多嘴了，可在无关生存的方面人类也是如此做派，本猫可绝难苟同。

就说头发吧。本是自然生长之物，任其自然生长即可，对于本人来说何等简便省事，但他们却煞费心机折腾出不计其数的各种发型来，为之得意扬扬。有自称是和尚的一种人，不管什么时候碰到他们，脑袋上都剃得光溜溜的。要是热呢，就再撑一把阳伞，冷呢，就包上头巾。既然如此，当初何必把脑袋剃得精光？还有种叫梳子的无聊玩意儿，跟锯子差不多，用这玩意儿可以把头发左右等分，这样子他们才开心。也有不等分的，而是三七分，就这么把头顶上的区域人为分成两块。还有人让这条分界线通过发旋，一直通到脑袋后面，整个发型弄得像赝品芭蕉叶。也有将头顶剃平，左右两侧则正直切下，圆圆的脑袋上套了个四方框，就像一幅花匠修剪过的篱笆墙的写生图。此外还有什么五分头、三分头、一分头之类的，到最后，说不定还会流行剃到脑袋里的负一分头、负三分头的新奇发型哪。

总而言之，这么殚精竭虑地作践自己，究竟是图什么啊？不说别的，明明也有四肢，却只用两条腿走路，那不是浪费吗？四条腿走路本来更得劲儿，却只用两条腿，剩下的两条胳膊就像别人送的鳕鱼干似的白白地挂在那里，真是愚不可及。

如此看来，比起猫，人真是太闲、太无聊了，才会挖空心思搞出这些玩意儿来找乐子。可蹊跷的是，这些闲人一碰头就嚷嚷说："忙死了忙死了！"看他们那脸色的确也忙得不可开交，简直让人担心弄不好他们真的会忙死过去呢。这些人见了在下，总是说，要是像猫活得那么轻松自在就好了。可是，要想轻松自在，变成猫不就得了。又有谁逼着你们忙成那样呢？自己给自己找麻烦，又叫嚷着"苦啊苦啊"，这不就像自己点起熊熊大火，却叫嚷着"热啊热啊"一样吗？要是猫也琢磨出二十多种发型，也没法这么悠闲了。要想悠闲度日，就得修行一番，像本猫这样哪怕在夏天也穿着这身"毛衣"——话虽这么说，的确有点热哦。穿着"毛衣"，实在热得受不了啦。

这样子热下去，就连属于本猫专利的午觉也睡不成了。近来有何新闻？这段日子，由于倦怠，已经好久没去观察人类社会了。今天想再看看久违的他们蝇营狗苟、热衷名利的姿态，不巧的是主人有一点与猫的性情相近，就是嗜睡方面丝毫不落后于在下。特别是放了暑假以后，他一点都没干那些"有人样"的工作，观察来观察去，都是徒劳往返。这种时候，要是迷亭等人来访，他具有胃病特色的皮肤还会有些反应，暂时远离猫性。

正寻思着也该到迷亭先生来访的时候了，就听见不知是谁在浴室那边哗啦哗啦地用水冲洗，不仅有浇水声，还不时有人大声说"不错不错""太爽了""再来一瓢"，声音在屋里回荡。这么大声嚷嚷着来到主人家，如此不拘小节的，不会是别人，正是迷亭。

迷亭到底还是大驾光临，这半天时光可以消磨过去了。刚想到这儿，这位仁兄已经擦了擦汗，重新穿好衣服，照旧大摇大摆进了房间。"太太，苦沙弥君可好啊？"他大大咧咧打着招呼，把帽子扔到榻榻米上。

太太在隔壁房间，趴在针线盒旁边睡得正香呢，耳膜突然被那响亮的问候震到，不觉惊醒过来。勉强睁开惺忪睡眼，来到客厅，见迷亭穿着麻布衣，已经自己找地方坐下了，不住地摇着扇子。

"哟，您来了，"太太有些狼狈地招呼了一声，"我一点都不知道。"她顾不得擦鼻子上的汗，施了一礼。

"哪里，我也是刚进来，在浴室那边让丫头给我浇水冲洗了一下，这才醒过神来——太热了！"

"是啊，这两三天一动不动待着都要出汗，真是热啊——您还好吧？"太太还是没有擦鼻子上的汗。

"谢谢你关心啊。不管多热，倒也不至于热出病来。只是热得人身子软塌塌的，没精神。"

"我平常都不睡午觉的，可这么热以至于不知不觉就——"

"就睡上了是吧？好啊，白天也睡，晚上也睡，没有比这更好的事儿了。"

他还是老样子，满不在乎地信口开河，可似乎觉得意犹未尽，又说："像我呢，就不爱睡觉，真羡慕苦沙弥君，不管啥时候来，都能睡着。当然，生着胃病，天这么热也真够受的。哪怕身体结实的人，碰上这么热的天，两肩膀扛着个脑袋都觉得累得慌，可既然顶了这个脑袋瓜，也不能摘下来是吧？"不知怎的，迷亭竟然为如何处置项上人头犯起愁来了。

"太太脑袋顶上还那么多，哎哟，怎么坐得住啊，光那个发髻的重量就让人想躺下来啦。"

这么一说，太太以为自己凌乱的发髻让对方觉察出自己在睡懒觉，顺口说："哎哟喂，您嘴可真损。"说着整理了一下头发。

迷亭对这种事根本不在意，说起一件蹊跷事："太太，我昨天在屋顶上试着煎了个鸡蛋，你猜怎么着……"

"怎么煎的啊？"

"就在屋顶的瓦片上，我想，晒得那么烫，就这么闲着也是浪费，就在上面涂了些黄油，打了个鸡蛋。"

"啊，就这么着……"

"可是这太阳晒得还是不够热啊，连半熟都不到，我等不及就下来看了会儿报纸，正巧有客人来了，就把这事给忘了。今早突然想起这事，心想该差不多行了吧，结果上去一看——"

"结果怎么呢？"

"就别说半熟了，都淌没了。"

"哎哟，你瞧瞧……"太太皱着眉，感叹不已。

"不过，三伏天那阵子那么凉快，现在却这么热，也真是怪啊。"

"谁说不是呢，前不久穿单衣还觉得凉，前天开始突然就热起来了。"

"今年的气候已经不是像螃蟹那么横行了，简直是倒着走，竟好似在宣告'倒行逆施，亦无不可'啊！"

"你说的倒行什么，我没听明白。"

"没啥，总之呢，这天气就像赫拉克勒斯的牛一样是往后走的。"

迷亭说得兴起，越发不靠谱，难怪太太听得如堕五里雾中。不过因为刚才那个"倒行逆施"没问明白，太太这次只是"哦"了一声，没有追问下去。可要是她不追问，迷亭特意提出这个典故来也就没啥意思了。

"太太听说过赫拉克勒斯的牛吗？"

"没听说过这种牛。"

"既然不知，我就给太太讲解一番。"

回答"不用了吧"实在碍难出口，太太就"嗯"了一声。

"从前啊，有个叫赫拉克勒斯的牵了一头牛……"

"这个赫拉克勒斯是个养牛的？"

"他不是养牛的，也不是牛肉店的老板，那时候希腊可以说一家牛肉店也无啊。"

"原来这是希腊的事？怎么不早说啊？"太太只懂得有希腊这个国家，别的一概不晓得。

"我不是说了这是赫拉克勒斯的故事吗？"

"赫拉克勒斯就一定是希腊的？"

"嗯？赫拉克勒斯是希腊传说里的一个英雄啊。"

"原来是这样，这我可没听说过。那他怎么样了呢？"

"他就像太太刚才那样困了，睡得呼呼的……"

"讨厌，不爱听。"

"就在他睡得正香的时候，伏尔甘①的儿子来了。"

"这个伏尔甘又是谁？"

"是个铁匠，他儿子是过来偷牛的。他怎么偷的呢？他是攥着牛尾巴拖着牛往后走的。等赫拉克勒斯醒过来一看：'咦，牛呢？牛去哪儿了？'他就去找牛，可怎么也找不着。他咋能找得到呢？他顺着牛蹄印往前找，可是偷牛的是往后走的啊。一个铁匠的儿子，能想出这种点子，可真了不起啊。"

迷亭说着说着，把天气的话题给忘到了脑后。

"苦沙弥这是怎么回事，还在午睡吗？汉人的诗里倒是时常吟咏午睡，视为风雅之事，只是像苦沙弥这样每天做功课一样地午睡，未免也太俗套了吧。就跟每天一点一点死过去一样，这可不行啊，还是劳驾太太叫他起来吧。"

这么一催，太太好像也有同感："真是让人发愁啊。不说别的，对身体也不好吧。刚吃了饭就躺下了。"

太太正要起身，迷亭说："太太一说起吃饭，我想起来自己还没吃饭呢。"这种事本该是等别人问自己才好回答，可是他不等别人问，自己就满不在乎地说出来了。

"哎呀，正好是午饭的时候，我都没留神这回事——也没啥好招

---

① 罗马神话中的火神和锻冶之神。

待的，不过茶泡饭总该还有……"

"茶泡饭就算了。"

"可是，家里也没有合你口味的……"太太话里有些不耐烦了。

迷亭一下想起来似的，说："茶泡饭也好，热水泡饭也好，都不必麻烦了。我刚才在路上已经订好餐让他们送过来了，到了在这儿吃就行。"

这番话，一般人还真说不出口。

太太只回了一个"啊"，这个"啊"，将表示吃惊的"呀"、表示不悦的"哼"、表示因为不用麻烦而庆幸的"哦"都包含了进去。

主人睡得正熟，被这平常没有的喧闹吵醒了，摇摇摆摆地走出了书斋。"你这人总是这么能吵。我好不容易睡个好觉。"他哈欠连天，拉长了脸。

"哟，你醒了。惊破了你的南柯一梦，实在不好意思。不过，偶尔为之，也不算罪过吧。请坐，请坐。"这样打招呼真让人难分主客。

主人默默坐下，从拼木工艺的烟盒里抽出一支朝日香烟，嘶嘶地抽起来。猛地瞅见对面角落里躺着的迷亭的帽子，他说："你买了个新帽子？"

"看看怎么样……"迷亭颇为得意地拿了帽子给主人和太太看。

"呀，真漂亮，做得又细又软。"太太反复摩挲着。

"太太，这顶帽子可是件宝物啊。你叫它怎样，它就怎样。"说着，他攥拳在这顶巴拿马帽子的一侧捶了一下，帽子上打出一个拳头大小的坑来。

太太"哎呀"了一声，话音刚落，迷亭又用拳头在帽子内侧一撑，瘪进去的帽子又撑开来。接着，他又把两边的帽檐往中间一挤，压得扁扁平平，就像一片擀好的荞麦面饼，又从一边像卷席子一样卷起来。他随手将卷成一团的帽子揣到怀里："怎么样？"

"好厉害啊。"

太太就像看归天斋正一①变魔术一样赞不绝口。迷亭越发煞有介事地卖弄起来，把从右边装进怀里的帽子特意从左边袖口拽出来，又将其恢复原样，用食指顶在里面，滴溜溜转了几圈："瞧见了吧？一点都没坏。"

本以为表演到这里也就结束了，结果最后他又把帽子扔到身后，一屁股坐了上去。

"啊？这样没事吧？"就连主人也露出担心的神色，更别提太太了。她心疼地埋怨说："这么好的帽子，弄坏了多可惜，差不多就行了。"

只有帽子的主人仍然自豪满满："这正是它的奇妙之处啊，怎么折腾它都不坏。"说着，他从屁股底下抽出被坐得歪歪扭扭的帽子，就那么往头上一戴，帽子竟然马上又恢复了原状。

"这帽子可真是结实啊。它怎么会这样？"太太惊叹说。

迷亭戴着帽子回答："这有什么，这种帽子就是这样。"

过了会儿，太太劝主人："你也买个那样的帽子吧，怎么样？"

"不过，苦沙弥君不是已经有一顶漂亮的麦秸编的草帽了吗？"

"那个啊，前不久让孩子们踩坏了。"

"呀，真可惜。"

"所以呢，想下次买个像你那顶那么结实又漂亮的帽子就好了。"太太不知道巴拿马帽子的价格，一个劲儿地催促主人，"就买一个吧，嗯？"

这时，迷亭从右边袖兜里掏出一个红色的小盒子，里面装着一把剪刀："太太，咱先不提帽子的事儿了，看看这把剪刀吧，这也是件了不得的宝物，有十四种用途哪。"

---

① 归天斋正一（1843—？），本名波济桑太郎，明治时代的魔术师。最初为落语家，明治初年（1868）到巴黎学习西洋魔术，从明治九年起，表演砍头、喷火等西洋魔术。

如果这把剪刀不出现，主人势必因为巴拿马帽子承受太太的责备，多亏了太太那女人天生的好奇心，主人才得以免遭厄运。不过，我也明白，这与其说是迷亭急中生智为他解围，不如说是他的侥幸。

　　"这么一把剪刀怎么有十四种用途？"

　　听这一问，迷亭巴不得给她解释：

　　"我现在就来为您一一说明，仔细听好了。看这儿，这个月牙形的缺口，可以放上雪茄，咔嚓一下就能切下来。这剪刀底部呢，做了些特殊的精细加工，可以轻松地铰断铁丝。其次呢，把它平放在纸上，可以当作直尺来比着画线；然后，刀背上有刻度，可以用来测量长度。这儿，表面上有小锉，能用来磨指甲。怎么样？这个尖头能插入螺丝钉顶部拧螺丝钉。它可以替代锤子来上钉子。那些用钉子钉起来的箱子，用它可以不费力就撬开。还有，这个刀尖，能做锥子来用。这儿呢，可以用来刮去写坏的字。将这里拆开，就是一把小刀。最后啊，太太，这是最有趣的地方，看见这个苍蝇眼大小的球了吗？您来看一眼吧。"

　　"不，肯定是要戏弄我。"

　　"唉，这么不相信我，可真愁人。就算是上当一次又能咋样，看一眼呗。不愿意？看一眼又能咋样？"他把剪刀递给太太。

　　太太半信半疑地接过剪刀，将自己的眼睛贴到那个苍蝇眼处，瞄了一会儿。

　　"怎么样？"

　　"黑乎乎一片，啥也没有啊。"

　　"那就不对了，你拿着它朝着隔扇的方向，别把它放平了——对，对，就那样，看见了吧？"

　　"哎呀，有张照片咧！那么小怎么贴上去的？"

　　"这正是它妙不可言之处啊。"

　　太太与迷亭一问一答，主人本来一声不吭的，这时自己也想看照片了，说："喂，给我瞧一眼。"

可太太还是把剪刀贴近眼睛，说："真漂亮，是个裸体美女呢。"看来看去，怎么也不放手。

"喂！我不是说让你给我看看吗？"

"再等一会儿……头发可真美，好长啊，一直到腰那儿，微微仰着头，身材真高挑啊，果然是个美女。"

"给我看看，你差不多就行了吧！"主人急不可耐，冲太太发起火来。

"哎，等不及了？好好看个够吧。"太太把剪刀递给主人，这时厨娘说了声"客人订的餐来了"，端了两屉荞麦面进了房间。

"太太，这便是我自备的午餐。借用贵府宝地在这里用餐，多有打搅了。"说完，他毕恭毕敬地深施一礼。太太看不透他是真客套，还是在开玩笑，不知如何应对，只轻轻说了句："请吧。"

主人终于把照片从眼前拿开，说："天这么热，吃荞麦面会伤身子的。"

"没问题，爱吃的东西怎么吃都不会闹肚子的。"他说着掀开蒸笼盖子，"还是刚蒸出来的好吃啊。荞麦面放久了变得软塌塌的，就跟人马马虎虎一样，我可不喜欢。"他把芥末和其他作料倒在卤汁里，胡乱搅了搅。

"放那么多芥末，会辣过头的。"主人担心地提醒他。

"吃荞麦面就得就着芥末和卤汁才好吃，看样子你不喜欢吃荞麦面吧？"

"我喜欢吃乌冬面。"

"乌冬面是给赶马人吃的东西。再没有比不识荞麦面之味的人更可怜的啦。"

他用杉木筷子随随便便插了进去，尽量多挑起一些面条，挑在半空二寸高。

"太太啊，这荞麦面吃起来讲究可多着呢。不懂门道的人，只知道胡乱蘸上卤汁塞在嘴里大嚼特嚼，那样就吃不到荞麦的真味了。应该这样，挑起一绺来——"他高高提起筷子，在空中有一尺来高。他觉得差不多了，不过一看下面，还是有十二三根面条的尾巴没离开蒸笼底，与竹帘纠缠在一起。

"这面条可真长啊，是不是，太太，你看它长得……"他跟太太乱扯些有的没的。

"确实长啊。"太太感叹说。

"这么长的面要在卤汁里蘸进去三分之一，接着一口吞下去。可不能嚼，一嚼就吃不到荞麦味儿了，要刺溜溜地让它从喉咙里滑下去才够味。"

他猛地一举筷子，荞麦面终于全脱离了笼屉，然后他朝着左手拿着的碗，让筷子慢慢落下去。随着面条下端渐渐浸在卤汁里，按照阿基米德的浮力理论，荞麦面浸入多少，卤汁的液面就会相应地升高多少。然而，碗里的卤汁本来就八分满了，迷亭筷子上的面只浸入了四分之一，碗里就满了。迷亭的筷子停在离碗五寸的位置不动了。想动也不行啊，再往下落，卤汁就要溢出来咯。迷亭此时犹豫片刻，继而以动如脱兔之势，将嘴靠近筷子，转眼之间，只见他喉结上下动了两下，发出嘶嘶之声，筷子上的面条已消失了踪影。再一瞧，迷亭眼角有两滴像是眼泪的东西正流下面颊。不知是由于芥末太辣，还是因为这一通狼吞虎咽呛到了，一时难以断定。

"哎呀，厉害厉害，那么多面一下就没了。"主人佩服地说。

"了不得！"太太对迷亭的本领大加赞赏。

迷亭一言不发，放下筷子，敲了两三下胸口，这才说："一笼面，我大概三口半，顶多四口就搞定，要是那么慢悠悠地细嚼慢咽，那就吃着不香了。"他用手帕擦擦嘴，喘了口气。

正在此时，寒月君姗姗而来，不知为何戴着个冬天的棉帽，腿上都是尘土。

"哟，美男子大驾光临，我正吃到一半，就先不奉陪了。"迷亭在众人环绕之中不慌不忙扫光了剩下的面条。这次他没用刚才那种让人目瞪口呆的吃法，也没再露出用手帕抹嘴、半途大喘气的尴尬吃相，干脆利落地解决了两屉荞麦面。

"寒月君的博士论文完稿了吗？"

主人这么一问，迷亭也紧跟着说："金田小姐都等不及了，还是赶快提交吧。"

寒月仍是怪笑着说："老是这么拖着真是罪过，我也想早点提交，好让人家安心，不过，毕竟是个复杂的课题，要付出相当多的努力去研究才行。"他本来是瞎扯一气，说得却像是发自肺腑。

"对，一个复杂的研究课题，怎么会像鼻子说的那么容易。当然咯，那个鼻子自然也有'仰其鼻息'的价值。"迷亭用跟寒月一样的口气来打趣。

相比之下，还是主人更严肃一些："你论文的题目是什么？"

"是《紫外线对于青蛙眼球电动作用的影响》。"

"奇文也！不愧是寒月先生，在青蛙眼球上做起文章来了。怎么样，苦沙弥君？在论文脱稿前先把题目报告给金田家如何？"

主人对迷亭的话不予理睬，又问寒月："这个课题的研究很困难吧？"

"嗯，是很复杂的课题。别的先不说，单说青蛙眼球的晶状体构造就没那么简单。需要做很多实验,而且首先得制作一个正圆的玻璃球。"

"玻璃球去玻璃店买一个不就行了？"

"可没那么简单哦，"寒月身子往后仰了仰，"本来，圆和直线只是几何学上的东西，符合那种定义的理想的圆和直线在现实中并不存在。"

"既然不存在，那就算了呗。"迷亭插嘴说。

"所以想制作一个在实验中勉强可用的圆球，前不久已经着手做这个工作了。"

"做出来了吗？"主人问，听他的口气似乎觉得这事不费吹灰之力。

"怎么可能做出来？"寒月这么说了，又觉察到自己这么说有点前后矛盾，便接着讲道，"很难很难啊。要一点一点地磨啊。觉得这边的半径太长了，要磨掉一点，一不小心就过了，这次对面的半径又太长了。费尽力气将对面也磨了，又发现成了椭圆体。好不容易将椭圆修正过来，直径又出了差错。刚开始是一个苹果那么大的球，渐渐磨成了杨梅那么大，继续磨下去，就跟豆子差不多大了。可是哪怕像豆子那么小，还不是正圆球。我就这么费力地磨啊磨啊，从过年开始到现在已经磨坏了大大小小六个球。"他娓娓道来，也不知是瞎编的还是实情。

"是在哪里磨的啊？"主人问。

"当然是在学校的实验室里。从早上就开始磨，吃午饭时，稍微休息休息，又一直磨到天黑，一点也不轻松啊。"

"就是说你最近每天都忙忙碌碌的，连周日也要去学校，就是为了磨球咯？"

"对啊，现在就是从早到晚都在磨球。"

"这真成了'窈窕淑女，博士磨球 ①'了。你这么卖力地工作，让鼻子听说了，再怎么妄自尊大，也会为了'贵婿难得'而感到欣慰吧。这让我想起前阵子有事去图书馆，出来时偶然撞见老梅君，那人在毕业后也会来图书馆，可真是稀罕啊。我就说：'你可真用功啊，佩服佩服。'

---

① 原文是借用戏曲里的一句话开玩笑，译者在此借用了《诗经·关雎》里的名句。

他一脸诧异，说：'哪里哪里，我可不是过来读书的，只是从门前经过，借用一下厕所小解而已。'说完大笑起来。老梅君和你正好是一正一反两个案例，可以列入《新撰蒙求》①了。"迷亭又跟往常一样长篇大论地解说了一番。

主人有些郑重地问："你这么日复一日地磨球，倒也没什么，只是这样下去到底何时才能磨成呢？"

"照这样子下去，估计得十年吧。"听他这么说，寒月比主人还要慢条斯理啊。

"十年？就不能稍微早点磨成吗？"

"十年就算快啦，弄不好二十年都有可能。"

"那可真够呛，这么说能不能当上博士还挺悬哪？"

"嗯，我也想快一点，让人家安心，但磨不好球，实验就做不了啊……"

寒月稍微停顿了一下，又颇为自得地说："不过，用不着担心。金田小姐对我磨球的事很体谅。两三天前我去她家，已经把事情说明白了。"

刚才太太虽有些地方听不大懂，却一直在听着，听到此处，她不解地说："可是，听说上个月金田小姐已经跟全家人一个不落地都去大矶避暑了啊！"

太太插了这一杠子，让寒月措手不及，只好支支吾吾地说："那可就怪了，这怎么回事呢？"

每当谈话冷场、尴尬、让人犯困或是为难之时，迷亭都是不可多得的活宝。他这时便杀出来给寒月解围："那家人上个月去大矶了，两三天前又在东京和寒月见面，这可真是神秘现象啊。这就是所谓的灵魂

---

① "蒙求"常用于启蒙读物的书名，此处的《新撰蒙求》是迷亭杜撰的书名。

交流吧。相思情浓之际就会有这种现象出现。乍一听像是梦，可虽是梦，却又比现实还要真切。太太没经过这种你侬我侬、寤寐思服的阶段就与苦沙弥君成就了姻缘，对情为何物自然不太了解……"

"你有什么证据就那么乱说，太瞧不起人了吧？"太太出其不意，给了迷亭当头一棒。

"你自己又何尝有过什么罗曼史？"主人也从正面为太太助拳。

"我的风流韵事自然不少，不过'至今已觉不新鲜'，大家都忘光了。不过说实在的，正是由于失恋之故，我才这把年纪还保持独身呢。"说着，他环视了一下在座诸位的神色。

"哈哈哈哈，真有意思。"太太先忍不住笑出声来。

"弥天大谎。"主人脸朝着院子说。

只有寒月还是一脸怪笑，说："那您就姑且怀一下旧，让我这种后生小辈也见识见识吧。"

"我的这段韵事也颇具神秘色彩，若是讲给已故的小泉八云先生听，他肯定很喜欢，遗憾的是先生已然作古。我本来是没多大兴致重提往事的，但既然各位盛情难却，我就如实讲来吧。不过，请一定老老实实听完哦。"他特意提醒了一番，这才进入正题。

"回想起来……呃……这是多少年前的事儿呢？计算这个好麻烦，就暂定为十五六年前吧。"

"真是瞎扯。"主人鼻子里"哼"了一声。

"记性也太差了吧？"太太也奚落了一句。

只有寒月遵照约定，一语不发，俨然一副"欲知下文"的姿态。

"反正就是某年冬天的事儿吧。我穿过越后国[①]蒲原郡筲谷，登上

---

① 相当于现在日本的新潟县。——编者注

210

蛸壶 ① 岭，眼看就要进入会津 ② 境内了。"

"蛸壶，这地名听着好怪。"主人又插嘴。

"别打岔，好好听，像是挺有趣的。"

"正好是日暮时分，我迷失了路途，肚子又饿，无可奈何之下只好敲开山坳中一家人的门，说明自己的情况是如此这般，能否留宿一晚。对方回答说：'不碍事，请进吧。'一支蜡烛照着我的脸，烛光背后是一位姑娘，一见这位姑娘那倾城之姿，我就心动不已。那时，我可是切切实实体验到了恋爱这个妖魔的魅力。"

"哎哟，等等，那样的山里哪来的这种大美女？"太太说。

"不管是山里还是海里，美女都是有的。我真想让太太也亲眼看看那位姑娘呢，她盘着文金高岛田发髻呢。"

"真的？"太太一怔。

"我啊，进去一瞧，一个八铺席大的房间，正中是个大大的地炉。我跟姑娘还有姑娘的父母四个人围坐在地炉周围。他们问我：'肚子一定饿了吧？'我说：'不管什么，随便做点什么来吃吧。'老爹说：'好不容易来了位贵客，就做一顿蛇饭吧。'——马上就要讲到失恋的情节了，请仔细听着。"

"我一直在仔细听，不过在越后也好，在哪儿也好，大冬天的去哪里找蛇呢？"

"嗯，这当然是个问题。不过，这么诗意盎然的故事就不要抠死理了。在泉镜花的小说里，雪里不是还有螃蟹吗？"

这么一说，寒月说："对对，那是自然。"又恢复了洗耳恭听的态度。

"那时我是什么都敢吃，蝗虫啦，蚰蜒啦，蛤蟆啦，都吃腻了，

---

① 这个词意为捕捉章鱼的罐子。

② 相当于现在日本福岛县的西部。——编者注

要是吃顿蛇饭，也算别有风味吧。我就对老爹说：'那就赶快准备吧。'于是，老爹就在地炉上坐了锅，放了米，咕嘟咕嘟煮开了。奇怪的是那锅盖上开了大小十个窟窿，从窟窿里往外冒着蒸汽。这穷乡僻壤的，做顿饭还真有讲究啊。就见老爹起身也不知到哪儿转了一圈，回来时腋下挽着个大竹篓子。坐下后，他漫不经心地将竹篓子放在地炉旁。我往里面一看，好家伙，长长的一条一条的因为冷都纠缠蜷缩在一起，成一大坨了……"

"算了别讲了，这种听着好恶心。"太太眉头拧成了八字。

"可这正是我失恋的原因所在啊，没法略过去。当时就见老爹左手掀开锅盖，右手抓起那一坨长家伙胡乱往锅里一扔，猛地盖上锅盖，就连我这种胆大的也吓得屏住了呼吸。"

"赶快打住吧，听得人瘆得慌。"太太越听越怕。

"马上就讲到失恋了，再忍耐片刻吧。紧接着，还不到一分钟，从锅盖的窟窿里，突然钻出一个蛇头，吓了我一跳。还没等我定过神，旁边的窟窿又钻出一个蛇头。'又一个！'我话音刚落，只见这儿、那儿，一眨眼的工夫，整个锅盖上全都是蛇脑袋啦！"

"怎么会钻出头来呢？"

"锅里烫得受不住啊，就钻出头来了呗。终于，老爹发话说：'差不多了，咱开始抽吧。'老婆婆说：'行啊。'姑娘也说：'好啊。'于是他们就各自攥住蛇头使劲往外一抽，蛇肉就留在了锅里，只剩下骨头的蛇身子就随着头长长地抽了出去，还真是有意思。"

"这下成了'没骨气'的蛇了吧？"寒月笑着搭腔。

"对啊，成了没骨气的蛇。他们干得可真是干净利索。然后他们就掀开锅盖，用勺子把饭和肉好好地搅拌了一下，跟我说：'请吃吧。'"

"你吃了没？"主人冷淡地问。

太太一脸厌恶地埋怨说："赶快别讲了，那么恶心，叫人以后还怎么吃饭？"

"太太没吃过蛇饭，才会这么说。要是吃一次试试，那个滋味保准你一生难忘。"

"算了吧，谁会吃那个。"

"当时我可是吃得饱饱的，身上暖融融的，还能饱餐姑娘的秀色，真是心满意足啊。他们让我休息，我就乖乖地躺下来。因为旅途劳顿，一躺下就沉沉睡去。"

"后来呢？"这次是太太催促他讲下去。

"后来，次日一早睁开眼，就失恋咯。"

"怎么就失恋了呢？"

"也没啥事，就是早晨起来我抽着烟从后窗向外一看，见一个秃头在对面的引水竹筒旁洗脸。"

"是老爹还是老婆婆？"主人问。

"我刚开始也没认出来，就打量了好久，等那个秃头转向这边，哎哟喂，我那个吃惊啊，原来就是昨晚令我陷入初恋的那个姑娘啊。"

"可是姑娘不是盘着高岛田发髻吗？"

"对啊，还是很漂亮的高岛田发髻呢。然而次日一早，咋就成秃头了？"

"又在戏弄人了。"主人像往常一样抬眼望着屋顶。

"我也觉得奇怪啊，还胆战心惊的，一直在偷眼观瞧，就见她洗完脸，拿起旁边石头上放着的一套高岛田假发，随手戴上，若无其事就进了屋。我想，原来是这么回事。可等我明白过来怎么回事之后，我也就难逃失恋的宿命，此后便孑身一人啦。"

"寒月君，你听听，这是多么无聊的失恋。你要是失恋了，也要像他这么元气十足、精神充沛才好。"

主人对着寒月品评了两句，寒月却说："不过，话说回来，要是那位姑娘不是秃头，先生把她带到东京来，也许会更快乐吧？总之，好不容易碰上一位美貌佳人，却是秃头，真是千秋遗恨啊。顺便问一句，那么年轻的姑娘，好端端的，怎么就秃头了呢？"

"为此我也苦思冥想了好久，最后断定是蛇饭吃太多的缘故。蛇肉这东西火大，上头啊！"

"可是你咋就安然无恙呢？"

"我虽然没秃顶，可从那以后也成了近视眼啊。"他说着，摘下金边眼镜，用手绢仔细擦拭一番。

过了一会儿，主人突然想起来似的，不依不饶地问："这件事从头到尾哪里有神秘色彩了？"

"那套假发她是从什么地方买的，还是捡来的呢？直到如今，我思前想后，还是不甚了然，这不是很神秘吗？"迷亭又把眼镜戴上。

"简直像听艺人说书。"太太评论道。

本以为迷亭的瞎扯就此告一段落，结果呢，这位只要不给他上嚼子，他是怎么都不会住嘴的，于是乎他又发表了如下高论：

"我的失恋经历虽说痛苦，但那时候倘若不知她是秃头就娶进来，估计会一辈子都觉得碍眼，看来要是没考虑周到还真是危险啊。婚姻大事，一旦到了紧要关头，常常会发现意想不到的缺陷。因此我奉劝寒月君不要跟自己过不去，老是神魂颠倒的，还是死心塌地磨球吧。"

寒月故意做出一副无可奈何之状："我也想一心一意磨球，可惜对方不答应啊，真头疼。"

"原来如此，看来你是让对方缠住不放啦。不过也真有为这种事闹笑话的。那位来图书馆小便的老梅君，他的罗曼史就很奇特。"

"他咋了？"主人来了兴致。

"是这么回事，这位从前曾经在静冈的东西馆投宿过——只是一晚而已——就在那一晚，他向旅馆的侍女提出求婚。我可以算是个道三不着两的人了，可也没疯成他那样。那时，旅馆里有个叫阿夏的数一数二的美女，正好负责照料老梅君的房间，也难怪老梅君跟她求婚咯。"

"这还难怪呢，这不跟你去那个什么岭同一码子事吗？"

"是挺相似的，老实说，我跟老梅君还真是如出一辙。闲话少叙，当时他跟那个阿夏求婚后，还没得到对方的答复，忽然想吃西瓜了。"

"什么？"主人一脸的困惑。寒月和太太也都歪着头感觉不可思议。

迷亭不动声色地继续讲道："于是呢，他叫了阿夏来，问：'静冈这种地方有没有西瓜啊？'阿夏回答说：'哪怕是静冈这种地方，也有西瓜的。'就切了一大盆西瓜给他端了来。老梅君就风卷残云一般把一大盆西瓜全吃了，正等着阿夏的答复呢，还没有等来，结果肚子那个疼啊，疼得他直哼哼，没办法啊，又把阿夏叫来，问：'静冈这种地方有没有医生啊？'阿夏回答说：'哪怕是静冈这种地方，也还是有医生的。'于是就叫了个大夫来，大夫的名字就好像是从《千字文》那句'天地玄黄'里偷来的①。谢天谢地，也多亏了大夫，到了第二天早上，肚子不疼了。于是就在出发前十五分钟，他又叫来阿夏，问：'昨天跟你说的终身大事能否应允？'阿夏笑着说：'静冈这种地方，是西瓜也有，医生也有，可就是没有才认识一晚上就嫁人的姑娘！'说完，扭头就溜了，再也没见人影。从此以后，老梅君就跟我一样失恋了，除了小便外，再也不踏进图书馆大门。这么看来，女人还真是祸水啊。"

听他这么说，主人居然跟他"英雄所见略同"起来："确实如此啊。前不久我读缪塞②的一个剧本，其中一个人物引用了某罗马诗人的话：'比羽毛还轻的是微尘，比微尘还轻的是清风，比清风还轻的是女人，比女人还轻的是虚空。'说得真是一针见血。女人嘛，就是无药可救。"

---

① 《千字文》的第一句是"天地玄黄"，日本旧派医生的名字里往往都有个"玄"。

② 缪塞（1810—1857），19世纪法国浪漫主义诗人、剧作家、小说家。——编者注

主人在奇怪的话题上这么起劲，旁边的太太可不答应了。

"你说女人太轻了不行，那男人重了也不是啥好事吧？"

"重，重又怎么了？"

"重就是重呗①，就像你那样。"

"我根本不重。"

"你不重吗？"

接下来是一番蹊跷的唇枪舌剑。迷亭听得很是入迷，最后开口道："这样子争得面红耳赤，互相攻击责难，正是夫妇间的真相啊。从前那种夫妇生活，定然是索然无味。"

瞧他这话，也不知是冷嘲热讽呢，还是真心赞美，总之是模棱两可。要是就此打住也就算了，他却又以同样的语调借题发挥起来。

"据说旧时根本没有跟丈夫顶嘴的妻子，这不就跟娶了个哑巴媳妇一样吗？像我这样不说话会憋死的人，要是娶个这样的哑巴媳妇，哪还受得了？还是太太这样的好，'你不重吗？'娶了媳妇，偶尔吵吵架、顶顶嘴才不会无聊。像我妈那样的，在老爷子面前就知道'好好好，是是是'，嫁进门二十年来，除了去寺院里拜佛、给祖宗上坟以外，就没出过门，你说可怜不可怜？倒是因为这个把我们家先祖的戒名一个个都记住了。我们小时候男女之间的交往太古板了，可不像寒月君这样，能跟意中人在一起合奏，通过心灵感应在朦朦胧胧中相会。"

"好可怜啊。"寒月低头致意。

"确实挺可怜的。而且那时的女子也不见得比现在的女子品行端正。太太也听说了吧，现在关于女学生堕落的事儿嚷嚷得很厉害。可从前比现在还要严重得多呢。"

"真的？"太太很严肃地问。

---

① 日语里"重"有迟钝的意思。

"那还有假？我从来不乱讲。有证据在这儿，谁能否认得了？苦沙弥君，我们小时候有人把女娃娃像放南瓜一样装在竹筐里，用扁担挑着在街上叫卖，这回事儿你还记得吗？"

"我不记得有这回事。"

"你们家乡的情况我不了解，可静冈确确实实有这种事。"

"怎么可能？"太太小声说。

"真有这回事？"寒月也狐疑地问。

"确确实实有。我家老爷子还曾经跟人贩子讨价还价呢。那时，我也就六岁左右，跟老爷子一起从油町逛到通町，就听对面有人大声喊：'卖女娃啦！卖女娃啦！'刚好转到二丁目街角，在一家叫伊势源的绸缎店门前，正碰上那个人贩子。说到伊势源，那可是静冈第一大绸缎店，门头有六丈宽，有五个库房，现在过去看，还保留得齐齐整整，很是气派。那个掌柜叫甚兵卫，总是哭丧着脸，好像三天前刚死了妈。甚兵卫旁边坐着一个叫阿初的小伙子，二十四五岁，一脸铁青，就像是皈依了云照法师，三七二十一天只喝荞麦面糊。阿初旁边是阿长，整天愁容满面趴在算盘上，就像昨天家里失火刚逃出来。跟阿长坐一起的是……"

"停！你到底是要讲绸缎店的事，还是卖小孩的事？"

"当然是要讲卖小孩的事。不过说实话，关于伊势源也有好多奇闻异事，只是今天就只能作罢，只讲卖小孩的事吧。"

"卖小孩的事也别讲了吧。"

"那还行？要比较二十世纪的今天与明治初年的女子的品行，这可是重要的参考资料，怎么可以轻易放过呢……当时啊，我跟老爷子来到伊势源门前，人贩子就招呼说：'女娃便宜卖了，就剩这些了。'他把扁担放下，擦了擦汗。一瞧，扁担前后的竹筐里各装着一个女娃，也就两岁大。老爷子就说：'要是便宜就买了，只剩这些了吗？'那贩子就说：'今天可巧都卖完了，就只剩了这两个，两个都还行。'说着就两手抱着女娃跟南瓜似的举到老爷子面前。老爷子用手砰砰砰敲了敲脑袋，说：'声响还不错。'接着就开始讨价还价。狠狠砍了一通价以后，老爷子说：'要买下来，品质能保证吗？'贩子说：'前面那个我一直看着，应该没啥问题。至于后面那个，我后脑勺也没长眼，就难保会不会有什么瑕疵了。这个保证不了，再少给点钱也行。'这一问一答至今还让我记忆犹新。那时虽还是孩子，就已经觉得对于女人万万不可大意。不过，在明治三十八年的今日，卖女娃这种荒唐事儿已经没有了，因为看不见就难保有瑕疵这种话也听不到了。所以，照我看来，可以断言：多亏了西方文明的进入，女人的品行也大大进步了。寒月君，你说对不对？"

寒月先是煞有介事地清了清嗓子，然后用故作庄重的低沉音调，发表了自己的观感："最近，年轻女子都在自己卖自己呢。她们在往返学校的路上，在合奏会、慈善会、游园会上，向人示意：'要不要我啊？能不能买下我？'她们再也没必要雇用那些菜贩子沿街叫卖了，这种低级的委托贩卖再也没必要了。这都是人的独立意识发展后自然形成的风气。老一代人对此难免痛心疾首，说三道四的，但说实在话，这是文明的趋势，是令我等欢欣鼓舞的现象，值得庆贺一番。买家再也不用敲着脑袋问货色如何了，放心，再也没有这种粗俗难堪的事儿了。今日社会如此复杂，要还是用老办法，那么费时费力，恐怕到了五六十岁也难找到丈夫嫁出去呢。"

寒月不愧是二十世纪的青年，其见解颇具当代思潮的新气象。他一边讲，一边吞云吐雾，敷岛牌香烟的云雾飘向迷亭。区区敷岛烟，可不会让迷亭住嘴。

"尊教甚是。方今的女学生、大小姐们，自尊自信的观念早已深入骨髓，无论从哪方面都不逊色于男子，实在令人敬服之至。我住所附近也经常有女学生，可了不得。她们穿着窄袖练习单杠的样子，真是让我钦佩。每次我从二楼窗户望见她们做体操，都禁不住追怀起古希腊的妇女。"

"又开始说希腊了。"主人冷笑一声。

"那有什么办法，美感本身就是发源自希腊，所以美学家才张口闭口都离不开希腊嘛。尤其是当我欣赏着那些肤色被晒黑的女学生聚精会神做体操时，我总是想起 Agnodice 的逸事。"他又摆起无所不知的谱来。

寒月仍是笑嘻嘻地说："又蹦出一个难念的人名。"

"Agnodice 可是个伟大的女性。我是真心佩服。当时雅典的法律禁止女性做产婆，这实在是别扭。Agnodice 也痛感其不便……"

"什么？你刚才说什么什么……痛感？"

"就是那个女子嘛。她痛感此事不便，思前想后，觉得女性不能做产婆实在不近人情，自己无论如何也要做产婆。但从何入手呢？她苦思冥想了三天三夜，终于在第三夜结束时的黎明，听到邻家婴儿呱呱坠地的啼哭，恍然大悟，于是赶紧剪去长发，穿上男装，去听 Herophilus 的课程。从头到尾学完后，她觉得差不多可以了，便开业做起了产婆。她的生意很是兴旺。这边刚接生了一个，那边又接生一个。大家都来照顾 Agnodice 的生意，她赚了不少钱。然而天有不测风云，人有旦夕祸福，福无双至，祸不单行，塞翁失马，起起落落，秘密最后泄露了。Agnodice 被指控触犯了官府的法律，眼看着要遭受惩罚……"

"像是在听说书呢。"

"怎么样，这个故事够跌宕起伏吧？可是呢，雅典的妇女一同联署请愿，而当政者也没有无视民意，最终将她无罪释放，并且发布告示以后女性也有从事产婆职业的权利。这场轩然大波便这样偃旗息鼓了。"

"您知道的事儿可真多啊，真让人佩服！"

"一般大概的事儿我都知道那么一点，我不知道的就是自己蠢在什么地方。不过，即使对于这一点，我也略有所知。"

"哈哈哈哈，净爱开玩笑……"太太笑得花枝乱颤。

这时，外面格子门的门铃响了，响声就跟当初刚安上时一样让人心惊胆战。

"哎呀，又来客人了。"太太起身去了起居室。太太前脚刚走，客人后脚就进了客厅。这是哪一位呢？原来正是以前来过的越智东风。

就连东风君也来到这里，主人家的怪人，不说网罗殆尽，至少可以说济济一堂，完全足以慰藉本猫的无聊。要是这样还要发牢骚，那就太不知足了。倘若运气差，生养在别人家，大概一辈子也见不到一位如家里先生这样的人物。万幸成为苦沙弥门下的猫咪，朝夕在虎帐前伺候，先生自不用提，迷亭、寒月，乃至东风君，都是偌大东京绝无仅有的以一当千的豪杰。而今躺着就能瞻仰诸位的风度举止，真乃千载难逢的荣耀。多亏了他们，在这样的大热天，裹在毛皮袋子里，也可消得浮生半日闲，忘掉暑热的不适，实在感激之至。既然群贤毕至，肯定不会草草收场。又会有何等趣闻谈资呢？咱家且在纸屏背后膜拜观瞻、洗耳恭听。

"好久没来上门问候了，失礼失礼。"东风君施了一礼。只见东风君还是如之前那样收拾得整洁光亮。仅以头面而论，他像是个草台班子的戏子，再看他下身穿着小仓布裙裤，硬邦邦、直挺挺，又觉得他像是剑道大家榊原健吉的弟子。不妨说，东风君这一身，只有从肩膀到腰部，才像个平常人。

"大热天的，难得你出来一趟。这边请！"迷亭就像在自家一般招呼客人。

"迷亭先生，好久不见！"

"是啊，自从今年春天的朗诵会以后，就再也没见着你。哎，说到朗诵会，最近办得还热闹吧？那以后你还演过阿宫吗？那次你表演得不错！为了你，我可是好一通鼓掌助威呢。你注意到了吗？"

"嗯嗯，多蒙捧场，我才鼓起勇气一直演到最后。"

"下次演出是什么时候呢？"主人开口问。

"我们七、八两个月休息，想等九月份再重整旗鼓。先生可有好的题材？"

"这……"主人的回答有气无力。

"东风君，想不想采用一下我创作的作品？"寒月搭茬说。

"大作肯定精彩，只是不知具体是什么作品？"

"一个剧本。"寒月气势非凡地这么一说，在座的诸位都瞠目结舌，不约而同望向寒月。

"那真了不起！不知是喜剧还是悲剧呢？"

面对东风君的追问，寒月从容不迫地答道："哪里，既非悲剧，也非喜剧。只是有感于最近旧剧啊，新剧啊，争论得哓哓不休，我呢，也就别出心裁，写了一出俳剧。"

"你所说的俳剧是什么？"

"就是有俳句趣味的剧，简称俳剧。"

主人和迷亭听得如堕五里雾中，只好静静听下去。

"那么，这出俳剧的旨趣是什么样的呢？"还是东风在问。

"其根本还是俳句的旨趣，因此不想弄得太冗长无聊，就写成了独幕剧。"

"那是自然。"

"先说布景吧，这个是尽量简单为妙。在舞台中央布置一株大柳树，树干向右横伸出一枝，枝头栖息着一只乌鸦。"

"得让乌鸦乖乖地待在那里才行啊。"主人喃喃自语地说，他对这事儿有点瞎操心。

"这个容易，用细绳将乌鸦腿捆在树枝上就行。另外，在树下放一个浴盆，盆里一个美女侧身而坐，正在用毛巾搓澡。"

"有点儿像颓废派的艺术。别的先不提，到哪儿找一个愿意演这种剧的女子呢？"迷亭问。

"这个有现成的，去美术学校雇一个人体模特就可以了。"

"这……要是警署来找麻烦，那可就糟了。"主人又为这事操心起来。

"只要不是公开演出，有什么要紧？要是这也不行，那也不准，学校里的裸体写生也不行了。"

"可是，那是为了让学生练习绘画啊，你这个就只是给人看而已，这两者之间还是有区别的。"

"就连先生们也是这样的见识，日本怎么可能真正地文明开化？绘画也好，演戏也好，不同样都是艺术吗？"寒月大为激愤地说。

"好了好了，不用再争这个，接下来呢？"东风君的意思好像是会考虑采用，还想了解下面的剧情。

"接下来，俳人高浜虚子从花道①上场。他手持文明棍，头戴白色灯芯草遮阳帽，身穿薄纱罩衣，萨摩碎白衣襟掖在腰间，脚蹬西式短靴。仅看衣着，他就像是陆军部的军需商人，但因为他是俳人，其步伐必须从容不迫、悠然自若，像是在推敲俳句。等他走完花道将要踏入舞台时，抬起俳意正浓的双眼往前一看，呀，一株大柳树，树荫下一个姣好的女子正在沐浴。他不禁大吃一惊，再一抬头，见长长的柳枝上栖息着一只乌鸦，正俯视着入浴的女子。于是，虚子先生为此情此景中的俳味所触动，俳兴大发，沉思五十秒之后，高声吟成一句：'有女柳下浴，乌鸦入迷飞不去。'以此为暗号，梆子声响，闭幕。——怎么样，这样的旨趣，你还算中意吗？扮演虚子，应该远远比扮演阿宫让你尽兴吧？"

东风君的神情似乎有些不够满足，他很严肃地回答道："总觉得

---

① 歌舞伎剧场中从舞台延伸到观众席的通道。

还是太简单了，要是能再加入一点感人的情节就好了。"

迷亭虽说刚才一直在静静地旁听，可他不是那种总这么一声不吭的人。

"要是所谓俳剧不过如此的话，那实在不值一提。就如上田敏①君所言，什么俳味啊，滑稽啊，都是消极的亡国之音。不愧是上田敏，这话说得一针见血。这么无聊的玩意儿，要是真演出来，让上田敏君看到徒增笑耳！不说别的，你就连这个东西是戏剧还是恶作剧都搞不清，不是太消极了吗？寒月君，恕我直言，我觉得你还是在实验室里老老实实磨球比较好。这种俳剧哪怕写上一两百出，也不过是亡国之音，没价值！"

听了这番议论，寒月未免有些愤愤不平："真有那么消极吗？我的构思可是很积极的。"

他为了这种无足轻重的问题辩解起来。

"就说虚子先生吧，他吟出'有女柳下浴，乌鸦入迷飞不去'，就他让乌鸦对女人着迷这一点上，我认为是非常积极的。"

"这么说倒是很新奇啊，愿闻高论。"

"从一个理学士的角度出发，乌鸦为女子着迷是不合理的，对吧？"

"那是当然。"

"把这种不合理的事儿，以俳句形式大大方方说出，又一点也不让人觉得生硬。"

"真的这样？"主人半信半疑地插了一句，但寒月没有理会。

"若问，为何不觉得生硬，从心理方面解释一下就一清二楚了。其实，说乌鸦着迷也好，无动于衷也好，这都是俳人在描述人的情感，与乌鸦本不相干。也就是说，'乌鸦入迷'，并非真的是乌鸦入迷，而是说人自己入迷了，是虚子本人见到沐浴的美女，惊艳之下而意乱情迷。

---

① 上田敏（1874—1916），日本评论家、诗人、翻译家。——编者注

这时，用自己为情所迷的眼光再看树枝上一动不动俯视下方的乌鸦，就误以为'乌鸦与自己同样为情所迷'，这自然是一种错觉，但也是其积极的文学价值所在。将只有自己感觉到的事，推而广之，移情于乌鸦身上，佯装处身世外、漠不关心，这难道不是积极主义吗？先生意下如何？"

"果然是高论，估计虚子本人听了，也会惊掉下巴啊。你的解释是很积极，可如果实际演出，观众的反应只会是消极的。东风君以为呢？"

"嗯，我也觉得过于消极了。"东风严肃地回答道。

眼看着谈话要陷入僵局，主人挑起了新的话题："东风君最近有没有写什么大作呢？"

东风回答说："没有写什么值得您读的东西，只是近日想出版一本诗集——我正好把底稿带在身边，请多多指教。"他从怀里掏出一个紫色绸巾包袱，取出里面包的一个五六十页的稿纸本，放在主人面前。

主人煞有介事地说："那我就拜读一下。"

只见首页有两行字：

谨献给
超凡脱俗、风姿绰约的富子小姐

主人把首页看了好一阵子，神情有些微妙。迷亭探过头来看了一眼，说："这是什么？新体诗？哟，毫不含糊地就献给富子小姐啦？了不得啊！"他嘴里不住地啧啧赞叹。

主人纳闷地问："东风君，这个富子小姐实有其人，对吧？"

他坦诚地回答："对，她此前与迷亭先生一同应邀出席了朗诵会。她家就在贵府附近。实不相瞒，今天本来是要带着诗集请她过目的，不巧她上个月已经去大矶避暑了。"

"苦沙弥君，现在可是二十世纪了，别再磨磨蹭蹭，一副少见多怪的样儿，还是赶快朗读一下东风君的大作吧。不过，东风君的献词有点不太妥当。'绰约'这个古雅的词是什么意思你知道吗？"

"我想是纤弱、柔美的意思吧。"

"这么说也不错，不过这个词的本义却是'一戳就破'，所以要是我的话就不会这么写。"

"那要怎么写才更有诗意呢？"

"我会这么写——'谨献给超凡脱俗、风姿绰约的富子小姐鼻下'，就差了两个字，但感觉却大不一样了。"

"有道理。"东风君没有听懂迷亭话里的玄机，只好勉强假装明白，应了一声。

主人默默无言地翻到正文第一页，朗读开篇第一首：

倦怠的熏香中缭绕着相思之烟，

其中可有你那绰约的灵魂？

孤苦伶仃的我活在这辛酸的世间，

唯一渴望的，就是你甜蜜的热吻。

"这个我觉得有点难懂。"主人叹息着将其递给迷亭。

"确实有点晦涩过头了。"迷亭又将其传给寒月。

寒月说："的确不大好懂啊。"他又还给了东风。

"各位先生看不明白我的诗乃是理所当然的。今日诗坛已经发展到与十年前面貌迥异的阶段。最近的诗，要想躺在床上或者蹲在车站里就能读懂，那是不可能的，哪怕去质询诗人本尊，也未必能得到完满的解答，这种事已经屡见不鲜。诗人作诗，完全是出于灵感激发，除此之外便别无责任。至于注解啦，诠释啦，那都是学者的任务，与诗人没有干系。前不久，我有个叫送籍①的朋友，写了个短篇《一夜》，无论谁读了都觉得朦朦胧胧、稀里糊涂。我碰上他时就问他本人：'小说的主旨到底是什么？'作者说：'我怎么知道？'就再也不理我了。我觉得他在这方面全然是诗人的本色。"

"他也许是个诗人，也许就是个怪人。"主人说。

而迷亭只说了句"蠢货而已"，就把这位送籍君干脆地处决了。

东风觉得自己刚才的话解释得不够圆满，就又说："送籍这个人，在我们那些人当中也是落落寡合的。还是想请诸位再仔细读一下我的诗作。请特别留意'辛酸的世间'与'甜蜜的热吻'，这里我采用了对比手法，可以说是苦心孤诣。"

"嗯，可以看出你苦心孤诣的痕迹。"

"用'辛酸'与'甜蜜'反衬，就像用十七香②与辣椒粉对照一样，有趣得很呢。这种艺术技巧可是东风君所独创的啊，在下佩服得五体投地！"迷亭就爱捉弄老实人。

主人忽然想起了什么，一下站起来去了书斋，过了会儿拿着一张纸片走出来，拿腔拿调地说："东风君的大作各位已经见识过了，我这里也有篇短文给大家读一下，请指教。"

"不会又是天然居士的墓志铭吧，那个我可是听过两三遍了。"

"哎，你少插嘴！东风君，这并非我的得意之作，只不过给大家助助兴，随便听听吧。"

"领教领教。"

"寒月君也顺便听一听。"

"我洗耳恭听，不用'顺便'。长不长？"

---

① 这个名字与"漱石"的日语读音相同，是作者的自嘲。

② "十七香"一词是迷亭的杜撰，因为俳句是十七音。

"就六十多个字①而已。"

于是苦沙弥君读起了自己亲手写就的妙文：

"大和魂！"一个日本人喊了这么一嗓子，接着像肺病患者一般咳嗽起来。

"开头真是突兀而起啊。"寒月夸了一句。

"大和魂！"一个小报记者在喊。"大和魂！"一个扒手在喊。大和魂一跃而起、漂洋过海，在英国做大和魂的演说，在德国演出大和魂的戏剧。

"这篇文章果然远胜天然居士那篇。"迷亭先生直了直身子说。

东乡大将有大和魂，鱼贩子阿银有大和魂，投机者、骗子、杀人犯，也都有大和魂。

"先生最好加一笔，寒月也有大和魂。"

若有人问："大和魂究竟为何物？"答曰："大和魂就是大和魂！"说罢转身就走，走出十五六步远，还哼了一声。

"这一句妙极！文采斐然啊！接下来是什么？"

---

① 原文这里是"六十多个字"，但在下文可以看到，苦沙弥君所读文字不止六十多个字。许是作者故意为之，让苦沙弥君将数字说少了，以表讽刺。——编者注

大和魂是三角的，还是四方的？大和魂，如名字所示，是魂。因为是魂，故而缥缈不定。

"先生写得趣味盎然，只是'大和魂'这个词用得太频繁了吧？"东风提醒了一句。

"附议！"喊这一嗓子的，自然是迷亭了。

不管谁，都把它挂在嘴边，但没人亲眼见过它。不管谁，都对它有所耳闻，但谁都没有遇到它。大和魂，可能是天狗之类的东西吧？

主人以余音绕梁之势读完了最后几句。可惜这篇妙文太短，主旨为何也不甚了然。三人都还以为有下文，等着主人继续往下读呢，结果等来等去也不见下文，主人呢，也不哼哈一下，最后寒月只好问道："这就结尾了？"

"嗯。"主人轻轻应了一声，未免太不负责任。

蹊跷的是，这次迷亭对这篇妙文居然没有像往常那样大放厥词。过了一会儿，他扭过头向主人说："你也把自己的短文集成一册，然后奉献给什么人，如何？"

"那就献给你吧。"主人满不在乎地说。

"承受不起啊。"迷亭说罢，拿起之前对太太炫耀过的那把剪子咯吱咯吱剪起指甲来。

寒月问东风："你跟那位金田小姐相熟吗？"

"自从今年春天她应邀来我们朗诵会以后，就熟悉起来。那以后一直保持着交往。我每次一见她，不知为何，总是感慨万千。这段时期，无论是作诗还是吟咏和歌，都是思如涌泉、汩汩而出。这本诗集以爱情诗居多，我想，就是从这位异性朋友那里得来灵感的缘故。因此，我要向这位小姐表示诚挚的谢意，并借此机会献上我的诗集。自古以来，诗人都是靠了红颜知己，才会写出名诗佳作来的。"

"有道理！"寒月使劲忍着笑回答。

再怎么爱饶舌的人凑在一起，谈兴也不会持续太久。眼看着热火朝天的气氛渐渐意兴阑珊，本猫也没有义务终日听他们的老生常谈，便悄悄溜到院子找螳螂去了。

日已西斜，从梧桐绿叶间洒下斑斑光影。蝉儿仍在树干上拼命唱歌。今晚说不定又是一场风雨。

<h2>第七回</h2>

<h1>赶时髦庭院做运动
开眼界澡堂逢超人</h1>

本猫最近开始运动了。

"不过一只猫嘛，做什么运动？"肯定会有人这么奚落本猫，在这里我要为此申辩一番。那些奚落我的人，之前也并不了解运动的好处，把饱食终日、躺着睡大觉作为自己的天职。他们宣称"无事是贵人"，袖手闲坐，坐得屁股生疮了都不肯离开坐垫，还得意非凡，把这当作是大老爷的气派，这就是他们以前的生活方式，他们理应记忆犹新吧。

至于什么运动啦，喝牛奶啦，冷水浴啦，去海里游泳啦，夏天去山里避暑、餐霞饮露啦，这一系列无聊的风气，都是从西洋传到神国日本的流行病，跟鼠疫、肺病、神经衰弱之类的差不多。当然啦，在下去年才降生，现在不过一岁，不可能对人类罹患这些疾病的情景有所记忆，也没有卷入各种飞扬浮躁的社会风气中。不过，猫活一年，相当于人活十岁。虽说我们的寿命只有人的二分之一或三分之一，可只要看看这么短的时间里猫的智力发展到何等程度，便可以推断，将人的岁数与猫的年纪相提并论是十足的谬误。

不用举别的例子，就比如本猫吧，虽说还有几个月才满一周岁，可已经具备如此非凡的远见卓识，而再看看主人的三女儿，已经三虚岁，但说到智力的发展，那是相当迟钝，除了哭鼻子、尿尿床、吃吃奶，别的一无所知，和早已愤世嫉俗的本猫相比，简直判若云泥。

因此，本猫能在方寸之间思索运动、海水浴、异地疗养的历史，那是毫不足奇。连这种事也要大惊小怪的，肯定是人这种少了两条腿的呆子了。

人类自古以来就是后知后觉的蠢材。正因如此，直到最近才开始渐渐提倡运动，宣扬海水浴的功效，喋喋不休，就像是什么了不得的大发现一样。殊不知，这种事本猫还在娘胎里就已经一清二楚啦。说到海水为何有疗效，自己去海边瞧一瞧，不就一目了然了吗？

在那样广袤的海水里，到底生活着多少条鱼，谁也说不上来。那么多的鱼里面，没有一条生过病，没有一个去请过医生，全都在一天到晚地游泳。要是生了病，身体就会不听使唤；要是死了，身体就会浮上来。因此，鱼的往生名曰"浮上"，鸟的薨去称为"落下"，人的寂灭叫作"咽气"。去外国的那些横穿印度洋的人，不妨问问他们，有没有见过一条鱼因为寿终正寝浮上来，不管谁，都会回答说没有。他们肯定要这么回答啦，就连在大洋上往返很多次的船员，也没见过一条鱼在浪涛上咽气——说咽气不够恰当，鱼嘛，应该说是停止吞吐海水。哪怕在那浩渺无边的茫茫大海上日夜兼行，坐着烧煤的蒸汽船到处寻觅，也没有见过一条浮上来的鱼。由此不难推论：鱼的身体相当健壮。

那为何鱼的身体这么健壮呢？这个就不用等人来回答，答案显而易见。那自然是鱼儿吞吐海水，一天到晚都在海水浴的缘故。海水浴的功效在鱼身上就是这么显著。既然如此，对人来说，其功效肯定也显著。

一七五〇年，理查德·拉塞尔医生①大肆宣称：只要跳进布莱顿的海水，四百零四种疾病即可当场霍然痊愈。这么点道理，现在才明白，真是可笑。

若时机一到，哪怕是猫儿也会想去镰仓海滨的，但目前还不行。就像明治维新以前，日本人从来没享受过海水浴就咽气了一样，猫儿目前还没碰上裸体跳入海中的机会。急于求成反而坏事，在那些被扔到筑地②的猫儿还不能平安回家的现在，莽撞行事可不行。进化法则还没有让我等猫辈的机能适应海里的狂澜怒涛。猫死了，也还是说猫死了，大家不会说猫浮上来。在那之前，还是不要轻易去海水浴吧。

海水浴且留待将来再说，目前决定先运动运动。二十世纪的今日，要是不做运动，感觉未免有点寒碜，传出去名声也不好。谁要是不运动，大家不会认为你不想运动，而是断定你没办法运动，没有运动的时间，不够清闲自在。以前那些整天运动的人，会被嘲笑是给人跑腿的，现在呢，不做运动的又被人当成下等人。人们的臧否褒贬，真可谓随时随地而转换，就像我的瞳孔一样变化多端。我的瞳孔不过时大时小，而人类的评价变换起来却可以颠倒黑白。颠倒过来又有何妨，事物都有两面，有两端。只要叩其两端，即可将同一物翻转过去，黑白颠倒。这正是人类圆滑融通之处。方寸二字，颠倒过来就成了寸方，不过还是同样的东西，有趣之处就在这里。天桥立③是大家趋之若鹜的景点，可如果低下头从两股之间倒着看，那肯定别有趣味。莎士比亚伟大是伟大，可如果千年万载都这么拜读他，那就太没意思了。要偶尔有人从胯下倒着看看《哈姆雷特》，说"这也不过如此"，那才好玩，不这样文学便不会有

① 英国医生，据说他率先发现海水能治疗某些疾病，提倡"水疗法"。
② 东京筑地犹如其名，是个填海造地而成的地方。江户时代1657年明历大火灾的时候，浅草的本愿寺被烧毁，筑地就是为了转移本愿寺而建造的土地。在明治时代的东京，筑地还是十分偏僻的荒郊。
③ 天桥立，位于京都府北部的风景胜地。

进步。

因此，原先那些轻蔑运动的人突然之间又开始热衷运动，就连女人也堂而皇之拿着球拍走在大街上，又有什么大惊小怪的呢？只要不来奚落"一只破猫搞什么运动，也太狂了吧"，那就两全其美了。

有人要问，本猫所谓的运动到底指哪一种呢？

众所周知，本猫生而不幸，拿不了什么器械，故而什么棒球啊，球棒啊，都与我无缘。再说，我也没钱去买这些玩意儿。由于以上两个原因，本猫就只能选择那些不用花钱、不需要器械的种类。可能有人觉得我所谓的运动就是慢条斯理地散散步，或者叼着金枪鱼片狂奔之类的，可这不过是四条腿运用力学原理、遵从地心引力在大地上横行，未免太简单无趣。

主人也会时不时动弹一两下，可他再怎么将其冠以运动之名，也不过是字面意义上的运动，是在亵渎运动的神圣。哪怕是简单的运动也需要一点刺激才行，比如"抢鲣鱼干"啦，"搜寻大马哈鱼"啦，本猫都乐于参加，关键是要有刺激的对象，如果除去激发刺激的对象，那就索然乏味了。

既然没有让我兴奋起来的悬赏，那本猫宁愿做一些技巧性的运动。在这方面我考虑了不少花样，比如：怎样从厨房屋檐跳到屋顶；如何在屋脊的梅花形瓦片上四脚站立；或者在晾衣竿上行走——很遗憾这个未能成功，竹竿滑溜溜的，爪子抓不住；从后面出其不意跳到小孩背上，这项运动虽然趣味盎然，但不宜多做，否则定然倒大霉，最多一个月试三回；用纸袋套头——这样会憋得难受，而且也无趣，另外，若是没有人配合就完不成，算了；还有，用爪子挠书本的封皮——这个要是让主人发现了，肯定会惹得他雷霆大发，不仅危险，而且只锻炼了爪子，全身的筋肉派不上用场。

以上都是我所说的旧式运动。新式运动里，有趣的就多了。

首先是猎捕螳螂。猎捕螳螂不像捉老鼠那样是大运动，不过相应地也没那么危险。从盛夏到初秋，这是最上乘的游戏。怎么玩呢？

先来到院子里，找到一只螳螂。在天气好的时候找到一两只毫不费力。然后，便风驰电掣般冲到螳螂君面前，对方大惊之下摆开架势，扬起镰刀脖，准备开战。螳螂的确是勇气非凡，在还没领教对方的实力前，一定要奋力抵抗，真是有趣啊。我用右前爪稍微按了一下它扬起的脖子。它的脖子很软，一下就歪过一边。这时螳螂君的表情很值得寻味，好像在说："何至于此！"完全震惊了。接着我便一步蹿到这位的背后，轻轻挠了一下它的翅膀。它的翅膀平常可都是小心郑重地叠得整整齐齐，结果让我这么一挠，变得乱七八糟，外面的翅膀唰的一下展开，露出底层像吉野纸一样的浅色内衣。螳螂君真是讲究啊，哪怕在夏天也不辞辛苦地披着两层衣裳。

这时，对方肯定会将长长的脖子扭向后面，有时会转过身，但大多数时候只是高高仰着头傻楞楞地站在那儿，等待这边出手。要是它老是保持这样的姿态，那可就运动不下去了。因此，若是这样子相持太久，我就再用前爪拍它那么一下子。这一拍，知道好歹的螳螂保准落荒而逃。倘若还是耀武扬威地朝我扑过来，那肯定是没受过教育的野蛮螳螂。对方趁着这股子蛮劲非要跟我拼命，那我就二话不说再给它来一下子，这回十有八九它也得飞出去二三尺远吧。如果这家伙乖乖地撤退，本猫也会觉得心有戚戚焉，就在院子里的树木之间像飞鸟一样逛几圈。这当儿螳螂最多也就逃出去五六寸。

这可怜虫已经领教了本猫的实力，便再也没了抵抗的勇气，只想着逃跑，可它只知道东一头西一头地瞎闯乱撞，而我呢，也就前后左右地围追堵截。到末了，它只能负隅顽抗，扇动翅膀做最后垂死的挣扎。原来，螳螂的翅膀就跟它的脖子一样是配套的，特别细长，但据说只是一种装饰，就跟有些人会一点英语、法语、德语一样，毫无实用价值。

它想拿这无用之物来跟我拼命，显然毫无意义。说是拼死挣扎，但充其量不过是在地面上拖着翅膀爬爬而已。这副惨相本猫见了未免也生出恻隐之心，但为了运动，那也无可奈何。抱歉啦，我以雷霆万钧之势包抄到它面前，而它由于惯性，没法急转弯，只好照旧往前走，我便猛地在它鼻子上来了一拳。这时螳螂君必然摊开翅膀，匍匐在地，本猫就用前爪将其摁住，稍事休息。过一会儿再将其放开，放开后过一阵子又摁在那里。这乃是我用了诸葛孔明的七擒七纵之术。就这么来来回回玩了三十分钟，见它已经一动不动，便将其衔在嘴里甩了甩，又吐出来。这回它是躺在地上再也起不来了，我便再用爪子戳一戳它，如果它还想再乘势逃命，便再把它摁住。等到最后连这个也玩腻了，我便使出撒手锏，三下五除二把它给吃了。跟没吃过螳螂的人顺便说一句，螳螂并不好吃，似乎也没什么营养。

除了捉螳螂，另外还有捕蝉运动。虽说都叫蝉，其实分好几种。就像人里面有油滑鬼、聒噪汉和寒酸辈，蝉也有油蝉、噪蝉和寒蝉之分。油蝉絮絮叨叨、没完没了，最讨厌。噪蝉蛮横无理，也受不了。只有寒蝉捉起来最好玩。它直到夏末才出来。等秋风不请自来，从人们的和服开腋处潜入，抚摸着他们的肌肤，让他们中了风寒，喷嚏连连，这时，它们便开始摇着尾巴嘶鸣不休。它们叫得可真起劲儿啊。在我眼里，它的天职就是唱歌和让我捉来玩儿。在初秋捕捉这些家伙，名曰捕蝉运动。

有一点要跟诸君提前说明，既曰蝉，可不是在地上打滚的那种东西，一旦掉到地上，蚂蚁就爬满了全身。我捕捉的可不是四脚朝天躺在蚂蚁领地上的那种，而是栖息在高枝上，"知了、知了"叫着的那帮家伙。

这里顺便请教一下博学多识之士：它叫的到底是"知了、知了"，还是"都了、都了"呢？解释好这个问题，对于研究蝉学关系非同小可。人类优胜于猫之处，便在于这种研究；人类赖以自夸的，也正是这种研究。如果现在不能马上回答，那就好好考虑考虑吧。对于捕蝉来说，当然啦，哪种说法都无所谓。在下只是循声而上树，将之前拼命嘶鸣的蝉猛地逮住而已。

这个运动看似简单，可实际上还挺费力气的。本猫四腿俱全，纵横驰骋在大地上，不比任何别的动物逊色。以数学知识判断，四条腿总比人的两条腿要强。然而，就上树而言，比我辈灵巧的动物多了去了。猴子这种天生会爬树的就不必提了，就连作为猴子末代子孙的人类，在这方面也小觑不得。上树嘛，本来就是跟地心引力对着干，哪怕不擅长，也没啥丢脸的，只是对于捕蝉运动来说，很是不便。幸亏我还有爪子这一利器，好歹能爬上去，只是不像旁观者以为的那么轻松。

不仅如此，蝉是会飞的。它不像螳螂君那么好抓，一旦它振翅飞走，那我费了半天劲儿爬到树上，结果却是一场徒劳，落到啥也没捞着的悲惨境地。

最后还有被蝉尿淋到的危险。那家伙动不动就瞄准在下的眼睛撒尿。我说，你想逃就逃呗，撒的哪门子尿啊？逃遁之际撒上一泡尿，到底安的什么心，竟至于影响到了生理机能？不知是心有不甘，还是想出其不意给我来这么一下子以争取逃命的时间？我觉得这大概就跟乌贼喷墨、流氓无赖亮出自己的刺青、我家主人卖弄自己的拉丁文属于同一类行径吧。这也是蝉学上不可忽视、急待解决的问题。如能充分研究，有写成一篇博士论文的价值。

闲话少叙，言归正传。

蝉最爱集结——"集结"一词稍嫌怪异，那就说"集合"吧，不过"集合"一词过于陈腐，还是用"集结"了——蝉最爱集结的树是青桐，据说汉文名叫梧桐。青桐叶子相当多，而且全都像团扇那么大，一层又一层，茂密得连树枝都遮住不见了。这对捕蝉运动很是有碍。"闻其声不见其形"这句俗谣，我怀疑就是特意为我而作的。

无奈啊，我还是得循着蝉鸣之处而去。自下而上爬到六尺来高的地方，梧桐树分成两个树杈，这正合我意，可以在这里稍事休息，环伺四周，侦察一下蝉在叶子底下的藏身之处。在我爬上来的时候，叶子难免沙沙作响，一些性情急躁的蝉也不等等我便飞走了。而且，只要飞走一只，就别想着剩下的那些还会乖乖地待在那儿。蝉就像人一样愚蠢，喜欢跟风随大流，一只飞走了，其余的也会紧跟着飞走。好不容易爬到树杈处，已经是满树寂无声息。有一次我到了这里，东张西望、侧耳倾听了半天，丝毫感觉不到蝉气，要是下去再上来未免太麻烦，不如先休息休息吧。于是就在树杈上安营扎寨，静待良机。等着等着不觉睡意袭来，进了黑甜乡。直到从黑甜乡忽然惊醒，已经从树杈上吧唧掉到院子里的石板路上了。

不过，总体而言，每次上树都是能捉到一只蝉的。唯一不够尽兴的是，在树上就得用嘴叼住它，叼着它下来之后再吐出来一瞅，它已经一命呜呼，再怎么挑逗它、撩拨它，都无济于事，没什么反应。

捕蝉的妙趣正在于屏息而行，悄悄靠近，瞅准它尾巴一伸一缩叫得正欢，猛一下子伸出前爪将蝉君摁在那儿。于是蝉君便大放悲声，薄而透明的蝉翼死命上下颤动着，其动态之迅速、优美，实在妙不可言，真乃蝉界之伟大奇观也。我每次按住蝉君，总是拜托它为我做一番这类才艺表演。到最后看腻歪了，便毫不留情地将其衔到嘴里大嚼。有时蝉君入了本猫之口，还在里面继续这一表演呢。

在捕蝉运动之外便是"滑松"了。对此没有长篇大论的必要，略述一二。

一提"滑松"，也许有人会以为就是从松树上滑下来。非也。"滑松"者，其实还是上树。只是捕蝉时，上树是手段，捕蝉是目的，而"滑松"呢，上树本身就是目的，是为了上树而上树。这便是两者的差异。

松树这东西，自从源左卫门"燃此常青松，聊慰殿下心"[1]以来，直到今天，它的枝干都是疙疙瘩瘩的，也就是说，再也没有比松树更不光滑的了。适合把手脚搭在上面的树莫过于此。在这样的树干上，可以一气呵成飞奔上去，再刺溜刺溜飞奔下来。奔下之法有两种。其一，倒转身体，头朝向地面；其二，保持上树时的姿势，尾巴朝下。请问人类：可知哪一种方法更难？像人类见识那么浅薄，肯定会觉得当然是头朝下更轻松。大谬不然。你们可能以为，既然源义经是头朝下从鹈越绝壁上直冲下来[2]，那猫的话，头朝下冲下来也没啥难处。不要那么瞧不起猫嘛。你想啊，猫爪是怎么长的？全都是向后弯曲。就像救火时用的鹰嘴钩，能把东西朝自己这边拉过来，但要用它把东西往外推，那就不管用了。

就比如说我现在劲头十足地飞奔上了树，然而我本来是地上的生物，以自然倾向而言，不可能在松树梢停留太久，早晚得下去。可假如就这么放开爪子落下去，那也太快了。必须得采取手段来缓和一下这一自然倾向。这就叫作降。降与落，乍一听区别很大，但实际上不似想象的那么泾渭分明。落得慢了就是降，降得快了就是落。降与落的差别微乎其微。我可不想从松树上落下去，必须得缓和一下落下的势头，降下才成。亦即，必须采取措施抵消一下落的速度。如前所述，我的爪子都是朝后生长的。如果头朝上，爪子就可以用上力，用来抵消一下落的势头，就把落变成了降。这是显而易见之理。

反过来，你也不妨倒转身体试试来个"义经流"的"松越"。虽有爪子，却无所用之，只会刺溜溜地滑下来，身子完全失控，哪儿都没有支撑我体重的地方。这种情况下，哪怕本打算要降下，却只能落下去。因此说，

---

① 此句出自日本古代谣曲《盆景》。镰仓幕府第五代执权北条时赖常微服私访，一天大雪纷飞，他投宿于家道中落的佐野源左卫门常世家。当时没有烤火用的木柴，尽管佐野源左卫门常世不知来人就是北条时赖，却依然将盆景里的松树、梅树和樱花树都投进火盆。

② 鹈越是一条横贯神户北方、六甲山西部的山道。平安时代末期的源平合战中，源义经曾率一万多骑兵发动奇袭，从鹈越山道急冲而下大败平氏军队。

要学习义经鵯越，难啊，在猫族中，有这等本领的，也就只有在下了。因此我才把这项运动称为"滑松"。

最后再略说几句"跑篱笆"。

主人家的院子是被竹篱笆围成了四方形。与檐廊平行的那道篱笆是五六丈长，左右总共两丈五长。我说的跑篱笆运动，就是在篱笆墙上跑一周，不能掉下去。虽说偶有不慎失足之时，但若能善始善终地跑下来，则吾心甚慰也。篱笆墙每隔一段就会有一截粗木桩（底部用火烤过，以防腐），中途正好可以用来歇脚。

今天跑得很顺，一上午已经跑了三圈，一次比一次顺。越顺利兴致就越高，便又开始跑第四圈，结果刚跑了一半，从邻家屋顶飞来三只乌鸦，在距离我六尺远的篱笆上一溜排开。这些无礼之徒，干吗妨碍别人运动？而且，来历不明，身份可疑，就这么大大方方地来到咱家地面上，是何道理？想到此处，便扬声大喊："闪开！别挡路！"

最边上的乌鸦咧嘴怪笑了一下。第二只眺望着主人的庭院。第三只在竹篱笆上蹭了蹭嘴，肯定是吃了什么以后来到这边。为了等它们的回音，我在篱笆墙上站定，给它们三分钟的考虑时间。乌鸦的诨名据说是"黑老鸹"，果然跟黑社会老大一样蛮横粗野，不管我怎么以礼相待，它们既不打招呼，也不飞走。本猫无可奈何之下，只得继续慢悠悠迈步前行。最头上那个黑老鸹稍稍伸展了一下翅膀。本以为它是被本猫的威势所震慑，打算逃之夭夭，结果它只是转了个身，从向右改成了向左。这帮恶棍！要是在地面上，就它们这鸟样，本猫肯定要给它们点颜色看看！只是在这篱笆墙上，光走路就够费劲了，哪还有闲工夫跟这些黑老鸹一决高下呢？

话虽如此，也不能就这样一直待着等三只乌鸦撤退，不说别的，老这么站着，腿也受不了。对方是有翼之族，早已习惯栖息在这种地方，爱待多久就能待多久，可是我这边光是跑了四圈，就已经筋疲力尽，更何况这还是不亚于走钢丝的技巧性运动，哪怕没什么障碍物，都难保不会掉下去，而当下这三个黑衣怪客挡住了前进的路途，叫我奈如之何呢。

等来等去，实在不行还是中止运动，乖乖下去吧。否则难免惹出麻烦，不如走为上计。敌方势力太大，而且都是本地很少见的怪模样，尖嘴削腮，就像天狗的野崽子，总之绝非良善之辈。忍一时风平浪静，还是撤退更安全，真要硬碰硬，万一摔下去，岂不是颜面扫地。

正这么盘算着，却听向左的乌鸦叫了声："啊——傻！"紧接着第二个也有样学样地跟着叫了声："啊——傻！"最后那个家伙更是毫不含糊地连叫两声："啊——傻！啊——傻！"

这一下，本猫再怎么温良恭俭让，对这种面对面的羞辱，也不能坐视不管呀。就在自己的府上，黑老鸹却骂上门来，这可是名誉攸关的事。就算本猫还没有名字，名誉什么的可以不提，但也牵涉到体面尊严啊。绝不撤退！谚语云"乌合之众"，不过是三只乌鸦，说不定不堪一击呢。

于是，在下横下心来，力争能进则进，慢条斯理地前行。三只乌鸦在那里交头接耳，嘀嘀咕咕，就像根本没把本猫瞧在眼里似的。这越发让本猫怒火中烧。倘若墙头再宽那么五六寸，肯定让它们吃不了兜着走。遗憾的是，再怎么火大，也只得慢腾腾地前行。

终于来到距离敌方排头兵五六寸处。刚想歇一气，却见那三只乌鸦不约而同扇动翅膀飞起两尺高，一阵阴风迎面扑来，在下不由得大惊，一下子踩空，吧唧——摔落下来。

在下从篱笆墙根处仰望，只见三只乌鸦又回到了原先的位置，俯视着下方，尖嘴齐刷刷并排着。无耻之徒！在下狠狠瞪了它们一眼，无济于事；又弓起背，怒吼了几声，照样白搭。就如俗人读不懂灵妙的象征派诗歌，我愤怒的表示也没有引起它们任何回应。仔细想想也难怪。刚才我都是把它们当猫来看待，这可是搞错了对象。猫的话，我这么一吼，对方肯定会应答，可惜对方是乌鸦啊。既然是一群黑老鸹，那还能

奈它何？这就如同实业家想降伏苦沙弥先生，如同源赖朝把吾等猫辈的一个银像送给西行法师[①]，如同黑老鸹在西乡隆盛的铜像上大便。

识时务者为俊杰，既然形势于己不利，咱家便干脆溜上了檐廊。此刻已是晚饭时分。

运动虽好，也该适可而止。我现在感觉身子骨像是散了架，松松垮垮的。更何况还是初秋，本猫的毛皮在运动时吸收了夕阳的热量，烤得真难受。从毛孔渗出的汗，要是流走倒也无妨，可它跟油脂似的粘在毛根，让背上奇痒无比。出汗发痒和跳蚤钻进毛丛的痒感觉截然不同，我还是分辨得清的。嘴可以够到的地方，我能咬，腿可以够到的地方，我能挠，这些我心知肚明，可是沿着脊椎纵向的部位痒起来，自己够不到，那可就末如之何了。这种时候，就得要么找个人在他身上蹭蹭，要么在松树皮上好好摩擦一番。两者必须择一而行，否则便痒得难以安眠。

人类真是蠢不可及的生物，在"逗猫"时"喵喵喵"地叫，自以为这样可以逗我，殊不知这其实是我在逗他们。反正，只要是我发出所谓"娇滴滴"的喵喵声凑到他们的膝盖旁，大多数场合下，他们都会自作多情地以为我喜欢他们，不仅任我蹭来蹭去，还时不时摸摸我的头。

然而最近本猫的毛里有一种叫跳蚤的寄生虫繁殖开来，只要我一靠近人，他们就揪起我脖子上的皮，把我扔得远远的。就因为这肉眼看不见的微不足道的小虫，人就对我绝情绝义，诚可谓"翻手为云、覆手为雨"啊。最多不过一两千只跳蚤，用得着这么势利、这么翻脸不认猫吗？可见人类世界所通行的爱的法则第一条就是：凡所爱者，须对自己有利。

人对我的态度如此反复无常，眼下看来不管多痒都不能指望他们帮忙了。因此只能采取第二种方法，去松树皮上摩擦了。

---

① 西行，平安时代末期歌僧，源赖朝（镰仓幕府第一代将军）曾赏给他一只银制猫，西行随手将其送给了路边玩耍的小孩。

且慢。我刚要下檐廊，忽而意识到这是个得不偿失的馊主意。不为别的，只因松树上有松脂。松脂极其冥顽不化，黏着力很强，一旦沾到毛皮上，哪怕天打五雷轰，哪怕波罗的海舰队全军覆没，都不会脱落。而且，只要有五根毛沾上，很快就蔓延到十根毛；刚发觉有十根毛遭殃，眼瞅着又有三十根毛受到牵连。咱可是秉性淡泊、带有茶道中人优雅气质的猫啊，对这种黏黏糊糊、居心叵测、腻腻歪歪、纠缠不清的东西，最是深恶痛绝。哪怕是倾国倾城的绝世美女猫要黏上咱，咱都避之唯恐不及呢，更何况是松脂。再说了，松脂的气味很难闻，跟车夫家大黑让北风一吹流下的眼屎有得一拼。这种玩意儿，岂容它玷污了咱家那淡灰色的皮大衣？这种事稍加考虑就能明白，可是松脂那玩意儿可没有设身处地为我考虑的意思。只要我后背往树皮上一靠，它肯定就牢牢粘在我身上。和这种不知好歹的无赖打交道，不仅有失脸面，还会殃及全身的毛皮。

那么，除了强忍着背上的奇痒，就没别的法子了吗？这两种办法都不可行，真令我心焦。不马上想个法子，一直这么痒下去，指不定痒出病来哪。

真就无计可施了吗？我正屈着后腿冥思苦想，忽而想到一件事。

家里主人时不时就拿着毛巾、肥皂飘然而去，三四十分钟后归来时，他那槁木死灰般的脸色也稍稍浮现出一点勃勃生气，精神多了。他去的所在即使对于这种邋里邋遢的人都会有这样的影响，肯定对我也会不无裨益。咱家生得风流倜傥，倒是不必为了成为花花公子再梳洗打扮一番，但万一因痒而病，不幸一岁多就夭折，岂不是愧对天下苍生？

听说，那里是人类为了消愁解闷而建造的澡堂。既然是人类所造，那肯定是没啥了不起的地方，只是眼下形势紧急，权且试一试又有何不可？试过后，若无效果，那就算了呗。

不过，人类为自己建造了洗浴场所，他们有没有宽宏大量到让异类的猫也进去呢？这是个疑问。可既然主人都能大大方方地来去自由，估计也不会将本猫拒之门外吧。只是万一吃了闭门羹，传出去也不好听，不妨先去打探一番再说。要是无甚大碍，那以后再叼着毛巾过去。

打定主意，在下便慢悠悠从容向澡堂出发。

从小巷往左一拐，迎面有个竹筒样的玩意儿高高耸立，顶端咕嘟咕嘟往外冒着轻烟。这里就是澡堂了。

在下从后门轻手轻脚地潜入。有人会说走后门有些偷偷摸摸、鬼鬼祟祟，这都是那些只能走正门的人出于嫉妒而发的牢骚话。自古以来，睿智之人都是由后门出其不意发动袭击。《绅士养成法》第二卷第一章第五页就是这么说的。而下一页还提到："绅士之遗书曰，后门乃修身明德之门也。"在下乃二十世纪之猫，这点教养还是具备的。切勿小觑本猫。

进去一瞧，只见左边有许多劈成八寸长的松木堆得如山如阜，旁边的煤则堆得如冈如陵①。有人要问了：为何松木堆是如山如阜，煤则是如冈如陵，可有深意？老实说，并无特别的用意，不过炫耀文采、显摆学识而已。人啊，又吃米，又吃鸟兽虫鱼，乱七八糟啥都吃，谁能料到现在堕落到连煤也要吃了，真可怜。

走到尽头，六尺宽的入口敞开着，往里一瞅，里面空荡荡、静悄悄，对面则是人声鼎沸。看来所谓的澡堂肯定就是这人声鼎沸之处了。断定之后，在下穿过木材垛和煤堆之间的深谷，再往左拐，前行一段后，只见右手边一玻璃窗旁边，好多小圆桶堆成三角形，亦即金字塔形。将圆桶堆成三角形，它们自己该有多么不情愿啊，我不由得暗暗对小圆桶深表同情。小桶南侧还余出四五尺宽的木板，就像为了迎接本猫而专门留的空位。木板离地有一米来高，对我来说正好可以跳上去。在下念叨了

---

① "如山如阜，如冈如陵"，出自《诗经·小雅·天保》。此处译者对原文略有增饰。

一句"我来也"便纵身一跃。于是乎，所谓澡堂就在本猫面前、眼下一览无遗。

若问天下什么事最有趣，莫过于品尝从未吃过的美食，观赏从未见过的景观了。还有啥比这更开心的？诸君若是跟主人一样每周三次来到澡堂世界、每次都泡上三四十分钟，已经对这里司空见惯，也就罢了，若是跟本猫一样从来没见过澡堂里的景象，那还是看看为好。宁可没去给爹娘送葬，也别耽误了来这里开开眼界。虽说天下之大无奇不有，可眼前的奇观毕竟难得一见啊。

何等奇观呢？您这么一问，本猫可是羞于启齿。原来在那玻璃窗内，挤作一团、吵吵闹闹的人，一个个全都一丝不挂，如同台湾土著，等于二十世纪的亚当。

倘若回溯一下人类的服装史——这未免说来话长，还是让给托尔斯德吕克[①]去干吧——人类都是靠着衣服来维护体面的。十八世纪时，英国有个巴斯温泉浴场，博·纳什[②]为进入浴场的男男女女制定了严格的规矩：必须从肩膀到脚跟都有衣物蔽体。距今六十年前，也是在英国，某市建了个美术学校。既然是美术学校，裸体画、裸体塑像、模型等自然购入不少，陈列在各处。没承想，到了举行开学典礼时，当局和学校职员却犯难了。既然是开学典礼，那不能不邀请市里的名媛淑女出席。但在当时的贵妇们看来，人是穿衣的动物，并非披毛带皮的猴子猴孙。人不穿衣，就如大象没鼻子、学校没学生、军人没勇气，失去了立足之本。人便不再成其为人，只能算作兽类。即令只是些画像模型，与这样沦为兽类的人为伍，也有伤贵妇们的体面。于是她们纷纷表示："若有这类东西，我等概不出席。"学校职员虽然觉得这些贵妇人不可理喻，

---

① 这是托马斯·卡莱尔在《拼凑的裁缝》中虚构的一位教授。
② 博·纳什（Beau Nash，1674—1762），曾任巴斯的典礼官，引领英国时尚。

但无论西洋东洋，女人都是一种装饰品。尽管名媛淑女既不舂米，也不当兵，却是开学典礼上不可或缺的点缀。无可奈何之下，他们去布店买了三十五反 [①] 八分七的黑布，给那些赤裸裸的人像都穿上了衣服。为了以防万一冒犯到谁，还多加了一层小心，连脸都遮上了。就这么着，开学典礼才得以平安无事地顺利进行。衣服对人的重要性，由此可见一斑。

近来有些先生非但嚷嚷着要画裸体，还主张人就该裸体。本猫从出生迄今，就连一天也没光过身子，在我看来，裸体的主张实在大谬不然。

裸体乃希腊、罗马之遗风，在文艺复兴时代淫靡风气的诱发下重又开始流行。希腊罗马人平常对裸体习焉不察，故而从未虑及此事有伤风化。然而，北欧是个严寒之地。哪怕在日本也有"光身子不能上路" [②] 这样的话，要是在德国、英国，裸体出门，非冻死不可。死了未免太不值得，还是穿上衣服吧。于是大家就都穿起衣服，人便成了服装动物。一旦成为服装动物，突然遇上裸体动物，人们就不承认其为人，将其视为兽类。故而欧洲人，尤其是北欧人，会将裸体画像里的人看成兽类，比猫还要低劣的兽类。你说这是美？美就美吧，美也是兽类之美。

这么一说，有人也许会问："那你见过西洋妇人的晚礼服吗？"既然是猫，在下当然不曾拜见过西洋妇人的晚礼服。只是据我耳闻，她们所说的晚礼服是袒胸露臂的，这真是不像话。十四世纪以前，她们的装扮还没这么荒唐，是一般人的服饰，后来怎么就变成跟马戏团的艺人一样了呢？这也说来话长，我就不赘述了。反正知道的人自然知道，不知道的也别假装知道就行。历史暂且搁下不提。她们虽说穿得这么怪里怪气的，可是呢，也只是在晚上才这么搔首弄姿地穿出来，她们内心毕竟还是稍稍有一些人类的羞耻的。太阳一出来，她们就盖上肩膀，遮好

---

① 反，布匹的长度单位，通常一反布够做一件和服。
② 这句俗语的原意其实是什么都不带没法出门。

胸脯，包起胳膊，全身上下严严实实，就连一根脚指头让人看见了也觉得是奇耻大辱。

如此看来，她们的晚礼服简直荒谬绝伦，是傻瓜和笨蛋商量出来的主意。谁要觉得不服气，怎么不在大白天也袒胸露臂地穿出来？那些信奉裸体主义的人也是心口不一，既然那么喜欢裸体，怎么不让自己的女儿裸体示人，自己也脱光了去上野公园散步？怎么着，做不到？其实不是你做不到，是西洋人没那么干，所以自己也不那么干。现在不正有人穿着可笑的晚礼服大摇大摆出入帝国饭店吗？若问起缘由，没别的，只是西洋人这么穿，自己也这么穿而已。大概是觉得西洋人处处都好，故而硬要去有样学样，啥都照着办。简直是"富贵能淫，威武能屈，贫贱能移"，这么"能"，岂不是脑子不灵光？您要说脑子不灵光也不打紧，我也能体谅，只是以后就别再提日本人有多了不起。学问与这个事儿是同样的道理，不过与服装无关，这里就略过不表了。

衣服于人关系重大到什么程度呢？甚至可以说人即衣服、衣服即人，可以说人的历史不是骨肉血脉的历史，而是衣服的历史。因此，人见了光屁股的人，就觉得对方不像人，而像怪物。怪物也没啥，假如所有人都约好了一下全变成怪物，那就无所谓怪物不怪物了。可那样一来，人自己反而会感觉大为烦恼、困惑而不知所措吧。

远古之时，自然将人作为平等的造物抛在世界上。毋庸置疑，不管什么人，生来都是赤裸裸的。假如人类的本性能安于平等，就该一直保持赤裸而生活下去。然而，在这赤裸的人中，有人却认为："要是人人都一样，那努力还有什么意义呢？无论怎么辛苦，都看不出成果嘛。怎么也得想个法子，在身上添点什么东西，能让别人一见我，就晓得是我，而且一见我就'啊哟'一声惊叫起来。该从哪里着手呢？"为此他足足寻思了十年，终于发明了裤衩，立马就穿上了。"怎么样？厉害吧？"他就这么得意扬扬地走来走去。这便是今天车夫的先祖。有人会奇怪，这么简单的裤衩，怎么会用了十年的漫长时光才发明出来？不过，这是今天的我们回溯古代，将自身置于那个蒙昧世界才得出的结论。在当时，这可是无与伦比的大发明。笛卡儿那句"我思故我在"本是三岁小孩都明白的道理，但据说他也是花费了十多年的工夫才想出来。一切真理的探究过程，都是费老大劲儿的。对于车夫的头脑来说，裤衩这样的发明就已经是很了不起的啦。

哎哟喂，裤衩这一被发明，车夫可就在社会上神气起来了。这时，有另外一个怪物对车夫那副唯我独尊、横行阔步走在大道上的样子看不惯，就折腾了六年时间发明了外褂这种没用的东西。很快，裤衩的势力顿时衰落，人类进入了外褂的全盛期。卖菜的、卖药的、卖布的老板们都是这位大发明家的后裔。紧跟在裤衩时期、外褂时期之后的是裙裤时期。有个怪物觉得"外褂又算得了啥"，大为不满，便又生出裙裤这个主意。以前的武士、当今的官员，都属于此类。就这么着，这些怪物竞相标新立异，最终导致了一种畸形的装扮，竟然模仿起燕子尾巴来。退而思之，追根溯源，这绝非勉勉强强、随随便便、漫不经心偶然造成的事实，而是全体怪物争强好胜、勇猛奋进，才弄出这么多新鲜花样，披挂在身上向他人显摆："我跟你可不一样哦！"从这一心理可得出一大发现，不是别的，正如"自然界讨厌真空"，人类也讨厌平等。

在嫌恶平等、不得不将衣服如自己的骨肉一般包裹身体的当今，衣服已成为人类属性之一，要将其扔掉，回归原始的公平时代，无异于疯子的作为。即令甘愿承担疯子的骂名，也没法回归。回到原始状态的人，在文明人眼里就是怪物。假设世界上的几亿人都变成怪物，觉得"这下都平等了，都是怪物，没什么可羞耻的"，这样子便可心安理得了，但其实这样子根本不顶用。在世界上人人都变成怪物的第二天，怪物之间的竞争就又开始了。倘若不在穿衣方面竞争，赤裸裸的怪物仍会处处制造差别。由此看来，衣服毕竟还是脱不得的。

然而如今眼下这一大帮人，却将脱不得的裤衩、外褂以及裙裤全都脱下扔在架子上，将最原始的丑态暴露在大庭广众之中，坦然自若、满不在乎地说说笑笑。我刚才说的一大奇观，就是指的这个场景。能为文明社会的诸君在此介绍眼前的场景，本猫深感荣幸。

　　不过，里面一片嘈杂喧嚣，实在不知从何说起。怪物们的举止作为毫无规律可循，要想井井有条地加以叙述，实在棘手。

　　就先从浴池讲起吧。那里是不是浴池我也不太懂，只是估摸着是浴池吧。浴池大概三尺宽，一丈多长，隔为两部分，其中一部分是乳白色的热水。这个号称是药浴，水里像是泡了石灰，混浊得很。不光混浊，还油腻腻的、黏糊糊的。一打听，原来是一周才换一次水，难怪看起来都发臭了。池子另一部分的水是普通的热水，也好不到哪儿去，绝对谈不上清澈透明，颜色就像是天水桶 ① 里的水搅浑了的样子。

　　下面讲讲怪物们。这可费劲了。

　　在"天水桶"那边，直直站着两个年轻人。他们面对面站着，往肚子上哗啦啦地撩水，真是优哉游哉。两人的肤色一个赛一个地黑，看样子挺强壮的嘛。

　　正这么想着，其中一个拿毛巾在胸口处反复搓着转圈圈，说："阿金，这个地方怪疼的，不知道咋回事。"

　　阿金很热心地提醒他："那里是胃哦，胃这东西可要命了，不能大意啊。"

　　"不过，是在左边啊。"那位指着左肺的位置。

　　"那里是胃部啦，都说左胃右肺嘛。"

　　"是这样啊，我还以为胃部是在这儿呢。"他敲了敲腰那里，给阿金看。

---

①　为防火而放在屋檐下储存雨水的木桶。

阿金说："那儿疼的话可能是疝气。"

这时，一个二十五六岁、留着小胡子的青年扑通跳进水里。他身上擦的肥皂沫与泥垢一同在水面上浮起，闪着油光，就跟水面蒙了层铁锈一般。

他旁边有个秃顶的老头，跟一个剃平头的正在唠叨着什么。两个人都是只有脑袋露出水面。

"人啊，一上年纪就不中用啦。怎么样都比不上年轻人了。不过洗澡水还是喜欢烫的，要不然不舒服。"

"您老人家这身子骨还结实着呢，精神头好啊。"

"嘻，哪有啥精神头，也就是没病没灾的就行啊。人啊，要是不干坏事，活到一百二十岁没问题。"

"哎？能活那么久？"

"能，保你活到一百二十岁！维新前牛达有个叫曲渊的旗本武士，他有个仆人就活了一百三十岁。"

"那他可真能活啊。"

"嗯嗯，他活得太久了，都忘了自己年纪了。只说一百岁以前还记得，以后就记不得了。我只知道他一百三十岁的时候还活着，但他不是那年死的，之后怎么样我就不清楚了。后来说不定还活着呢。"

老头儿说着出了浴池。留小胡子的青年在周围撒了些像是云母片之类的东西，一个人莫名地嘻嘻笑着。

老头刚出来，又跳进去一个。跟一般怪物不同，他背上有刺青的图案，好像是岩见重太郎[①]挥舞大刀战巨蟒，可惜似乎没有完全竣工，不见巨蟒的踪影，重太郎看上去也不对劲。他嘟囔着跃入浴池："这个水说热不热，说凉不凉，真没劲儿。"

---

① 日本战国时代至江户初期的武将。——编者注

有人紧跟着进来，怕烫似的龇牙咧嘴道："这有点太……还得再烧热点才好。"他跟重太郎打了个照面，招呼说，"哟，掌柜的，您也来了？"

重太郎"嗯"了一声，过了会儿问："阿民现在怎么样了？"

"还能怎样，老样子，喜欢玩两把。"

"老是赌钱那哪成啊……"

"就是，那个人啊，就喜欢歪门邪道，反正大家都不爱搭理他……怎么说呢……总之就是让人信不过吧。一个手艺人，那样子是不行的……"

"是啊，还不知道天高地厚，鼻孔朝天，那谁能信得过他？"

"那可真是……他老以为自己有两下子，到头来还不是自己吃亏。"

"白银町的老人都没了，现在就剩下桶匠老元、砖瓦铺的掌柜和您了。咱们这些人都是土生土长，至于阿民，谁知道他从哪里冒出来的。"

"对对对，不过倒是没想到他能混到这一步……"

"嗯，可不管咋说，没人缘啊。都不跟他往来嘛。"

就这么着，两个人从头到尾都在说阿民的坏话。

"天水桶"这边的光景是这样，再来看看药浴那边。嚯，这儿可真是人满为患啊，与其说是人在里面泡澡，倒不如说是在人堆里加了点热水。可他们个个都优哉游哉，从刚才开始就只见有人进去，不见有人出来。人这么拥挤，又是过上一周才换水，水不脏才怪。本猫称奇不已，环顾四周，哟，这不是苦沙弥先生吗？他正被挤到左边角落里，满脸通红，缩成一团。好可怜哦，要是有人让开条路让他出去就好了。可谁也没有动弹的意思，主人看样子也不想出来，只是脸憋得通红，一动不动窝在那儿。真是辛苦啦，看来他是要把二分五厘的洗浴钱用到极致才行啊。已经泡成这样了，还不快点上来，就不怕蒸晕过去吗？窗框上的本猫牵挂着主人的安危，禁不住为他担忧。

这时，主人旁边有人皱着八字眉说："这水有点烧过头了，后背上热辣辣的，直往外冒汗。"他向周围的怪物暗暗寻求共鸣。

"哪里，这样才正好，药浴不烫一点就没效果啊。在我们老家那儿，水比这儿还要热一倍呢。"有人颇为骄傲地吹嘘。

"这种水到底能治啥病啊？"有人问，说着把叠好的毛巾顶在凹凸不平的脑袋上。

"能治好多病，啥都能治，厉害着呢。"说这话的人瘦巴巴的，脸的形状和颜色都宛若黄瓜。要是这洗澡水那么有用，他应该更强壮些才对啊。

"投上药，到第三、第四天的效果最好了，今天洗正好赶上。"说这话的"大明白"胖嘟嘟的，可惜是虚胖。

"这水喝到肚子里也有用吗？"不知哪里有人尖声尖气地问。

"等凉了喝上一杯，睡觉的时候不用起夜，可神了，喝喝试试吧。"不知说这话的是谁。

药浴那边的景致就说到这儿，再瞧瞧冲洗间那边。一个个亚当挨挨挤挤，摆出各种姿势，随心所欲洗着身上各个部位，实在不雅观。其中有两个亚当最令我诧异：一个仰面躺着，呆望着高高的天窗；另一个趴在那儿，凝视着水沟。这两位亚当还真是安闲自在。又有一个和尚，面向石壁蹲着，一个小和尚在给他捶肩膀。他们想必是师徒关系，小徒弟代行搓澡师傅的义务。真正的搓澡师傅呢，也在。他看上去像是得了感冒，这么热还穿着坎肩，拿着个椭圆的小桶往客人的肩上浇水。他右脚的拇指缝隙间夹着块粗绒搓澡巾。

这边有一位，贪得无厌地占了三个小桶，不断地劝旁边的人用他的肥皂，嘴里喋喋不休讲着什么，仔细一听，原来说的是："火枪这东西是从外国传进来的，从前都是拿着大刀对砍，哪有用火枪的。可外国人呢，不要脸，鬼鬼祟祟的，就造出这种东西来。还不是中国人，是别的外国人发明了火枪这东西。和唐内① 那时候还没有这玩意儿。说起和唐内啊，也是清和源氏② 。据说义经从虾夷去满洲的时候，带了个很有学问的虾夷人。那时啊，源义经的儿子要攻打大明，大明怕打不过，就派使者去三代将军那儿借三千兵马。三代将军却扣留了那个使臣不让他回去。那个使臣叫什么来着？总之是扣了他两年，给他在长崎找了个青楼女子，那个女人给他生了个儿子，就是和唐内。后来啊，他回家乡一看，大明已为国贼所灭。"他究竟在胡说八道些什么，听得我如堕五里雾中。

他身后有个二十五六岁的青年，脸色阴沉、神色茫然，正在不断用药浴池里的水热敷大腿，那里好像长了个疖子，疼得他难受。他旁边是个十七八岁的小伙儿，满嘴脏话说个不停，什么"你小子啊""老子我啊"，估计是住在附近的寄宿生吧。他边上有个人，脊背长得很怪，就好像从屁股往上插了根紫竹，脊椎骨的关节一节一节历历可数。脊椎左右整齐排列着四个圆斑，像是"十六子棋"的棋子，红彤彤、烂糟糟的，周围还窝着脓。

要是这么——写来，要写的事儿可就太多了，本猫哪怕竭尽全力，恐怕也难以展示其一斑。正在懊悔自己捡了一件麻烦事儿，忽见门口那儿出现了一个穿浅黄棉衣的老汉，是个年近古稀的光头。这光头老汉恭恭敬敬对这些裸体怪物很流利地说道："喂，大家好啊，每天都来照顾生意，多谢啦！今儿有点冷，大家都慢慢地洗。多去药浴池子那边好好泡一泡，暖和暖和。掌柜的，多留神看看水温合适不……"

掌柜的应了一声："哎。"

"和唐内"对老头儿大加赞赏："听听，真会招呼客人，和气生财啊，不这样怎么会有买卖。"

---

① 近松门左卫门所作净琉璃剧《国姓爷合战》的主人公，其原型即郑成功。
② 源氏分支之一。日本清和天皇将其孙经基王降为臣籍，并赐以源姓。

突然有这么个怪老头儿现身，我很是惊奇，就把别人放到一边，专注观察老头儿的动向。

老头儿见一个四岁大的小孩正从池子里上来，就伸过手去，招呼说："小哥儿，到爷爷这儿来。"

那孩子见老头的脸长得活像一块踩扁了的豆馅团子，害怕得大声哭起来。老头儿一愣，尴尬地说："啊，怎么哭了？爷爷吓着你啦？哎哟喂，怎么会这样？"

无可奈何之下，他话锋一转，对孩子他爹说："哟，是源老板啊，今儿可真冷。听说昨晚近江铺子里进去一个小偷，可真是个笨蛋啊。门上破了个四方的口子，可你猜怎么着？他啥也没拿就跑了。大概是警察或者巡夜的路过吧。"

他对那个狼狈的小偷大大嘲讽了一番，又转向另一个人说："嗯，嗯，冷吧。你还这么年轻，才不觉得冷。"事实上只有他自己觉得冷，只因他是个老头儿。

我被这老头儿吸引了注意力，将别的怪物都抛在了脑后，就连正在受罪的主人也从记忆中消失了。这时，突然从冲洗间和更衣间相邻地带爆发出大声怒吼，一瞧，不是别人，正是苦沙弥先生。主人的声音格外高亢，又沙哑刺耳，我这也不是头一次听见了，只是，在今天这样的场合听到，仍是让我吃惊不小。估计在热水里强忍着泡得太久，导致火气上涌吧。如果这仅仅是病态冲动，还没什么可指摘的。不过，他虽然在发火，却还保持了理智，究竟是何原因让他发出如此难听的大吼，很快就明白了。原来他正在跟那个爱吹牛的不值一提的寄宿生大声争吵，这未免有点不顾身份。

"退后一点，别把水泼到我桶里！"

这个正在大吼的自然就是主人了。凡事都要看你怎么去认为，这声大吼也未必就可断定是火气上涌的结果。在一万个人里，也许有一个

255

会认为主人这声怒吼堪比高山彦九郎[1]呵斥山贼，说不定主人本尊就抱着这样的想法而演了这出戏，只可惜对方并没有自封山贼，这出戏也就没有达到预期的效果。

寄宿生回过头，老实地回答道："我早先就在这里的。"

这句回答寻常至极，不过是表明了自己不想挪窝的意思。这肯定不能让主人顺心。但对方的态度、口气，显然没法像骂山贼那样来对待，主人再怎么冒火，这点也是看得明白的。然而，主人的怒吼似乎不是由于寄宿生占了他的位置，而是刚才两人的言谈粗野傲慢，没有学生样儿。主人从头听到尾，憋了一肚子火。现在，对方虽然老实地回答了他，他却不愿意就这么一声不吭地去更衣间，而是又骂了一句："什么混账玩意儿，在别人桶里泼脏水，还嘴硬！"这才走开了。

对那两个半大孩子，我自己也觉得讨厌，这时心里不禁暗叫"快哉"。可又觉得，主人作为一名教师，其举止实在不够稳重。他本来就是个老顽固，就像烧过的煤渣子，又硬，又有棱角。想当年迦太基的汉尼拔将军在翻越阿尔卑斯山时，路当中有块巨石，阻碍了军队的通行。汉尼拔就让人在巨石上浇醋，再用大火来烧，等烧软了，便用锯子像切鱼糕一样把巨石锯开，大军这才得以顺利通过。主人在这么灵验的药浴池里都快煮熟了，还是没软化下来，看来非得用醋泡过再用火好好烤一烤才行了。否则，这样的学生再出几百个，用上几十年，也没法改变主人的顽固。

泡在浴池里也好，在冲洗间躺着也罢，这些人脱去了文明人必不可缺的衣服，成了一群怪物，便不再遵守常规俗礼，做什么都无所谓。他们能让胃占了肺的位置，能把和唐内认作清和源氏，能大肆说阿民的坏话。不过，一旦出了冲洗间，进入更衣间，回到普通人的娑婆世界，穿上文明人必要的衣物，言行举止又必须得像个人样儿了。

---

[1] 高山彦九郎（1747—1793），江户时代后期的武士，尊王论者，与林子平、蒲生君平并称"宽政三奇人"。

此刻主人正踏在门槛上，在冲洗间与更衣间的门槛上，他将从此回到和颜悦色、圆滑世故的世界，而就在这当儿，他依旧那么犟，可见这对他来说已经成了顽疾。顽疾可不是那么容易矫正的。要治好这个病，按照愚见，只有一法，那就是请校长将其免职。免职之后，不懂变通的主人肯定无路可去，到最后只能成为路旁饿殍。换言之，免职对主人意味着死路一条。主人虽说喜欢闹点小病小灾的，实则却很怕死。得点不至于死的小病可以说是一种奢侈，借此享点清闲。因此要是吓唬他说："你如果再这样得顽固病，就杀死你！"那胆小的主人将会吓得瑟瑟发抖，这么一发抖，主人的顽疾兴许就好了。如果这样还是不行，那可就没治了。再怎么荒唐、有病，主人毕竟是主人。有诗人云：一饭君恩重。在下虽是猫，对主人的前程难免要牵肠挂肚。

心里满怀对主人的同情，注意力都在他身上，便没再留心冲洗间那边。突然听见从那边传来一连串的叫骂声。这里也有人在吵架？回头一看，只见怪物们把狭窄的浴池入口挤得水泄不通，有毛的小腿、无毛的大腿来回晃动，乱成一团。

时值初秋，正是傍晚时分，冲洗间上方直到顶棚都笼罩在一片蒸汽里。透过雾气，怪物们你拥我挤的样子依稀可见，"烫死啦，烫死啦"的叫喊贯穿我两个耳朵，震得我的脑袋瓜嗡嗡乱响。黄、蓝、红、黑各种音色层层叠叠，纠缠在一起，形成一种无以名状的喧嚣，在浴场内蔓延开来。除了混杂、迷乱，没有别的词可以形容这团毫无用处的噪音。我被这情景弄蒙了，茫然杵在那儿。当这团哇呀乱叫的混乱达到顶点、再也无以复加之时，突然，人群中站出一个大汉，那大汉比旁人足足高出三寸，也不知他是长了一脸的胡子，还是在一堆胡须间冒出张红彤彤的脸，只听他大声喝道："压住火！太烫了！"这嗓门犹如烈日下敲破钟一般，纷纷扰扰的喧嚣当中，这脸膛、这嗓门如此超凡拔群，在那一瞬间，仿佛整个浴场的人群凝缩成了他一个。

超人啊！这就是尼采所说的超人吧。是妖魔里的大王、怪物里的头领。这时，就听浴池后有人应了一声："好咧！"咦，这又是谁？视线转移到那边，只见一片昏暗里，那个穿坎肩的搓澡师傅为了压住火势，正将一大块煤扔进炉膛。煤穿过炉灶门，发出噼噼啪啪的响声，搓澡师傅的半边脸一下亮了起来。与此同时，他后面的砖墙在黑暗中也像着了火似的亮堂堂的。这场景令我胆战心惊，慌忙跳下窗台，奔向家中。回家路上我仍在想：众人脱去了外褂、裤衩、裙裤，努力追求平等，但在赤裸裸的一大群人中，却有一位豪杰之士迥异群伦。可见，不管怎么赤裸，也无法实现真正的平等。

到家一看，天下太平，主人刚出浴的脸上熠熠生辉。他正在吃晚餐，见我从檐廊上进来，说："这个猫可真逍遥自在啊，不知又逛到哪儿去了。"

看看饭桌上，虽然他们老说没钱，但也摆了两三样菜品。其中还有一条烤鱼。不知叫什么名儿，大概是昨天在东京湾炮台附近捕捞的吧。本猫曾放言说鱼儿身体很结实，可再怎么结实，也顶不住这么又是烤啊又是煮的。唉，倒不如体弱多病、苟延残喘更好一些。这么寻思着，便在饭桌旁边坐下，想瞅个空儿犒劳一下自己，于是装出似看非看的样子。要是不懂得装样子，还惦记着鱼有多好吃，那不如死了这条心。

主人尝了一点鱼，脸上的神色像是说不好吃，就放下了筷子。太太坐在他对面，打量着主人下巴离合开闭的样子，手里的筷子仍旧上下翻飞。

主人忽然向太太提出要求："喂，敲一下猫的脑袋。"

"敲它干吗？"

"不用管，让你敲你就敲呗。"

"就这样？"太太用巴掌拍了一下我的头，一点都不痛。

"它没叫啊。"

"嗯。"

"再敲一次试试。"

"不管敲几次不都一样吗？"太太又用巴掌拍了我一下。还是不痛，因此我纹丝没动。主人这是要干吗？本猫固然善于洞察人心，但一下子也摸不着头绪。要是明了的话，也好想个法子满足他的心愿啊。只说要敲打我，不单太太不明所以，被打的本猫也觉得莫名其妙。

主人见打得不让他称心，就有些焦躁起来："喂，再用点力，打得它叫才行！"

太太脸上显出些不耐烦："为啥非得打得它叫才行啊？"于是又啪地打了我一下。

既然明白了主人的用意，那就好办了。原来只要叫一声，主人就可以满足。主人就是这么个蠢货，因此才讨厌。想让本猫开口，怎么不早说，何苦劳烦太太三番两次地打我，做无用功。本来一次就成的事，哪用得着费这些周折。除非你的目的就只是打我，才可以差使太太动手。否则，干吗让人打我啊？别人打不打是一回事，我叫不叫是另外一回事。倘若一开始是想让我叫，却只命令人打我，以为这个命令本身就包含了猫会叫的意思，那这种想法可太自以为是了。这简直是不重视本猫的尊严，没把本猫放在眼里。如果是主人视若蛇蝎一般厌恶的金田一流，做出这种事来也就罢了，主人可是一向标榜自己耿直坦率的啊，现在这么干未免有点奸诈。

不过，主人倒也不至于卑劣至此。他发出这样的命令，应该不是出于极端狡猾，而是因为他智慧不足的脑子里进了脏水，才养出这种孑孑似的念头。估计主人是这么想的：吃了饭就不觉得饿，割破皮就流血，杀了人就会死人，由此可推论——猫一打就会叫。可惜这一点都不合乎逻辑。要是按这个思路推论下去，那不管谁掉到河里都会淹死，吃了油炸虾就会拉肚子，领了薪水就要去上班，读了书就会出人头地，等等等等。诸如此类的想法都叫人莫名其妙。就拿"猫一打就会叫"来说，就让我很为难。这不是把我当作庙里的钟，一敲就响吗？我生下来可不是干这个的。

我先是心里暗暗将主人痛扁了一顿，不过还是照他的意愿"喵呜"叫了一声。

哪知道主人接着就问太太："这猫'喵呜'叫了一声，你可知道，这个'喵呜'是感叹词，还是副词呢？"

太太让他这么猛然一问，只是哑口无言。我想，这是不是泡澡泡出来的火气还没消完啊？本来嘛，主人早就让街坊四邻当作有名的怪人，甚至还有人断言他是个神经病。可是主人极端自信，说："我才不是神经病，世人才是神经病呢！"邻居叫主人是"疯狗"，主人声称为了公平起见，唤他们是"蠢猪"。总之，主人无论何时何地都要维护公平，简直拿他没辙。这样一个人会对太太提出如此奇怪的问题，对主人而言只是小事一桩，但别人听上去却似疯言疯语。故而太太如堕五里雾中，啥也没说。就连我也没法答他啊。结果他又大声嚷嚷起来——

"喂！"

"哎？"太太慌忙应了一声。

"你这一声'哎'，是感叹词还是副词？"

"爱是啥就是啥呗，这种鸡毛蒜皮，管他呢？"

"你说得倒轻巧，这可是让当今的本国语言学家伤透了脑筋的重大问题啊！"

"哎哟，猫叫也成了重大问题？算了吧。猫叫能算是日语吗？"

"所以说这是一个艰深的问题嘛。这叫作'比较研究'。"

"哦？"太太作为一个聪明人，不想在这种问题上钻牛角尖，"那么，到底是什么词，现在弄清楚了吗？"

"重大问题嘛，怎么可能那么容易弄清楚。"主人大口嚼着鱼，顺便又把旁边的芋头猪肉塞进嘴里。

"这是猪肉？"

"嗯，是猪肉。"

"哼，"主人口气很是不屑地咽下了猪肉，又拿起了酒杯，"我再喝一杯！"

"你已经喝得上脸了，都红成那个样子了！"

"我还要喝——你知道世界上最长的词吗？"

"哎？是'前关白太政大臣'？"

"那是名字。我问的是最长的词，你知道吗？"

"你说的词，是洋文单词？"

"嗯。"

"不知道……酒就别喝了，我给你舀饭吃吧。"

"不，我还要喝。要我告诉你最长的单词吗？"

"嗯，说完了就吃饭吧。"

"最长的词是 Archaiomelesidonophrunicherata[①]……"

"是你乱扯的吧？"

"我怎么会乱扯，这是希腊语。"

"那用日语说是什么意思？"

"我不知道什么意思，只知道怎么拼写，要是写出来，得有六寸三分那么长。"

别人都是喝醉了才会乱说一气，可他呢，脑子还算清醒，就开始胡诌八扯了，真是一道奇观。要说今晚他也确实喝了不少。平时只喝两杯的，现在已经喝了四杯。他喝两杯就脸红了，如今喝的是平常的两倍，脸已经跟烧红的火筷子一样，看着都难受。可他还不肯罢休呢。

---

① 古希腊喜剧作家阿里斯托芬的剧作《马蜂》中出现的词语，意为"像陈腐、甜腻的普律尼科司的西顿诗歌一样"。

"再给我一杯！"

太太不高兴地沉下脸，说："已经够了，还是别再喝了，不难受吗？"

"哪怕是难受也得学着多喝点。大町桂月 ① 跟我说了：'举杯痛饮吧！'"

"大町桂月是谁？"大町桂月再怎么大名鼎鼎，在太太这里根本无足挂齿。

"大町桂月啊，那可是当今第一流的批评家。他说要'举杯痛饮'，那肯定没错！"

"真是胡扯。管他桂月、梅月，哪有难受也要喝的道理？简直是吃饱了撑的！"

"还不光劝我喝酒呢，他还劝我要多结交一些人，多去找找乐子，到处走走逛逛呢。"

"还有这种坏人啊？这种人也算什么第一流的批评家？真恶心，竟然劝一个有老婆的人去嫖娼……"

"风流一下也好嘛。哪怕桂月不劝我，我要是有钱，说不定也真会去玩玩呢。"

"幸亏你没钱。你都一大把岁数了，要是放荡起来，那可就惨了。"

"你既然这么说，那就算了，可是我不出去玩，在家你可得好好疼我，每晚多给我做点好吃的。"

"我可是尽了全力的。"

"那就行，等我有钱了，再说出去玩的事儿，今晚就喝到这儿吧。"说着，他递给妻子饭碗。他大概吃了三碗茶泡饭。本猫这一晚也享用了三片猪肉和一个盐烧鱼头。

---

① 大町桂月（1869—1925），诗人、评论家，喜欢喝酒、旅游。

第八回

落云馆顽童戏庸师
卧龙窟主人捉劣徒

在介绍"跑篱笆"运动时，本猫已经略略描述过环绕主人家庭院的竹篱笆。不过，请不要以为篱笆另一边就是左邻右舍，比如什么什么次郎之类的。这里房租虽然便宜，但毕竟是苦沙弥先生嘛，他可不会与什么什么次郎之类的有任何亲密接触。篱笆外面其实是块三丈宽的空地，其尽头是五六株翁翁郁郁的柏树。从檐廊望过去，对面好似一个繁茂的树林，而先生俨然是一位僻居荒野、与无名猫儿为伴的隐士。

可惜那柏树的枝条并不像我吹嘘的那么繁茂，从枝条的缝隙间很容易见到那家号称"群鹤馆"的廉价旅馆的简陋屋顶。这家旅馆除了名号雅致之外，其余方面都乏善可陈。面对着这样的旅馆，再想象苦沙弥先生的隐士风度，那可费劲了。不过，既然这样的廉价旅馆都可以叫"群鹤馆"，那主人的住宅也可以当仁不让叫"卧龙窟"了。反正名头再大也不用上税，大家就随便取些糊弄人的名号得了。

前文说的这片三四丈宽的空地，沿着篱笆东西展开，有六七丈宽，然后突然一拐，包围了卧龙窟的北面。这北面便是骚乱之源。

主人的住宅两侧为空地所包围，本来可以豪气干云地声称空地尽头还是空地，可不单卧龙窟主人，就连窟内的本猫，对这大片空地也觉得很棘手。正如南面柏树巍然耸立，北边也有七八株梧桐树严阵以待。梧桐树有一尺粗了，要是请个木屐匠来，估计能卖个好价钱。可惜主人只是租客，那可没辙了，这些树再怎么值钱，也没法付诸行动。对于主人来说，这真是遗憾。前不久学校里的杂役看中一根树枝，下次来时便穿上了新的桐木屐，没等人问，自己就扬扬得意地招认：这是用上次那根树枝做的。真是个滑头。

　　虽有梧桐树若此，可对主人家和本猫来说，却带不来一文钱。古语云："匹夫无罪，怀璧其罪。"我们也可以说望着这些能卖钱的树只能干瞪眼："匹夫没钱，有桐树也没钱。"不过，犯傻的并不是主人，不是本猫，而是房东传兵卫。梧桐树在不断催促："能找个木屐匠来吗？行不行？还不来吗？"但传兵卫对此听而不闻，视若无睹，就知道过来收房租。

　　在下与传兵卫无冤无仇，就不说他的坏话了，还是回到正题上来，跟大家解释一下为何刚才说这块空地乃是骚乱的根源。只是这些话天知地知，你知我知，千万别转述给主人。

　　这块空地，最不方便之处就是没有围墙，是一处风和人都来去自由、畅通无阻的所在。当然，这是以前的事儿了。现在这里已经修起了一道围墙。不过这话呢，如果不追溯到过去就讲不清楚。医生若不明了病因便无从下手医治。我呢，也得从主人刚搬到此处时说起。且听我慢慢道来。

　　风在这里横行无阻，夏天不用说是很凉爽的。虽说不小心会有失窃的危险，但主人家实在也没啥好偷的，除了山药。因此对主人家来说，什么围墙啊，篱笆啊，乃至木桩子、鹿砦之类啊，全都没必要。可是，窃以为，是否采取这些御敌措施，要取决于空地对面住着什么人或动物。故而，要解决这一问题，当务之急是要查明对面盘踞的诸君子的性质。

如今尚不知对方是人还是动物，就姑妄称之为君子，未免操之过急，但也不会有什么大错。如今这世道可是连小偷都能被称为梁上君子啊。当然，我们要提到的这些君子倒不需要劳驾警察，可他们虽说不至于惊动警察，却也为数众多，乌泱乌泱的。这些便是就读于"落云馆"——一所私立中学的八百君子。此校为了培养他们成为君子，每人每月要交两元学费。

假如你认为学校叫"落云馆"，里面求学的便都是谦谦君子，那可就大错特错了。就如"群鹤馆"里没有鹤，"卧龙窟"只有猫，"落云馆"也是名不副实。只需要瞧瞧号称是学者、教师的我家主人苦沙弥是怎样一副德行，便可想见那"落云馆"里的自然也不是什么文质彬彬的风流才子。倘若谁还有疑虑，不妨在主人家住上三四天，其疑虑也就涣然冰释了。

如前文所述，主人刚搬到这儿时，空地上并没有围墙，落云馆的君子就像车夫家的大黑，每日悠悠然信步来到梧桐树林里，吹牛皮、吃便当、在矮竹丛里睡觉、打滚——总之，为所欲为，无所不为。然后，他们就把便当的残骸，即笋壳，以及旧报纸、旧草鞋、旧木屐，凡是被称为废旧物品的，全都扔到这儿。主人一向不拘小节，得过且过，对此泰然处之，从未提出过什么抗议，也不知道他是不知情呢，还是虽然知情却无意追究。

然而，随着君子在学校所受的教育日益增加，他们便越来越有君子之风，从北边向南面蚕食。"蚕食"一词用在君子身上不太合适，只是找不到更恰当的，姑且这么用吧。他们就像逐水草而居的沙漠游牧民，逐渐离开梧桐树林，挺进到柏树林这边。柏树林在主人客厅正对面。若非大胆的君子，是不会采取这种行动的。过了一两天，他们越发肆无忌惮，可以说"特大胆"了。

看来再没有比教育给人的影响更可怕的了。他们不单从正面接近客厅，还在客厅前面唱歌。唱的什么歌我已经忘记，反正绝非三十一字的和歌，而是更活泼、更通俗的歌。不仅主人为之吃惊，就连本猫也叹服这些君子的才艺，不由得侧耳倾听。不过读者须知，叹服和干扰这两件事可以并立，此时却合二为一，现在想起来仍觉得遗憾。

主人也觉得遗憾，不得已从书斋冲出去，怒吼道："这不是你们该来的地方，走开！"

他三番两次赶他们走，可毕竟他们是受过教育的君子，在这事上可不会那么乖乖地听话。赶走了，不一会儿又回来，回来后又扯开嗓门，要么唱起活泼通俗的歌，要么就高谈阔论。因为是君子之间的谈论，自然风格独特，都是"你小子""滚你妈的"之类的，据说这些话在明治维新以前原本是属于侍从、轿夫、搓澡工的专门知识，到了二十世纪却成了受教育的君子所学的唯一语言。有人对此现象解释道："这就跟过去运动被普通人所轻蔑，现今却风靡一时是同样的道理。"

主人冲出书斋，捉住一个最擅长这种言谈的君子，诘问他："为何要来这里？"这个君子居然一时忘记了"你小子""滚你妈的"这种高雅的谈吐，用下流的话语回答道："我还以为这里是学校的植物园。"主人警告他下不为例后便放掉了他。

说"放掉"，听起来就好像放掉一只小乌龟一样，有点可笑，实际情形则是他抓住对方的衣袖，进行了一番严正交涉。这么一通三令五申后，主人自以为可以高枕无忧了，谁知自女娲造人以来，世上的事从来就不遂人愿。主人又失败了。

他们从北面进来，穿过庭院，哗啦啦地打开大门，家里人还以为是有客人驾到，结果他们却从桐树林那边爆发出一阵哄笑。形势越发动荡，教育的功效也越发显著。可怜的主人为此大伤脑筋，只好窝在书斋里恭恭敬敬修书给落云馆的校长，恳请对方稍加约束。校长也郑重回信给主人，声称会修一道篱笆墙，敬请等待。没过多久，来了两三个工人在主人的住宅与落云馆的边界处筑起一道三尺高的方格竹篱笆。主人以为这下可万事大吉了，很是高兴。他真是蠢啊。这哪能让君子们洗心革面呢？

说起来，捉弄人实在是有趣之事。就连本猫，也时不时捉弄一下家里的小姑娘，而落云馆的君子们，老想着捉弄脑瓜不灵光的主人，那也是顺理成章的。除了受到捉弄的本尊，别人都没感到不满。

本猫剖析捉弄人的心理，其中有两个因素：其一，受捉弄者不能无动于衷，满不在乎；其二，捉弄人这一方要在势力或数量上绝对占优。

前阵子主人从动物园回来，曾感叹不已。一问，原来是为了骆驼与小狗吵架的事。那小狗疾风一般在骆驼周围旋转、狂吠，可骆驼呢，却不为所动、毫不介意，依旧背着两个大肉瘤直挺挺耸立在那儿。不管小狗怎么狂吠不休，骆驼都不搭理它。小狗终于自觉没趣，不再骚扰。主人当时连连嘲笑那头骆驼麻木迟钝。然而对于解释捉弄心理来说，没有比这个例子更合适的了。捉弄者再怎么能折腾，对方若是像骆驼这样，那就是白费功夫。

又比如说，倘若对方是狮子、老虎之类的，太过于强横，那也不行。还没等开始捉弄对方，就已被对方撕成碎片了。

对方一受到捉弄就龇牙咧嘴、暴跳如雷，可不管怎么怒火冲天，对自己却无可奈何，自己可以确保绝对安全。这种情况下，捉弄人真是无比地愉快。这种事何以让人感到愉快呢？原因不胜枚举，在此略举一二。

首先，可以消磨时光。穷极无聊之时，有人甚至会清点自己的胡须。有故事说，从前有犯人因为过于无聊，就在牢狱墙壁上不断重复地画三角形来消磨时光。世上再也没有比无聊更难忍受的了。要是没有什么令人振奋的刺激事件，活着未免太苦闷。而捉弄人就是通过制造刺激来获得愉悦。只是，若不能惹对方发怒、焦躁、犯愁，便不够刺激。因此，自古以来，沉溺于捉弄人这种乐趣的只有两种人：一是不考虑他人感受、烦闷无聊的家伙，如旧时那些昏聩的大名领主；二是精力充沛到不知如何发泄，除了找乐子之外根本不顾及其他、头脑幼稚的半熟小子。

其次，为了实地证明自己的优势，捉弄人是最为简便的方法。当然，杀人、伤人、陷害人，也可以证明自己的优势，但这些是以杀人、伤人、陷害人为目的时所采取的手段，至于自己的优势，则是在这一手段实施后作为必然结果的现象。因此，一方要展示自己的优势，但还不至于要加害对方，这种场合下，捉弄人最合适不过了。当然，要是一点都不伤害到人，那也不能成为自己确实强势的证据。而如果不通过事实证明，自我优越感再怎么强烈，所得的快乐也是浅薄的。人都爱自命不凡。哪怕在很难证实自己不凡的情况下也要自命不凡。因此，他们只有通过实际行动展示一下自己何等了不起之后，才会觉得心安理得。特别是那些不可理喻的俗物，若不能实际表现一下自己多么厉害，心里总觉得不自在，他们会利用一切机会来捉弄人，获得让自己安心的"证券"。这就跟柔道家总是动不动想把人摔一跤一样。那些二流的柔道家，老在大街上转悠，就是因为抱有一种险恶的想法：无论如何，哪怕一次也行，要找个比自己弱的可怜虫，实在不行找个外行人，反正只要能把对方摔倒就满足了。

此外还有许多理由，说来话长，这里便不再赘述了。要是有谁想听，可带一盒鲣鱼干前来，本猫将不吝赐教。

参考以上所说推论之，在我看来，最适宜的捉弄对象，莫过于奥山动物园的猴子与学校的教师了。将学校教师与奥山动物园的猴子相提并论，似乎不大恭敬——不是对猴子，而是对教师来说。可是，两者实在很相似，没办法啊。如君所知，奥山动物园的猴子是被铁链拴着的，它再怎么龇牙咧嘴、上蹿下跳，也不用担心它会挠到人。而教师呢，身上虽然没有铁链子，却被薪水给拴住了。不管怎么让人捉弄，总不能辞职不干去暴打学生。要是真有辞职的勇气，当初也不至于干教师、做孩子头了。

主人是教师，虽说不是落云馆的教师，可确确实实是教师。捉弄这样的人最合适、最简便，也最安全。落云馆的学生都是半熟少年，捉弄人可以让他们感觉自己身价倍增，脸上增光添彩，将其作为一项教育成果，他们可以理直气壮地要求这一权利。再说了，他们倘若不捉弄人，身上过剩的精力、脑子里满溢的念头将无处安放，而十分钟的课间休息也会让他们闷得发慌。各方面条件都已具备，主人就等着被捉弄吧，学生们也自然准备好了要捉弄他。无论谁都觉得这是顺理成章的事儿。主人为此气得吹胡子瞪眼，才真是昏庸至极、愚蠢透顶。

下面便逐一介绍一下落云馆的学生是怎么捉弄主人，而主人又是如何展现自己的昏庸与愚蠢的。

诸君都了解方格竹篱笆是啥玩意儿吧。这玩意儿通风极好，修筑起来也简便，姑且也可美其名曰"墙"。这种墙是挡不住我等猫儿的，可以自由自在出入。这种东西对我们来说，有跟没有是一个样儿。不过落云馆的校长建墙可不是为了防猫，而是为了阻挡那些学校培养的君子随意往来，才特意让工人修建了这道篱笆墙。再怎么利于通风，人是钻不过去的。篱笆上虽然有四方格子，但即使是清国的魔术师张世尊，想要钻过这四寸见方的孔洞，也是难于上青天。故而就人类而言，这道篱笆的确起到了墙的作用。因此主人见了这个，心里喜不自胜，觉得以后就能万事大吉，也不无道理。然而主人的逻辑有个很大的漏洞。这个洞比篱笆上的洞要大得多，可以说是个网漏吞舟之鱼的大洞。主人所有的判断都是从"不可逾墙"这一假设出发的。照他想来，不管墙多么简陋，只要冠以墙之名，将区域的分界线划清楚，那就绝不用担心他们会擅自闯入。继而他又很快推翻这一假定，退一步讲，哪怕有人要擅自闯入，料他们也进不来。无论多小的孩子，总不能从篱笆方孔里钻过来。由此他匆忙下了定论：绝无乱入之虞。

只要不是猫，就钻不进来，这是自然啦，可是要想翻过来、跳过来，却不费吹灰之力，而且是一项颇为有趣的运动哪。

自打建好篱笆墙的次日起，他们就一个个扑通扑通鱼跃而过，来到北边的空地上。其情形与没建墙时毫无二致。不同的只是他们如今不再深入客厅正面。那样的话，一旦被追赶，逃跑时会很费时间，因此他们一开始就计算好了逃跑时间，在没有危险的地带晃荡。

他们在干什么勾当，窝在东厢房的主人没法看到。若想了解他们在空地上的所作所为，要么打开栅栏门，从相反的方向拐个直角过去，要么站在茅房的窗户前，隔着篱笆眺望，除此之外别无他法。

从窗户向外眺望时，他们所在何处、干何勾当，可以一目了然，但即便发现了几个敌人，也没法实施抓捕，顶多隔着窗户大声呵斥几句。倘若打开栅栏门，迂回进攻敌人的阵地，则敌人一听见脚步声，早已逃至篱笆对面。这就跟偷猎船开往正在晒太阳的海狗群一样。主人当然不可能一直守在茅房里探察敌情，话虽如此，要是开着栅栏门，一听见动静就飞奔出去，那也不成。真想那么干，就得辞去教师一职，专门做抓捕工作才行。主人这边的不利在于，他在书斋里待着，敌人是只闻其声不见其人；从茅房窗户能察看敌情，却又无法快速出击。敌人看透了主人的弱点，便采取了以下战略。

倘若探察到主人正缩在书斋，他们便在外面尽量大声叫嚣，极尽挖苦、奚落之能事，而且故意不让主人听出他们的确切方位，难以断定他们是在篱笆墙根下喧闹，还是在外侧吵嚷。等主人冲出去，他们或者早就逃之夭夭，或者原本就在篱笆外面而故作茫然无知状。

倘若他们瞅见主人在茅房呢——本猫从刚才就频频使用"茅房"这个污秽的词，并不引以为荣，反而是为之汗颜的，只是为了记述这场战争，不得已而用之——必定在梧桐树林里徜徉，特意让主人看到。主人在茅房里大声怒吼，声震四邻，敌人却毫无惊慌之色，悠悠然撤退到他们的根据地。

他们的这种战略让主人极为狼狈。主人一察觉敌人进犯，便进屋拿了文明棍冲出去，可四周却寂然无声，踪影皆无。以为没人吧，从茅房窗户一看，又有两个进来了。主人时而转到屋后，时而又去茅房观望，观望既毕，又去屋后，如此周而复始，反反复复，没个消停。真可谓疲于奔命。实在搞不懂自己的职业是教师呢，还是以战争为业呢？这使得他难免要着急上火，而当他的怒气到达顶点时，又引发了下面的事件。

事件大都由"上火"而起。上火，顾名思义，就是火气上升。关于这一点，盖伦[①]也好，帕拉塞尔苏斯[②]也好，乃至老古董扁鹊，都不会有异议。只是上升到何等程度，却是个问题。而且所谓火气到底是何物，也是聚讼纷纭。按照欧洲自古以来的传说，人体内循环着四种液体：第一种是"怒液"，怒液上涌，人必发怒；第二种叫"钝液"，钝液上涌，人就会神经迟钝；第三种是"忧液"，忧液使人闷闷不乐；最后是血液，血液让人四肢强健。后来，随着人类文明的进步，怒液、钝液、忧液不知何时悄然消失，唯余血液还像以前那样在人体内流通。因此，说到上火，只可能是血液上涌，不会是别的东西。而血液的分量虽说因人而异，由于秉性不一而略有增减，但大体而言，每人的血量都是固定的，在五升五合[③]左右。倘若这五升五合的血都往上涌，那就只有涌入血液的部位格外活跃，其他部位则因为缺血而变得冰凉。就如在"烧打派出所"[④]时，巡警都集合到了警署，街上便看不到巡警了。这在医学上便可以诊断为警察上火。

---

① 盖伦（129—216），古罗马著名医学家。
② 帕拉塞尔苏斯（1493—1541），瑞士著名医学家。
③ 合，日本度量衡之尺贯法中的体积单位。1合约等于100毫升。——编者注
④ 日俄战争后，东京民众对停战条约不满，举行抗议活动，与警察发生冲突，烧毁多处派出所。

想要治愈上火，就得让血液像之前那样在体内各部位平均分配，必须让上涌的血液下降。方法各种各样。主人的先人会把湿毛巾敷在头上，脚伸进被炉烘烤。《伤寒论》也写道："头寒足热，延命息灾之征也。"湿毛巾冷敷作为养生法，一日也不可或缺。要是不用此法，也可试一下和尚们的惯用手段。行脚僧浪迹四方，居无定所，"行到水穷处，坐看云起时"，就在树下石上休憩。这并非为了苦修，乃是六祖慧能舂米时想出来的降火秘法。谁若不信，不妨坐在石头上看看，是不是屁股冷飕飕的？屁股凉了，火气就会下降，自然规律就是如此，没有怀疑的余地。

诸如此类用来降火的方法历来层出不穷，遗憾的是却没人能制定出可以引起上火的良策。一般人都认为上火是有害无益的现象，但匆匆忙忙下结论未免草率。对有些职业来说，上火是很有必要的。最为重视上火的就是诗人。上火对诗人就像煤炭对轮船一样重要。他们一旦不上火了，就沦为无所事事、一无所能的酒囊饭袋、凡夫俗子。不过，由于上火已成发疯的别名，而要说他们不发疯就干不了诗人，名声未免不好听，因此他们在同行之间就不叫它上火，而是约好了煞有介事地称之为"烟是屁里纯"①。这乃是他们"欺世造名"，所谓"烟是屁里纯"其实就是上火。柏拉图为这些诗人撑腰，将上火称为"神圣的疯狂"，可再怎么神圣，既然是发疯，那谁也不愿搭理。而"烟是屁里纯"就好像一种新药的名称一样，会让诗人觉得更好听。可是，正如鱼糕的主料是山药，观音像②是一寸八分的朽木，鸭肉面里放的是乌鸦肉，廉租房里的牛肉火锅放的是马肉，"烟是屁里纯"就是上火。上火就是暂时发疯，因为只是暂时的，所以用不着送去巢鸭的精神病院。

---

① 英语单词"inspiration"（灵感）的音译，这一音译的滑稽效果其实是中文才有的，日文并没有。
② 指浅草寺的观音像，据说为渔民在隅田川打鱼时偶得，秘不示人，民间相传该观音像只有一寸八分高。

然而，要发一辈子疯容易，暂时性发疯反而困难。要想仅仅在伏案动笔时发疯，就连无所不能的上帝也觉得难以措手。既然神灵不肯相助，那么人就得自己想办法。自古至今，学者为了研究上火法，就像寻找降火法一样，可是伤透了脑筋。有人为了"烟是屁里纯"，每天要吃十二个涩柿子。其理论依据是吃了涩柿子会便秘，便秘就会上火。还有人拿着滚烫的酒壶钻入浴盆，其说法是在热水里喝热酒，肯定会上火。要是还不奏效，那就干脆在浴盆里烧一大盆葡萄酒，在里面一泡，准能上火。可惜因为没钱买那么多酒，这个妙法未能付诸实施，他人就归西了，实在遗憾。

最后，还有人想模仿古人来获取"烟是屁里纯"。其理论认为，如果模仿某人的态度、动作，则精神状态也会与该人相似。如果像醉酒一样絮絮叨叨、胡言乱语，那渐渐地也会有醉酒一样的状态。要是盘腿打坐，坚持上那么一炷香的工夫，似乎自己也变成了和尚。因此，只要模仿从前那些曾经得到"烟是屁里纯"的名人，亦步亦趋，肯定就会上火。据说雨果曾躺在快艇上构思，那么坐在船上仰望苍穹，自己也会收获"烟是屁里纯"吧。史蒂文森[①]趴着写小说，那自己也趴着写，"烟是屁里纯"会迸发吧。如此这般，种种人绞尽脑汁想出了种种办法，却没有谁能成功。由此可见，人为上火在当今还是不可能的。虽然遗憾，却也无可奈何。但毫无疑问，总有一天"烟是屁里纯"可以召之即来，本猫展望人类文明的前景，切盼着这一天早日来到。

关于上火的说明我觉得这些已经足够了，接下来开始讲述具体事件。不过，在所有大事件发生之前必定还有小事件。自古以来，历史学家往往爱犯的毛病就是只讲大事件，而忽略小事件。主人的毛病则是一碰上小事件就爱火上浇油，最终引发大事件。因此，若不按发展顺序依

---

① 罗伯特·路易斯·史蒂文森（Robert Lewis Stevenson，1850—1894），19世纪英国小说家，代表作《金银岛》《化身博士》。——编者注

次讲来，就难以理解主人上火到何等程度。而弄不懂这个，主人上火一场，难免徒有虚名，说不定让世人不屑一顾地说："也不过如此嘛。"难得上一次火，却得不到人们的交口称赞，那岂不是太让人垂头丧气了？

下面要讲的事件无论大小对主人来说都不怎么有光彩。虽说事件本身不光彩，可主人上起火来，倒是不折不扣、毫不掺假，一点也不亚于任何人。这事儿得说明白。主人别的方面没什么可以夸耀的天资，要是连上火都不能稍稍显摆一下，那可是再怎么搜索枯肠也找不到可以赞颂的事儿了。

落云馆群集的敌军最近发明了一种达姆弹。课间十分钟休息时间，或是放学后，敌军便朝着北边的空地密集发射炮火。这种达姆弹通称棒球，其玩法是：拿着一根如研磨杵一样的大家伙朝着敌阵发射达姆弹。由于是从落云馆的运动场上发射，再怎么威力无穷，也不会击中缩在书斋里的主人。敌人也自知弹道太远，不过，这是个军事策略。就如在旅顺战争中海军的间接发射①居功甚伟，落在空地上的球也效果非凡。更何况，每次一发射，他们便集合全军之力"嗷"地齐声大吼，以示威慑。主人震怖之余，手足的血管势必要收缩，而淤积的血液烦闷至极，无处可去，就会上涌而导致上火。敌人的这一计策可谓妙哉。

古希腊有位作家叫埃斯库罗斯②，他顶着个学者作家通常都会有的脑袋，也就是秃脑袋。为何会秃脑袋呢？自然是因为头部营养不足，没有足够的活力让毛发生长。学者作家大都用脑过度，而又普遍地穷，因此学者作家的头都因营养不足而谢顶。这位埃斯库罗斯既然也是作家，焉能不秃，而且是个光溜溜的金桔头呢。终于，有一天先生摇晃着那颗一向光溜溜的头——他也没什么居家帽、外出帽可以戴戴，自然一向就

---

① 日俄战争中，为了配合陆军，日本舰队曾用舰炮越过山头对俄军阵地实施炮击。

② 关于埃斯库罗斯之死的传说，可能来源于后代一个喜剧作家的编造，并非夏目漱石杜撰。

光溜溜的——走在大街上，正是艳阳高照，哪知大祸临头啊。

　　原来，太阳照在秃脑袋上，从远处望去，是明晃晃的。树大尚且招风，一颗明晃晃的脑袋更难保平安无虞。这时，埃斯库罗斯头顶上空正有一只鹫在盘旋，利爪之间还有一只不知从哪儿捉来的乌龟。乌龟、甲鱼什么的煲汤肯定很美味，但自古以来就有硬壳做保护。再怎么美味，有了这层硬壳，可怎么办呢？带皮烤大虾倒是有，带壳炖小乌龟，哪怕今天也没听说过，远古时代更是没有。鹫再凶猛，也无可奈何啊，正在展翅彷徨之际，遥遥望见下界有闪闪发亮之物，鹫想：可巧了，在那闪闪发亮之物上把小乌龟一扔，硬壳肯定摔个粉碎，碎了以后，再飞下去吃肉那就轻而易举了。主意已定，鹫也不打声招呼，便瞄准目标，将乌龟从高处扔到作家的头上。不幸的是，作家的脑袋可没乌龟壳那么硬，被砸得血肉模糊，惨不忍睹，著名的埃斯库罗斯就这样奔赴了冥府。按下这个不表，我们想知道的是，鹫到底是何居心？它往下扔乌龟时，到底明知那是作家的脑袋，还是误以为那是发光的岩石呢？解决了这个问题，才能判断是否可以将落云馆的敌人与鹫做一番比较。

　　主人的脑袋不像埃斯库罗斯以及其他那些鼎鼎大名的学者那样秃顶，不过，他住的六铺席间既然号称书斋，他也在里面埋头于艰深晦涩、卷帙浩繁的书堆，不时打打瞌睡，那就不得不将他视为学者作家的同行。主人的头现在还没秃，那是还没取得秃头的资格，"不久的将来总要秃的"，这将是落在主人头上的宿命。

　　如此说来，落云馆的学生以主人的脑袋为目标集中发射达姆弹，不能不说是一条恰逢其时的妙计。若是敌人的行动持续两周以上，主人因惊恐与烦闷，必将引起营养不足，恐怕要变成金桔、铁壶或者铜壶那样光溜溜的吧？再接连吃两周炮弹，那金桔无疑会被打得稀巴烂，铁壶将会漏水，而铜壶也裂缝了。这结果可以说一目了然，谁都能料到，只有苦沙弥本人还横了心要跟敌人决一高低。

某日午后，在下照例在檐廊午睡，梦见自己变成了一只大老虎。我吩咐主人说："给我拿鸡肉来！"主人就唯唯诺诺、诚惶诚恐端了鸡肉上来。迷亭来了，我命令他说："本大猫想吃雁肉了，你去雁锅店[①]给我订一份！"迷亭又跟往常那样东拉西扯耍嘴皮子，说什么"酱萝卜与咸脆饼同吃，就有雁肉味儿"。本大猫便张开血盆大口，"嗷"了一声，吓唬了他一下。迷亭的脸刷白，说："山下那家已经停业，那可怎么办？""那本大猫将就将就吃牛肉吧，你赶紧去西川牛肉店买一斤牛肉里脊来，再这么磨磨唧唧，就先把你吃掉！"迷亭急忙把衣襟掖在腰里，夹紧屁股飞奔而去。本猫突然成了庞然大物，一躺下整个檐廊都满了，正等着迷亭回来，冷不丁突然一声巨响，好不容易要到嘴的牛肉还没吃上，梦就碎了，又变回了一只小猫。不仅如此，刚才还在我面前战战兢兢的主人，猛地从茅房冲出，不由分说在本猫肚子上踢了一脚，我正纳闷怎么了，只见他趿拉着木屐，转过栅栏门，奔往落云馆方向。在下从大老虎急剧收缩为小猫，难免有些脸上无光，又沮丧又滑稽，但让主人气势汹汹地这么一踢，变老虎的事儿早已忘到脑后，同时又想到主人这么急慌慌地披挂上阵、与敌交战，肯定有好戏看，于是忍着痛，跟在他后面出了后门。

就听主人大喝一声："贼偷！"

前面一个戴了学生制帽，十八九岁的健壮小子正在翻越篱笆墙。

"来晚了一步。"正这么寻思着，只见那戴制帽的少年犹如长了飞毛腿一般，用短跑的姿势逃回了根据地。主人以为自己大喊"贼偷"大获成功，又高声骂着追了过去。然而，要想追上敌人，主人这边也得翻越篱笆、深入敌阵才行，而这样一来，主人自己也成了贼偷。

如前所述，主人上起火来，那是登峰造极、毫不含糊，看他这势头，

---

① 当时位于东京上野的一家饭店，夏目漱石曾是那里的常客。

是不惜自己的清誉，哪怕变身贼寇，也要穷追不舍。因此他毫无撤退之意，一直追到墙根那儿，再往前一步，他就进入"贼营"了。正在这千钧一发之际，敌营有位将军出马了。他留着稀疏的胡须，从容不迫地走过来，与主人以墙为界展开一场谈判。一听，竟是这样不咸不淡的对话。

"那个是本校的学生。"

"既然是学生，为何侵入本宅？"

"是棒球飞过去了。"

"怎么不打声招呼就过来拿？"

"今后我一定严加管教。"

"那我这次就先不追究了。"

本以为会有龙争虎斗的壮观场面，可这次交涉却以这样散文式的谈判，平平淡淡地迅速了结。主人看上去豪气干云，却不过虚张声势，一旦到了紧要关头，就这么草草收场，跟我从梦中的大老虎变回小猫，也没啥两样啊。

我所谓的小事件就这么回事，说完了小事件，按顺序接着该表表大事件了。

主人敞着客厅的拉门，趴在榻榻米上若有所思。大概是在考虑御敌方略吧。落云馆中看来正在上课，运动场上格外安静，只有在校舍的一间教室里，老师讲授伦理课的声音清晰可闻。仔细一听，老师讲得铿锵有力、义正词严，正是昨天出马的那位将军。

"……由此可见公德的重要性。去国外走走看看，法国、德国、英国，不管去哪儿，没有一个不讲公德。社会上的人无论身份何等低微，没有谁不重视公德。可悲的是，在我们日本，在这点上还不能与外国相媲美。一说起公德，有人会以为这是国外传来的新东西。其实不然。古人云：'夫子之道，一以贯之，忠恕而已。'这里说的'恕'其实就是我们现在所说的公德。我跟普通人也是一样的，有时也想大声唱唱歌，可是我想到自己正在读书时，听见隔壁的人在放声歌唱，自己就无法继续读书。因此，每当我觉得要高声吟诵《唐诗选》心里才痛快，但如果隔壁住着一位像我一样害怕被打扰的人，我无意中吵到了别人，就会觉得内心愧疚。这种场合，我总是尽量克制自己。所以说，诸君也一定要遵守公德，凡是有可能妨碍到他人的事，就不要去做……"

主人侧耳倾听着这番讲话，听到最后，不由得咧嘴一笑。对主人这一笑，在此有必要稍微解释一下。讽刺家如果读到这里，可能会认为这一笑背后夹杂着冷嘲热讽的成分。然而主人绝非那种恨世者，与其说他没那么恨世，倒不如说，他的头脑还没发达到那种地步。主人因何而笑呢，完全是因为开心而笑。伦理教师既然那样痛心疾首地训诫过他们，以后自己便永久免于达姆弹乱射了。他暂时还不会秃头，上火一时半会儿还好不了，但时机到了，渐渐地自然会平复。用不着头上敷湿毛巾、脚伸进被炉，更用不着在树下石上睡觉了。他想到这些，才会咧嘴而笑。哪怕在二十世纪的今天，主人仍老老实实相信欠债必还这种道理，他会相信那位老师的讲话能起效，当然也不足为奇。

终于，下课时间到，讲话戛然而止。其他教室也同时都下课了。刚才一直封闭在教室内的八百壮士闹哄哄地从屋里奔出来，其势头如捅了一个一尺长的马蜂窝一般。嗡嗡，哼哼，他们从窗户、拉门，从一切能出入的窟窿里争先恐后蹦了出来。这就是大事件的开端。

首先要讲一下"马蜂"们的阵势。

有人可能会说："这种战争还要摆什么阵势？"您这就不对了。一提到战争，普通人想到的总是沙河啊，奉天啊，旅顺啊，就好似别处没有战争似的；而要提到颇具诗意的野蛮人，马上要么想起阿喀琉斯拖着赫克托耳的尸体在特洛伊绕城三圈，要么想起燕人张翼德在长坂坡横着丈八蛇矛、大喝一声吓退了曹操的百万雄师这些过甚其词、夸大渲染的战争场面。他们爱怎么联想都没问题，但要觉得只有这些才算战争，别的都不算，那就有欠妥当。在太古蒙昧时代，有那种荒诞无稽的战争不足为奇，但在太平盛世的今天，在大日本国首都的中心，居然还会出现如此野蛮的行为，实在是个奇观。再怎么骚乱，顶多也就是焚烧警察岗亭吧。这样看来，卧龙窟主人苦沙弥与落云馆八百壮士的战争，在东京足可以称得上数一数二的大战了。

想当年左丘明在记叙鄢陵之战[①]时，首先从敌军的阵势下笔。历来凡是长于叙述的文章也都采取类似手法，已成为惯例。因此，在下先讲述一下"马蜂"们的阵势，也算是效仿前贤吧。

篱笆墙外侧，有一队健儿纵向排列。这些健儿似乎肩负着将主人诱入战斗圈的任务。

"服不服？"

"不服，不服！"

"这样不行啊。"

"不出来啊。"

"能干得过吗？"

"哪能干不过？"

"来，咱们吼两声——"

"汪！汪汪！"

接着整个纵队便齐声呐喊。

离纵队右侧稍远一点，炮队占据了运动场上的有利位置，正在布阵。一名将领面朝卧龙窟，手握研磨杵，正严阵以待。在他的对面，隔着三四丈远，又站立一人。研磨杵后面也站立一人，面朝卧龙窟笔直站立。像这样一字排开，相对而立的是炮手。据有些人说，他们这是在玩

[①] 鄢陵之战是春秋时期晋国与楚国之间的一场战役，《左传》对这次战役的记载见《成公十六年》，文中在大战开始前先记述了楚君登上战车瞭望台观察晋军的情形。

baseball[①]，绝非在准备战斗。本猫是文盲，不懂啥是 baseball，据传闻，这是从美国传入的游戏，目前在中学以上的学校里是最为流行的运动。美国这个国家，专门爱弄一些稀奇的花样，他们把容易让人误解成炮队的惊扰四邻的游戏传给日本，说不定还是一片好心咧。也许对于美国人来说，这真的是一项游戏运动，但即使是纯粹的游戏，既然它具有这般足以扰得四邻不安的潜力，那么在某些场合下，它就完全可能作为炮击来使用。据本猫冷眼旁观，落云馆里那些家伙就是假借运动之名炮击卧龙窟。凡事都要看你怎么说了。有人以慈善之名行诈骗之事；明明是上火，却美其名曰"烟是屁里纯"；说是玩棒球，实则要进行战争，也大有可能。别人说的棒球，只是世上的普通棒球，而在下所叙述的却是这一特殊场合下的棒球，即攻城的炮击战。

下面再介绍一下他们如何发射达姆弹。

直线排列的炮队中，有一人右手持达姆弹，抛给手持研磨杵者。达姆弹用什么材料制成，局外人不得而知，好像是个硬石球一样的东西外面仔细用皮缝得严严实实。如前所述，球一经抛出，在空中呼啸着飞翔，对面站着的人便举起研磨杵，用力将其击回去。偶尔也有击不中球的情况，但大多数情况下都会砰的一声巨响将其反击出去。其势头极为猛烈，若是打中患有胃病的主人的脑袋，很容易就能让主人的脑袋开花。

炮手所做的就是这些，在其附近还有大批看热闹兼任援兵的家伙。每当研磨杵砰地击中球，他们都啪啪地鼓掌叫好，七嘴八舌地说："是'安打'[②]吧？""这够厉害了吧？""服不服？""认输了吧？"

倘若仅此而已，那还不算过分，然而被击打回来的球三回定有一回会落入卧龙窟院内。要是没掉进来，就是没达到他们的攻击目标啦。

---

① 即棒球，1873 年传入日本。

② 安打是棒球比赛名词，指打击手把投手投出来的球击出到界内，使打击手本身能至少安全上到一垒的情形。

虽说近来各地都在制造达姆弹，但毕竟还是价格不菲，哪怕用于战争，也没法做到充分供应。大体上一队炮手只有一两枚，要是砰的一声这么贵重的炮弹就报销了，那可不成。因此他们又专门设立了捡拾落弹的部队。如果落弹地点正好在场地内，捡回来当然不费吹灰之力，可如果落在草地上或者人家院落里，就没那么容易了。因此，平时为了省劲，总是将球发射到容易捡拾的地方，而眼下他们却反其道而行之。炮手们的目的不在于游戏，而在于挑起战争。所以他们故意将达姆弹射进主人的院落。球既然落进院子，那自然就得有人来捡球。进院子最简便的办法，就是翻越篱笆墙。他们在墙内乱折腾瞎嚷嚷一阵，主人势必要火冒三丈，否则，就得摘盔卸甲投降才行。而主人不胜其烦扰，脑袋就会越来越秃。

刚才敌军发出这一炮，越过方格篱笆，击落几片梧桐树叶，精准无误地命中第二道城墙，亦即主人家的竹篱，发出一声巨响。牛顿第一定律云："若无外部阻力，物体一旦运动起来，将永远做匀速直线运动。"假如那颗棒球仅仅按照该定律来运动，那么主人的脑袋这时恐怕已经跟埃斯库罗斯一样遭遇"灭顶之灾"了。万幸的是牛顿在发现第一定律的同时，还发现了第二定律，让主人岌岌可危的脑袋得以保全。牛顿第二定律云："运动的变化与所受外力成正比，而且发生于该外力所作用的直线上。"这话啥意思本猫也不大明白，不过从达姆弹并未穿透竹篱笆、击穿拉门并敲破主人的脑袋这一点来看，肯定多亏了牛顿。

过了片刻，果然有敌军跳进了院内，他们用棍子敲打着矮竹丛，弄出"唰啦唰啦"声，嘴里嘟囔着："是这儿吗？""还要更靠左·点？"他们每次闯进院子来捡拾达姆弹，都要故意大声喧闹。如果悄悄地来，悄悄地捡走，那就达不到他们的目的了。达姆弹也许很昂贵，但捉弄主人则要比捡弹更重要。其实，他们从远处就能弄明白炮弹落地的方位，达姆弹撞击竹篱笆的声音也听得很清楚,可以由此确认炮弹落地的位置，完全能够规规矩矩、本本分分、安安静静地去捡。根据莱布尼茨的定义，

"空间即能够共存的现象之间的秩序"。比如，《伊吕波歌》①中假名的顺序不会改变，柳树荫下必定有泥鳅，蝙蝠总是月出时到处飞。墙根下配个棒球虽说似乎不太相称，但对于每天都把球扔进别人院子的这帮家伙来说，他们早已见惯了这种空间排列的顺序，球落在哪里，可以说一目了然。他们如此大动干戈，无非是想挑衅主人，发起战争而已。

事已至此，主人再怎么消极，也不得不迎战。刚才还在客厅里笑吟吟地听伦理课的主人愤然而起，猛地冲出去，劈头盖脸生擒了一名敌人。这对主人可以说是赫赫战绩了。虽说战绩赫赫，可打眼一瞧，只是个十四五岁的孩子。主人都一把胡子了，实在不适宜跟这样的孩子做对手。然而主人觉得这样的擒获已经足够，就把连连告饶的孩子生拉硬拽到了檐廊前面。

在此，有必要讲一下敌人的策略。敌人见识了主人昨天气势汹汹的样儿，已经预见到主人今天必定会亲自出马。考虑到有哪个大个子万一逃跑不迭，让主人逮个正着，那麻烦就大了，因此他们为了保险起见，让一二年级的小孩过来捡球，即使让主人捉到啰唆一顿，也不至于影响落云馆的声誉。至于主人，跟小孩子作对，只会让自己越发脸上无光。敌人就是这么盘算的。照一般人的想法来看，也是合情合理。只不过敌人忘记了：主人并不是一般人。主人要是有这种常识，昨天也不至于冲出去了。一般人上起火来，那就不是一般人了；按常理出牌的人上起火来也不按常理出牌。如果还能区分女人、小孩、拉车的、牵马的，那就没法自诩是上火了。唯有像主人这样，将没资格做对手的中学一年级学生生擒活捉，扣押为人质，有这样的气魄，才算得上火之真髓，跻

---

① 《伊吕波歌》相当于日本的字母歌，诞生于10—11世纪的日本，相传是高僧空海所作。整首歌由47个不重复的假名组成，这些假名是日本近现代之前所使用的全部假名，广为人知。"伊吕波"（いろは）是该诗的首三个音。歌词大意为："花虽芬芳，终将凋谢。试问世上，有谁常存？凡尘之山，今日已越。俗梦已醒，宿醉亦散。"

身于上火大家行列。

那个俘虏就可怜了，仅仅因为遵照高年级学生的命令过来捡球，做这种勤杂兵的工作，结果就倒了霉，让不按常理的敌将、上火天才一顿猛追，还没等翻越篱笆，直接就给拘押到了院子里。这样一来，敌军也没法眼睁睁看着自己的伙伴受辱了，便一个个抢着翻过方格篱笆，从栅栏门拥进了院子。人数大概有一打，在主人面前呼啦啦站成一排。他们大都没有穿上衣或者西装背心，有的将白衬衫的袖子卷上去，叉着胳膊，有的将一块洗得褪色的绒布胡乱搭在后背上。当然也不全是如此，也有穿得比较讲究的，白帆布上衣滚黑边，前胸还绣着黑色花体洋文。看上去无论哪一个都是以一当十的猛将，黝黑的皮肤，发达的肌肉，好像在说："俺乃丹波国^①笹山人氏，昨晚刚来此地。"他们进学堂研究学问实在可惜了，应该去做个渔夫或者船老大什么的，那样对国家更有利。

这些人都光着脚穿鞋，高高卷起裤脚，样子像是要到附近去救火。他们在主人面前排成一队，默默无语。主人一时也没有话说，双方都怒气冲冲、杀气腾腾地对视。

"你们莫非是贼偷？"主人喝问。他义愤填膺、气势如虹，嘴里面似乎含了个摔炮仗，让他咬炸了，一团火从鼻孔喷出来，鼻翼因怒气在抽动。越后狮子舞队里的狮子鼻看来就是照着人发怒时鼻子的形态来造的，否则不会那么可怕。

"我们是落云馆的学生，不是贼偷！"

"胡说！擅自闯入他人住宅，还说是落云馆的学生！"

"我们都戴着制帽，上面都有校徽啊！"

"假冒的吧？既然是学生，为什么擅自闯进来？"

---

① 相当于现在日本的京都府中部、兵库县东北部和大阪府北部。——编者注

"因为球飞进来了。"

"为什么让球飞进来？"

"它一不小心就飞进来了啊。"

"胡搅蛮缠！"

"我们以后会小心，这次就放过我们吧。"

"来历不明的人擅自闯入，怎么可以轻易放走？"

"我们确实是落云馆的学生，这千真万确啊。"

"那我问你，你是几年级的学生？"

"三年级的。"

"确定吗？"

"对。"

主人回头冲着屋里喊了一嗓子："哎，来人啊，来人！"

老家在埼玉县的厨娘拉开隔扇，应了一声出来。

"去落云馆叫个人过来。"

"叫谁呢？"

"不管什么人，叫过来就行！"

厨娘"哎"地答应了一声，但院子里的光景实在让她莫名其妙，主人到底为何派给她这份差事也不甚了然，又觉得整个事件的发展本来就荒唐，因此她在那儿站也不是，坐也不是，只是在那儿干笑。而主人则是一门心思想大战一场，充分施展一下上火后气头上的本事。他觉得自己的用人这时理所应当站在自己这一边，可谁知她却没有一个严肃认真的态度，听了自己的吩咐还一副嬉皮笑脸的模样。主人越发气不打一处来。

"我不是说了嘛，不管是哪个，叫一个来就行！难道听不懂？不管是校长、干事，还是主任……"

"是叫校长……"厨娘只听懂了"校长"一词。

"不是告诉你了吗？校长、干事、主任，哪一个都行！还不明白？"

"要是都不在，叫杂役来也行吗？"

"胡扯！杂役能懂啥？"

到了这步田地，厨娘觉得再问下去也是无益，不得不答应了一声出发了。对于这趟差事的用意她还是摸不着头脑。我正寻思着她会不会到头来还是叫个杂役过来，正巧昨天那个伦理课老师从大门进来了。等对方不慌不忙落座以后，主人就与他开始了谈判。

"适才此人擅自闯入本人私宅……"他用《忠臣藏》戏曲台词一般的带有古风的话语开头，又用不无讽刺的腔调问，"他们果真是贵校的学生吗？"

伦理老师从容不迫地扫视了一遍站成一排的壮士们，又将视线转回主人身上，答道："的确全都是本校学生。我们对于此事始终严加训诫……很是伤脑筋……你们为何要翻墙呢？"

毕竟还都是学生，面对伦理老师一个个张口结舌，老老实实在院落一角缩成一团，就像是遇上风雪的羊群。

"球飞进来那也是没办法。寒舍跟学校比邻，自然不时会有球飞进来。只是……也太吵闹了。要是翻墙进来，安安静静捡球走了，那也还可以原谅……"

伦理老师马上接茬说："那是那是，我们已经一再提醒他们注意，怎奈人太多了……从此以后我们会加倍注意。要是球飞进院子，一定要从大门进来，跟人家打声招呼，征得人家同意后再进来捡球，你们听见了吗？学校太大，很多时候照管不过来，真没办法啊。不过，运动也是教育上必需的一项，没法禁止。只是允许他们开展运动的话，就给您添了这么多麻烦。请一定海涵。今后一定从正门进院子，打个招呼再进来捡球。"

"好，既然大家都能通情达理，我也就不好说别的了。球飞进来多少都没啥妨碍，只要从正门进来，打声招呼就行。这个学生就交给您领回去了。让您特意为这事走一趟，实在过意不去。"

主人照例又是虎头蛇尾，跟人敷衍客套了一番。伦理老师领着那帮笹山的壮士从正门回了落云馆。本猫所说的大事件就这么草草收场了。有人会耻笑："这也算大事件？"您爱怎么冷嘲热讽都行。这对您来说当然不算什么大事件，然而我是在写主人的大事件，不是写诸位的大事件。诸位尽可以挖苦主人前倨后恭，说他是强弩之末未能穿鲁缟，但请记得，这正是主人的特色所在。主人能成为这篇滑稽小说的主角，也正由于这种特色。本猫也赞成，跟一个十四五岁的孩子过不去，实在蠢不可及。大町桂月就曾抓住这点不放，奚落主人："您还稚气未脱呢？"

在下之前已经记叙过小事件，刚才又描述完了大事件，接着准备再说一下大事件之后的余波，就结束全篇吧。

读者诸公或许有人会以为在下所写的事都是信口开河、随性胡扯吧。在下可不是那种轻浮饶舌的猫。在下所写的字字句句都包含着宇宙的大哲理，环环相扣、层层递进、首尾呼应、前后映衬、草蛇灰线、伏脉千里，若读者以闲言碎语等闲视之，泛泛浏览，遇到文脉陡然突变之处，便会觉得高深莫测、晦涩难懂。因此，要读本猫的大作，四仰八叉，一目十行，毫无恭敬之态，那是断断不可。相传柳宗元在读韩愈的文章时，要先用蔷薇花露水净手之后再捧读，对待本猫的大作，至少也该自掏腰包买本杂志来读才对。从朋友那里借一本来肤皮潦草、凑合应付着看一看，未免有失体面。下面所记述的事，我称之为"余波"，可能就有人觉得：既然是余波，那肯定是不值一提的琐事，不读也罢。这样他肯定会后悔莫及。必须仔细一直读到末尾才行。

大事件发生之后的次日，本猫想出去散会儿步，就出门来到街上，结果一下子就在对面街角拐弯处遇到金田家的主人正和铃木藤十郎站在那儿聊得起劲。看这样子是金田君坐车回家，而铃木君拜访金田君不遇，返回的途中两人恰巧碰上了。最近觉得金田府上没啥新鲜的，已经很少再去逛了。这次偶然遇上，竟然有几分亲切之感。铃木君也是好久没拜见其尊容了，这次正好捎带着一睹其风采。打定主意，本猫便慢慢靠近二人身旁，两人的谈话自然传到我耳朵里。需要声明的是：我可没有故意要窃听，谁让他们在大街上聊天呢？金田既然雇用侦探，窥伺主人的动静，这么"有良心"，那我只是偶然听到他们的谈话，他也不至于动怒吧？要是动怒，那您就不懂何谓公平了。总之，我并不是故意要听两位的对话，压根儿就不想听，是这些话自己飞到我耳朵里来的。

"刚才去贵府拜访没能见到您，想不到在这里遇上您了，真是巧啊。"藤十郎点头哈腰，毕恭毕敬。

"哦，确实巧啊。实际上我最近也想找你呢。正好你就来了。"

"哦？那真是无巧不成书了。不知您有什么差遣？"

"没什么大事。一件不怎么要紧的事，怎么着都行，不过，这事儿没你就干不了。"

"只要是我力所能及的事，您尽管吩咐。是什么事呢？"

"那个……"金田老板考虑了一会儿。

"现在不方便，以后再说也行。不知您什么时候有空呢？"

"不是什么大事，用不着……既然难得见你一次，那就拜托你了。"

"不用客气，您吩咐就是……"

"就是那个怪人，你那个老朋友，叫什么苦沙弥的……"

"哎，苦沙弥又闹出什么事来了？"

"没啥事。就是那次以后我心里一直不大痛快。"

"那是，这都怪苦沙弥，太自命不凡了……也不考虑一下自己的社会地位，总以为老子天下第一……"

"对，他还口吐狂言，说什么'不向金钱低头''实业家算个屁'之类的话，我寻思着，既然这么着，那就让你瞧瞧实业家的手腕。最近他的气势收敛了一些，可还是在硬撑。这家伙真是倔得够呛。"

"他啊，就是不知好歹，一味死犟，以前就有这个毛病，吃了亏自己还不知道，简直不可救药。"

"哈哈哈，确实是没治了。我是换着法子收拾他，给他点颜色瞧瞧，终于让一些学生给了他点苦头吃。"

"这个法子妙啊，效果怎么样？"

"他现在灰头土脸的咧。再过那么一阵子肯定就要投降了。"

"不错不错，他再怎么神气，那也是双拳难敌四手啊。"

"就是，他一个人能有啥作为？现在吃瘪了吧？我现在就是想让你过去看看他咋样了。"

"嗐，就这么点事儿啊？好办。我这就马上过去瞧一瞧。回头就跟您报告一下。他那个老顽固现在垂头丧气的样儿，看着肯定有意思，得好好瞧一瞧。"

"好，那我就先回去了，在家等你回音。"

"好好好，那暂时先失礼了。"

呀，原来这次又是他们搞的阴谋诡计。实业家的势力可真是通天啊。让硬得像煤渣的主人着急上火，让他苦闷得头秃到苍蝇站在上面都要滑倒，让他沦落到与埃斯库罗斯同样的命运，这一切都彰显了实业家的本事。地球靠什么力量围着地轴转动，在下不得而知，但维持人类社会运转的，这么看来确凿无疑就是金钱了。而能认识到金钱的作用，并自由发挥其威力的，除了实业家还有谁呢？太阳能平安无事东升西落，也都托了实业家的福。本猫一直养在穷酸的教书先生家里，对实业家的优势一无所知，自己也觉得是一大失策。冥顽不化的主人这次可醒悟一点吧。再这么一根筋地负隅顽抗下去，危矣！就连主人珍惜的那条小命恐怕都难保啦。不知他见了铃木君又会如何应对，但听其言、观其行，也能了解他醒悟到什么程度了。不能再磨磨蹭蹭了，在下虽是一只猫，对主人还是牵肠挂肚的。于是，我抢先铃木一步，回到了家中。

铃木君依然是那么八面玲珑，对于金田的事只字不提，只是一个劲儿地聊些无关痛痒的家常，做出很关心的样子。

"我看你脸色不大好，没什么要紧吧？"

"没什么特别的事。"

"脸色看上去有点发青，要当心啊，最近气候不大正常。睡得还好吗？"

"嗯。"

"有什么心事吗？要是我能帮上忙的，就跟我说，别客气。"

"心事？哪方面的？"

"没啥，没有就好，我是说要有的话那就……担忧、焦虑最伤身体了。活在世上，笑口常开，无忧无虑的，最好了。我总觉得你太阴沉了。"

"笑也会伤身体啊。还有好端端笑死的呢。"

"别开玩笑了，笑口常开，福气常来嘛。"

"古希腊有个叫克利西波斯的哲学家，你没听说吧？"

"没听说过，他怎么啦？"

"他笑过头，送命啦。"

"哎？这事真稀奇，不过这都是古时候的事儿……"

"古今不都一样吗？他看见驴子在银碗里吃无花果，觉得好笑，就忍不住笑起来，可是怎么也止不住，笑啊笑啊，最后就这么笑死了。"

"哈哈哈哈，也用不着笑起来没节制吧？稍微笑笑，适可而止，那样心情最舒坦了。"

铃木君正对主人察言观色，揣摩他的心思，大门哗啦啦地开了，还以为是客人来了，结果呢，不是。

"抱歉，打扰了，球飞进来了，能进来捡球吗？"

厨娘在厨房"哎"地应了一声。学生转到了屋后。铃木君一脸的莫名其妙,问这是怎么回事。

"屋后的学生把球打进来了。"

"屋后的学生?屋后还有学生?"

"有个叫落云馆的学校。"

"这么回事啊。挨着学校,肯定吵得厉害吧?"

"还说什么吵不吵的,烦得我都没法读书了。我要是文部大臣,早就把这学校给关了。"

"哈哈哈,火气真大啊。有什么事惹得你生气吗?"

"还说呢,从早到晚都在生气!"

"既然这样,搬家不就行了吗?"

"鬼才要搬家,说得倒轻巧。"

"冲着我发脾气也没用啊。都是些孩子,不理他们就完了。"

"你办得到,我可办不到。昨天把他们的老师叫过来谈判了。"

"有意思,他们道歉了吧?"

"嗯。"

这时大门又开了,有个声音:"不好意思,球掉进来了,我能进去捡球吗?"

"来得也太频繁了吧?又过来捡球了?"

"嗯,跟他们说好了从正门进来捡球。"

"难怪啊,他们老过来。这么回事,明白了。"

"明白什么了?"

"哦,明白他们为什么进来捡球啊。"

"今天这是第十六次了。"

"你不觉得烦吗?想个法子叫他们别来才好。"

"我想让他们不来,可他们就是要来,那有啥办法?"

"你说没办法，那我就没话讲了。只是你也别老是那么犟脾气。人要是有棱角，在这个社会上难免惹麻烦，吃哑巴亏。圆咕噜的东西，在哪儿都行得通，也不吃亏。可四四方方有棱角的呢，每次一滚动就会伤到棱角，那可是很痛的。人生在世，又不是只有咱一个，别人哪可能都顺咱的意思啊。怎么说呢？反正跟有钱人作对那是肯定要吃亏的。弄得心烦意乱还伤身体，也没人给咱说个好。人家呢，毫发无伤，动动嘴皮子使唤一下人，事儿就办成了。双拳难敌四手，胳膊拧不过大腿啊，谁都知道斗不过嘛。有点犟脾气本来也没什么，可要是死杠到底，妨碍到自己读书了，给日常生活也带来许多麻烦，到最后那可就吃苦受累，还啥也捞不着！"

"对不起，打扰了，刚才球飞进来了。我去后面捡球行吗？"

"又来了又来了！"铃木君笑起来。

"真是岂有此理。"主人脸气得通红。

铃木君觉得这次的使命已经大体完成了，就说了声告辞，回去了。

他前脚刚走，甘木医生后脚就来了。

"上火家"自称为"上火家"，历来鲜见其例。能认识到自己不对头，已经算是翻越了上火的巅峰。主人在昨日的大事件中，达到了上火的顶点，谈判虽说虎头蛇尾，好歹也算收场了。那天晚上他在书斋里思前想后，总感觉不大对头，当然，是落云馆不对头，还是自身不对头，还存有很大疑问，但不管怎么说，不对头那是肯定的。虽说与学校为邻，但这么一年到头都大动肝火，毕竟很不对头。既然不对头，总得想个法子才是。可是，除了乖乖地吃医生开的药，贿赂贿赂上火的病根，略表安慰以外，并无别的法子可想。一筹莫展之际，就想请平时给自己看病的甘木医生过来诊察一下。暂且不论这个想法是聪明还是愚蠢，他终于发觉自己是上火了，也算是值得钦佩。

甘木医生照旧笑眯眯地从容问道："感觉怎么样啊？"医生大都

会问"感觉怎么样",我觉得不这么问的医生绝对信不过。

"大夫,一点都不见好啊。"

"哪里,怎么可能?"

"大夫给开的药到底有没有用啊?"

即使是甘木医生听了这话也有些意外,但毕竟是温厚长者,仍然不慌不忙地说:"不会没用的啦。"

"可是我的胃病,不管吃多少药,都还是老样子。"

"绝对没有这种事。"

"没有吗?就是说我的病稍微好些了?"他自己的胃自己不了解,倒问起别人来了。

"哪能那么快就好呢,都是慢慢地起作用。现在就比往常好多了。"

"真的?"

"现在还老是发火吗?"

"还是发火啊,连做梦都在发火呢。"

"做点运动会好一些。"

"我一运动,火气更大。"

甘木医生看上去拿他是没辙了:"那我就检查一下吧。"于是就开始了诊察。

不等诊察完成,主人突然又大声嚷嚷道:"大夫,前阵子我在一本讲催眠术的书上看到,用催眠术能治好小偷小摸的毛病,还有别的好多病,这是真的吗?"

"嗯,是有这种疗法。"

"现在还有用这种疗法的吗?"

"嗯。"

"催眠术难不难?"

"小意思,我就经常给人催眠。"

"您也会催眠术？"

"嗯，要不你也试一次？理论上，人人都可被催眠的。只要你愿意，就给你试试。"

"这个有意思，给我试试吧。我早就想让人催一下了。不过，催眠过去了，要是再也醒不过来，那可就糟了。"

"那怎么会？放心吧。那现在就开始？"

这么三言两语后，他们就商议定了，主人接受了催眠术。本猫从前没见识过这种场面，心里暗自兴奋，在客厅角落里仔细观瞧，看结果会怎样。只见医生先从主人的眼睛入手，其方法是：把一对上眼皮从上往下抚摸。主人已经闭上眼，他还是不断朝同样的方向摩挲。

过了会儿，医生对主人说："这么抚摸眼皮，你会感觉眼皮越来越沉，对吧？"

"果然是越来越沉了。"

医生继续按老样子抚摸着，抚摸着："越来越沉了吧？感觉不错吧？"

主人好像快要睡着了，默不作声。

医生用同样的手法重复按摩了三四分钟，最后说："现在眼睁不开了吧？"

可怜的主人，眼睛像是瞎了似的紧闭着。

"再也睁不开了吧？"

"嗯，睁不开了。"主人静静闭着眼，我觉得主人肯定已经瞎了。

又过了会儿，医生说："要是还能睁开眼，就睁一下试试。不过，肯定是睁不开了。"

"是吗？"话音一落，主人就像平常那样睁开了双眼，他笑呵呵地说，"看来不灵啊。"

医生也笑了，说："嗯，不大灵。"

催眠术以失败告终，甘木医生回去了。

紧跟着又来了一位客人——主人家里从未接连来这么多客人，对于一向疏于交际的主人来说，简直难以置信。不过，确实又来了一位客人，而且是稀客。本猫在此记下这位的言谈，却并不单单因为他是位稀客。如前所述，我要描述大事件后的余波，而这位稀客是描述余波不可或缺的材料。

不知他姓甚名谁，只见他生了一张长脸，留着山羊胡，四十岁上下。如果说迷亭是个美学家，这位我打算称为哲学家。为什么叫他哲学家呢？他不像迷亭那样爱自吹自擂，不过他在跟主人对话时的神态举止，感觉颇有哲学家的风度。看来他跟主人过去也是同窗好友，两人很是谈得来。

"迷亭啊，那个人就像池子里漂着的金鱼麸一样，太浮躁了。听说前不久他和一个朋友经过一位素不相识的华族门前，他说了句'进去喝杯茶怎么样'，就大大咧咧硬拉着那位朋友进去了。"

"后来怎么样了？"

"我没再问。总之，那位是天赋异禀的奇人啊。说到思想啊什么的，那是没有的。就是金鱼麸一样的人。铃木呢……他也来过？他是那种不明事理却精通世故的人，喜欢挂着金表到处显摆。不过，太浅薄了，不够沉稳，那哪成。他老是说要圆滑，可圆滑到底是啥意思他自己都不懂。要是说迷亭好比金鱼麸，铃木就是用草绳系着的一块魔芋凉粉，滑腻腻、颤巍巍的。"

主人听了这精辟的比喻，很是佩服，哈哈大笑起来，他可是很久都没这么笑过了。

"那你是什么呢？"

"我啊，我这种人嘛，就像野生山药，生得长长的，埋在土里。"

"你一贯这么泰然自若，无忧无虑的，我真羡慕啊。"

"就是跟普通人一样，有啥好羡慕的。唯一可喜可贺的是我从来不羡慕别人，只有这一点还行吧。"

"你经济上还宽裕吗？"

"差不多吧，说多不多，说少不少，能对付着过日子，没饿着肚子就行，没啥特别的。"

"我呢，心里总觉得不痛快，老爱发火，看什么都不顺眼，一肚子牢骚。"

"有牢骚，有不满，那也没啥。有，就发泄出来，心里就舒畅了。人嘛，各式各样的都有，哪怕想让人变得跟自己一样，人家也不会听你的。你要是不跟别人同样拿筷子，吃饭就不方便。不过呢，自己的面包，自己爱怎么切就怎么切，怎么方便怎么来。要是去好的服装店定做衣服，一穿上身就合适，可要是找了个蹩脚的裁缝，做出来的衣服只能将就着穿。有意思的是，本来不合适的衣服，穿着穿着，就适合你的身材了。要是有好的爹妈按照现实要求让我们一生下来就能适应社会，那自然是幸福的；可要是不适应，与社会格格不入，那就只能自认倒霉，要么就忍耐着直到适应社会为止，没别的路可走。"

"可像我这样的人，总也适应不了这个社会，老是没法踏踏实实地过日子。"

"硬要穿不合适的西服，那就会绷得开裂。跟人吵架啊，要死要活寻短见啊，闹出种种事儿来。还好，你只是觉得活着没意思而已，还没到老跟人吵架的地步，至于自杀就更不用说了。还算过得去吧。"

"可是你不知道啊，我每天都在吵架呢，哪怕没有吵架的对象，也老是生气发火，不也跟吵架一样吗？"

"哦，你这是自己跟自己吵架，有意思啊，这样的吵架，吵就吵呗，没啥要紧的。"

"我实在厌烦透了。"

"那就不必恼嘛。"

"你当然可以这样，可是我自己的心，自个儿做不了主啊。"

"那到底是什么事让你满腹牢骚呢？"

主人于是对哲学家滔滔不绝地讲起了自己遭遇的一系列令他愤愤不平之事，从落云馆事件开始，到被人骂是今户窑烧的山狸，再到津木乒助、福地细螺他们跟自己过不去，等等等等。哲学家默默听着，最后终于开口讲了如下一大通道理。

"什么乒助啊、细螺啊，他们爱说啥说啥，你只当没听见，不就得了？反正都是些胡诌八扯，挺没劲的。还有那些中学生，理他们干吗，他们能妨碍你什么吗？你跟他们谈判、吵架就能解决问题？在这点上，我觉得古代日本人的做法比起西方人来要高明得多。西洋人的做法最近特别流行，爱嚷嚷什么积极进取之类的，可这样是大有问题的。首先，要想积极进取，那可是没有止境的，要一直积极进取下去，永远到达不了完全满足的地步。对面有几棵柏树，你觉得它们妨碍视野，把它们统统砍了吧，可是那边又有一片廉租公寓，那再把廉租公寓也推平了吧，可前面又有别的房子碍眼了。总之，无论到哪里，都没有尽头。西洋人的做法就是这么回事。拿破仑啊，亚历山大啊，从来都不会因为打了一次胜仗就满足。西方人要是看谁不顺眼，处不来，那就吵架，对方要是不服，那就上法庭，要是胜诉了他们会就此止步吗？哪里，大错特错，一直到死他们都不会消停，永远都是焦躁不安。寡头政治不行，就换成代议制，代议制又行不通了，再来搞别的花样。河流碍事，那就架桥；大山碍事，又挖隧道；觉得交通不方便，就到处铺设铁路。永远没有满足。话说回来，人这么积极地按照自己的意思行事，哪能每次都如愿以偿呢？大多数时候都是不顺心的吧。西洋文明可以说是积极进取的文明，但也可以说是终身都不如意的人所缔造的文明。日本文明呢，并不奢求通过改变外界状态来求得满足。它与西洋文明的迥然不同之处就是：它是以周围的环境根本不可改变的这一前提发展起来的。如果父母与子女的关系不和睦，他们不像欧洲人那样试图去改变这种关系来求得安心。两代人的关系只能维持原样不变，日本人就在这个基础上去谋求安心的手段。夫妇之间、君臣之间的关系如此，武士、市民之间的划分也是如此，在对待人与自然的观念上都是如此。如果有座大山阻隔了去邻国的路，日本人并不试图去铲平大山，而是让自己不去邻国也能平心静气地过好日子，养成不必翻山越岭也能满足的心性。你想想看吧，禅宗、儒家，都是紧紧抓住这个根本问题来发展学说的。一个人再怎么厉害，也不可能事事都随心所欲，不能让落日再升，不能让加茂川倒流。他唯一能改变的就是自己的心性。只要修炼自己的心性，修炼到心静如水，那么落云馆的学生再怎么闹腾，也可以泰然处之，那些人说什么今户窑的山狸就让他们说去，何足挂齿。乒助等人喜欢胡说八道，又何必放在心上，顶多在心里骂他一句混账玩意儿就得了，不用跟这种人一般见识。从前有位高僧，眼看要被人砍头了，还打趣说，砍头好比'电光影里斩春风'①。要是心性修炼到一定程度，到达消极的顶点，便会有这样妙不可言的作用。当然，那些深奥的哲理，我这种愚钝之辈也参悟不了，但总觉得西洋人那种积极主义有些误入歧途了。就好比眼下这种状况，你再怎么拿出积极态度，学生仍然是要过来捉弄你，你又能奈何？你要是有本事叫他们学校关门大吉，或者发现了他们有违法行为而向警察控告，那另当别论。既然还到不了这个地步，那如何积极，也是无济于事。想积极的话，就会遇上金钱的问题、寡不敌众的问题。换言之，你不得不向有钱人低头，或者在那些仗着人多势众的小屁孩面前认输。像你这样势单力孤又穷得叮当响的人家，还要跟人去干架，这正是动气上火的根源啊。怎么样，清楚了没有？"

① 镰仓圆觉寺的开山佛光国师原名祖元，别号无学，生于南宋末年。据说元军南下，把刀架在他脖子上威吓他，他坦然诵偈："乾坤无地卓孤筇，喜得人空法亦空。珍重大元三尺剑，电光影里斩春风。"元军深为禅师的举止和气势所震撼，收回举起的大刀，灰溜溜地撤去。

主人静静地听着，对客人的话不置可否。客人离开后，他进了书斋，但没有读书，而是琢磨了老半天。

铃木教给主人的，是向有钱人和大众低头；甘木医生建议用催眠术镇静神经；最后的稀客劝他以消极主义修养心性。主人会怎么选择，那是他自己的事儿了。但很明显，由着老样子下去，他肯定要碰个头破血流的。

第九回

读疯子来信如醉如痴
迎小偷上门毕恭毕敬

主人生了一张麻脸。据说，明治维新以前，麻脸曾一度大为流行，但到了日英同盟缔结后的今日，这样的脸未免显得落后于时代。麻脸的衰退是与人口增长成反比的①，在不久的将来最终会完全绝迹。这是根据医学上的统计精密推导后得出的权威结论，像我这样的猫对此毫不怀疑。当今地球上还有多少麻脸苟延残喘，本猫不得而知，但在本猫的交际范围内，麻脸猫嘛，是一个都没有；麻脸的人呢，只有一个，而这唯一的一个就是主人。真可怜哪。

每次见到主人的脸，本猫就浮想联翩：究竟是何等因缘际会才让主人生了这样一张脸，恬不知耻地呼吸着二十世纪的空气呢？在麻脸大行其道的古代，主人这张脸兴许会显得威风十足，但如今麻点都已被勒令退却到两条胳膊上，主人的麻点却仍然盘踞在鼻头与脸颊上赖着不走，不仅让人觉得狂妄自大，哪怕对于麻点自身的体面也有损。如有可能，

---

① 原文如此。作者的意思显然是想说随着人口增长，麻脸会越来越衰退。

还是将其全部抹掉为好，就连麻点自己在脸上也觉得局促不安呢。然而，麻点也有可能想在自己的势力萎靡不振之际，"誓挽落日回中天"，蛮横占据整张脸，也未可知。要是这么着，万万不可小觑麻点啊。它们可是抵抗滔滔流俗、万古不灭的坑洼的集合体，是值得我等尊崇膜拜的凹凸坎坷哪。只是看上去有点脏而已。

主人小时候住在牛込山伏町，此地有位汉方名医叫浅田宗伯，老人家每次出诊必定要坐着轿子，慢慢悠悠地去病人家。不过，宗伯老去世后，他的养子继承了家业，轿子就换成了黄包车。等这位养子的养子接替他行医时，说不定就会用安替比林①代替葛根汤呢。哪怕宗伯老还健在时，坐着轿子在东京的大街上晃晃悠悠的，也已经是有失体统的落伍做派了，还能满不在乎地这么干的，也就只有那些因循守旧的亡魂，被装上火车仍眷恋猪圈的活猪以及宗伯老了。

主人的麻脸在丢人现眼这方面与宗伯老是一般无二的。旁人看着觉得可怜，但主人的顽固也丝毫不亚于宗伯老，依然觍着麻脸旁若无人地去学校上英文课，那张脸俨然如孤城落日一样悲壮。

他站在讲台上，满脸印刻着上个世纪留下的纪念。对于学生而言，从他那里得到的重大教益肯定超出了授课本身的内容。他往那里一站，就为"麻点对于脸面的影响"这一问题提供了绝佳答案，自然而然深入人心，远远比他在课堂上反复念叨的"猴子有手"之类的英文句子更让学生受益。倘若没有主人这样的教师，学生想要研究此问题就得跑遍图书馆、博物馆，要花费的精力就跟人们通过木乃伊来想象古埃及人一样多。由此可见，主人的麻脸在冥冥之中功德无量。

当然了，主人可不是为了这种功德在脸上种痘疮的。不过，的的确确是由于种痘才留下了这些疮痕。本来应该种到胳膊上，不知怎的感

---

① 一种解热镇痛药。

染到脸上去了。那时他还是个孩子，不像现在这么爱俏，嘴里嚷嚷着"痒啊痒啊"，便在脸上乱抓一气，结果呢，就像火山爆发，岩浆在脸上流淌，爹娘生给他的一张脸就这么被糟蹋得不像样子。主人时不时就跟太太炫耀自己未生痘疮之前，是个粉妆玉琢、天下少有的美娇娃，家人带他去浅草的观音庙，引得那儿的西洋人都竞相回过头张望呢。可能确有其事吧？只是遗憾的是，并没有证人给他作证。

麻脸再怎么有功德，再怎么让人深受教益，可脏还是脏啊。自从懂事以来，主人对之很是介意，想竭尽一切手段来消除这一丑态。可惜这玩意儿不同于宗伯老的轿子，没法说甩掉就能甩掉。直到现在，麻点仍在他脸上历历在目。这历历在目的麻点让他放心不下，每次到街上都会数一下能邂逅多少麻脸，对方是男是女，邂逅地点在小川町劝业场还是在上野公园，等等，这些他回头都会一一写在日记里。

他确信自己在麻脸的相关知识上绝不亚于任何人。前不久有位留洋归来的友人前来拜访，他问对方："在西洋你见过麻脸吗？"友人歪着脑袋想了好一阵子，说："这个嘛，极少见到。"主人又叮问一句："虽说极少，那还是有的吧？"友人漫不经心地答道："虽说有，只是在乞丐啦、打零工的啦这些人当中才有，有教养的阶层当中是看不见的。"主人说："原来如此，这跟日本的情况不大一样啊。"

主人听取哲学家的意见，不再跟落云馆的学生吵架，窝在书斋里，一味冥思苦想。兴许他是接受了忠告，打算静坐修炼灵活的"消极"精神。可他原本就是个小肚鸡肠的人，这么闷闷地缩在屋里，又能修炼出什么结果来呢。还不如把英语课本送到当铺，跟艺伎学唱《喇叭小调》，倒是更管用些呢。不过，他那么乖僻偏执的人，是不会听从一只猫的劝告的，随他去吧。就这么过了五六天，我都没再理睬他。

今天是第七天了。禅宗有在"头七"日许多人聚在一起盘腿打坐以求大彻大悟的旧习，主人现在如何了呢？是死是活？也该有个了局吧。

303

在下悠悠然从檐廊来到书斋门口，窥探着里面的动静。

　　书斋是个朝南的六铺席间，阳光所照之处摆了一张大桌子。只是说它大，读者诸君恐怕还无法了解到底有多大。具体地说，它是长六尺、宽三尺八寸，高度也与之相称。这显然不是从哪儿淘来的现货，而是于邻近的家居店特意定做的，亦桌亦床，堪称稀世珍品。他因何要新做这么一张大桌子，又怎么萌生了在上面睡觉的念头，没问过本人，不得而知。大概是一时心血来潮，才搞出来这么个不伦不类的玩意儿。又或许是人们在精神病人身上常见的一种现象，将毫不相干的两个观念随意联系在一起，他将桌子与床合二为一，实在异想天开，但新奇固然新奇，却是大而无当。我就曾目睹主人在这张桌上睡午觉，结果一咕噜就翻滚到了走廊上。从那以后，他就再也没有把这张桌子当成卧床来用。

　　桌前有一薄纱坐垫，抽烟时烧出三个窟窿，里面露出的棉花黑乎乎的。主人端坐其上，背对本猫，系着一条灰不溜秋、脏拉吧唧的带子，在腰间打了个死结，带子两头左右耷拉在脚后面。前不久本猫曾经因为扒拉这条带子戏耍，让主人狠狠敲了下脑袋，足见这条带子不是可以随便玩儿的。

　　主人咋还在那儿瞎想啊？有道是：思而不学则呆，呆子动脑，白耽误工夫。本猫从后面瞄过去，却见桌子上多了个明晃晃、亮闪闪的东西。我不由得眨了几下眼，这是啥怪玩意儿？强忍着定睛一瞧，原来是一面镜子。主人怎么在书斋里摆弄起镜子来了呢？说到镜子，那肯定是浴室里的镜子，今天早上在浴室看见过它的。为何一下就认定是同一面镜子呢？只因主人家里再也找不到第二面镜子了。

　　每天早上，主人洗漱完毕，都要对着这面镜子，梳一个分头出来。有人会说："主人这样的，也要梳分头？"实话说吧，主人干别的事不上心，唯独在梳头这事上毫不含糊。自从我在这里安家，直到现在，不管多炎热的天气，主人都没剃过半寸或三分短发，肯定要留二寸长。每次梳头都大费周章，不但要郑重其事地将靠左那边分开，还要煞有介事地将右边那一绺仔细抿得平平整整、服服帖帖，不让它弹回来。这小家子气的做派与这张大桌子一点都不相称，也许是精神病的症候吧。不过既然不妨碍别人，谁也不会说什么。他本人也乐在其中。

主人赶时髦梳分头的事暂且不表，单说他为何要留那么长的头发呢？这里面有个缘故。原来他的麻点不仅仅侵蚀了他的脸，还在很早前就殃及他的脑门了。若像一般人那样剃成半寸或三分短发，那发根处的麻点就显山露水了。再怎么摩挲，也没法变平滑，仍是坑坑洼洼，如同在旷野中放飞萤火虫，星星点点的，倒是一道风雅的景观，但肯定不会让太太中意就是了。好在头发一长，即可遮盖这一短处，那当然没必要自曝其丑了。有可能的话，他倒希望脸上也能长毛发，将麻点全都掩藏起来就好了。因此，不用花钱长出来的头发，何必再花钱将其剪短，向世人宣扬"天灵盖也长了天然痘"呢？——这便是主人留长发的由来，而留长发则是他梳分头的原因，梳分头就得照镜子，照镜子就得去浴室，而浴室的镜子乃是全家独一无二的一面。以上都是千真万确的事实。

那么，本该待在浴室，且是独一无二的镜子，怎么就到了书斋来呢？若非镜子患上了梦游症自己跑了过来，那肯定是主人把它带过来的。那主人为何把它带过来呢？估计是把它当作消极修心的道具吧。

从前有位学者去拜访一位高僧，僧人正在赤膊磨一瓦片。学者问："师父这是做什么？"僧人回答："正欲将其磨成镜子。"学者惊曰："师父虽是有道高僧，也不可能把它磨成镜子吧。"僧人呵呵笑道："那我就不磨它了。只是你读书破万卷，想要得道开悟，也同磨砖成镜一般，终是枉然啊。"①

主人大概就是听了这种故事，才从浴室拿来镜子，摇头晃脑在那

---

① 这段出自《景德传灯录》卷五："一日：'师作什么？'师曰：'磨作镜。'一曰：'磨砖岂能成镜邪？'师曰：'坐禅岂得成佛邪？'"

儿照来照去吧。这下可热闹了，我且在旁边悄悄观瞧。

对此浑然不觉的主人还在一门心思照那面宝贝镜子。镜子这种东西本来就挺可怕的。谁能深夜点上蜡烛，在宽阔的房间里独自照镜子，那真够大胆的。家里的小姐第一次把镜子戳到我面前时，本猫吓得魂飞魄散，围着屋子足足跑了三圈才定下神来。现在虽是青天白日，可是像主人那么死死盯着镜子，也会被自己那张脸吓到吧。本来那张脸在平时就不怎么中看啊。

过了阵子，只听主人自言自语道："果然是不大好看啊。"能坦白承认自己丑陋，真是大可敬佩。看他的样子有点精神失常，可说出来的话倒是真理。由此再进一步，就会为自己的丑陋感到可怕了吧。人如果不能透彻骨髓地认识到自己是个可怕的恶棍，那就算不上饱经沧桑之人，而如果不是饱经沧桑，那就谈不上解脱自在。主人既然已经走到这一步，眼看着就要来一句"好可怕啊"，不过他却迟迟没有说，只是说了句"果然不大好看"，然后突然想起什么似的，鼓起了腮帮子，又用手掌在上面敲了几下。这是捣鼓啥呢？匪夷所思。

这时，我忽然想起主人这副模样像一个人。像谁呢？绞尽脑汁想了好一会儿才想起来，原来是像厨娘啊。在这里顺便介绍一下厨娘那张脸吧。那张脸啊，那张脸可真是胖鼓鼓的哦。前不久有人从稻荷神社送来一盏河豚灯笼。厨娘的脸就跟那河豚灯笼一模一样，肥咕噜的。由于鼓得太厉害，都看不到眼睛了。当然，河豚是圆滚滚的鼓胀，而厨娘的骨骼有棱有角，鼓起来就像得了水肿的六角钟。这话让厨娘听了去难免会火冒三丈，因此就到此为止，还是回过头来说说主人吧。

如前所述，他利用空气尽可能让两颊鼓起，并且用手掌拍了拍，嘴里还嘟囔说："这样子皮肤绷紧了，麻子就没那么显眼了。"

他又侧过脸，一半脸沐浴在阳光里。"这样就更显眼了，还是朝阳的那半边看上去更平滑些。奇妙……"他还真是感慨万千啊。

随即他右手一下子伸直，尽量把镜子拿得远一些，静静观瞧："这样的距离，也看不见。看来太近了就是不行——不光是脸，世间一切莫不如此。"他大彻大悟似的说道。

　　接着他又猛地横拿镜子，以鼻根为中心，眼睛、前额、眉毛全都朝着这个中心挤过去。我想：这样一弄不是瞅着更不舒服了吗？主人自己也意识到了这一点，嘀咕了一声："哎呀，这样可不成。"便草草收场。

　　"我怎么长了一张凶神恶煞的脸呢？"他不太愿意相信似的喃喃自语，将镜子拿回离眼睛三寸远处。他用右手食指摩挲了下鼻翼，又在桌上的吸墨纸上按了一下，纸上留下一个圆形油斑。他的小把戏还真不少呢。

　　主人又将摸过鼻油的指头转回来，扒拉出右眼的下眼皮，扮了个惟妙惟肖的鬼脸。我有点纳闷：他这是在研究麻子呢，还是在跟镜子玩瞪眼比赛呢？

　　主人本来就是个没定性的人，你看，就在我盯着他的这么一会儿工夫，已经搞出这么多花样来。这么说也未必尽然。如果就像《魔芋问答》[1]里那个游方僧那样善意地去解释他对着镜子玩的这些把戏，也不妨将其视为是要明心见性的方便法门。

　　举凡人类的研究，无一不是研究自身。天地山川，日月星辰，都不过是自我的别名。抛开自我，只研究外界，这样的研究项目从来都没有过。要是人能跳脱自身，在跳脱的那一刻已经不再是自己了。而要研究自我，除了自己谁也干不来。总之，再怎么想研究别人，或是请别人来研究自己，那都办不到。所以，自古以来豪杰之士都是依靠自身来成为豪杰。想依靠别人了解自己，那就好比让别人替自己去品尝牛肉来判断软硬程度。朝闻道，夕听法，案前灯下展开书卷，都只是认识自性

---

[1]　日本落语（即单口相声），一游方僧听了卖魔芋的店主答非所问的话，以为大有禅意。

的方便手段。他人所说之法、所讲之道，乃至汗牛充栋的故纸堆里，都找不到自我。能找到的最多只是自我的幽灵。在某些场合下，幽灵当然胜过无灵。追逐影子也未必就碰不上实体。在这个意义上，摆弄镜子的主人倒并非不可理喻，比那些生吞活剥爱比克泰德的假冒学者强百倍。①

镜子既能酿造幻影之酒让人自我陶醉，同时也能为人的狂妄自大消毒。如果怀着浮华虚荣之心揽镜自照，那再没有比镜子更能煽动愚蠢的工具了。自古以来，因为自命不凡而害己害人的事，至少有三分之二都是镜子造孽。就如法国大革命时，那个好事的医生发明了断头台，从而犯下滔天大罪，那个发明镜子的人也会良心不安、噩梦连连吧。不过，在自我厌恶、萎靡不振时，再没有比镜子更有效的良药了。镜中的妍媸美丑，一目了然，本人肯定会发觉：就这么一副嘴脸，是怎么趾高气扬、毫无愧色地活到今日的呢？能有这样的自知之明，可誉为人生中最难得之事。还有比承认自己的愚蠢更为尊贵的吗？面对这样的自知，凡是妄自尊大者都要低下头来，自惭形秽。即使对方自鸣得意、极尽嘲讽之能事，但在我看来，对方那种趾高气扬的态度本身已等同于低头认输。主人并非能通过照镜子认识到自己愚蠢的贤者，但是能老老实实看到自己脸上的麻点也是一种公正吧。承认自己的丑陋，或许会成为认识自己灵魂卑贱的阶梯。这么说，主人还算是靠谱，也许是让哲学家教训了一番后的结果。

本猫一边思索，一边观察主人的动态。而对此一无所知的主人翻了一阵子眼皮，咕哝说："充血好厉害呢。该不会是慢性结膜炎吧。"说着，他又拿食指的指头肚子揉搓充血的眼皮，估计是觉得很痒。只是本来就已经那么红了，这么一揉搓，还不知弄成啥样呢。过不了多久，

---

① 参见《六祖坛经》："何期自性，本不生灭。何期自性，本自具足。何期自性，本无动摇。何期自性，能生万法。"

肯定会跟盐渍鲷鱼一样烂成两个窟窿。

他又睁开眼望向镜中，果不其然，他的眼就像北国冬日的天空一般阴沉沉、雾蒙蒙。本来嘛，他的眼平常就谈不上清澈明净，夸大点形容，可以说是混浊不堪，黑白眼珠都界限模糊。正如他的精神状态一贯糊涂恍惚、不着边际，他的眼也是暧暧昧昧地漂浮在眼窝里。有人说这是胎毒所致，也有人说是痘疮的余波。小时候，为了他这个病，也不知祸害了多少柳树虫和赤蛙。只是他母亲穷尽各种办法，到而今他的眼神还是跟刚出生时那样茫然一片。本猫暗自思忖：这种状态绝非胎毒或者痘疮所致。他的眼珠之所以彷徨于晦涩混浊的悲苦境地，完全是由于他的头脑混沌不明，已达到暗淡迷蒙的极致，这自然要在形体上表现出来。对此一无所知的母亲真是枉费一番心血。浓烟升起，必定有火，眼睛混浊，必定心灵愚钝。眼是心灵的表征。他的心就像天保铜钱一样开了个孔，他的眼也跟天保铜钱一样，虽然大，却不中用。

这回他又捻弄起了胡须。他那些胡须本来就不怎么整齐，一根一根各自为政，七横八竖的。虽说当今社会流行个人主义，但这么各行其是地任性生长，也让主人发愁啊。有鉴于此，主人最近开始有意训练它们，尽量使其有条不紊。热心操练的结果，胡须的步调渐渐稍趋向一致了。他不无自豪地说："以前是'长'胡须，现在可是'蓄'胡须了。"越是有成效，热情就越是高涨。主人眼看着自己的胡须前途有望，便只争朝夕，一有闲空就鞭挞它们。他的目标是蓄一部如同德皇威廉二世那样奋发向上的胡须。他也不管那些毛是横着生还是朝下长，一律捻成一撮往上揪。真是辛苦了胡须子诸君，主人本尊有时也觉得疼，但训练嘛，受点苦也是应当的。管它们乐意不乐意，主人愣是死命拉扯它们向上长。外人看来，这实在是一种匪夷所思的嗜好，当事人却觉得这是理所当然。这就跟教育者硬要扭曲学生的本性，自诩为他的成果，是如出一辙。旁人当然毫无理由去指责什么。

正当主人满腔热忱调教自己的胡须，那生着一张多角形脸的厨娘说了声"有您的信"，便如往常那样仲进来一只红彤彤的手。左手持镜子、右手揪胡须的主人，保持这个姿势不变，扭头向门口望去。见到那被强令翘起尾巴的八字胡，多角形马上回到厨房，伏在锅盖上哈哈大笑个不停。主人却满不在乎，慢悠悠地放下镜子，拿起了书信。第一封信是印刷的，行文一本正经：

　　敬启者，谨祝吉祥。回顾日俄战役，以连战连胜之势，终克和平。吾忠勇义烈之将士，于"万岁"声中高奏凯歌，今已大半荣归故里。国民莫不欢喜雀跃，乐何如之。襄日宣战大诏既下，将士皆义勇奉公，远赴万里异国，不避寒暑，不惜微躯，含辛茹苦，一往直前，拼死战斗，其眷眷至诚，吾人当永志不忘，不敢须臾忘怀。勇士之凯旋，将于本月而告终。故本会拟定于下月二十五日，代表本区民众举行凯旋祝捷大会，喜迎本区一千余名出征将校士卒荣归故里，并聊以慰藉烈士遗属。恭请各位莅临，共襄盛典，如蒙赞助，慷慨解囊，踊跃义捐，则本会无上之光荣也。不胜切盼之至。

　　　　　　　　　　　　　　　　　　　　　　　　　　敬具

寄信人是一位贵族老爷。主人默读一遍，将信笺塞回信封，一脸无动于衷的神色。义捐嘛，恐怕是不会"踊跃"的。前不久，东北地区受灾，他捐了两三元，逢人就大肆宣扬自己"被捐款"了。既然是义捐，那就是自愿的，何来被迫之说。又不是遭了贼，说什么"被捐款"，实在不稳妥。可听主人那口气，竟像是遭了贼一般。这样的主人，你再怎么跟他说"喜迎凯旋将士"啊，"贵族诚挚邀请"啊，就凭这么一封铅印的信，就想让他心甘情愿掏腰包，那是连门儿都没有。要是强行摊派，那另当别论。照主人的想法，欢迎将士之前，先欢迎他，那还差不多。

欢迎完了他，再去欢迎别人，那也不迟。自己一天到晚为生计奔忙，哪有闲工夫管这些，都交给贵族老爷们去操心好了。

主人又拿起第二封信，嘟囔着："又是铅印的信啊。"

> 正值秋凉，谨祝合宅兴旺，全家安康。敝校之事，如君所知，由于二三名野心家阻碍，一时陷入莫大窘境，是皆不肖针作德行不足、运营不善所致，自当深以为戒。现经卧薪尝胆、甘苦备尝，方始得以依靠一己之力，觅得为建筑理想之新校舍筹措资金之途径。简而言之，不肖将出版《裁缝秘法纲要专辑》一书，本书为不肖针作根据工艺原理多年来呕心沥血研究之成果。为向一般家庭普及起见，仅在工本费以外略收薄利，恳请购买阅读。诚望此举能为工艺发展尽绵薄之力，又可积少成多，获得些少利润充当建筑校舍之费用。故而不胜惶恐，愿您购买《裁缝秘法纲要专辑》一部，赐给家中女仆，慷慨解囊，聊表阁下赞助之意。不胜感激！
>
> 敬具
>
> 大日本女子裁缝最高等大学院 校长缝田针作 九拜

主人将这封措辞毕恭毕敬的书信，冷淡地揉成一团，砰一声扔进了废纸篓。针作君的"九拜"啦，"卧薪尝胆"啦，都是白费口舌，真是可怜。

主人又打开第三封信，这封信可说是大放异彩。信封是红白相间的条纹花样，就像卖棒棒糖的招牌一样艳丽，正中以浓重的八分字体写着"珍野苦沙弥阁下"，不知信里是不是包着棒棒糖，单看这信封可是够漂亮的。

> 若以我律天下，我将一口喝干西江水；若以天地律我，我不

过陌上一微尘。或曰：天地与我有何干涉？……最初食海参者，其胆力过人，可钦可敬；最初啖河豚者，其勇气可嘉，佩服佩服。食海参者可谓亲鸾再世，啖河豚者可谓日莲化身。[①] 若苦沙弥者，仅识大嚼醋熘葫芦干而已，是焉可以称之为天下名士哉？我未之见也。

密友或卖汝以求荣，父母将汝视为一己之私，爱人将弃汝而去。富贵从来不可恃，爵禄一朝可尽失。汝头脑中密藏之学问，也会发霉。汝何所恃哉？天地之间，有何可恃？

神？神乃人苦痛之余捏造之土偶而已。人者，粪便凝结之臭皮囊而已。恃不足恃者，而妄自曰心安，岂非咄咄怪事？正无异于醉汉之胡言乱语。蹒跚走向坟墓，油尽灯枯，自己也一命呜呼。宿业消尽，有何物可遗留于世间？苦沙弥先生，且吃茶！

若不以他人为人，则无所畏惧。不以他人为人，对于这不以我为我的世道却愤愤不平，又将如何？权贵荣达之士不以他人为人，自以为得计，然他人不以我为我，又怫然作色。任凭你怫然作色，混账……

我不以他人为人，而他人亦不以我为我时，愤愤不平之人便骤然发作，如从天而降。此种骤然发作，可名之曰革命。革命非由愤愤不平之人所致，乃权贵荣达之士欣然造成也。朝鲜多人参，先生何不食之？

　　　　　　　　　　　　　　天道公平 再拜 于巢鸭[②]

针作君是九拜，这位仁兄只是再拜。只因不是募捐，就大大咧咧

---

① 亲鸾，净土真宗创始人。日莲，日莲宗始祖。
② 指当时的东京府立巢鸭医院，该医院也收治精神病人。

省略了七拜。这封信虽不是募捐，却相当晦涩难懂。若是向杂志投稿，不管什么杂志都会退稿的。原本以为脑子里一团糨糊的主人肯定会将其撕得粉碎，不料他却翻来覆去读个没完。大概他觉得信里大有深意，决心探究个明白吧。

天地之间不可解释之事多如泥沙，但不管哪样东西都可以强行赋予其意义。无论如何晦涩的文章，只要想解释，就能解释出个一二三来。人嘛，说愚蠢也可，说聪明也可，都能轻而易举地证明。不仅如此，要想证明人就是狗、人就是猪这样的命题，也没啥困难的。说山峦低洼未尝不可，说宇宙狭隘又有何妨。天下乌鸦一般白，西施貂蝉是丑女，苦沙弥是君子，这些也都能讲得通。因此，要将这封不知所云的信，费点工夫解释出一番道理来，那当然是轻而易举。更何况主人向来对于自己半懂不懂的英语就爱牵强附会地解释呢。学生曾问他："为何明明天气不好，还要说'good morning'？"他为此足足考虑了七天。又有学生问："'Columbus'（哥伦布）用日语怎么说？"这又让他动了三天三夜的脑筋。主人看了这封信，说不定也能随便解释成"吃醋熘葫芦干就能成为天下名士""吃朝鲜人参就要闹革命"这样的意思。

过了好一阵子，主人好像用解释"good morning"的那类方法理解了这封信，大加赞叹道："真是意味深长啊！看来是个对哲理颇有研究的人。见识不凡！"

从这话可以看出主人有多愚蠢，但反过来一想，又不无道理。主人平常就有这个癖好，只要是他弄不懂的，他都特别欣赏。不单主人有这个毛病，大凡让人莫测高深的东西、难以琢磨的地方，总让人觉得不可小觑、不敢冒犯。因此，那些俗人总喜欢不懂装懂、大肆吹嘘，而学者呢，则喜欢把本来显而易见的事儿说得云山雾罩。大学里，那些把学生说得晕头转向的课都大受欢迎，而通俗易懂、清楚明了的课却不受待见。主人对这封信大加赞赏，不是由于看懂了，而是因为他捉摸不透其中的主旨何在。忽然冒出来的"海参"啊，"粪便"啊，把他给搞糊涂了。主人尊敬这封信，就跟道家尊敬《道德经》、儒家尊敬《易经》、禅宗尊敬《临济录》一般，都是因为不明所以。承认自己不明所以吧，又不甘心，就胡乱注释一番，摆出懂了的架势。本来不懂，自以为懂了，连连赞叹，这自古以来就是件愉快的事。

主人恭恭敬敬将这封八分体的书信卷好放在桌案上，袖起手来陷入了冥想。

这时，正门那边有人大声吆喝："家里有人吗？"这声音像是迷亭的，可迷亭从来不这么叫门啊。主人在书斋早就听到了叫声，但仍旧袖着手纹丝未动。作为一家之主，他觉得迎接客人不是他的职责，故而打定主意不在书斋跟客人打招呼。女仆刚才出去买肥皂了，太太不巧正在上厕所。这样，只能由本猫去迎接客人了，我也懒得动。于是，客人从换鞋处上了台阶，拉开隔扇大摇大摆进来了。可见有什么样的主人就有什么样的客人。来客似乎是去了客厅，隔扇反复开关了两三次，这回径直来到了书斋。

"喂，开什么玩笑？在干什么？有客人也不出来迎接？"

"是你啊。"

"还说什么'是你'，既然在家就该招呼一声啊，简直像家里没个活人似的。"

"哦，我在想事情。"

"就算是想事情，招呼一声'请进'总能办得到吧？"

"这个也不是不可以。"

"还真是沉得住气啊。"

"前阵子开始致力于修心养性了。"

"可真新鲜啊。你这一修心养性不要紧，客人来了都不应一声，就那么晾在那儿了，客人不为难吗？你这么稳坐钓鱼台可不成。实话跟你说，今天我可不是一个人来的哦，还带了一位贵客上门呢。你赶紧出来见见吧。"

"带谁来了？"

"不管谁，你出来见见嘛。人家可是说了，非见你一面不可。"

"到底是谁？"

"别管谁了，你先起来再说。"

主人仍旧袖着手站起来，嘟囔着："又想着捉弄人是吧？"他来到檐廊，漫不经心进了客厅。

一位老者正面朝六尺壁龛肃然端坐。主人不由得放下手，一屁股坐到唐纸隔扇旁边。这样一来，他就与老者都面向西方，没法行见面礼了。老派人对这些礼节最是讲究。"您请坐那边。"老者指着壁龛方向催促主人。主人直到两三年前还是认为客厅里是随便坐哪儿都成的。后来听人解释说，壁龛的位置本是上座，乃从前主君会见家臣所坐之处，后来演变成贵宾席位，从此以后主人就再也不坐到壁龛那边了。尤其是现在这位素昧平生的老人那么一本正经地端坐在那儿，他还怎么敢去坐上座？就连寒暄的客套话都说不利索了。他只能低着头重复了一遍对方的客套："您请坐那边。"

"不，这样就没法跟您寒暄叙礼了，还是您坐那边吧。"

"不，这样的话……还是您请坐那边……"主人支支吾吾地重复着对方的话。

"您请您请，您这么客气实在让我不胜惶恐。别客气，请坐过去。"

"您这么客气……实在过意不去……还是请……"

主人面红耳赤，张口结舌地努力嘟囔着客套话。他近来的修心养性似乎毫不见效。迷亭站在隔扇后面笑吟吟地看了他们一阵子，这时觉得也差不多了，就在后面推了一下主人的屁股。

"好啦，你就给我过去吧。你这么贴着隔扇，没有我坐的地方啦。

别客气，坐过去！"他这么硬挤了过来，主人不得已只好往前挪了挪。

"苦沙弥君，这就是我屡屡跟你提起的住在静冈的伯父。伯父，这位就是苦沙弥君。"

"久仰久仰，初次见面，听说迷亭经常上门叨扰，老朽也一直想登门拜访，面聆高论。幸而今日路过宝地，因此特意过来致谢。还望今后多多关照。"

老爷子操着一口古风十足的寒暄话，说得很是流利。主人平素交际面狭窄，又素来拙嘴笨腮的，从未跟这样的老派人物打过交道，一开始就怯场，听老人家滔滔不绝讲了这么一大套，什么朝鲜人参啦，棒棒糖招牌似的信封啦，全都忘得一干二净，只得勉为其难，结结巴巴地回答说："在下也是……在下也……本该登门造访……请多多关照！"说完以后，他稍稍抬了一下头，见老人家仍旧拜伏在地，吃了一惊，慌忙又把头贴在榻榻米上。

老人捏准了火候，一边抬头一边说："老朽的寒舍原先也在这附近，在将军脚下讨生活，幕府瓦解以后，就迁居到了静冈，许久没来这边了。现在旧地重游，几乎分不清东南西北。要不是有迷亭陪着，定然事事不济。真是沧桑巨变啊。自从幕府开设三百年来，谁能想到将军家竟会落到这步田地……"

没等老人说完，迷亭眼瞅着他要啰唆上好一大段，连忙打断他："伯父，将军家确实了不得，但明治时代也不错吧。过去没有红十字会吧？"

"没有，过去的确没有红十字会。老朽今天能拜见亲王殿下的尊容，若非明治时代，那是不敢奢望的。幸亏老朽长命，也能躬逢盛会，亲聆殿下玉音，也算死而无憾了。"

"您时隔多年，重游东京，也算是有福了。苦沙弥君，这次伯父是特意从静冈赶来出席红十字会的全体大会的。今天我们去了上野，刚从那边回来。这个，就是上次我提过的在白木屋给他定做的长礼服。"

迷亭提醒主人。一瞅，老人果然穿了长礼服。穿是穿了，可一点都不合身。袖子太长，领子又太松，后背凹陷进去，腋部往上抽着。哪怕是故意做得不像样，都很难做得这样一塌糊涂。不仅如此，白衬衣和白领子分了家，每次一仰脖子，就从空当处露出喉结。还有，那黑领结是打在领子上呢，还是打在衬衣上呢，完全搞不明白。礼服也倒罢了，再瞧瞧那头顶上的白发丁髻，真可谓一大奇观。那大名鼎鼎的铁扇子呢？哟，正在他膝头横放着哪。

主人这时平静了下来，将修心养性的成果都充分用在了上下打量老人的衣着样貌上，未免也稍稍吃惊。本来听迷亭那么说，总觉得不至于那么糟糕，见了面这一瞧，却是有过之而无不及。要说自己的麻子可以作为历史研究的资料，那这位老人的丁髻和铁扇子就更有历史价值了。他本想好好打听一下这铁扇子的来历，又觉得直接问这个有些冒昧，但冷了场也觉得失礼，就问了个极为平常的问题："去的人很多吧？"

"人是很多，而且那些人都上上下下地打量老朽。最近的人都变得大惊小怪了，从前的人可不这样。"

"嗯，从前的人确实不这样。"主人也说起这种老气横秋的话来。倒不是主人故作姿态要装长辈，只不过从他那迷迷糊糊的脑袋里随便冒出这句话而已。

"是啊，而且大家都盯着我这把劈盔刀。"

"这把铁扇子很重吧？"

"苦沙弥君，你拿拿试试，很沉的。伯父递给他看看。"

老人慢慢托起铁扇子递给主人，说："见笑了。"

主人就像去京都的黑谷参拜金戒光明寺的香客接过莲生和尚[1]的长刀一样，拿过铁扇子郑重其事端详了好一阵子，说："果然不错。"然

---

[1] 即熊谷直实（1141—1207），镰仓初期武将，后出家，法号莲生。

后还给了老人。

"大家都把它叫铁扇子，其实它叫劈盔刀，跟铁扇子完全不是同一种东西……"

"它是做什么用的呢？"

"它可用来击碎敌人头盔，当其头晕目眩之际取其性命。自楠木正成[1]的时代就开始用了。"

"伯父，这可是楠木正成用过的劈盔刀？"

"不是，何人所用，已经无从考证。总之年代是很古老的。也许是建武[2]时期所造。"

"可能是建武时期的啊，反正可把寒月给搞惨了。苦沙弥君，今天我们回来时，正好路过大学校园，我觉得机会难得，就带伯父去参观大学理科的物理实验室，结果由于这把劈盔刀是铁制的，弄得那些磁力仪器都失灵了，惹出不小的麻烦。"

"不会有这种事的。这是建武时期的铁，品性上佳，绝不会惹麻烦。"

"品性再怎么好，它也是铁啊，刚才寒月说了，事实如此，没办法。"

"你说的寒月就是磨玻璃球的那位吧？年纪轻轻的，真是糟蹋了，就不能干点别的正经事吗？"

"看您说的，他可是在做研究啊。磨好了球，能成为了不起的学者呢。"

"要是磨球也能成为了不起的学者，那谁都能当学者了。老朽也能当，玻璃店的掌柜也能行。做这种事的人在汉土叫玉石匠，身份是极其低微的。"他说着望向主人，暗暗寻求赞同之意。

"原来如此。"主人毕恭毕敬地附和。

---

① 楠木正成（1294—1336），镰仓幕府末期到南北朝时期著名武将。
② 建武（1334—1338），日本后醍醐天皇年号之一。

"现在的学问都是形而下的学问，乍看还行，一旦到了紧要关头却不顶用。以前可不一样，武士都是以性命相搏，平素修心养性，临到紧要关头也不至于狼狈不堪。那可不是磨球、搓铁丝那么容易的事情。"

"确实如此。"主人又恭敬地说道。

"伯父所说的修心养性就是不去磨球，而是袖手静坐吧？"

"那怎么可以，绝无那么简单轻松之事。孟子说过'求放心'，邵康节也说过'心要放'，佛家的中峰和尚也曾讲过'具不退转'。哪有那么容易的？"

"还是不明白，到底该怎么办才好呢？"迷亭问。

"你读过泽庵禅师的《不动智神妙录》吗？"

"没读过，连听都没听说过。"

"书中云：'心当置于何处？置于敌之招式，心将为敌之招式所夺；置于敌之长刀，心将为敌之长刀所夺；置于杀敌之念，心将为杀敌之念所夺；置于我之长刀，心将为我之长刀所夺；置于御敌之念，心将为御敌之念所夺。置于应付他人之念，心将为应付他人之念所夺。总之，心无处可放置。'"

"一字不落全背下来了！伯父记忆力真好。这么长一大段哪。苦沙弥君懂了吗？"

"果然如此，不错不错。"主人这次又用这话搪塞过去。

"您听听对不对？心当置于何处？置于敌之招式，心将为敌之招式所夺……"

迷亭连忙打断他："伯父，苦沙弥君早就领会了这个啦。他最近在书斋一直修心养性，客人来了都不迎接，可见心是放稳妥了。"

"那真是可贵啊，老朽佩服。你要是也一同修炼就好了。"

"嘿嘿，我没那么多闲工夫。伯父自己清闲自在，就老觉得别人也是无事可做吧。"

"实际上你不也一直闲着吗？"

"可是我是'闲中自有忙'啊。"

"你看看，你这么马马虎虎的，就该好好修炼心性才对。成语说的是'忙中自有闲'，'闲中自有忙'可是从来没听说。苦沙弥君听说过吗？"

"嗯，我也是从未听说过。"

"哈哈哈，这样我可是招架不住啊。伯父，好容易来东京一趟，我带您去吃鳗鱼怎么样？哪怕去竹叶亭这样的高档饭店，我也请客。从这儿坐上电车，一转眼就能到。"

"吃鳗鱼倒是不错，不过我已经约好了去见沙原，就不能奉陪了。"

"您说的是杉原先生吧？那位老爷子身子也还硬朗吧？"

"不是杉原，是沙原。你啊，老是犯这种错。念错他人的姓名可是很失礼的。今后得小心注意才行。"

"可明明写的是杉原这两个字啊？"

"写的是杉原，但要读成'沙原'。"

"这可怪了。"

"这有什么怪的？这叫'名目读法'。自古就有的。比如蚯蚓读作'眼不见'，就是名目读法。蛤蟆读作'仰天躺'也是一样。"

"哎，简直闻所未闻！"

"蛤蟆打死以后，都是仰天躺着，所以叫作'仰天躺'，这就是名目读法。再比如篱笆读作'透明墙'，菜心读作'十字花'，都是一样的。把沙原读作杉原，那是乡巴佬的读法。你不注意一点，是要被人笑话的。"

"那么，现在是要去沙原那里？真是麻烦啊。"

"你要是不愿去也行，我就一个人去好了。"

"您一个人去能成吗？"

"徒步去不大好办，你给我叫个车，我从这儿坐上车就过去。"

主人马上领命，让厨娘去叫车。老人又是一套没完没了的道别，然后将圆顶礼帽戴在自己的丁髻上离开了。迷亭则留了下来。

"这是你的伯父？"

"这就是我的伯父啊。"

"原来如此。"主人重新坐下，袖手陷入沉思。

"哈哈，派头不一般吧。我有这样一位伯父，真是感到荣幸啊。他不管去哪儿，都是这副派头，把你吓到了吧。"迷亭觉得要是主人吓到了，自己会很得意。

"不至于吓到吧。"

"这样也没吓到，你真能沉得住气啊。"

"不过，你这位伯父有些地方也有过人之处。比如倡导精神修炼什么的，很值得敬佩。"

"你真这么觉得？恐怕等你六十岁了，你也跟伯父一样，成为一个老顽固呢。你可得小心了，做一个候补的时代落伍者，可没那么好玩。"

"你总是担心落伍，但有些时候，落伍反而更难能可贵。就比如说学问吧，现在的学问只知道前进啊前进啊，永无止境，也就永远得不到满足。反而是东方的学问虽然消极，却大有意味，只因东方的学问讲求修心养性。"

主人把之前从哲学家那里听来的议论当作自己的学说陈述了一番。

"了不得啊，你也宣讲起八木独仙的理论了！"

一听八木独仙这个名字，主人猛地一惊。原来前阵子造访卧龙窟，说得主人口服心服然后飘然而去的哲学家，不是别人，正是八木独仙。现在主人煞有介事宣讲的理论全都是从八木独仙那里现学现卖的。他本以为迷亭对此不明就里，谁承想迷亭马上报出八木独仙的大名，给了鹦鹉学舌的主人当头一棒。

"你也听过独仙的学说？"主人叮问了一句，心里很没有底。

"说什么听没听过，那一位这一套学说，从十年前还在学校的时候一直到今天，一点都没变过！"

"真理不是那么容易变的，正因为不变，才可靠。"

"正因为有你这样的人一味吹捧，独仙才会大行其道！首先他的姓'八木'就很贴近他这个人①，他的胡须跟山羊一模一样，还是寄宿生的时候他就长那样了。'独仙'这个名字也很有气势。以前他来我这儿住的时候，照例给我讲他那一套消极修养的理论，总是翻来覆去说同样的话。我说：'你就不睡觉吗？'他还是兴致勃勃，说：'我还不困。'这消极论可真是烦人哪。没办法，我只好跟他说：'你不困，我可困了，求求你还是睡觉吧。'到此为止还算没啥事，结果那天晚上有只老鼠跑出来啃了八木独仙的鼻头，他半夜三更的就闹腾起来。这位老兄虽说大彻大悟，可看起来还是爱惜自己那条小命啊。他跟我说：'要是老鼠的病毒感染了全身，那还了得？你怎么也要帮帮我啊。'他弄得我不知如何是好，实在没办法，我只能去厨房用纸片粘了几颗饭粒糊弄了他一下。"

"怎么糊弄的？"

"我跟他说，这是西洋进口的膏药，是德国名医最近发明的。印度人被毒蛇咬了，用它一贴，立马见效，给你贴上，包你没事。"

"你从那时就掌握糊弄人的精髓了。"

"……独仙君倒是个老实人，对我说的毫不怀疑，安心地呼呼大睡了。第二天起来一看，膏药下面咋还吊着线头呢？原来是把他的山羊胡也给粘住了，真是笑死个人。"

"比起那时候，他现在神气了好多啊。"

"你最近见着他了？"

---

① "八木"在日语里与"山羊"读音相同。

"一周前他来过，聊了好久才走的。"

"难怪啊，我说你怎么显摆起他这一套消极论了。"

"说实话，我当时很是佩服他这套说法，自己也想奋发修行呢。"

"你奋发修行不要紧，只是别人的话你太当真，那可就要倒霉了。别人说啥你就信啥，那可不行。独仙也就是嘴上功夫，一旦碰上什么事，跟你我都一样。你知道九年前大地震时候的事儿吗？那时从宿舍二楼跳下去受伤的，也就独仙一个人。"

"那时候他对这个事好像有一套说辞吧？"

"对啊，要是按他本人的说法，那是很值得庆幸的一件事。他说什么'禅机峻峭'啊，什么'正因为修炼到电光石火之间迅速应变的本领才会抓住时机。其他人一听说是地震都晕头转向，只有自己果断地从二楼窗户跳下，正说明了修炼的功效'。他一瘸一拐、得意扬扬地说了这些，真是个嘴硬的家伙。再没有比这些把禅啊佛啊挂在嘴边的家伙更讨厌的了。"

"看你说的。"苦沙弥先生垂头丧气起来。

"最近他过来又说了些禅宗和尚的梦话吧？"

"嗯，还跟我说了'电光影里斩春风'的句子才走的。"

"电光这一套，十年前就是他的拿手好戏了，真是好笑。说起这位无觉禅师①的电光，我们宿舍里可以说人尽皆知。而且这位一着急起来就把这句念错，前后颠倒成'春风影里斩电光'，真是好玩儿。下次你再见到他可以试试，等他慢条斯理说起这些的时候，你就一条一条地批驳他。他会很快就变得颠三倒四起来。"

"你这种捣乱鬼谁能受得了？"

"谁是捣乱鬼还不一定呢。我最讨厌这些禅和尚、得道之人了。

---

① 这里指独仙。

我住的附近有一座叫南藏院的寺，里面住着个八十来岁、退隐的老和尚。前阵子一阵暴雨，寺院里打了个霹雳，把院子里的一棵老松树劈倒了。可老和尚却泰然自若、浑然无事的样子。仔细一打听，原来老和尚是个聋子。那自然是'泰然自若'啦。所谓得道大都如此。独仙要是一个人，爱怎么开悟就怎么开悟，可他动不动就怂恿别人，那就糟糕了。就拿眼前来说，就有两个人因为独仙变成疯子了。"

"谁变疯子了？"

"还说呢，一个就是理野陶然，他中了独仙的毒，一门心思搞禅学，跑到了镰仓，终于发疯了。圆觉寺前面有个铁路的岔道口，他跑到那儿在铁轨上打坐，吹嘘说自己能用禅定之力让迎面驰来的火车停下。幸亏，火车急刹车，给他留了条小命。这下他反而号称自己练就了'入火不热，入水不溺'的金刚不坏之身，跳到寺院里的莲花池中，在里面乱扑腾。"

"淹死了？"

"这一次他也够幸运的，道场的和尚正好路过救了他。之后他就回到了东京，最后患腹膜炎死了。死因虽说是腹膜炎，可得腹膜炎却是因为在寺院里吃麦饭和老咸菜，也就是说还是独仙间接害死了他。"

"看来太过于热衷，有好处也有坏处啊。"主人有点失魂落魄的样子。

"这都是千真万确的事。让独仙害惨了的，还有一位同学呢！"

"真是危险。是谁？"

"就是立町老梅君。这位完全是受独仙的怂恿，整天说些鳗鱼升天之类的不着边际的话，最终倒是弄假成真了。"

"怎么个弄假成真法？"

"鳗鱼升天，肥猪成仙了呗。"

"这怎么讲？"

"八木是独仙，立町就是猪仙。从来没见过他那么贪吃的人，他那股馋嘴劲儿加上禅和尚的偏执劲儿一并发作，真是无可救药。刚开始我还没留意，现在想来，那时候他说的都是些疯话。他来到我家，说'那棵松树下飞的是炸猪排吗'还有'我老家那儿鱼糕在木板上游泳哪'，都是这类蹊跷的话。只是说这些还不要紧，还催促我说：'我们去门外的水沟挖栗子面团子吧！'这下我只好投降了。那之后过了两三天，这位猪仙就被收容到巢鸭的疯人院去了。本来猪仙是没有疯狂的资格的，完全是拜独仙所赐，才落到这步田地。独仙的法力可不容小瞧哦！"

"哎，他现在还在巢鸭吗？"

"不仅还在那儿，而且越发狂妄自大，气焰更嚣张了。最近他嫌立町老梅这个名字没意思，自己起了个号，叫'天道公平'，自视为天道之化身，厉害厉害，你有空去看看他就知道了。"

"天道公平？"

"对，天道公平，别看他疯了，起的这个号倒是很气派。有时他也写成'孔平'。他说世人多半走入迷途，他要以拯救众生为己任，因此胡乱给友人啊、什么人啊写信。我收到了四五封呢，其中有的写得特长，都超重了，有两次我还给他补足了邮资呢。"

"这么说，给我寄信来的也是老梅咯？"

"也给你寄信来了？有意思啊。也是红色的信封吗？"

"嗯，中间红，两边白。风格独具的信封。"

"那个还是他特地从中国搞来的呢。照猪仙的格言，这象征着天道尚白，地道尚白，人居于其间独为红……"

"这信封也大有来头啊。"

"疯子嘛，都是特别爱讲究。他尽管发疯了，可贪吃的本性依然没改，每次写信都必定提到食物，妙哉妙哉！给你的信里也提到了吧？"

"嗯，提到了海参。"

"因为老梅喜欢吃海参啊。难怪啊，还有呢？"

"还写到了河豚跟朝鲜人参什么的……"

"河豚配上朝鲜人参，好吃啊。他大概想说，吃了河豚要是中了毒，那就再煮朝鲜人参喝下去解毒吧。"

"好像也不是这个意思。"

"是不是也没什么关系。总之他是疯了。就这些，还有吗？"

"还有呢，'苦沙弥先生，且吃茶！'有这样一句。"

"哈哈哈哈，且吃茶！这句太厉害了！他肯定是一举把你给拿下啊。了不起！天道公平君万岁！"迷亭觉得很有趣，大笑起来。

主人满怀敬重反复诵读的信竟是个不折不扣的疯子所写的，这让他感觉自己此前的热忱与苦心全都是徒劳，不免有些懊恼，而自己居然将精神病人的文章如此费心劳力地研读，又觉得有些羞愧，最后他也有些疑虑：对于一个疯子所作的文字如此佩服，莫非自己也有些精神异常？懊恼、羞愧、疑虑这三种心态纠结在一起，让他如坐针毡。

这时，沿街的格子门让人哗啦啦地拉开了，接着换鞋处响起了沉重的脚步声，有人大声叫门："有人吗？打扰了！"

主人是一旦坐下就不愿挪动屁股，迷亭则恰恰相反，是个坐不住的人。不等厨娘出去接引，他就嚷嚷着"来了来了"，三步并作两步穿过中庭跑到了大门口。他每次上门都是不叫门就大咧咧地闯入，这虽然有些讨厌，但在别人上门时他能承担小厮的职责去接引客人，倒也方便。不过，迷亭再怎么不见外，毕竟还是客人，让客人去大门接引客人，主人苦沙弥自己却在坐垫上纹丝不动，实在不像话。换作一般人都会跟在后面迎出来的，然而苦沙弥就是苦沙弥，非同一般人。他仍旧在坐垫上无动于衷。端坐与安坐，外表看上去没什么不同，但其实质却大不一样。

飞奔到门口的迷亭似乎跟来客在不断地分辩什么，片刻后向屋里喊道："喂，劳驾主人出来一趟！这事儿非你不可啊！"

主人这才不得已袖着手慢条斯理地走出来。一瞧，迷亭手里拿着一张名片，正弯着腰跟人寒暄施礼哪，其仪态有些低三下四的。那名片上写的是："警视厅刑警巡查 吉田虎藏"。与虎藏君并排站着的是一个二十五六岁的高个儿英俊男子，穿一身漂亮的唐栈布衣服。妙的是这人跟主人一样也是袖手默默站立。我总觉得他这张脸看着面熟，仔细打量以后，原来岂止是见过，这不正是前些日子半夜三更大驾光临，拿走了山药的那位"隐士"吗？这次光天化日之下就这么大大方方地来拜访啦。

"喂，这位是刑警，抓住了前不久来你家行窃的小偷，特意来通知你到警署去认领失窃物品。"

主人总算是明白了刑警上门的原因，便朝着小偷的方向毕恭毕敬地鞠躬行见面礼。大概他觉得小偷比虎藏君更有男子汉气概，就断定他才是刑警吧。小偷见他冲自己行礼也吃了一惊，但又不好回绝说："我本是小偷。"只好装作若无其事地杵在那儿，仍旧袖着手。当然了，他戴着手铐哪，想抽出手来也办不到。换作一般人，见了这副光景也能明白个八九不离十了。可主人与众不同，有个毛病，对官吏、警察这些人一味崇敬，总觉得他们的威仪冒犯不得。虽说从理论上他也明白，警察不过是民众花钱请来的保镖，但实际打照面时，他还是低三下四的。兴许因为主人的父亲先前是小地方上的村长，习惯了对上级点头哈腰，这种习惯也遗传到了儿子身上。真是可怜至极。

警察也觉得滑稽，憋着笑说："明天上午九点以前，请到日本堤分署来认领物品。失窃物品都有什么？"

"失窃物品有……"话到嘴边，苦沙弥先生却什么都想不起来了，唯一想起的就是多多良三平送来的山药。他虽然觉得山药讲不讲无所谓，但一说到失窃物品，自己什么都答不出来，未免显得呆头呆脑的。倘若别人家被盗，自己说不上来还情有可原，自己家被盗，却没法明确答复，实在有点像个窝囊废。于是他横下心来回答："失窃物品嘛，有一箱山药。"

这下子小偷看上去也忍俊不禁了，拼命低下头，下巴埋到了衣领里。迷亭则哈哈笑着说："看来老兄很是心疼丢的这箱山药啊。"

只有刑警还是意外地严肃，说："好像没找回山药，其余物品大都还在。你过来看看就明白了。还有，返还物品时需要写收据，别忘了带着印章。请务必在九点以前来日本堤分署，浅草警署管辖的日本堤分署。就这些，再见。"

他自顾自地说完，告辞了，小偷也跟在后面出了门，由于戴着手铐没法关门，只好让门就那么敞开着。主人虽说刚才诚惶诚恐，现在对此也露出愤愤不平之色，气鼓鼓地砰一声关上了门。

"哈哈，你对刑警也太尊敬了吧！要是你一直这样，对人人都这么谦恭，那也算是个大好人了。只对警察这么客气，那可不咋的。"

"人家特意过来通知我嘛。"

"过来通知又咋样，那就是他的职务。平平常常地对待他就行了。"

"可他不是一般职务啊。"

"他当然不是一般的职务，是侦探这种招人厌的职务，比一般的职务更下贱。"

"你说这种话可是要倒霉的。"

"哈哈哈，那我就不说刑警的坏话了。不过你尊敬刑警也就罢了，怎么对小偷也尊崇备至起来？可真让我惊掉下巴。"

"谁尊崇小偷了？"

"就是你啊。"

"我最近何曾跟小偷打过交道？"

"你不是对小偷又是鞠躬又是问安的吗？"

"什么时候？"

"就在刚才，你不是还冲着小偷点头哈腰吗？"

"胡说，那明明是刑警。"

"刑警会穿成那样？"

"正因为是刑警才会穿成那样。"

"真顽固。"

"你才顽固呢。"

"别的先不提，刑警到人家里，会那么袖着手直挺挺地杵在那儿吗？"

"谁规定刑警不能袖着手的？"

"哎哟，你这么抬杠我可就拿你没辙了。在你跟他客套的过程中，他可是自始至终都杵在那里的。"

"刑警的话，这种事完全有可能。"

"你这也太自以为是了，不管怎么说你都听不进去。"

"我才不听你的，你只是口头上认定对方是小偷，又没亲眼看见他偷东西。只是片面地一口咬定人家是小偷罢了。"

就连能说会道的迷亭也觉得主人不可理喻，说到这个地步没法再理论下去，只好闭上嘴不再说了。主人则认为自己难得一次挫败了迷亭，很是得意。在迷亭看来，主人的价值因为顽固不化而降低了。但主人却觉得正因自己坚持到底，才比迷亭高出一截。人世当中这种驴唇不对马嘴的事可以说比比皆是。有人觉得自己死犟到底就能高人一等，但其实他们的人格价值早已滑落。奇怪的是，那些死硬派拼命维护自己一时的脸面，至于别人怎么轻蔑自己却做梦都不去想。这也是　种幸福吧。不妨称之为猪的幸福。

"不谈这个了，明天你打算去吗？"

"去啊，让我九点以前到，我八点钟就出发。"

"学校的课怎么办？"

"请假呗，学校的事有什么要紧。"主人以不屑一顾的豪壮口气说道。

"好有魄力啊。请假没问题吧？"

"没问题，学校是给月薪，不用担心扣钱的，有啥要紧的。"主人很坦白地说。他这话要说滑头也够滑头，要说单纯也够单纯。

"那就去吧，可是你知道路吗？"

"我哪里知道，坐车去不就行了？"主人还是气呼呼的。

"你真是个东京通，一点不亚于伯父，佩服，佩服。"

"你爱怎么佩服就怎么佩服。"

"哈哈哈，说到日本堤，可不是一般的地方哦。那是在吉原啊。"

"哪里？"

"在吉原。"

"就是有好多妓院的吉原？"

"当然，说到吉原，东京就这一个吉原。怎么样，还想去吗？"迷亭又戏弄起主人来。

主人刚一听说在吉原，似乎多少有些犹豫，但马上就拿定主意说："那又怎样？吉原也好，妓院也罢，既然说了要去，那就一定要去。"在这种无关紧要的地方他偏要强硬一番。愚人就喜欢在这种事上表现自己的非凡气魄。

迷亭说了句："那就去开开眼吧，肯定很有意思。"

刑警事件引发的波澜至此告一段落。此后迷亭又东拉西扯了好一阵子，直到傍晚，说："回去得太晚，伯父要生气了。"这才回去了。

迷亭走后，主人草草用过晚餐，又缩回了书斋。他抄起手来，思绪纷飞：

"自己佩服之至，打算极力效仿的八木独仙君，照迷亭的说法，并不是特别值得效仿的榜样。不仅如此，他所倡导的学说也有悖常识，如迷亭所言，多多少少属于疯癫之列。更何况他已经有两个弟子成为地地道道的疯子了。危险哪。要是离他太近，恐怕自己也会卷入疯子的行列。自己惊叹天道公平的文章，以为见识不凡，定是伟人，结果呢，其实他就是立町老梅，已经成了不折不扣的疯子，关在巢鸭的医院里。迷亭的记述哪怕不无夸大其词，但立町老梅住在疯人院以天道之主宰自认，哗众取宠、沽名钓誉，恐怕也是事实。这么说起来，自己或许也有点类似的趋向。常言道：'同气相求，同类相聚。'自己对疯子的言辞这么佩服——至少对其文章有共鸣，不说明自己离疯癫很近了吗？哪怕尚未被他们同化，也是与狂人比邻而居，兴许哪一天推倒界墙，成为同室，在一起促膝谈心也说不定呢。那还了得。也是，最近总觉得自己脑子活动异常，可以说是奇上加奇，怪上加怪，令人吃惊。一勺脑浆的化学变化是何等情形暂且不论，意志化为一言一行，有失中庸之处，实在比比皆是。自己舌上无龙泉，腋下无清风①，却牙根有狂气，肌头有疯味儿。这可如何是好，越来越难办了。说不定自己真已成为病入膏肓的精神病患者了呢。万幸还没有伤害人，妨碍到社会安定，才没有被驱逐出去，暂且仍然做着东京市民。这已经不是积极、消极层面的问题了，必须先检查脉搏才行。不过脉搏好像没什么异常。头脑有些发热，但也并没有上火的迹象。然而还是令人担忧。

"不对，这样老是把自己和疯子相比较，找出类似之处，怎么也逃脱不了疯子的领域。这办法很糟。如果以疯子为标准，生拉硬拽地向他们看齐，就会得出自己似乎跟他们差不多的结论。如果以健康人为标准，将自己和他们并列考虑，或许会得出相反的结果。先从身边熟悉的人开始对照吧。第一，今天来的穿长礼服的伯父如何？他爱说什么'心置于何处'……总感觉怪怪的。第二，寒月如何？他从早到晚带着饭盒

---

① （宋）罗大经《鹤林玉露》丙编六："堂堂八尺躯，莫听三寸舌，舌上有龙泉，杀人不见血。"（唐）卢仝《走笔谢孟谏议寄新茶》："七碗吃不得也，唯觉两腋习习清风生。"作者在这里是反其意而用之。

去磨球，这也有点疯疯癫癫的。第三……迷亭？他把胡诌八扯作为天职，算是个积极向上的疯子。第四……金田夫人？她那种恶毒的禀性完全背离常理，纯粹是个精神病。第五，轮到金田君了。虽然没跟他见过面，但从他对老婆低声下气，那么琴瑟调和来看，定然不是正常人。不正常就是疯子的别名，完全可以归为一类。还有呢？还有很多，很多。比如落云馆的诸君子吧，以年龄论，尚处于萌芽阶段，可在精神狂躁这一点上，却都是不可一世的狂人。这么历历数来，大多数人都是疯子的同类。既然这样，心里反而觉得踏实了。说不定社会本身就是疯子的集合体。疯子聚在一块儿，互相攻击、谩骂、仇视、争夺，而社会整体作为一个集团就如同细胞一样时而崩散，时而聚合……其中有少数明辨是非、懂得事理的人，反而造成了妨碍，于是疯子们就建起了疯人院，将这些人关了进去，不让他们出来。也就是说，疯人院里禁闭的是正常人，外面横行无忌的反而是疯子。当疯子孤立时，到处都会被人视为疯子，可当他们成为一个团体，有了势力，他们就成了健全人。大疯子滥用自己的财力、权势驱使着众多的小疯子任意妄为，反而被视为杰出人物呢。这样的例子可以说屡见不鲜。真是越想越糊涂了！"

　　以上便是主人面对荧荧孤灯深思熟虑的真实写照。他混浊迷糊的头脑在此也显著体现出来。尽管留着德皇式八字胡，却是个呆子，对正常人与疯子的区别都一头雾水。他好不容易给自己提了个问题，诉诸理性去思索，最后什么结论也没得到就不了了之。无论做什么事，他都缺乏刨根问底、彻底探询的能力。他的结论就像他从鼻孔喷出的朝日牌香烟，缥缈、茫然、不可捉摸。这是他的议论唯一的特色，是值得诸君记住的事实。

　　在下猫也。或许有人会有疑问：一只猫如何能将主人的所思所想如此精细地记述出来呢？区区小事，根本不值一提。本猫擅长读心术。何时学成？这种不相干的事就不必问了。反正就是擅长。在人大腿上睡觉时，我把自己柔软的毛皮轻轻在人的肚子上摩擦几下，一道电流闪过，他肚子里的想法就一清二楚地出现在我心中。前几天主人正温柔地抚摸着我的头，突然不知怎的冒出来一个怪念头："要是把猫皮剥了做一件坎肩，肯定暖和。"我猛然觉察到这个念头，不寒而栗，太可怕了！

　　当天夜里主人头脑中的思绪如上所述，有幸向诸君报告，是本猫莫大的荣誉。不过，主人一想到"什么都搞糊涂了"，之后便呼呼大睡。到了明天，自己到底思考过什么，考虑到了什么程度，肯定都忘得一干二净。之后主人再想到疯癫的事，必定会从头开始想起。那时，他会按照怎样的思路进行，到最后"搞糊涂了"，我不敢保证。然而，不管他重新思索多少遍，采取什么思路，最终都只会得到"搞糊涂了"的结论，这一点确凿无疑。

吾輩ハ猫デアル

中巻兒

下巻

吾輩ハ猫デアル

下卷序

　　《我是猫》的下卷付印成册，因为页数不足，书店提议我再多写点。他们的意思好像《我是猫》原本就是伸缩自如，再多写一点也无妨。可哪怕造化如猫，一旦落入水缸、往生极乐，也不是随随便便就能复活的。倘说由于篇幅不够，就让猫从水缸里爬将出来，显然有损猫的颜面，此事万万使不得。

　　《我是猫》"落入水缸之时"，漱石先生如同书中的主人公苦沙弥一样，还是教师。自那时以来，又过了几个月，已经往生极乐的猫儿现况如何，实在无从知晓。不过，执笔写此序言的漱石先生已经不再担任教师了。主人公苦沙弥先生如今也许已经辞职，或是被辞退了吧。世间之事正如猫的眼珠一般变幻不定。只是几个月的时间，就能够往生极乐，或是把薪水挥霍一空。过了年底，便是正月，花谢之际，又是嫩叶初生时节。将来世界如何运转，我一概不知，只有那水缸中猫儿的凝眸，转瞬已是不变的永恒。

明治四十年（1907）五月

漱石

第十回

雪江姐拒做傻阿竹
古井哥戏投痴情书

"喂，七点了。"隔扇那边的太太呼唤主人。主人是醒了呢，还是仍在睡着，总之是面朝里没应答。对人不理不睬是他的老毛病。哪怕非开口不可，也只是"嗯"一声。这"嗯"一声也是好不容易才挤出来的。对人如此疏懒，连应一声也觉得麻烦，也算是一种个性吧，可惜女人是不会喜欢这种人的。就连他自己的太太，对他也不怎么待见，别人更是可想而知，不会有太大差别。有言道："父母兄弟尚且离弃，况美人乎？"就连太太都不怎么待见主人，世上那些一般的女子更不会对他垂青了。主人在异性当中没有人缘这回事，本来没有必要揭他的丑，但他本人还自欺欺人，以为太太不待见他是由于流年不利。这种想法成了他烦恼之根。为了帮助他觉悟，本猫出于好心，在这里多嘴一句。

太太觉得既然已经在定好的时间提醒了对方，而对方背着脸一声不吭，那出了什么差错都是丈夫的责任，和她这个做太太的无关，哪怕迟到也是活该。她抱着这样的态度拿着笤帚和掸子向书斋走去。随即书斋中响起了噼里啪啦扑打的声音。每日例行公事的扫除开始了。太太扫除的目的是运动呢，还是游戏呢，这不关本猫什么事，不闻不问就是。只是不得不说，太太这种扫除法可以说是毫无意义。何以这么说呢？只因为太太乃是为了扫除而扫除。她把掸子在隔扇上拍打拍打，拿笤帚在榻榻米上扒拉扒拉，就算是大功告成，至于为何扫除，结果怎样，她是不负一丝一毫责任的。因此干净的地方每天都还干净，藏垢纳污之所照旧还是藏垢纳污。不是有个"告朔饩羊"的典故[①]吗？虽说是虚应故事，但总还聊胜于无吧。然而这种扫除实在对于主人并无特别的好处。明明知道没有什么好处，太太还是每天都不辞劳苦，正是太太的不凡之处啊。由于长年累月的习惯，太太与扫除已经形成机械式的牢固联系。说到扫除的实效，那跟太太出生以前，乃至笤帚与掸子发明以前，也没有任何进步。思想起来，太太与扫除两者的关系就如同形式逻辑里命题的名词，不论其内容如何，总是结合在一起。

本猫跟主人截然不同，从来都是一大早就起床，到这当儿肚子已经饿得咕咕叫了，可是主人还没开饭，以本猫寄人篱下的身份，又怎能先用早餐呢？不过这也正是我作为猫的浅薄轻贱之处吧，我总想象着说不定我那鲍鱼壳里现在正冒着热腾腾的香气呢，一想到这儿，我就按捺不住。本来，明知是虚无缥缈的事却又心存侥幸，就该不动声色，仅仅在心里描绘那美好的景象算了，本猫却办不到，总想着去试试看现实是否与心里的愿望相符。纵然明知这样的尝试肯定以失望告终，但在残酷的现实粉碎自己的幻想之前，本猫总不能善罢甘休。

再也不能忍了，我蹿进厨房，朝灶台后面的鲍鱼壳那儿一瞅，果然是空空如也，跟昨晚舔干净时一模一样，在天窗漏进来的秋阳照耀下，闪着奇异的光辉。厨娘已经把煮好的饭盛进了饭桶，现正在翻搅火炉上

[①] 出自《论语·八佾》："子贡欲去告朔之饩羊。子曰：'赐也！尔爱其羊，我爱其礼。'"鲁国自文公起不亲到祖庙告祭，只杀一只羊应付一下，子贡想要取消这个礼仪，孔子表示反对。该典故后来比喻照例应付，敷衍了事。

锅里的汤。锅里溢出的米汤粘住周围，烤干了，看上去就像贴了吉野纸。我想：饭、汤都做好了，就该开饭了吧？这种时候就别再客气了，哪怕不能如愿以偿，叫几声也没什么损失，不如索性催促一下我的早饭。虽说是吃闲饭的食客，饿还是饿的啊。拿定主意，本猫便用娇滴滴的声音"咪哟，咪哟"如泣如诉、如怨如慕地叫起来。可是厨娘却不管不顾，头都不回一下。这天生的多角形脸女人，就是不通人情，这点本猫早已领教过了，不过也要看我的手段了，叫得高明，兴许也能唤起她的同情呢。于是又换成了"喵呜喵呜"的叫声，在下自信这悲壮的叫声足以令天涯游子一听之下肝肠寸断。可惜厨娘还是漠然不为所动。这女人该不会是耳聋吧？按理说耳聋是干不了帮佣的，大概只是个对猫叫充耳不闻的聋子。世上有种人是色盲，本人自认为视力正常，但医生却认为他们是残疾。这厨娘大概是声盲。声盲嘛，定是残疾无疑。残疾还这么趾高气扬，岂有此理。半夜里本猫要出去方便一下，再怎么低三下四地央求她开门，她都置之不理，偶尔一次开了门，却又怎么都不让我进来。纵然是夏天，夜露也是有害健康的，更不用说白露为霜的秋天。本猫在屋檐下苦苦等待天明，那辛酸的情景实在难以形容。前几天吃了闭门羹以后，甚至还遭遇野狗的突袭，差点把小命搭上，千钧一发之际，幸亏跳上小仓库的房顶，本猫才躲过一劫，终夜在房顶上瑟瑟发抖。这都是厨娘不通人情酿就的不幸。冲着这种铁石心肠的人，再怎么叫唤都不会有感应的。然而，正所谓"饿时求神佛，贫寒起盗心，思春写情书"，都是不得已而为之，还是要求一求她。

于是本猫又第三次"喵嗷喵嗷"地叫起来，为了唤起她的注意，我特意用了复杂的花腔叫法，自认为是不亚于贝多芬交响曲的美妙音乐，可是对于厨娘却没有任何感召力。她忽然屈膝跪下，掀起活动盖板，从下面拿出一块四寸长的木炭，在炉边上砰砰敲了敲，长木炭碎成了三截，炭末飞扬，将四周弄得黑乎乎的，还有一点炭末飞到了汤里。厨娘可不是那种会对这种小事介意的人。她只是把碎了的小块木炭从锅底塞到了炉膛里，自始至终都没有欣赏我的交响曲。无可奈何之下，我只好朝客厅方向走去，经过浴室时，发现三个女孩子正在里面洗脸，很是热闹。

虽是洗脸，可大的两个刚上幼儿园，最小的妞妞跟在她俩屁股后面都走不好路，根本谈不上像模像样地洗脸，至于一本正经地化妆更是不可能。最小的妞妞正从铁桶里拿了块湿抹布擦脸。用抹布擦脸估摸着不会舒服，可是一想到地震时这小丫头会叫喊"有气（有趣），有气"，用抹布擦脸这种事也就不足为奇了。从某种意义上讲，这么干比八木独仙更显得超然物外、禅意十足呢。

老大毕竟是姐姐，看到妞妞这样，连忙扔下自己的洗漱杯，喊着："妞妞，那可是抹布啊！"劈手过来夺抹布。可妞妞脾气犟，哪能那么轻易就听姐姐的话呢，嘴里叫着："不要！巴布！"这句"巴布"是啥意思、语源为何，谁也不晓得，它只是这女娃儿发火时的一句口头禅。抹布这时在姐妹俩手上左拉右扯，里面的水啪嗒啪嗒滴到了妞妞脚上。湿了脚倒也罢了，就连膝盖周围都湿了。妞妞这时正穿着"元禄"，"元禄"是何物呢？原来凡是带有大花纹的衣服，这位大姐都一律叫"元禄"。到底是谁教给她的，不得而知。就听姐姐说："妞妞，元禄都湿了，算了吧。"别看这位姐姐好像是无所不知，前不久还把"元禄"跟"双陆"给弄混了呢。

说到元禄，顺便再啰唆几句吧。这位大姐经常说错词儿，让人摸不着头脑。比如，"着火啦，好多星星（火星）啊""去茶渍水（茶之水）女子学校"，把"福神"和"彩神（财神）"并列。有次还说什么"我不是小梧桐里的孩子"，仔细一打听，才知道她是把"小胡同"跟"小梧桐"搞混了。主人每次听她念错词儿都会乐不可支，可他自己去学校教英语时，犯过比这些更滑稽的谬误，还煞有介事地讲给学生听。

妞妞（她本人还不会说妞妞，只会说"呦呦"）一见"元禄"湿了，就叫喊着"元落湿凉凉"，哭了起来。"元禄"湿了，那可不得了。厨娘连忙从厨房飞奔过来，抢过抹布给她擦衣服。在这场风波中相对镇静的算是老二澄子了。她背朝着她俩，将一个从架子上滚落下来的白粉瓶打开，专心致志地在脸上化妆。她把插进瓶子里的手指在鼻头上抹了一下，鼻子上就出现了一道竖着的白杠，鼻子分外醒目。接着她又把沾着白粉的手指在脸上抹了又抹，于是脸上也白花花一片。正打扮到这儿，厨娘进来擦妞妞的衣服，顺便把澄子的脸也擦了。澄子对此噘着嘴表示有些不满。

在下从旁边看了这副光景，又从餐厅来到主人的寝室，看他起来了没有。悄悄瞄了一眼，没见他的头，却见一只一尺来长的大脚从被子底下露出来。大概是觉得太太再来叫他时，露出头来不太方便，就蒙起头来了。简直是一只小乌龟啊。

这时太太做完扫除，拿着笤帚和掸子过来了。她像之前那样站在隔扇门那儿喊："还没起来吗？"她看着没露头的被子等了会儿，见主人没吭声，就往前跨了两步，用笤帚咚咚敲着榻榻米，又喊了声："喂，还没起来吗？"恭候主人的回应。

主人这时已经醒了，正因为醒了，要防备太太的袭击，才把头蒙在被子里。他觉得只要不露头，太太就不会来催他。他怀着这种侥幸心理准备继续睡，谁想太太却不肯放过他。太太第一次喊他时声音还在门口，至少相距五六尺，还不用担心，直到她用笤帚咚咚地敲地，距离缩短了三尺，他才吃惊起来。不但如此，哪怕从被子里听起来，第二次那声"还没起来吗"，距离也更缩短了，音量加倍增大，再也没法置之不理了，他只好小声"嗯"了一下。

"不是说要在九点以前去吗？再磨蹭就耽误了。"

"我现在就要起来了，不用催。"

他的回答就像是从睡衣袖口里发出的，真是一道奇观。太太知道不能吃他这一套，稍一放心，一转身他就会又睡过去，就又催他："喂！起来了！"

已经答应了起来，还被人催逼，搁谁心里都不会舒服的，更何况主人这种任性的人，就更恼羞成怒啦。他把蒙在头上的被子猛地一掀，双眼瞪得大大的，嚷嚷道："吵什么，我说了会起，自然会起来的！"

"你以往都是嘴上说起来，可并没有起来啊。"

"谁说过这种瞎话？"

"你一直都这样。"

"胡说八道！"

"是谁胡说还不知道呢。"太太把笤帚砰的一声在主人枕边一戳，气势汹汹，勇不可当。

这时，后面车夫家的孩子小八子突然哇地大声哭起来。每次主人发怒，小八子必定会大哭。这都是车夫老婆干的，估计这么干她能领点赏钱吧。只是难为小八子了，有这样的妈，小八子到最后非得从早哭到晚不可。主人若是对此事的内情有些觉察，能够稍微克制一下自己的怒气，小八子的寿命兴许能延长一点。车夫老婆这么干，虽说是受了金田君的指使，但是这种行径的疯癫程度可比天道公平严重多了。如果只是主人发火就让小八子哭，那还有点余裕，然而金田雇了一帮地痞在邻近骂主人是"今户烧的山狸"时，她也让小八子在旁边哭。主人会不会为此发怒，还没弄清楚呢，就预先断定他会动怒，让小八子提前大哭起来。一时难以分辨挨骂的到底是主人呢，还是小八子呢？这么一来，要捉弄主人也轻而易举了，只要狠狠责骂小八子几句，也就等于抽了主人耳光。从前西洋有的国家要给犯人处刑，倘若本人逃到国外鞭长莫及，那就做一个偶像来代替真人，施以火刑。看来在金田那帮人里也有通晓西洋掌故的军师，给他们出了这条李代桃僵的妙计。无论是落云馆的学生也好，还是小八子的妈妈也好，对于赤手空拳的主人来说，都是难以对付的顽敌。而类似的顽敌数不胜数，说不定整个街坊上的人都是他的顽敌呢。只是这个与眼下无关，暂且不提，容待以后再一点点地介绍吧。

且说主人一听小八子的哭声就火气大发，一骨碌爬起来坐在被褥上，什么修心养性啊，八木独仙啊，都忘到了爪哇国。他拼命用两只爪子挠自己的头，简直要挠下一层头皮。攒了一个月的头皮屑这时毫不客气地纷纷扬扬撒落在脖子和睡衣领子上，极为壮观。至于他的胡须呢，那就更惊人，根根挺立，若生在头上足以怒发冲冠。看来主人一发火，胡须也不愿无动于衷，朝着四面八方狂飙突进，这情景实在值得仔细观赏。昨天主人明明已经操练过这些胡须，把它们训练得就像德皇陛下的胡须那么服服帖帖、整齐排列，结果睡了一觉以后，训练全都白费功夫，胡须全都回归本来面目，无拘无束，各自为政。这就好比他自己一夜速成的精神修炼，到了第二天就擦拭得干干净净，而他天生的野猪一般的犟脾气就又全面暴露出来。想到拥有如此粗野胡须的粗野之人，居然在做教师且至今仍未免职，才知日本之大真是无奇不有。不过，也正因日本之大，金田及其走狗还能作为人类大行其道。主人似乎坚信，既然他们能作为人周旋于世上，自己也就没有被免职的理由了。万一有什么情况，写封信寄给巢鸭的天道公平君请教一二，即可明白其中道理。

主人瞪大了昨天介绍过的那双太初之际混沌未开的眼睛，直直盯着对面的壁橱。壁橱有六尺来高，分上下两层，上下都装有两扇门。壁橱下端几乎挨着被子角，因此主人睡觉起来一睁眼，自然而然视线就投向那边。壁橱门上糊的花纹纸破了好多地方，露出了里面的内脏。所谓内脏就是糊在里面的旧报纸、旧画报之类的，还真是各式各样，有印刷品，也有手写的废纸，有的是里外反着贴，有的是上下倒着贴。主人瞥见这些内脏，就想读读上面的字。就在刚刚，主人还恨不得拎过车夫的老婆，劈头盖脸地把她摁到松树皮上磨一磨，现在他又突然想读这些废纸，旁人可能觉得不可思议，但对他这样喜怒无常者来说根本不足为奇。这就跟小孩子哭得正起劲，给他一个豆沙包，马上就破涕为笑是一个道理。

主人以前曾经在某个寺庙寄宿，和五六个尼姑隔着一层纸拉门比邻而居。说到尼姑，都是一些心肠歹毒之人，其中最恶毒的一个似乎摸准了主人的脾气，敲着自己做饭的锅，打着节拍唱道："乌鸦哭来乌鸦笑，哭哭笑笑不着调。"主人对尼姑深恶痛绝，据说就是自此时起的。尼姑虽令人讨厌，说的话却是实情。主人无论哭笑、悲喜，感情之激烈都倍于常人，可是并不持久。说好听点，这叫无执着心，心机活络，但若将这话翻译成明白易懂的俗语，就是浅薄片面、爱死犟耍赖的小屁孩。正因为他是个赖皮孩子，所以才会猛地坐起来打算去吵一架，却又突然忘了这回事，读起壁橱门上的字来。这实在不值得大惊小怪。

首先看到的是倒立的伊藤博文，认了认上面的字，是"明治十一年九月廿八日"，看来时任韩国统监的伊藤博文从那时起就紧跟政府号令了。他那时任何职位呢？主人对着斑驳难认的字迹端详了好一会儿，认出来是"大藏卿①"三个字。果然是大人物啊，哪怕倒立着，也还是大藏卿。稍左一点，还有个睡午觉躺下来的"大藏卿"。也难怪，倒立毕竟撑不了太久，只能躺下来嘛。

再看下面，是木板印刷的大字"汝等"，他还想知道后面还有什么，不巧的是后面的字被遮住了。下一行露出的是"速速"二字，这句也想瞧瞧下文，但没办法了。如果主人是警视厅的侦探，管它是不是别人的东西，早就将外面的纸揭开瞧个究竟了。侦探这种人，没有受过高等教育，为了挖人隐私，可以说是不择手段、为所欲为，这种人真难对付。但愿他们能稍微客气一点，要是他们不客气就不让他们取证，那就好了。但据说他们还会罗织虚构罪证来陷害良民。良民花钱雇了他们，他们反而陷害雇主，岂非也是彻底的疯狂？

---

① 即财政大臣。

主人又转眼看向橱门正中，"大分县"正在翻跟头。就连伊藤博文都倒立了，大分县翻跟头当然也在情理之中。看到这儿，主人双手握拳高高举向天花板。这是要打哈欠了。主人的哈欠声如同鲸鱼长鸣，声调极为奇特。打完哈欠，他慢腾腾地换上衣服，去浴室洗脸。太太早已等得不耐烦，马上叠好被褥、睡衣，开始打扫寝室。正如太太扫除是例行公事，主人洗脸也是十年如一日地依样画葫芦。如早先所介绍的，他洗漱时总要"嘎嘎""嗽嗽"叫个不休。终于，主人梳好分头，将西洋手巾往肩膀上一搭，大摇大摆驾临餐厅，以超然之姿态坐到了长火钵旁边。

说到长火钵，读者诸君眼前或许会浮现如此景象：鱼鳞花纹的榉木箱体，铜质的盛灰盘，丰姿绰约的一位姐儿披散着刚洗好的头发，支着一条腿坐在火钵一旁，拿着一支长烟管在乌木镶边火钵上轻轻敲打着……可惜我们苦沙弥先生的长火钵绝非这样的风雅之物。它过于古朴，究竟是什么材质，外行根本看不出来。考究的长火钵要经过常年擦拭，直到通体发亮才能显出其身价，可是主人家这玩意儿究竟是榉木、樱桃木还是桐木，根本就看不出来，再加上几乎从来没用抹布擦过，所以瞅上去黑森森、阴沉沉、怪模怪样的。若要问：这东西是从哪儿买来的？它根本不是买来的。要是再问：那是别人送的喽？可也不是别人送的。要是再追问下去：莫非是偷的不成？这样一来，主人的回答可就含糊其词了。原来，从前他的亲戚中有位独居的老人，去世之后，主人受委托帮忙看家。过了一段日子，主人另立门户时，就把老人家里自己长期使用、视若己物的火钵顺手带了出来。说起来不大地道。不过，仔细一寻思，这种不地道的事在这世间比比皆是：银行家每天打理别人的资金，渐渐就把别人的钱视为自己的财产；官员本是人民之公仆，人民为了办事方便才将某些权限委托给他们，说到底，他们不过是代理人，然而他们因为每天利用这委任的权力处理事务，就妄自尊大，将权力视为己有，人们对此无从置喙。像这样的人遍布世间，就很难依据长火钵事件来断定主人是偷儿了。要说主人是偷儿，那天下人没一个清白的。

　　主人在长火钵旁边占据有利位置，前面摆着餐桌，另外三面是之前用抹布洗脸的姐姐和去"茶渍水"学校的敦子，还有把指头插进白粉瓶里的澄子。她们围坐在一起吃早饭。主人依次不分伯仲地看了下三个女儿：敦子的脸像是南洋铁刀的护手，轮廓圆圆的；澄子呢，面影和姐姐相仿，说长得像琉球的红漆圆盒也行；只有姐姐独放异彩，长了个长脸，只是并非世间常见的竖长脸，而是横长脸。流行风尚虽说容易变化，可是横长脸估计很难流行起来。

　　主人打量着自己的孩子，思绪纷至沓来、感慨万千。哪怕是这副模样，她们都是要长大的。不仅会长大，而且其长势堪比禅寺里的雨后春笋。"又长大了一些！"一念及此，主人就惶惶不安，好似背后有追兵赶来似的。他再怎么糊涂，也知道自家生养的是三个女儿，既然是女儿，将来总是要出嫁的。对此他心知肚明。虽说心知肚明，可也清楚自己并没有安排她们出嫁的实力。故而，虽说是自己的亲骨肉，却也感觉有些累赘。既然累赘，那当初又为何生她们出来呢？唉，人就是这样子的嘛。人的定义无他，无事生非、自讨苦吃而已。

　　孩子们毕竟还是了不起，她们做梦也想不到父亲会为如何安置她们而发愁，都在轻松快乐地吃饭。不过，姐姐实在伤脑筋。她今年三岁了，太太特地给她准备了一套小筷子、小碗。可是姐姐却不肯用这套专属餐具，非得抢过姐姐的碗筷来用，哪怕小手用着不方便也偏要用。放眼世上，越是无才缺德的小人就越是横行霸道，热衷于爬上与自己不相称的高位。看来这种劣根性在孩童时代即已萌芽。由于这种劣根性由来已久、根深蒂固，绝非教育及熏陶所能矫正，还是早点死了这条心为好。

　　姐姐从紧挨着的姐姐那里夺来大碗长筷子，据为己有，逞起了威风。正因为用的餐具不适合自己，所以越要乱来一气。她先是一把抓住两根筷子的根部猛地一下插到碗底。碗里的饭盛了八分满，上面还浇了满满的酱汁。筷子的力道一传到碗底，刚才还勉强保持平衡的碗突然受到袭击，倾斜了三十度。与此同时，酱汁也毫不客气地泼溅到姐姐的胸口上。姐姐可不会为这点小事就服输。姐姐，乃暴君也。她紧接着用插到碗里的筷子拼命往上一挑，同时把小嘴凑到碗边，尽可能接住挑起的饭粒。那些没接住的饭粒和黄色的酱汁一呼一应，混合着扑向她的鼻头、脸颊和下巴，至于那些没有蹭到脸上的饭粒就都甩到了榻榻米上，这些当然都不在她的考虑范围以内。这种吃饭简直是胡闹。

在下谨此向赫赫有名的金田君以及天下那些权势之人进一良言：公等为人处事，若像姐姐这么乱来，那么落到公等口中的饭粒肯定会少之又少，而且这少之又少的部分也并非以必然之势入口，只是瞎闯误撞进去而已。故而，务必请三思而后行。否则这与公等老于世故的手段家的身份也不相称啊。

姐姐敦子的碗筷被姐姐夺去，只能凑合着用小一号的餐具。那个碗因为太小，即使盛上满满一碗饭，也是三口两口就吃完了。因此她要频繁地去饭桶添饭。已经添过了四碗，现在要再添第五碗了。敦子掀开饭桶盖子，拿起大饭勺，看了一小会儿，似乎在犹豫到底是继续吃呢，还是算了呢，最后终于下定决心，看准了没有烧焦的地方舀了一勺上来。这倒是容易，可是她一翻勺子往碗里抹米饭的时候，由于碗太小，装不下的米饭就成块成块地落到榻榻米上了。敦子对此毫不惊讶，仔细地拾起掉落的米饭——我还以为她要怎么样呢，原来又全都放回了饭桶。这可有点不大干净啊。

正当姐姐在乱折腾之时，也正是敦子将脏饭放回饭桶之时。敦子毕竟是姐姐，见姐姐脸上一片乱七八糟，说："呀，这可不行，你脸上全都是米粒。"她连忙为姐姐清理，先把鼻头上粘住的米粒取下来。我还以为她会把取下的米粒扔掉，却不料她竟然一下填到自己嘴里。真是

令人吃惊。接着她又开始清理脸上的米粒，这里的米粒占大多数，两边脸颊合起来有二十粒吧。姐姐专心致志，一粒一粒摘下来都吃了，最终将妹妹脸上的米粒吃得一粒不剩。

　　一直在旁边老老实实咀嚼萝卜干的澄子，这时突然从酱汤里舀了一块热地瓜，急呼呼地就往嘴里塞。如诸君所知，汤里的热地瓜那可是烫死个人，哪怕是大人，不注意也会被烫伤，更何况像澄子这样缺乏吃热地瓜经验的小孩，那自然是狼狈不堪了。只听她哇的一声，将嘴里的地瓜吐到了餐桌上。可巧这两三块地瓜一直滑到姐姐可以够到的地方。而姐姐呢，本来就特别喜欢吃地瓜，见到爱吃的地瓜就在眼前怎肯放过，于是赶紧扔下筷子，伸手就抓过来吧唧吧唧吃了。

　　主人眼睁睁看着自己的三个娃娃洋相百出，一言不发，只是专心致志吃着自己的饭，喝着自己的汤，此时已经在用牙签剔牙了。看来主人对于女儿的教育采取了绝对的放任主义，就算三个女儿马上变成紫式部、褐式部、灰式部①，齐刷刷都找了个情夫私奔，他这个当爹的也会不动声色地继续吃自己的饭，喝自己的汤。真可称得上无为了。然而世上那些所谓有为之人，除了撒谎骗人、以阴谋坑人、虚张声势吓唬人、设计圈套陷害人，就没别的了。就连初中生那样的少年辈，也都有样学样，误以为不这么着就不够神气，只有扬扬得意地干那些本来会脸红的事儿，才算是未来的绅士。这哪里算得上有为呢，只能算是无赖。在下作为一只日本猫，也是多少有爱国心的，每次见到这种"有为之士"，总想上前狠狠揍他们一顿。这种玩意儿多　个，国家就衰弱一分。学校有这样的学生，是学校之耻；国家有这样的国民，是国家之耻。明明是耻辱，社会上这种人物却偏偏不断涌现，真是匪夷所思。看来日本人连猫的气概都没有，真叫人沮丧啊。不得不说，比起这些无赖，主人这样

---

① 紫式部是《源氏物语》作者，褐式部、灰式部则是作者根据紫式部造的人名。

的窝囊废要上等得多了。无为，无能，不玩手腕，不耍小聪明，正是他上等之处啊。

主人以清静无为的态度，太平无事地用完早餐，便穿好西装，坐上车子，准备去日本堤警察分署领回失物。打开格子门时，他问车夫："你知道日本堤吗？"车夫只是嘿嘿地笑。主人又叮嘱一句："就是有妓院的吉原附近的日本堤啊。"真是滑稽。

主人难得一次坐车出门，太太照例在饭后催促孩子们："快去上学了，可别迟到了！"

不料，孩子们都不为所动，满不在乎地说："可是今天放假啊。"毫无准备上学的意思。

"瞎说，今天怎么会放假，快点！"太太呵斥道。

"可是老师昨天说了，今天是放假啊。"大姐纹丝不动，不慌不忙地回答。

太太这才觉得不对头，从壁橱拿出日历翻了一下，果然今天的日历红字印着"公休日"。主人不知今天是节日，还向学校写了请假条；太太也不知道，把请假条扔进了邮筒。至于迷亭，他是真不知道，还是明明晓得却佯装不知呢，那就难以断定了。

太太发现了这一事实，吃了一惊，"哎呀"一声，说："那你们就乖乖地去玩儿吧。"于是又照例拿出针线盒做起活儿来。

之后的半小时风平浪静，没有什么特别值得本猫记述的事件，之后忽然来了一位不速之客。来客是一个十七八岁的女学生，穿着一双歪跟皮鞋，拖拉着一条紫裙裤，头发卷曲得就像算盘珠子。她也没叫门就大咧咧地从后门进来了。这位是主人的贵侄女，在学校上学，周日时不时就过来一次，常常跟叔叔吵一架再回去。名字很美，叫雪江，说到容貌，就没那么出挑了。走在街上，不到一两个路口就能碰上一个这样容貌普通的女子。

"婶婶，您好！"她大摇大摆走进来，一屁股在针线盒旁边坐下。

"哟，来这么早……"

"今天不是放假嘛，就想着趁早过来坐一会儿，八点半就从家急急忙忙出来了。"

"哦，有什么要紧事儿吗？"

"没，就是好久没过来，过来玩一会儿。"

"都过来了，那就多玩一会儿吧。你叔叔刚才出去了，不用多久就会回来。"

"叔叔这会儿已经出去了？可真稀罕啊。"

"嗯，今天去的地方可不一般哪。是去警署，你说新鲜不？"

"啊？怎么啦？"

"说是今年春天来我们家的那个小偷被抓住了……"

"那是过去对质吗？那可麻烦了。"

"不是，是去领回失物。说是被偷的东西找着了，昨天警察特意过来告诉我们的。"

"哦，难怪啊，要不是为这个，叔叔可从来不这么早出门的。平常这时候还在睡觉呢。"

"再也没有人像你叔叔那么爱睡懒觉了……我今早叫他起来，他还气呼呼的呢。说好了让我今早七点一定叫他，我当然要叫他啦。可是他赖在被窝里也不吭一声。我担心着，又叫了他一次，他却在袖筒里咕咕哝哝的。真是拿他没办法。"

"他怎么那么能睡啊？肯定是神经衰弱吧？"

"什么？"

"他可真是爱乱发脾气啊。就这么着，亏他还在学校教书呢。"

"哪里，听说他在学校可老实着呢。"

"那就更不行了。这不是窝里横吗？"

"窝里横？"

"他就是个窝里横，在家逞英雄，出门是孬种。对不对？"

"他还不光是爱发脾气，他啥都喜欢拧着来，别人往东他往西，别人往南他往北，啥事都抬杠，真是倔！"

"那可真是个犟驴了。叔叔把这个当爱好了。所以啊，要想让他干什么事，就得反着说，才能达成心愿。前不久我想让他给我买个阳伞，我就说：'不要，我不要。'叔叔就说：'咋能不要呢？'马上就给我买了。"

"哈哈哈哈，这倒是个好主意，我今后也这么办。"

"就这么着，要不等着吃亏吧。"

"最近保险公司的人过来，劝他入保险。讲了各种各样的道理，有这个利益、那个利益啊，足足说了一个来小时，可他就是不入。我觉得家里又没有储蓄，还有三个孩子，好歹入了保险，也好放心啊。可是他压根儿就不考虑这些事儿！"

"是啊，万一有个什么事儿，那还得了，不放心啊！"雪江说这话一点也不像十七八岁的姑娘，倒像个老妈子。

"我偷听他们在那里谈论，还真是有趣。他不是不认可保险的重要，而是说：'正因有需要，保险公司才会存在。然而只要我不死，就没有入保险的必要！'他就是这么倔。"

"叔叔这么说？"

"嗯，保险公司的人就说：'如果不死，自然就不用入保险了。可是说到人命，看似坚实，实则脆弱，不知不觉就危在旦夕了。'你叔叔还是蛮不讲理地说：'不要紧，我决心不死！'"

"再怎么下决心，也难保不死啊。我每次都下决心一定要及格，可最终不还是没考过？"

"保险公司的人也是那么说的：'寿命是由不得人的，如果只要有决心就能长生不老，那么谁都不会死了。'"

"保险公司的人说得完全没错啊。"

"是完全没错，可他就是不听，还是逞能说：'不，我决心不死，发誓不死。'"

"真怪。"

"是啊，他这人简直怪极了！他还满不在乎地说：'有交保险费的钱，还不如存到银行呢，那还强得多！'"

"叔叔有存款？"

"有啥啊？自己死后的事儿，他一点都不管！"

"那可真叫人担心啊。他怎么会这样，常来这里走动的几位先生，可没有像他那样的啊。"

"哪有像他这样的，他就是独一个。"

"最好还是让铃木先生给他提提意见，那位先生那么持重，过得才舒坦呢。"

"不过铃木先生在我们家不大受待见。"

"啥都是颠倒着来啊。要不，找那位行吗？就是那位看上去四平八稳的？"

"八木先生？"

"嗯嗯。"

"他对八木先生倒是服气的，可是昨天迷亭先生过来说了些八木先生的坏话，估计八木先生的话对你叔叔没有早先那么管用了。"

"可是八木先生有哪里不好？落落大方，又四平八稳的，最近他还在我们学校发表演说了呢。"

"八木先生？"

"嗯。"

"八木先生是你们学校的老师？"

"不是，是淑德妇女会请他过来演讲的。"

"演讲有趣吗？"

"算不上多么有趣。只是那位先生生了那么长的一张脸，还留着天神一般的胡须，大家都很敬佩地洗耳恭听呢。"

"那他都讲了些什么？"

太太刚问到这儿，三个孩子在檐廊那边听到雪江的声音，都啪嗒啪嗒争先恐后跑进来。刚才大概在竹篱笆外面的空地上玩来着。

"雪江姐姐来啦！"两个姐姐满心欢喜地大声说。

"别吵别吵，都安安静静坐下。雪江姐姐正要讲好玩的故事呢。"太太说着把针线活收拾到角落里。

"雪江姐姐要讲什么故事啊？我最喜欢听故事了！"敦子说。

"还是讲'咯吱咯吱山'①的故事吗？"这是澄子在问。

"呦呦也要故系（事）！"妞妞从两个姐姐之间探出膝盖来抢着说。只是她的意思不是要听故事，而是要自己讲一个。

"呦，妞妞又要讲故事啦！"姐姐们笑着说。

太太哄她说："妞妞等会儿再讲吧，先听雪江姐姐讲。"

妞妞哪里会听，大声喊道："不要，巴——布！"

雪江谦让地说："好啦好啦，先让妞妞讲，妞妞要讲什么故事呀？"

"讲一个'娃娃，娃娃，你去哪儿'。"

"真有趣！然后呢？"

"我去田间割稻谷！"

"妞妞讲得真好！"

"你别过来妨耐我！"

"错了，不是妨耐，是妨碍！"敦子插嘴道。

---

① 日本民间传说，讲一个兔子为主人报仇的故事。

姐姐又是一声断喝："巴布！"姐姐立马投降。不过让她中途插了这么一嘴，姐姐就忘了下面的词儿，没法再继续了。

"姐姐，就这些了吗？"雪江问。

"嗯——还有，'别放屁，噗，噗，噗！'"

"哈哈哈哈！好讨厌，这是谁教给你的啊？"

"是徐（厨）娘①教的。"

"厨娘真坏，教这种东西。"太太哭笑不得地说，"现在轮到雪江姐姐讲故事了，姐姐要老老实实听哦！"

这么一说，姐姐虽是暴君，也乖乖听从了，好一阵子没有再闹。

雪江终于开始讲了："八木先生的演说是这样的，从前啊，在一个十字路口正中有一尊石雕的地藏菩萨。可不巧的是，因为那里车水马龙，很是热闹，地藏菩萨就很妨碍走路。没办法，街上的人就聚到一块儿商量，该咋办呢，怎么才能把地藏菩萨挪到偏僻点的地方，不妨碍到人呢？"

"这是件真事儿吗？"

"谁知道，八木先生也没说是真是假。大家正七嘴八舌地议论着，街上最强壮的大力士就自告奋勇：'这有啥难办的？交给我，肯定能挪走！'于是一个人去了十字路口，光着膀子，汗流浃背地又是推啊又是拉啊，可是地藏菩萨稳如泰山！"

"地藏菩萨可真沉啊。"

"嗯，那个大力士累得筋疲力尽，就回家去睡大觉了。街上的人又开始商量。这一回，街上最精明的一个人提议：'让我来试试，包在我身上了。'他就在点心盒子里装满了牡丹饼，来到地藏菩萨面前，说：'来吃点心啊！'他拿着牡丹饼晃来晃去的，满以为地藏菩萨也嘴馋，

---

① 姐姐因口齿不清，此处将"厨娘"说成了"徐娘"。——编者注

能用牡丹饼引诱成功呢。可是地藏菩萨还是岿然不动。这位机灵鬼觉得这样不成，就又在葫芦里装上酒，一只手揣着酒葫芦，另一只手拿着酒杯，来到地藏菩萨面前：'喂，不喝一杯吗？想喝的话就跟我来！'花了三个小时，都是白费工夫，地藏菩萨还是一动不动。"

敦子问："雪江姐姐，地藏菩萨肚子不饿吗？"

澄子说："我想吃牡丹饼！"

"机灵鬼失败了两次，还是不死心，接着又拿了许多伪钞在地藏菩萨面前晃来晃去：'喂，想要钱的话就过来拿！'可是，这一点用处也没有。地藏菩萨还真是顽固哪。"

"是啊，有点像你叔叔呢。"

"简直一模一样嘛。最后，机灵鬼没辙了，也就认输了。后来又有个吹牛大王站出来：'我肯定能挪动菩萨，放心吧。'听他那口气，好像不费吹灰之力一样。"

"这个吹牛大王又是怎么干的呢？"

"这就好玩了。他先是穿上警服，粘上假胡子，来到地藏菩萨面前，耍起警察威风来：'嗨，你要是不动的话，有你好看！警察可不是好惹的，别以为管不着你！'可是当今世上，哪怕你装出警察的腔调，谁又会听呢？"

"确实是这样，那地藏菩萨动了吗？"

"怎么会动，就跟叔叔一样顽固嘛。"

"不过，你叔叔可是很怕警察的。"

"哟，就他那样原来害怕警察啊？还以为他谁都不怕呢。不过，地藏菩萨是一动不动，满不在乎。这下吹牛大王可生气了，就脱了警服，把粘上的胡子扔到废纸篓里，这次又换上富翁的服装，用现在的话说，就是摆出岩崎男爵①的派头来。真好笑。"

"雪江姐姐，岩崎男爵的派头是什么啊？"

"就是架子很大呗。他摆出这副大架子，也不做什么，也不说什么，就在地藏菩萨面前含着一支大雪茄，大摇大摆地走来走去。"

"这是要干什么？"

"要把菩萨呛晕过去②吧。"

"真像说书一样有趣啊，那菩萨晕过去没有？"

"哪里，那是石头嘛。骗人也要看对象，要有个分寸啊。他见这一招不成，居然装扮起殿下来了，真是荒唐！"

"哎？那时候已经有殿下了？"

"应该是有的吧。总之八木先生是这么说的。他虽说有些心虚，但的确是装扮成了殿下，一个吹牛大王这样干，别的不说，岂不是大不敬吗？"

"那他装扮的是哪位殿下呢？"

"不管哪位殿下，都是大不敬啊！"

"对对。"

"结果，装扮成殿下也不管用。吹牛大王没办法，只好说：'我就这些本事了，实在拿菩萨没办法啦。'就这么认输了。"

"活该。"

"就是，应该顺便惩治一下他才对。不过这时街上的人都着急得火烧火燎的，又开始商议了，这时谁也不愿出头，都觉得为难啊。"

"就这么完了？"

"还有呢。最后，他们雇了一批车夫、地痞无赖，在地藏菩萨周

---

① 岩崎弥之助（1851—1908），三菱公司第二任社长，三菱公司创始人岩崎弥太郎的弟弟。
② 原文一语双关，也有说大话骗人的意思。

围哇呀哇呀地乱喊乱叫，吵吵闹闹，以为这样一来菩萨厌烦了，就在那里待不下去了。他们昼夜交替轮班在那里瞎闹腾。"

"那也够累人的。"

"可还是不中用啊。地藏菩萨太倔了。"

"那后来呢，怎么样了？"敦子热心地问。

"后来，每天每夜地闹腾，也是不灵啊，大家就都厌烦了，不过那些车夫和地痞无赖因为可以领日薪，还是整日地欢呼闹腾。"

"雪江姐姐，日薪是什么？"澄子问。

"日薪就是工钱呗。"

"领了工钱干什么？"

"领了工钱……哈哈哈哈，澄子好烦人。姊姊我接着讲，他们就这么没日没夜地瞎闹腾，当时街上有个叫傻子阿竹的，啥事都不懂，谁也不把他当回事。这个傻子见他们这么闹腾，就说：'你们这么闹，过上多少年才能挪动地藏菩萨呢？真可怜。'"

"虽说他是傻子，可这话说得不简单啊。"

"的确不简单啊。大家听了傻子阿竹的话，就说，不管成不成，让他试试吧，死马当活马医嘛。于是他们就拜托了傻子阿竹。阿竹二话不说，当即答应下来。他先打发那些车夫和地痞无赖滚蛋：'别吵闹了，让地藏菩萨清净清净吧。'然后他就飘然来到菩萨跟前。"

"雪江姐姐，飘然是傻子阿竹的朋友吗？"

故事说到要紧处，敦子却问了这么个奇怪的问题。太太和雪江都不由得笑起来。

"不是啊，飘然不是他朋友。"

"那是谁？"

"飘然吗？这个可没法说……"

"飘然就是没法说？"

"不是，飘然就是……"

"嗯？"

"你知道多多良三平君吧？"

"嗯，就是送给我们山药的叔叔。"

"像他那样就是飘然了。"

"多多良叔叔就是飘然？"

"差不多吧。且说傻子阿竹来到地藏菩萨跟前，抄着手：'菩萨啊，街上的人都说要让您挪个窝呢，您就挪挪窝吧。'一听这话，地藏菩萨就开口道：'原来如此，怎么不早说？'于是就大大咧咧地挪到别处去了。"

"地藏菩萨可真奇怪。"

"接下来才开始正式演讲。"

"还有啊。"

"嗯，八木先生说：'我今天在妇女会上特地讲这个故事，是有用意的。有句话说出来有些失礼，不过，还是要说。女性都有个缺点，凡事都不从正面直截了当地走近路，反而要兜圈子，用迂回的手段。当然，这一毛病也不仅限于女性，我们明治时代的男子也由于文明的弊端多多少少变得女性化了，常常是枉费了许多过程和劳力，还误以为这是正道，是绅士所应采取的方针。这种事实在屡见不鲜。这些都是文明开化的弊端束缚下的畸形儿。对此我就不多费口舌了。只是希望广大女性牢记我刚才讲的那个故事，一旦有什么事，尽量像傻子阿竹一样坦率诚实地处理问题。诸位如能像阿竹那样去对待夫妇间、婆媳间的关系，各种摩擦和纠葛至少会减少三分之一。一个人越是有心计，反而会烦恼越多，成为不幸的根源。比起男子，大多数妇女更为不幸，就是心机太重的缘故。因此，无论如何，成为像傻子阿竹一样的人吧。'他的演讲就是这些。"

“嗯，那雪江姑娘想不想做傻子阿竹呢？”

“算了吧，什么傻子阿竹，鬼才要做那个。有个金田家的富子小姐听了这些话气得不得了，说：‘太瞧不起人了！’”

“你说的金田家的富子，就是对面胡同那家的吗？”

“嗯，打扮得好时髦啊。”

“她也在你们学校上学？”

“不是，只是来旁听妇女会的演讲。可真是时髦啊，简直吓人一跳。”

“不过据说人长得很出众吧？”

“一般般啦。她自以为很美，哪有那么美。打扮成那样，一般人也会好看几分的。”

“要是雪江姑娘也那么打扮打扮，得比她好看一倍吧。”

“讨厌，婶婶别取笑我啦。我也不知道，不过那位的打扮实在有点过头了，再怎么有钱也不至于……”

“爱打扮，又正好有钱，那不好吗？”

“话虽这么说，可我看哪，那位要是能学学傻子阿竹倒好。看她威风的那个样儿吧，在大家面前大肆吹嘘说，最近有个叫什么的诗人献给她一本新体诗集。”

“这个诗人就是越智东风吧？”

“哦，是他啊？真是吃饱了撑的！”

“不过，东风君可是很认真的，他自己把这看作是理所当然的事儿呢。”

“有这种人，才坏事儿呢。对了，还有件有趣的事呢，最近有人给她写了封情书。”

“啊，真讨厌，谁干的这种事？”

“不知道是谁呢。”

“没有署名吗？”

"署名倒是有，不过谁也不认识。信写得好长，足足有六尺，里面说了好多肉麻的话，什么'我仰慕你如同宗教徒崇敬上帝'，什么'我愿做一只小羊，供奉在你的祭坛上，即令被宰杀，那也是我无上的荣光'，还有什么'心脏的形状是三角，三角的中心是丘比特之箭，中靶的那一刻对我来说就是中了大奖'……"

"这些都是认真的吗？"

"大概是吧，我的朋友里面已经有三个看过这封信了。"

"这种人够呛！哪有把这种事拿出来炫耀的？她不是准备嫁给寒月吗？这种事传出去，沸沸扬扬的，多难堪！"

"人家才不觉得难堪，还得意非凡呢！下次寒月过来，得把这事儿跟他说说。寒月君对这事儿估计还不知情吧。"

"他怎么能知道，他一天到晚去学校磨球，十有八九不知道的啦。"

"寒月君真的想娶那位小姐？好可怜。"

"为啥这么说？人家有钱，一旦有什么事，也有个依靠啊。这不好吗？"

"婶婶你张嘴闭嘴就是钱钱钱，也太俗了吧。比起金钱，爱情才是更要紧的吧。没有爱情，怎么能结成夫妇呢？"

"这么说，雪江姑娘要嫁到什么样的人家呢？"

"我怎么会知道，连影子都没有的事儿嘛。"

雪江跟婶婶正为结婚的事儿争论得起劲，一直在旁边似懂非懂认真听着的敦子突然开口道："我也想出嫁！"

对于这个冒冒失失的希望，就连青春洋溢、理应对之表示同情的雪江一时也目瞪口呆了。太太相对而言仍旧泰然自若，笑着问："你要嫁到哪儿啊？"

"我本来是想嫁到招魂社，可是我不喜欢过水道桥，还不知道怎么办呢。"

对这出人意料的回答，太太和雪江都没有再问下去，都忍不住笑起来。这时二女儿澄子跟姐姐商量起来："你也喜欢招魂社？我也特别喜欢招魂社。我们一起嫁到招魂社吧。怎么样？不愿意？你不愿意就算了，我一个人坐上车，一下就过去了！"

"我也去！"就连姐姐也要嫁到招魂社了。要是三个人全都嫁到招魂社，主人就不用再操心了。

这时忽听见有车声在门前停住，接着是厨娘洪亮的招呼声："您回来啦？"看来是主人从日本堤警察分署回来了。车夫拎出一个大包袱，女仆接过来，主人则悠然进了屋子。

"来了？"他跟雪江打了声招呼，手里提着把酒壶一样的玩意儿，往那有名的长火钵旁边一扔。既然说是酒壶一样的玩意儿，那就不是真正的酒壶了。可要说是花瓶，也不像，只能说是一种造型特异的陶器，没办法，姑且这么称呼吧。

雪江扶起倒了的家伙，问："这个酒壶样子好怪，是从警察那儿领来的吗？"

叔叔看着雪江的脸，得意地说："怎么样？样子别具一格吧？"

"别具一格？就这个？感觉好难看。干吗提回来一个油壶之类的东西啊？"

"这哪里是油壶？说出这种毫无品位的话，真糟糕。"

"那是什么？"

"花瓶。"

"要是花瓶，嘴也太小，肚子也太大了。"

"这正是其别具一格之处，你不懂风雅趣味，跟你姊姊是一个样儿。真难沟通。"他自顾自地举起那把油壶，对着纸门亮处玩赏着。

"我承认自己不懂什么风雅趣味，可是从警察那里讨个油壶回来这种事，我还不会去干。您说是不是，姊姊？"

可惜她婶婶对此漠不关心，正在解开包袱，瞪大眼，一样一样检查失盗物品呢。"哎呀，没想到啊，现在小偷也开始进步咯，全都拆洗过了！哎，你看看！"

"谁会从警察那儿领油壶？我在警署那儿等得无聊，到处逛了逛，淘了这个东西。你懂啥，这可是件珍品。"

"还珍品呢，珍过头了吧？叔叔你去哪儿逛了？"

"还能去哪儿，就在日本堤附近，也到吉原瞧了瞧。那里真热闹。你见过那个铁门吗？没见过吧？"

"谁会去看那种地方？吉原这种下贱女人待的地方，我可没缘分。叔叔可是教师啊，竟然去那种地方！可真受不了。哎，婶婶，婶婶！"

"嗯，总觉得件数好像不够。发还的总共就这些？"

"除了山药都发还了。本来说的是让我九点过去，结果过去了又让我等到十一点，这还像话吗？日本的警察简直岂有此理！"

"日本的警察不像话，去吉原游逛就像话吗？这种事传出去，你还不得免职？你说呢，婶婶？"

"嗯，是啊。哟，是我的带子里子不见了。我说怎么总觉得缺了点什么。"

"带子里子就算了吧。我在那儿等了三个小时，宝贵时光，就这么糟蹋了半天。"

主人换上和服，若无其事地靠着火钵，一味把玩着那个油壶。太太没办法，将发还的物品放回橱柜，又回到座位上。

"婶婶，叔叔说这个油壶是珍品，您看呢？不觉得有点脏吗？"

"这是从吉原买的？哎呀……"

"哎呀什么？不懂就别说三道四的。"

"可是这样的壶不去吉原买也行啊，不是哪里都有吗？"

"什么哪里都有，这个东西可不多见。"

"叔叔太像地藏菩萨了！"

"小孩子家说话，口气可真大！怎么最近的女学生都不会好好说话，最好读读《女大学》。"

"叔叔是讨厌保险的吧？女学生和保险哪个更讨厌？"

"我不讨厌保险。保险是很有必要的，考虑到将来的话，谁都应该入保险。女学生则是无用的废物。"

"废物就废物吧。可是您没有入保险啊。"

"我打算下个月就入。"

"一定会入？"

"当然了。"

"入保险啊，还是算了吧。有入保险的钱，买点什么不好。对吧，婶婶？"

太太笑眯眯地没说话。主人却一本正经起来。

"你要是觉得自己能活一两百岁，随便你爱怎么着就怎么着，可是你要是理性再发达一些的话，就会知道保险的必要性。我下个月一定入保险。"

"那样就没办法了。只是，就像最近，你有给我买阳伞的钱，还不如拿来买保险。人家都说不要不要了，还硬要给人家买。"

"你不要是吗？"

"嗯，我不想要阳伞。"

"那样的话就还回来吧。正好敦子想要，就给她吧。今天带过来了吗？"

"这样太过分了！您不觉得很不像话吗？好容易买给我的，又让我还回来！"

"你不是说了不想要，我才让你还的吗？哪里不像话了？"

"我是说了不想要，可就是太不像话了！"

"你这丫头说这话我就不懂了。既然你说了不想要，我让你还回来，哪里就不像话了？"

"可是……"

"可是什么？"

"可是，就是不像话！"

"真蠢，就知道翻来覆去地重复同样的话。"

"叔叔不也是翻来覆去重复同样的话吗？"

"那是因为你老是重复，我没办法跟着这么说的。你刚才不是一直说不想要的吗？"

"我是说过，不想要就是不想要，但我也不想还回来。"

"这可就怪了。又不讲理，这么倔。你们学校不教逻辑学的吗？"

"无所谓，反正我就是没受过教育的了，你爱怎么说就怎么说。送给人的东西又再要回去，别人可是说不出这种绝情的话来。您最好学学傻子阿竹吧。"

"学什么？"

"就是学着实在一点，淡泊一点。"

"你虽然没脑子，可是真顽固。难怪会考不过。"

"考不过就考不过，也不用叔叔给学费！"

雪江说到这儿，似乎感慨万千、无法自已，一掬清泪潸然而下，落到紫色裙裤上。主人一片茫然，盯着雪江裙裤上的泪痕与她低下去的脸，像是在研究落泪的心理起因。

这时，厨娘从厨房过来，跪在外面，但红扑扑的手却按在门槛内，说了声："有客人要见您。"

主人问："谁啊？"

"学校里的学生。"厨娘说着，斜眼瞥了一下雪江流泪的脸。

主人来到客厅。在下为了研究各色人等，尾随主人悄悄从檐廊绕了过去。

　　要研究人类，不选取波澜起伏的时刻便收效甚微。日常生活中，大部分人都平庸无奇，听其言观其行都索然无味，可一旦有什么事，本来平庸无奇的人就因神秘灵妙的作用而表现出奇特、古怪、不可思议、非同寻常的方面，一言以蔽之，酿成令本猫耳闻目睹后大开眼界、思之再三的事件。雪江的清泪就是此类现象之一。雪江的心思本来是难以捉摸、深不可测的，这点在与太太交谈时并不怎么突出，但自从主人回来后扔下那把油壶，雪江就像一条死龙用蒸汽泵注入了活力，她那无从窥探的内心深处勃然迸发出巧妙、美妙、奇妙、灵妙的丽质，毫无保留、淋漓尽致地显露出来。这一丽质本是天下女性所共有的丽质，可惜平时不轻易表现，不，应该说一天到晚都在表现的，只是不像现在这么昭昭灼灼、显而易见而已。幸而我家主人乃是个动不动逆抚我的毛发、性情乖僻、脾气倔强的奇特人物，本猫才得以时不时观赏像这样的好戏。只要紧跟主人，不管走到哪儿，周围的人都如同舞台上的演员，不自觉地做出种种精彩表演。多亏了主人这样有趣，我在短短的猫生中，才会有这么丰富的经历。谢天谢地，难得难得。这次来的客人又是何方神圣呢？

　　一瞧，这个学生十七八岁，年纪和雪江相仿。他坐在角落里，顶着个大脑袋，头发短到头皮清晰可见，脸正中是个饭团一样的鼻子。他别无特异之处，只有头盖骨特别大。虽是剃了板栗头，仍然看起来很大，若是像主人那样留起长发，估计更加惹人注目。依照主人一贯的主张，这等相貌的人是做不了学问的。事实也许如此。不过乍一瞧，倒是有如拿破仑一般的壮观。他穿着普通学生都会穿的条纹短袖夹袄，料子也不知是萨摩的呢，还是久留米或是伊予的。夹袄下面既没穿西式衬衣，也没穿日式内衣。虽有人说光身子穿夹袄和赤脚自有风流倜傥的气派，不过这个男生给人的感觉却未免寒酸。尤其是他还像上次那个小偷一样在榻榻米上留下三个脚趾印，这就得归咎于他打赤脚了。

他在第四个脚趾印上坐下，坐姿拘谨畏缩。如果是一向老实巴交的人这么坐倒也罢了，可像他这么一个穿着短袖夹袄、剃了板栗头的小子这样诚惶诚恐地坐着，总觉得有些不协调。像他这种狂妄自大的毛孩子，路上见了老师，都懒得行礼的，哪怕要他像普通人那样安安静静坐三十分钟，都会觉得苦不堪言，更何况现在要像天生的谦谦君子、盛德长者那样端坐，本人那难受劲儿就甭提了，旁观者也觉得好笑。在教室和运动场上那么闹腾的一个人，是如何自我管束成这样的呢？想想真是又可怜又滑稽。

像这样单独对坐，主人再怎么昏庸，在学生眼里也平添了几分威严。主人自己对此恐怕也很得意。有言道：积土可以成山。一个学生势单力薄，但聚集起来便成为不可小觑的团体，掀起个抗议运动或是罢课活动都不在话下。这跟胆小鬼喝了酒就开始肆意妄为是类似的道理。仗着人多势众而胡闹，可以说和喝醉了丧失心智一模一样。正因如此，像现在这个与其说是惶惶不安还不如说是悄然无声地缩在隔扇前面的小子，才会对尽管老朽但还顶着老师名头的主人如此恭敬、不敢轻慢。主人推给他一个蒲团，说："铺上吧。"

板栗头小子却身体僵硬，纹丝未动，只"嗯"了一声。褪色的洋纱布蒲团就摆在他跟前，总不会开口跟他说："请您坐在我身上吧。"大脑袋就那么呆呆地面对着它，真是妙哉。蒲团就是用来坐的，太太花钱把它从商场买回来，可不是为了给人看的。而就蒲团本身而言，如果不给人坐，也有损于蒲团自己的名誉，至于劝坐的主人，多少也有点丢面子。这板栗头宁肯伤及主人的情面，也只看不坐，倒并非讨厌蒲团本身，而是另有原因。

说实在的，有生以来，除去在祖父去世后做法事，他从来就没有正儿八经地屁股靠在脚跟上端坐过。刚才开始他就已经坐得两脚发麻，难受得快撑不住了。尽管如此，他还是没有垫上蒲团。哪怕蒲团闲得发慌，他也没坐上去。哪怕主人请他坐上去，他也没有从命。这板栗头可真让人伤脑筋。这么谦让，在学校里、宿舍里怎么不多谦让一下？用不着谦让的地方他拘谨成这样，该谦让的时候他又不懂得谦让了，非但不懂得谦让，还胡作非为、无法无天。这板栗头啊，真是坏透了。

此时他身后的隔扇拉开了，雪江端着一碗茶恭恭敬敬地放到这小子面前。要是在平常，这小子就会嘲讽说："这就是 savage tea①吧。"但眼下光是与主人相对，他就已经忐忑不安了，这妙龄少女又用了在学校学的"小笠原流"手法，有招有式地把茶碗递给他，更让他如坐针毡，浑身难受。雪江拉上隔扇，在后面哧哧笑起来。比起板栗头，尽管是同龄人，女孩子可要大方多了。尤其是她刚才还一度委屈地泪洒紫裙，现在的嫣然一笑就更加动人了。

雪江退下后，两边都默默无语。忍耐了好一会儿，主人想起了自己作为教师的职业本分，先开口道："你叫什么？"

"古井……"

"古井？姓古井是吧，名字叫什么？"

"古井武右卫门。"

"古井武右卫门……好长的名字。这不像是当代的人名，倒像是古代的人名。你是四年级的？"

"不是。"

"三年级？"

"不是，二年级。"

"甲班的？"

"乙班的。"

"乙班的话，那我就是你班主任咯？原来如此……"主人感概

---

① 苦沙弥曾将"番茶"（粗茶）翻译为"savage tea"（野蛮茶），一时传为笑柄。见前文。

万千。

其实，这个大头小子刚入学时，主人就注意到他了，绝不会忘记的。不仅如此，这颗大脑袋还时时闯入主人的梦乡呢。然而，粗心大意的主人却没有把这颗大脑袋跟那个带有古风的姓名联系在一块儿，更没有将这二者与二年级乙班联系在一起。因此，一听说这曾令自己魂牵梦萦的大脑袋居然是自己班里的学生，不禁暗自在心里拍手称叹："原来就是他啊！"

不过，这个拥有一颗大脑袋和一个古风姓名的自己班里的学生，今天是何缘故登门造访呢？完全没有头绪。素来缺乏人望的主人，学校里的学生此前从未在岁末年初登门拜访过。古井武右卫门这次来访可以说是破天荒头一回，实实在在的稀客，但其来访的用意却让主人很伤脑筋。像他家里这么无趣，对方不可能是过来玩的，可要说是来劝他辞职的，那就该昂昂然气势如虹才对。要说是为了武右卫门君本人的私事过来商量，那也不可能。总之，思量来思量去，到最后主人还是一头雾水。而看武右卫门那样子，似乎本人也不太清楚所为何来似的，没办法，主人只好开门见山地问他了。

"你是来玩的吗？"

"不是。"

"有事？"

"嗯。"

"学校里的事？"

"嗯，有点事想跟您说一下……"

"哦，什么事呢？说吧。"

可是，武右卫门只是低着头，什么都没说。在中学二年级学生里面，武右卫门君本来是能说会道之辈，虽说他的智力跟他脑袋的大小并不成正比例，但在多嘴多舌这一点上，他也是乙班学生里的佼佼者。之前喊着让主人教一下"哥伦布"的日文译法，令主人非常为难的人，正是这个武右卫门君。可这位多嘴多舌的先生，刚才却一直跟个口吃的公主似的，支支吾吾，唯唯诺诺，这里面必有缘故，不可能仅仅是出于客气。主人也觉得蹊跷。

"既然有话要说，那就快点说吧。"

"这事有些难以开口……"

"难以开口？"主人说着打量了一下武右卫门的脸。对方依然还是低着头，没法弄清到底怎么回事。主人不得已，稍稍换了下语气，好尽量让对方安心，说："好吧，什么都可以讲，没有外人听见，我也不会告诉别人的。"

"真的什么都可以说吗？"武右卫门还是有些拿不定主意。

"没事，说吧。"主人自作主张地打了包票。

"那我就说了……"说了这句，板栗头猛地抬起来，眼神有些迷离恍惚。那是一双三角眼。主人鼓起脸颊，喷了一口朝日牌香烟，稍稍扭过头去。

"说实话，是件很糟糕的事……"

"什么事？"

"什么事？这事简直糟透了，没法办了我才来的。"

"那是什么事糟透了？"

"我本来没想着干这件事，可滨田总是一个劲儿地说：'借给我吧，借给我用用嘛。'"

"你说的滨田，就是滨田平助吗？"

"嗯。"

"你借给滨田住宿费了？"

"没，我没借给他钱。"

"那你借给他什么了？"

"借给他名字了。"

"他借你的名字干什么用？"

"给人送情书。"

"送什么？"

"我说了：'别用我的名字送过去，不如让我来当送信人吧。'"

"听得我稀里糊涂的。到底是谁，干了什么事？"

"给人送了情书。"

"送了情书？给谁啊？"

"所以我才说难以开口……"

"就是说你给某位女士送了情书？"

"不，我没去送。"

"是滨田送的？"

"滨田也没有送。"

"那是谁送的？"

"不知道是谁。"

"一点都不明白了，到底是谁送的情书？"

"只有署名是用了我的名字。"

"只有署名是用了你的名字。到底怎么回事？越说越糊涂了。请你有条有理地说一下。这个情书的收信人本来是谁？"

"在对面胡同里住的姓金田的女子。"

"就是那个姓金田的实业家的女儿？"

"嗯。"

"那，你说的借名字是怎么回事？"

"都说那个小姐又时髦又高傲，就给她送了情书。滨田说：'没名字可不行啊。'我说：'写你的名字不就得了？'他说：'我的名字没意思，还是写古井武右卫门比较好。'就这样，最后还是借用了我的名字。"

"你认识那位小姐吗？跟她有过交往吗？"

"没什么交往。都没见过面。"

"真是胡闹！没见过面的人，怎么可以写情书给人家？干出这种事，到底是出于什么动机？"

"只是因为大家都说她目中无人、爱摆架子，就想着捉弄一下她。"

"这就更胡闹了！你就公然署上你的名字送过去了？"

"信是滨田写的，只用了我的名字，是远藤夜里把信扔进去的。"

"就是说你们仨合伙干了这个事儿？"

"嗯，可是后来一想，要是暴露出去，被开除了那就完蛋了，就担心得不得了，两三天都没睡好觉，总觉得昏昏沉沉的。"

"你们闹得也太离谱了！你们就在信上署名'文明中学二年级古井武右卫门'吗？"

"不是，上面没写校名。"

"没写校名还好，要是写上校名，那可就糟了，这可是和文明中学的名誉攸关的。"

"我会被开除吗？"

"说不准。"

"老师，我爹凶得很，娘还是后娘，要是被开除，我可就完蛋了。真的会被开除吗？"

"既然如此，何必当初呢？"

"我本来没想那么干啊。不知怎么回事就干了。能不能想个办法不被开除呢？"

武右卫门君用带着哭腔的声音不断哀求。隔扇那边，雪江和太太从刚才起就一直在偷偷地笑。主人则自始至终煞有介事地反复说："这个说不准啊。"真是好笑。

在下说此事好笑，或许有人会问：哪里好笑了？问得有理。人也罢，动物也罢，都贵在有自知之明。人只要有自知之明，就能得到猫儿的尊敬。彼时，本猫会马上搁笔，再也不写这种阴阳怪气的文字对人类明嘲暗讽，否则就太刻薄了。然而，人类非但不知自己鼻梁有多高，也很难看清自己究竟为何物。因此他们反而要向平常素来瞧不起的猫儿发出这样的疑问，可见人类再怎么目空一切、不可一世，脑袋里却缺根筋。他们处处以万物灵长而自居，可就连上述区区小事都理解不了，还恬不知耻、若无其事，那就难怪本猫为之发喙了。这就好比他们扛着个万物之灵长的大牌子招摇过市，逢人便问："我的鼻子在哪里？请不吝赐教！"既然如此，干脆丢了这块万物之灵长的大牌子如何？才不会呢，他们至死都不会放手的。面对这样的自相矛盾，他们却满不在乎，也实在是天真可爱。可爱归可爱，但这也就等于自甘于做蠢货了。

在下说此刻武右卫门、主人、太太以及雪江姑娘之间的事好笑，并非单纯由于外部事件的冲突波及某些微妙之处。真正好笑之处在于这一冲突在每个人心上激发的不同音色的反响。

首先，主人对此事的反应不用说，是冷淡的。武右卫门的老爹怎么凶暴，老娘怎么不待见他，主人都认为不值得大惊小怪。有啥好大惊小怪的？武右卫门被开除，离自己被免职那还远着呢。倘若一千来个学生全都退学，自然教师的饭碗也难保，可古井武右卫门一个人的命运浮沉和主人朝夕生计之间又有何关系呢？既然关系淡薄，自然同情心也就淡薄了。为了素不相识之人愁眉紧锁、涕泪横流、叹息连连，那绝非自然的真情流露。本猫可不认为人类会有这样的同情心。只不过人生在世，有时不免要逢场作戏，为了交际的缘故洒儿滴清泪、强作悲戚之态，算是一种义务而已。这样的姿态无非是自欺欺人，老实讲，也是一种本人感到身心俱疲的表演。而擅长这种骗术的人，可称之为具有艺术良心的人，多为世人所重。所以说，世人所重之人都不值得信赖。试试便知。

在这点上，主人属于笨拙的那一类。由于笨拙，便不受世人敬重。由于不受人敬重，内心的冷淡就毫不掩饰地显露出来。从他反复对武右卫门讲的"不好说"即可洞悉其内心。诸位切莫因为主人冷淡就嫌恶主人这样的好人啊。要知道冷淡乃人类的本性，不掩饰自己本性的人至少是诚实之人。诸君若要奢望更多，那未免太高看人类。诚实之人在这个世上已经是凤毛麟角，要还指望别的，那就得将马琴小说里的志乃和小文吾①从书里请出来，让《八犬传》里的侠客义士搬到左邻右舍来住才行。要不然，这些都只是海市蜃楼。

关于主人我们就说到这里，再表一表躲在餐厅偷笑的女士。相比主人的冷淡，她们又向前跨了一步，跃入滑稽领域，以此事为乐了。情书事件让武右卫门惴惴不安，对俩女士而言，却不啻佛陀的福音，稀有难得。没啥理由，就是高兴。如果深入剖析一下，是武右卫门遭殃这事本身令她们欣喜异常。倘若试问："你们可是因为别人遭殃而欢喜吗？"被问的人肯定要说提问的人是混蛋。哪怕不骂对方是混蛋，也会说对方特意提这种问题是侮辱女士的人格。侮辱了淑女也许是事实，可看到别人遭殃就开心也是事实啊。这么说来，岂不成了"我在做侮辱我人格的事，但你不可以对我指手画脚"？或者等于主张"我做了小偷，但你不能说我不道德，你要说我不道德，就是给我脸上抹黑，是在侮辱我"。女人啊，真是聪明，说什么都有理。不幸生而为人，必须做好心理准备。再怎么被人践踏、殴打或是被人无视、冷落，都要泰然处之，即使被人唾骂、泼粪、大声嘲笑，也该欣然接受，否则，你就不能与"聪明的女人"打交道。武右卫门老兄因小错而造成大问题以至于忧心忡忡，或许他也会觉得别人在背后嘲笑自己很失礼。但这都怪他年少幼稚，人家会说：因为别人失礼就发火未免小家子气，还是老老实实为好。

----

① 信乃和小文吾是曲亭马琴代表作《八犬传》里的人物。此处的"志乃"实为"信乃"。

最后，我再来稍稍介绍一下武右卫门君的内心活动。这位是忧虑的化身，他那硕大的脑壳里挤满了愁思，就如拿破仑的脑子里装满了功名野心一般。他那饭团似的鼻子不时翕动一下，这便是愁思传到脸部神经后条件反射一般的下意识反应。他仿佛吞下了一颗大炮弹，心里堵着个无法排解的硬疙瘩。这两三天来不知如何是好，一筹莫展之际，灵光一闪，想向有着班主任之名的老师求助，于是乎就来到平素所讨厌的人家里，低下了那高贵硕大的头颅。往常在学校里，他可没少嘲讽主人，煽动同级生给主人出难题的事儿他也没少干。这些现在他全忘了。他似乎以为：无论怎么嘲讽为难老师，既然名为班主任，那就肯定会为他排忧解难。他太单纯了。他不知道，主人并不喜欢班主任这个职务，只是由于校长的任命才不得已而为之。班主任的名头对他来说就如迷亭伯父那顶大礼帽，徒有虚名而已。既是徒有虚名，那就不顶用。要是名字在关键场合能派上用场，那雪江也能拿名字去相亲了。武右卫门不仅任性，还高估人类，以为人人都有一副古道热肠，非关爱他不可。他做梦都没想到自己居然会遭到嘲笑。经历了这一遭，他必然会发现一条关于人的真理。懂得了这条真理，将来他会成为一个真正的人。到那时，他也会对别人的烦忧反应冷淡吧？也会在别人遭殃时大声嘲笑吧？倘若如此，那将来的天下遍地都是武右卫门，遍地都是金田君及其夫人。为武右卫门君前途考虑，在下殷切盼望他能早点醒悟，成为一个真正的人。不然，再怎么忧虑，再怎么后悔，再怎么真心向善，也不可能获得金田君那样的成功。不，社会将他放逐到人类居住地以外都有可能呢，岂止是从文明中学开除那么简单。

本猫这么前思后想着，觉得好笑。这时，格子门哗啦啦地拉开，从门口露出半张脸。

"先生。"

主人正在反复跟武右卫门说着"这可说不准"，门口那儿有人叫"先生"，心想"这是谁呢"，一瞧，斜着探出来的半张脸正是寒月君。他说了声："喂，进来！"自己却没有动窝。

"有客人？"寒月仍然是露着半张脸问。

"没事儿，进来吧。"

"我来其实是约先生出去逛逛的。"

"去哪儿？还去赤坂吗？那就免了吧。上次去了走那么多路，累得我腿都直了。"

"今天不要紧的，好久没出去了。"

"那是去哪儿？进来说吧。"

"我想去上野公园听虎啸。"

"那有什么意思？你还是进来说嘛。"

寒月终于也觉得隔这么远说话不方便，就脱了鞋慢腾腾进来了。他照旧穿着屁股上有补丁的那条灰色裤子，不过据本人解释，裤子破了并非穿得太久，也非自己老坐着不活动，而是因为最近开始练习自行车，局部摩擦比较多导致的。他做梦也没想到，那边坐着的年轻人就是曾经给他未来夫人投递情书的情敌。他向对方轻轻招呼一声，就在靠近檐廊的地方坐了下来。

"听虎啸能有啥意思？"

"哦，不是现在马上去，咱先四处逛逛，到晚上十一点左右再去上野。"

"哦？"

"那时候公园里古木森森，够吓人的吧？"

"那倒是，比起白天会更冷清嘛。"

"然后，我们就专找那种树木繁茂，哪怕白天也很少有人走的地方，不知不觉就会忘记自己身处红尘万丈的都市，那种心情仿佛进入了深山老林。"

"那又怎么样？"

"怀着这种心情，驻足片刻，就可以侧耳倾听动物园里的虎啸了。"

"老虎叫得凶吗？"

"凶着呢。在理科大学，白天都能听到虎啸声。到了夜深人静、四顾无人、鬼气逼身、魑魅扑鼻之际……"

"魑魅扑鼻是怎么回事？"

"描述恐怖情景的时候不都这么说吗？"

"这么回事啊，我没怎么听说过。然后呢？"

"然后虎啸声起，声振林樾，上野的老杉树叶都震落下来了。吓人吧？"

"嗯，够吓人的。"

"怎么样，去冒险吗？我觉得肯定有趣。我认为，不在半夜三更之时听虎啸，就算不上真正听过虎啸啊。"

"这可说不准。"正如对武右卫门的哀求很冷淡一样，主人对寒月的探险提议也很冷淡。

武右卫门君刚才一直羡慕地默默听着老虎的事儿，听到主人这句"说不准"，又想到了自己的处境，再次问了句："老师，我好担忧，怎么办才好呢？"

寒月不明所以地看着他的大脑袋。本猫心头有事，暂且离开了房间，去了餐厅。

太太在餐厅正哧哧笑着。她在京都产的廉价茶碗里倒粗茶，放到锡制的茶托上，对雪江说："劳驾你替我送茶过去吧。"

"我？算了吧。"

"怎么啦？"太太一愣，笑容一下僵住了。

"没什么。"雪江马上做出满不在乎的表情，眼光紧紧盯着旁边放着的《读卖新闻》。

太太又开始跟她协商："你这可就怪了，寒月又不是别人，没啥要紧的嘛。"

"我就是不想去。"她紧紧盯着《读卖新闻》不放松。这种时候虽然一个字都读不进去，可是要揭穿她读不进去的事实，估计她又要哭鼻子了。

"这有什么好害羞的嘛。"太太这次笑着故意把茶碗放到《读卖新闻》上。

雪江说了声："真坏！"就想把报纸从茶托下抽出来，结果茶水毫不留情地从报纸上流到了铺席缝里。

"你看看……"太太说。雪江叫了声"呀呀不好了"跑到厨房去了，看来是去拿抹布了。这出戏我看得津津有味。

寒月君对此毫不知情，还在客厅漫无边际地闲扯。

"这纸屏重新糊过了，是谁糊的？"

"是女人糊的。糊得不错吧？"

"嗯，不错不错，是那位经常上门的小姐糊的吗？"

"嗯，她也帮忙了，还夸口说，纸屏糊成这样，有出嫁的资格了吧？"

"原来如此。"寒月说着，又上下打量着纸屏，"这边倒是很平整，右边纸多出了一点，起褶子了。"

"那边是刚开始糊的地方，那时候还缺乏经验，就糊成那样了。"

"原来这样，怪不得手艺有点差。那个表面成了超越曲线，普通函数表达不出来了。"寒月不愧是理科学者，用的术语艰深难懂，主人只好又随口敷衍了一句"大概如此吧"。

武右卫门君见这样子下去，再怎么哀求也没什么希望，就突然低下硕大的头在榻榻米上磕了一下，于无言中暗暗表示了告退之意。主人说了句："要走了？"武右卫门悄然趿拉上木屐出了门。真是可怜哪。就这么对他不管不顾，说不定他会留下一首《岩头吟》，跃入华严瀑布自杀的。追根溯源，这都是金田小姐太时髦、太高傲引起的是非。倘若武右卫门死了，变成厉鬼也会向金田小姐索命。像那样的女子，世界上多一个、少一个，对男人来说根本无所谓。寒月可以娶一个更像样的小姐。

"这是您的学生？"

"嗯。"

"好大的脑袋，学习如何？"

"与他的大脑袋不相称，经常问一些刁钻古怪的问题。前一阵子问我'Columbus'用日语怎么翻译，差点让他难住。"

"都因为有这么个大脑袋，才会问这种无聊的问题。先生是怎么答他的？"

"嗯？我就马马虎虎翻译了一下对付过去了。"

"这也能翻译出来，先生真厉害。"

"小孩子们，要是有啥不给他们翻译出来，以后他们就不相信你了。"

"先生也成了不得的政治家了。不过看他今天这样子，垂头丧气的，不像是过来给您出难题的啊。"

"今天他尿了。真是个蠢货。"

"怎么回事？看着挺可怜的样子，到底出什么事了？"

"他干了件蠢事，给金田小姐送情书了。"

"哦？就是这个大头？最近的学生还真是不可小觑啊，没想到，没想到。"

"你担心了吧？"

"没有，一点都不担心。反而觉得有趣。送多少情书都没有问题的。"

"你要是放心，那就不要紧了。"

"不要紧，我一向是放心的。只是那么个大脑袋也会写情书，有点出乎意料啊。"

"这样啊，他们是开玩笑才这么干的，说那位小姐又时髦又高傲，就想戏弄一下她，于是三个人共同……"

"三个人共同给她写情书？越说越不可思议了！这不就像一人份的西餐三个人吃一样吗？"

"不过他们是有分工的。一个是写信，一个投递，一个出借自己的名字。今天来的这个就是出借自己名字的家伙。最蠢的就是他了。据说他都没跟金田小姐见过面。怎么就做出这种荒唐事来呢？"

"这可是近来的特大新闻了，了不起的杰作。那样的大脑袋也会给女人写情书，太有趣了！"

"惹出乱子来了吧？"

"这算什么大事，金田小姐嘛，没事的。"

"她可是你可能要娶的人啊。"

"正因为可能要娶她，才没啥呢。没什么关系的，金田嘛……"

"哪怕你觉得没关系，可是……"

"金田自己也没关系的，没什么要紧。"

"那样就好，只是他本人后来良心发现，怕得不得了，诚惶诚恐来找我商量。"

"哎，我说怪不得那小子垂头丧气的呢，看来是个胆小鬼啊。先生您都跟他说了些什么？"

"他最担心的就是会不会被开除。"

"为什么会被开除？"

"他做了这么不道德的坏事……"

"这有什么道不道德的。无所谓嘛。金田小姐估计把这当作很光彩的事儿到处吹嘘呢。"

"真的？"

"还真是可怜哪。这种事虽不是好事，可让他担心成那样，会要了小伙子的命的。虽说脑袋大了一点，但人也不算很丑，鼻子呼扇呼扇的，还挺可爱的。"

"你这话说的，跟迷亭似的，轻飘飘的不着边际。"

"这就是时代思潮啊，先生太老派了，什么事都说得太严重。"

"可他不是犯蠢吗？给不认识的人送情书、搞恶作剧，这不是缺乏常识吗？"

"恶作剧大都缺乏常识的啦。不过还是救救他吧，功德无量啊。看他那样子是会跳华严瀑布的。"

"有这个可能？"

"您就帮帮他呗。要是再大一点的更懂事的孩子，真干了坏事都佯装没这回事一样。要是开除这样的孩子，那些更坏的孩子还不得流放才行？要不然不公平啊。"

"你说的倒也对。"

"不说这个了，咱们还是去上野听虎啸怎么样？"

"听虎啸？"

"嗯，去听听吧。实话说，我再过两三天要回老家一趟，那时候就不能陪您出去逛了，所以就想着今天一定得陪您出去遛遛，这才上门的。"

"要回老家？有什么事情吗？"

"嗯，有点小事。总之咱出去遛遛？"

"好吧，那就出去遛遛。"

"那咱就走吧。今天我请您吃晚饭，运动运动再去上野，正是好时候。"

他频频催促，主人终于有了出去的意思，和他一同出门了。后面太太和雪江这下子再无顾忌，嘻嘻、咯咯、哈哈笑个不停。

第十一回

众闲人齐聚卧龙窟
醉猫儿魂归极乐土

壁龛前面，迷亭与独仙相对而坐，中间摆着个棋盘。

"这棋啊，可不能白下，输了的请客怎么样？"

迷亭这么提议。独仙照旧捋着山羊胡，说："那样一来，清雅的手谈可就弄得俗不可耐了。一心只求胜负，那多没意思。将胜负置之度外，如'云无心以出岫'，悠悠然下完一盘棋，方可称得上品尝到个中滋味。"

"又来这一套啦！有你这样的仙骨做对手，可真是累啊。俨然是《列仙传》里走出来的人物啊。"

"弹无弦之素琴嘛。"

"那也打无线之电报吗？"

"不说这些了，开始下吧。"

"你执白子？"

"怎么样都行。"

"不愧是仙人，潇洒不羁。你执白子的话，我自然就得执黑子了。

好，来吧。谁先走都可以。"

"规矩是黑先白后。"

"是有这么个规矩，为了表示谦让，按照定式，我就先下在这儿吧。"

"没见过这样的定式。"

"有没有无所谓，我刚刚发明的定式嘛。"

在下孤陋寡闻，围棋这种东西，还是近来刚开始见识。这东西越想越觉得奇妙。就在那不大的方板上画了些小格子，黑子白子眼花缭乱地摆上去。两个人大汗淋漓地闹腾着、嚷嚷着，什么胜负啊，生死啊。不过一尺见方的地盘嘛。本猫用前爪一挠，就能把它弄得乱七八糟、稀里哗啦。话又说回来了，"聚而结之为草庵，解而散之为荒原"，何必给他们添乱呢？还是袖手旁观更逍遥自在。

最初的三四十目，那些棋子摆放得还不怎么碍眼，可到了一决胜负的关键时刻，再一看，哎呀，真是可怜哪，白子黑子在棋盘上你拥我挤，都在叫苦连天，几乎要掉下棋盘去。可再怎么憋屈，也没法让旁边的棋子让开一点儿，也没有权利跟前面的棋子说"借光啦、借光啦"，只能听天由命，一动不动待在那儿，没别的办法。

如果说发明围棋的是人，人类的嗜好也反映在棋盘上，那么不妨说棋子憋屈的命运也就代表了人类狭隘的本性。而假若从棋子的命运来推断人类的本性，那么就不得不断言：人类喜欢将海阔天空的世界用小刀画地为牢，除了自己双足所踏之处，万万不敢向外界跨出半步。一言以蔽之，人类就是喜欢自讨苦吃。

悠闲自在的迷亭和胸藏禅机的独仙，今天不知怎的心血来潮，从壁橱里找出一个旧棋盘，开始了这闷热的游戏。两个人果然是棋逢对手，一开始都还随随便便，棋盘上的白子与黑子自由自在乱摆一气，不过，棋盘的空间毕竟有限，每下一手，就减少一目，再怎么悠闲自在，再怎么胸藏禅机，自然而然也窘急起来。

"迷亭君，你这个棋下得太野了，哪有在这种地方下子的？"

"也许禅僧没有这种下法，可是照'本因坊'流派的下法，就是有这种招数，没办法。"

"可这是死路一条啊。"

"臣死且不避，况彘肩乎[1]？看我下这一手。"

"哟，来了？'薰风自南来，殿阁生微凉。'这样连一手，没问题了吧？"

"哟，真看住了，这一手了不得啊。还以为你连不上呢。'连撞八幡之钟'，再看这一手，汝将奈何？"

"我将奈何，这能奈我何？'一剑倚天寒'……唉，有点麻烦啊，一不做二不休，断开它吧。"

"呀呀，大事不好！你这一断，我可就死定了。悔棋悔棋！"

"我刚才不早就跟你说了吗？你不能下在这地方。"

"冒昧下了这一子，失敬失敬！你还是把这个白子撤回去吧。"

"这手棋你也要悔？"

"顺便把旁边那个白子也撤回去呗。"

"喂，你这也太不要脸了吧？"

"Do you see the boy[2] 啦。咱俩可不是一般的交情啊。何必这么寸步必争嘛，把这几个棋子撤回去，这可是生死攸关的场合。'哒！且慢！刀下留人啊！'"

"我可不管你这一套。"

"不管就不管吧，给我悔棋就行。"

"你从刚才开始，已经悔了六步棋啦！"

---

① 这是套用《史记·项羽本纪》里樊哙说的话："臣死且不避，卮酒安足辞！"

② 这个英文句子的发音与日语中"不要脸"的发音相近，因此迷亭用来打岔。

"你记性也太好了吧？为了表示谢意，今后我更要加倍地悔棋。所以才叫你把那个棋子拿掉啊。你也太固执了。既然坐禅，也该洒脱一点，别那么斤斤计较。"

"我要不吃掉你这个子儿，我这边可就输了……"

"你最初不是说要将胜负置之度外吗？"

"我是把胜负置之度外，可是不想让你赢啊。"

"这可真是了不起的悟道。还是'春风影里斩电光'那一套吧。"

"不是'春风影里'，是'电光影里'。你弄反了。"

"哈哈哈哈，我还以为你到了把这句话颠倒过来的时候，原来还是这么清醒啊。没办法，我认栽了。"

"生死事大，无常迅速，你认了吧？"

"阿门！"迷亭这次在毫不相干的地方又下了一子。

迷亭与独仙在壁龛前面鏖战，寒月与东风则并肩坐在客厅门口，旁边坐着的是脸色蜡黄的主人。寒月君前面摆着三条鲣鱼干，没有包什么东西，就那么光溜溜地整整齐齐排列在那儿，也算是一道奇观。

鲣鱼干是从寒月怀里拿出来的，拿出来时还带着他身上的体温，放在手心还能感觉到那赤条条的身子暖乎乎的。主人和东风君好奇地打量着鲣鱼干，寒月君开口道："实话说，我是四天前从老家回来的，因为事务繁多，多方奔走，以至于好久都未能上门拜访。"

"也不用那么急着过来嘛。"主人照例说些旁人听着刺耳的话。

"虽说不用着急过来，可不早点把家乡的土特产送来品尝，总觉得过意不去啊。"

"这不是鲣鱼干吗？"

"嗯，这是我家乡有名的土特产。"

"说是土特产，不过东京好像也有这个啊。"主人举起最大的一条，放在鼻子前面闻了闻。

"鲣鱼干的好坏，鼻子闻是闻不出来的。"

"就因为个头有点大才成了土特产的吧？"

"哎，您尝尝看嘛。"

"尝尝是要尝尝的，可是这条鱼怎么没有头啊？"

"正因为担心这个，我才想早点给您拿过来的。"

"为什么它没有头呢？"

"为什么？那是被老鼠给吃了。"

"这可危险了，随随便便吃这个是要得鼠疫的。"

"哪里，没事的，老鼠就咬了那么一点点，不会有事的。"

"到底是在哪儿被咬的？"

"在船上。"

"船上？怎么回事？"

"因为没地方放它们，就和小提琴一起放进行李袋里，上船那天夜里就被咬了。单单吃了鱼干还没啥，可是我那小提琴的琴身也被当成鱼干咬去了一点。"

"这些老鼠也太马虎了。住在船上，咋就那么不识好歹？"主人依旧望着鱼干，说些让人莫名其妙的话。

"老鼠这东西，不管住在哪儿都是那样，分什么好歹？所以，我把它们带到宿舍，恐怕它们再被咬，夜里只好就搂着睡觉了。"

"这可有点不大干净啊。"

"所以吃的时候得洗一洗。"

"光是洗一洗，我看洗不干净。"

"那就泡在碱水里，使劲擦洗擦洗就行了。"

"你那把小提琴，也抱着它睡觉吗？"

"小提琴太大，抱着它不好睡啊……"

刚说到这儿，对面的迷亭大声接过话茬："你说什么？抱着小提

琴睡觉？这可太风雅啦。不是有一首俳句吗？'春来春去梦无踪，隐隐芳心动，怀抱琵琶重。'你这抱琴而眠的风雅之态，远超古人啊。明治年代的秀才若不怀抱小提琴而眠，焉能凌驾古人之上？'漫漫长夜苦寂寥，怀抱提琴度春宵。'我这句怎么样？东风君，新体诗里也会描写这类题材吗？"

东风君一本正经答道："新体诗与俳句不同，不是那么一挥而就、信口吟来的。不过，一旦成功写就，便可出现触及灵魂深处的妙音。"

"了不得，魂灵这东西，我还以为要在盂兰盆节烧麻秆才能接来，原来作一首新体诗也能迎来啊。"迷亭也不管下棋的事儿，开起玩笑来。

"你这么东拉西扯，又要输棋了。"主人提醒迷亭。

迷亭满不在乎地说："甭管我输还是赢，总之对方已经是瓮中之鳖，动弹不得啦。我是因为百无聊赖，不得已才加入有关小提琴的讨论的。"

这时，独仙口气有些激愤地说："轮到你下了，我在这儿等着呢。"

"哎？你已经下了子儿啦？"

"下啦。早就下啦。"

"下到哪儿了？"

"我在这儿斜着'尖①'了一手。"

"原来，哎哟喂！你这一手，我可要输了，这样的话，我……我……我就完蛋啦，怎么着才好解围呢？哎，我让你再下一个子儿，随便什么地方再下一个。"

"有这么下棋的吗？"

"管他有没有呢，就这么下了。这么着吧，我在这个角上拐一下吧。——寒月君，你那把小提琴太廉价，才会让老鼠瞧不起，啃了它。索性咬咬牙买把高档的吧？我从意大利给你邮购一把三百年前的古物好

---

① 尖，围棋术语，指在原有棋子相距一路的对角交叉点上下子，使两子保持联络，控制出头行棋的方向。

不好？"

"那就承您费心了，拜托您顺便也帮我付款吧。"

"那种旧货，能顶用吗？"对音乐一窍不通的主人大喝一声，训斥起迷亭来了。

"你是把人类当中的旧货跟小提琴里的旧货等而视之了吧？哪怕人类当中的旧货，如金田者流，现在不也大大地吃香吗？至于小提琴，那更是越古旧越好。——哎，独仙君，快点下啊！庆政不是有一句台词'秋日苦短'①吗？"

"和你这种飞扬浮躁的人下棋，真是难受。都没有思考的余暇了。没办法，就在这儿做个眼吧。"

"哎呀哎呀，还是让你把棋救活了。可惜啊，我就是为了不让你把棋下在那儿，才煞费苦心东拉西扯的，结果还是徒然哪。"

"那是当然。你这不是在下棋，是在诈棋。"

"这就是本因坊流、金田流、当代绅士流啊。——喂，苦沙弥先生，独仙君去镰仓吃咸菜，果然是修炼得不为外物所动啊。佩服佩服！棋下得一般，可是定力绝佳啊。"

"所以呢，像你这种毫无定力的人，就该跟人学着点儿。"

主人背着脸说了这么一句，迷亭伸出大红舌头做了个鬼脸。独仙君似乎毫不介意，又催他说："该你下了。"

东风在问寒月："你是什么时候开始学小提琴的呢？我也想学一学，只是听说好难。"

"嗯。不过，只是学个一般的水平，谁都可以的。"

"同样都是艺术嘛，我暗自相信，在诗歌方面有兴趣的话，在音乐方面也会很快就上手吧？你觉得呢？"

---

① 出自歌舞伎剧目《恋女房染分手纲》。——编者注

"没问题，你学的话，肯定会上手的。"

"你是从什么时候学起的呢？"

"高中时候。——老师，我有没有讲过我学小提琴的始末？"

"没，没听你讲过。"苦沙弥回答。

"高中时候遇上个好老师，跟他学的吗？"东风问。

"哪里有老师，我是自学的。"

"真是天才啊。"

"自学而已，哪里就成天才了？"寒月君不无得意地说。被称作天才，能这么得意的也就寒月君了。

"那倒也是，你就说说自己怎么自学的，让我参考一下吧。"

"说说是可以的，老师，我就说说了？"

"嗯，说吧。"

"现在的年轻人拎着提琴盒子，在大街上走来走去，可以说是司空见惯了。但在我读高中的时候，几乎没人学西洋音乐。特别是我们那个学校，简直是乡下的乡下，学生们俭朴得连穿麻里草鞋的人都没有，至于拉小提琴，那当然是一个都没有了……"

"那边好像讲起有趣的话来了。独仙君，咱们这盘棋就见好就收吧。"

"还有两三处没有收官呢。"

"没有收官就那么放着呗，要紧不要紧的就都送给你好了。"

"你可以说送，我可没有收受之理。"

"你这么锱铢必较，哪像个学禅的人？那咱就一气呵成，收官了。——寒月君，你讲得挺有趣的。你说的就是那所学生都光着脚上学的学校吧？"

"没那回事。"

"不过传说他们都光着脚做军事体操，练习向右转，脚皮都磨厚了呢。"

"真有这回事？是谁说的？"

"管他谁说的呢。还说他们的便当就是一个好大的饭团，像个柚子似的在腰间晃荡着，到了点就吃它，与其说是吃，不如说是啃。饭团里头有个咸梅干，他们把吃出这个梅干当作莫大的快乐，就一门心思、生龙活虎地啃着周围没滋没味的饭，劲头真足啊。独仙君，这桩逸事中你的意吧？"

"是质朴刚健的好风气，精神可嘉。"

"还有更精神可嘉的呢。他们那里没有烟灰筒。我有个朋友去那边任职的时候，想买个吐月峰牌的烟灰筒，可别说吐月峰了，根本就没有卖烟灰筒这种东西的。他觉得奇怪，一打听，人家不以为然地告诉他，这种东西去竹林里砍一截竹筒，人人都能做出来，因此没有卖这个的必要。这也算是一桩质朴刚健的美谈吧，独仙君？"

"嗯，先别管这个了，你这里还得收单官①，补一个子儿。"

"好嘞，我收，收，收，这下行了吧。——我听了寒月君的话，真是出乎意料啊，在那样的地方自学小提琴，太让人敬佩了。《楚辞》有云'惸荧独而不群'②，寒月君可谓明治时代的屈原啊。"

"我可不想做什么屈原。"

"那就做新世纪的维特③吧。——什么？要数棋子？你也太死板了吧？数不数的，都是我输了，还不行吗？"

"那可说不准啊……"

"那你数去吧。我可不会数。不听一下一代才子维特君学习小提

---

① 单官，占不到"目"（即棋盘上的空交叉点，或称地域）的一手棋，只是用棋子占据棋盘上的一个交叉点。

② 出自屈原的《九章·抽思》。

③ 指歌德《少年维特的烦恼》的主人公。

琴的逸事，那可是对不起列祖列宗啊。失陪了。"说着，迷亭离开座位，蹭到寒月这边。独仙专心致志地拿起白子填了白棋的空，用黑子填了黑棋的空，嘴里念念有词地在计数。

寒月君继续说："地方上风习已经是这样，老家的人还非常顽固。那些稍微软弱的人，就被他们说：'这让外县的学生知道了名声不好。'便胡乱加以严厉惩罚，真让人受不了。"

"说到你们那儿的学生，还真是不可理喻。不知道为什么他们总是穿那种藏青色的裙裤，难道觉得这样才帅气吗？还有，大概是天天吹海风的缘故，肤色都是黑得不得了。男的黑成那样也就算了，女的也那么黑可就糟了！"

迷亭一加入，话题的中心就偏到十万八千里以外了。

"女人也都那么黑吗？"

"那也嫁得出去吗？"

"家乡人都是那么黑，也没办法啊。"

"那可是命中注定了，是吧？苦沙弥君——"

主人喟然长叹："女人还是长得黑好，那些长得白的，动不动就拿出个镜子自我欣赏。女人啊，真是个难伺候的东西。"

"不过，如果整个地方的人个个都长得黑，那不应该是以黑为美吗？"东风君提了个很合理的问题。

主人说："不管怎么说，女人完全是多余的。"

"你说这种话，小心夫人背后找你算账哦。"迷亭先生笑着警告他。

"哪里，不要紧的。"

"夫人不在家？"

"刚才带着小孩出去了。"

"我说家里怎么这么安静，她们去哪儿了？"

"这个我哪里知道，就是一时兴起出去走走。"

"然后想回来了就再回来？"

"差不多就这样吧。像你这样，还是单身汉，多好啊。"

他这么一说，东风君稍稍露出不满之色，寒月则照旧笑嘻嘻的。

迷亭说："有老婆的人都爱这么说。喂，独仙君，像你这样的，也觉得有老婆是件麻烦事吗？"

"嗯？稍等。四六二十四，二十五，二十六，二十七。没想到这么小的地方，就有四十六目呢。还以为能再多赢你一点呢，没想到这么一算，也就差着十八目啊。——你刚才问什么？"

"我问的是，你也觉得有老婆是件麻烦事吗？"

"哈哈哈哈，没觉得特别麻烦。我老婆本来就很爱我的。"

"这么说，我问得有点冒昧了。也就独仙君才有这样的福气啊。"

"也不是只有独仙君这样。像这样的例子还有不少的。"寒月慨然为天下为人妻者辩护。

"我也赞成寒月君。我认为，人要进入绝对的境界，只有两条路可以走，就是艺术与恋爱。夫妇之爱代表了其中之一，所以人一定要结婚，实现这种幸福，否则就是违背了天意。先生以为如何呢？"

东风说罢，依旧一脸严肃地望向迷亭。

迷亭说："高论啊，像我这样的人看来是进入不了绝对境界咯。"

"娶了老婆，就更进不去了。"主人愁眉苦脸地说。

"总之，我们这些未婚青年必须接近艺术的灵性，开拓出向上的一条路，否则就认识不到人生的意义何在。我想先从学习小提琴开始，因此，我才跟寒月君请教他的学习经验。"

"对对对，让我们来拜听维特君学习小提琴的故事吧。讲吧，我不再打扰你了。"迷亭君这才收敛了自己的锋芒。

"向上的道路，可不是学小提琴就能开拓出来的。靠这样的游戏三昧，想参透宇宙真理，那还得了！若想了解其中的奥妙，没有悬崖撒手、绝地再生的气魄是不行的！"

独仙君对着东风拿腔拿调地训诫了一通，尽管挺像那么一回事儿，可东风对禅宗是一窍不通，因此对这番说教丝毫没有触动。

"嗯，您说得也许不错，不过我还是觉得艺术代表了人渴慕的极致，因此无论如何我都不想舍弃艺术。"

寒月说："既然不想舍弃，我就遵命讲一讲我自学小提琴的事吧。就如刚才所说，我在开始练琴以前，就已经是煞费苦心，不说别的，买琴就够让人发愁的了。"

"可以理解，连麻里草鞋都没有的地方，当然也没有小提琴了。"

"那倒不是，有倒是有的。钱我也攒下了，不是问题，可就是没法买。"

"那是为何？"

"地方太小了，一买这个，马上就会被人发现。一被人发现，马上就面临别人的白眼：'神气什么？'然后肯定挨整。"

东风君大为同情地说："自古以来天才就是要受迫害啊。"

"唉，你又说天才了，请别再叫我天才了吧。——就这样，我每天散步路过卖小提琴的店铺，每天都在心里暗暗嘟囔：'要是买下来多好啊，要是能把它抱在怀里，那该是什么样的心情啊，唉，真想要一把啊……'"

"这种心情可以理解。"迷亭评论道。

"迷成这样，也太不可思议了吧。"主人表示难以理解。

"还是要说，你果然是天才！"东风君佩服之至。

只有独仙超然地捻着山羊胡。

"首先可能让人不解的是，那种地方怎么会有卖小提琴的呢？不过，稍微一想，就觉得没什么奇怪的。为什么呢？因为我们那儿是有女校的，而女校学生的功课之一，就是必须每天练习小提琴，有卖小提琴自然就顺理成章了。当然了，不用说，没有特别好的小提琴。只不过勉强可以称作小提琴罢了。因此店里也不怎么重视，就那么两三把捆在一起吊在门头上。我时不时逛到门前，会听见风吹或者伙计的手碰到它们发出的声音。每次听到那样的琴声就感觉如心脏破裂了一般，可以说是魂飞魄散了。"

迷亭嘲笑说："危险啊。人疯起来各式各样，有见水疯，有人来疯，你不愧是当代维特，听了小提琴的声音就发疯，应该叫提琴疯吧。"

东风不以为然地说："如果感觉不是那么敏锐，就成不了真正的艺术家。的的确确是天才之资！"他越发佩服寒月了。

"嗯，我也许确实有点发神经了，不过那个音色真是奇妙啊。从那以后，直到现在，拉了那么久的小提琴，我从没奏出过那么美妙的声音。该如何形容呢？总之是妙不可言……"

"可以说是声如琳琅、铿锵悦耳吧？"独仙卖弄这种艰深难懂的词语，可惜谁也没接茬，真是可怜。

"我天天从店门前散步经过，总共听到过三次那种灵异之音。到第三次时，我决心非买不可了。我想，哪怕遭受同乡人的谴责，哪怕面对外县人的轻蔑，甚至于铁拳的惩罚而毙命，哪怕犯错后受到被开除的处分，这小提琴也是非买不可了！"

"这就是天才啊。若非天才，就不会那么痴心投入。羡慕啊，羡慕。多年来，我总挂念着怎么才能有如此激烈的情感，可是总不能如愿。每次去音乐会想尽量投入地去听，可总是无法产生共鸣。"东风君对寒月羡慕不已。

"没有共鸣那才幸运呢。现在说起来虽然心平气和，但在当时，那种苦痛实在难以想象啊。后来，我就狠狠心，一咬牙终于买了。"

"曜，怎么买的呢？"

"正好是十一月天长节①的前一晚,那天老家的同学都相约去温泉,准备住宿在外面了,因此宿舍里一个人也没有。我说自己生病了,没去上学,就在屋里躺着。满脑子只想着今晚一定要去将朝思暮想的小提琴买到手。"

"就是说,你装病没去上学?"

"完全正确。"

"果然是天才啊,没话讲。"迷亭这次也有些惊叹了。

"我从被窝里探出头一瞅,离天黑还早着呢。没办法,只能又缩回头去,闭上眼等着。可还是不行啊,又探出头来一瞅,烈烈秋阳正照在六尺宽的隔扇上,明晃晃的。这时,只见隔扇上有个细长的黑影,时时在秋风里摇摇晃晃。"

"这细长的黑影是什么?"

"是一串剥了皮的涩柿子,挂在屋檐下晾晒。"

"哦,这样啊,然后呢?"

"我无可奈何,只好钻出被窝,拉开隔扇,来到檐廊,拿了一个干柿饼吃了。"

"好吃吗?"主人像个小孩子似的问。

"好吃啊,我们那边的柿子有多好吃,东京人是怎么都想不到的。"

"不说柿子了,后来怎么样了?"这次是东风发问。

"后来我又钻回被窝,闭上眼,暗暗向神佛祈祷:快点让天黑下来吧。感觉等了三四个小时,想差不多了吧,可是探头一瞅,依然是烈烈秋日照耀着六尺隔扇,明晃晃的,上方有个细长的影子摇摇晃晃。"

"这个已经听过了。"

"这件事发生过不止一次啊。我就钻出被窝,拉开隔扇,吃了一

---

① 天长节,天皇生日的旧称。

个干柿饼，又钻回被窝，暗暗向神佛祈祷：快点让天黑下来吧。"

"这不是又倒回去了吗？"

"唉，先生不要焦躁，再听听嘛。后来嘛，又在被窝里忍耐了三四个小时，想这会儿该可以了吧？探头出去一看，依然是烈烈秋日照耀着六尺隔扇，明晃晃的，上方有个细长的影子摇摇晃晃。"

"翻来覆去都是老一套啊。"

"然后我钻出被窝，拉开隔扇，来到檐廊，拿了一个干柿饼吃了……"

"又吃柿饼了！总是吃柿饼，还有完没完了？"

"我自己也很腻烦啊。"

"听的人比你更腻烦！"

"先生也太性急了，这样很难讲下去啊，愁人。"

"听的人也有点愁得慌啊。"东风君也微微吐露不满之意。

"大家既然那么不耐烦，那就没办法了，我只好大体上说说了。总之，我是吃了柿饼就钻回被窝，钻回被窝又爬起来吃柿饼，最后终于把檐廊下的柿饼全都吃光了。"

"吃光以后天黑了吗？"

"可惜没有啊，我吃完最后一个柿饼，想差不多了吧，结果探头一看，照旧是烈烈秋日照耀着六尺隔扇……"

"饶了我吧，又来这句，没完没了啦。"

"我自己说得都厌烦了。"

什么事都无所谓的迷亭也忍不住了，说："不过，要是有那么大的耐性，什么事业都可以成功的。倘若我们都没反对，估计到明天早上讲来讲去还是什么烈烈秋日吧。到底啥时候才去买小提琴啊？"

唯有独仙仍旧泰然自若，不管你烈烈秋日照到明天早晨还是后天早晨，他都丝毫不为所动。

寒月君还是不慌不忙地说："说到什么时候去买，我是打算一等天黑下来，马上出去买。遗憾的是，不管等多久，探头出去一瞅，都是烈烈秋日高照——说起我那时的苦痛，当下诸位的这种焦躁是没法与之相提并论的。吃完了最后一个柿饼，一见太阳还是没有落下，不由得潸然泪下。东风君，我实在是感觉太泄气了才落泪的啊。"

"可以理解。艺术家本来就是多愁善感的嘛。你哭泣落泪我很同情，只是你也该进展得快点才对。"东风君是个老实人，应对时一本正经，令人啼笑皆非。

"我自己也想进展快一点，可是天怎么也黑不下来，真是为难啊。"

主人再也忍耐不下去了，说："天黑不下来，听得人这么难受，就干脆不讲算了！"

"不讲的话更难受，马上就要渐入佳境了。"

"那就再听听，你赶快说天已经黑了，不就得了？"

"好吧，虽然这要求有点勉强，但既然先生开口，那我就姑且认为现在已经天黑了吧。"

"这不就皆大欢喜了嘛。"独仙不动声色地插了一句，大家哄堂大笑起来。

"夜渐渐深了，我这才安下心，吐了口气，走出鞍悬村的寄宿农家。我生来就不喜欢车马喧嚣之处，因此特意避开交通便利的市内，在这人迹罕至的穷乡僻壤，栖身丁蜗牛之庵内……"

主人抗议道："说什么人迹罕至，也太夸张了吧？"

"什么蜗牛之庵，也是过甚其词。还不如说一间没有壁龛的四铺席半的房子，这样更生动有趣些。"迷亭也表示了自己的不满。

只有东风夸赞说："不管事实如何，这样的语言给人诗的感觉，我觉得很好。"

独仙一本正经地问："住在这么偏僻的地方去上学可麻烦，要走好几里路吧？"

"离学校有四五百米吧。学校本来就是在穷乡僻壤……"

"那学生大多数都是在附近住吗？"独仙越发咬住不放松。

"嗯，大体上每户人家都住着一两个学生。"

"这能说是人迹罕至吗？"独仙给了他当头一棒。

"那个……要是没有学校的话，就可以说是人迹罕至了……且说那天晚上我穿的是一件土布棉袄，加一件铜纽扣的学生制服外套。我把外套的风帽拉上去盖得严严实实，以免引人注目。此时正是柿子树落叶时节，从寄宿的农家来到南乡街道，一路上都是落叶。每走一步，落叶就沙沙作响，让我忐忑不安，好像背后有人盯梢似的。回头一望，东岭寺的树林一片魆黑，在黑暗中尤其阴森。这东岭寺是松平家的菩提寺，建在庚申山麓，与我寄宿之处相隔不到一百米，是一所极其幽深的梵刹。树林上方是渺无涯际的星月夜空，银河斜着横跨长濑川而去，直到……一直流到……对了，一直流到夏威夷……"

"怎么扯到夏威夷了？太离谱了吧。"迷亭说。

"我沿着南乡街道走了两百来米，从鹰台町进入市区，通过古城町，拐过仙石町，越过食代町，依次过了通町的一丁目、二丁目、三丁目，然后走过尾张町、名古屋町、鲵鉾町、蒲鉾町……"

"不用报那么多街道名，直接说小提琴是买了还是没买就行。"主人不耐烦地催促。

"卖乐器的店家叫'金善'，也就是金子善兵卫家的，还远着呢。"

"管他远不远，赶快买来好了。"

"遵命。于是我来到金善家一瞅，店里点着油灯，明晃晃的……"

"又是'明晃晃'的，你一说起'明晃晃'，只说一两次是说不完的，赶快打住吧。"这次迷亭预先布下了防线。

"不会，这次的'明晃晃'，确实只有一次明晃晃，不用太担心。……我从灯光里一瞧，只见那朝思暮想的小提琴正微微映着秋日的灯光，那琴身窄腰浑圆处反射着清辉，紧绷的琴弦只有一两处闪着白光映入眼底……"

东风赞美说："叙述得真美啊！"

"这就是，这就是那把小提琴！转念至此，我激动得两腿发抖，站立不稳……"

"哼哼！"独仙君从鼻子里冷笑几声。

"我不由得闯进去，从衣袋里掏出钱包，拿出两张五元的票子……"

"终于买下来了？"主人问。

"本想马上买下来，可是又一想，这可是千钧一发的时刻，稍一疏忽就完蛋了。于是，我决定暂且再等等，先不买了。"

"什么，还是没买？不过是买一把小提琴，至于这么卖关子吗？"

"我不是卖关子，当时实在没法买啊。"

"为什么？"

"还问为什么呢，那时候刚刚天黑，路上还有好多人呢。"

主人气呼呼地说："这有什么要紧，哪怕有两三百人又能怎样，你这个人真是莫名其妙。"

"要是一般的行人，有两三千也没关系，可是里面有些学生撸着袖子，拿着大号的文明棍在闲逛呢，这叫我怎么敢出手。这里面还有号称'沉渣党'的，老是在班里垫底，却引以为荣。不过要是比起柔道来，他们都是强手。我可不能贸贸然去买小提琴，叫他们瞧见，难保要惹祸上身。我绝不是不想要小提琴，可是我也是惜命的。与其为了拉小提琴送掉小命，还是苟且活着更轻松啊。"

"那么说，到最后还是没买？"主人提醒道。

"不，买了。"

"你这人真不干脆，要买就快点买，不买就算了，爽快点不行吗？"

"嘿嘿嘿，世上的事哪有那么爽快的？"说着，寒月悠然点上朝日牌香烟，喷吐起烟雾来。

主人看上去是觉得寒月太啰唆，蓦地站起来进了书斋，拿出一本不知名的洋文旧书，趴在铺席上读了起来。独仙则不知何时已经回到壁龛前，自己跟自己下棋了。

虽是难得一听的趣闻，可因为一拖再拖，导致听众一减再减，剩下的就只有忠实于艺术的东风君，以及再拖沓也无所谓的迷亭先生。

寒月毫无顾忌地朝众人喷着长长的烟，照原来的节奏从容不迫地继续讲道："东风君，我当时是这么盘算的。天刚刚擦黑的时分，无论如何也没法买，可要等到半夜三更再去，那金善家的人早已入睡，那更不行。总之，要趁着学生们都回去了，而金善家的人尚未入眠才行！不然，自己煞费苦心安排的计划就成为泡影了。不过，要瞅准这个时机，那是相当不容易啊。"

"对啊，很不容易。"

"我把那个时刻定在十点左右。那么，从这时到十点钟这段时间就得想办法打发掉。回去一趟再过来呢，那太累；去朋友家聊天呢，自己心里有事，也聊不痛快。没奈何，我只能在街上溜达了相当长的时间。平常溜达，两三个小时不知不觉就过去了，可是那天晚上时间却过得特别慢，有句话不是叫'一日三秋'吗？那天晚上我是真真切切体会到了这种滋味。"寒月说到这儿，特意望向迷亭，似乎现在重又感觉到了当时的心境。

迷亭含讥带讽地说："戏曲里有'炉边待君至，心烧如炉火'的台词，还有'等的那个人比等的这个人还要难熬'这种话，所以我想啊，那挂在店里的小提琴应该比你还要着急吧。不过，我觉得你像毫无线索的侦探在大街上游荡，也够惨的了，简直是'累累若丧家之狗'。的的确确，再也没有比丧家狗更可怜的了。"

"把我比作狗也太过分了吧，还从来没人把我比作狗呢。"

东风君安慰他说："听你讲自己的经历，就像读古代艺术家的传记一样，非常同情。将你比作狗，那只是迷亭先生一句玩笑，不必介意。还是接着讲吧。"

其实，用不着东风君安慰，他也会继续讲下去的。

"之后，我便从徒町穿过百骑町，从两替町来到鹰匠町，在县厅前数了数枯柳有多少，在医院旁算了算亮灯的窗口有几何，又在染坊桥上吸了两支烟，这时，一看表……"

"到了十点钟没？"

"遗憾得很，还是没到。我就下了染坊桥，沿河东上，遇上三个做按摩的盲人。随后又听见远处的犬吠声……"

"'漫漫秋夜长，遥闻犬吠河岸上。'真有戏剧性的味道。你是在扮演逃犯的角色啊。"

"他犯了什么罪吗？"东风问。

"他不是就要犯罪了吗？"

"可怜可叹啊，要是买一把小提琴也算是罪，那音乐学校的学生都成罪人了。"

"只要你做的事不被世人承认，哪怕你做了天大的好事，那也是罪人。所以说，人世间再也没有比变成罪人这件事更糊涂的了。耶稣生在那样的社会成了罪人，美男子寒月也因为要在那种地方买小提琴成了罪人哪。"

"那我就照您的吩咐当一回罪人吧。当罪人无所谓，只是怎么也到不了十点钟，真是犯愁啊。"

"愁什么，你就再数一遍街名呗，要是时间还早，那就再来一次'烈烈秋日明晃晃'嘛。要是还不成，那就再吃上三打柿饼，不就成了？反正不管怎样我们都会奉陪到底，你就一直讲到十点钟吧。"

寒月笑嘻嘻地说："你都先替我说了，我只能认输了。那咱就一步跨越到十点钟好啦。就这样，在预定的十点钟，我来到金善家的店铺一瞧，由于秋夜寒气袭人，就连本来热闹繁华的两替町也几乎不见行人踪迹了。迎面传来的木屐声听上去格外凄凉。金善家的店铺已经关了大门，只留小门供人出入。不知怎的，我就好像身后跟着一条恶狗，有种毛骨悚然的感觉……"

正讲到这儿，主人从那本脏兮兮的书上抬起头，问："喂，小提琴买了吗？"

"马上就要买了。"东风君代为回答。

主人自言自语似的说："还没买啊，讲得真拖拉。"说罢，又读他那本书去了。

独仙君仍是默默地独自下棋，把黑子白子摆了大半个棋盘。

"我狠狠心进到屋里，风帽也没有摘，就说：'我要买把小提琴。'这时，四五个伙计与学徒正围在火盆边聊天，似乎让我这一嗓子吓了一跳，齐刷刷看向我。我抬起右手把风帽往前一拉，又说了一遍：'我要买把小提琴。'坐在最前面的伙计盯着我的脸，有气无力地应了一声，站起来摘下挂着的三四把小提琴。我问：'多少钱？'他回答说：'五元两角一把。'"

"喂，有那么便宜的小提琴吗？该不会是玩具琴吧？"迷亭插嘴说。

"我问他：'全都是一个价吗？'他说：'嗯，都很结实，全是用心做的。'我就从钱包里掏出一张五元的票子和两角硬币，用提前准备好的一个大包袱包起小提琴。其间，店里那几个人都一声不响地死死盯着我。我用风帽遮住了大半的脸，不用担心他们会记住我的长相，可是我还是提心吊胆，恨不能马上蹿到大街上去。总算将包好的琴裹到外套里，我走出店门，这时店里所有人由掌柜的带头喊了一声'谢谢惠顾'。

来到大街上，往四下一瞧，幸好没什么人，只是在迎面一百米处有两三个人正走过来，边走边吟诗，声音在街上传得很远。我寻思着这可不得了，就从金善店铺的路口向西拐，沿着护城河来到药王师道，穿过番木村到了庚申山麓，好歹回到了我的住处。到家一看，还有十分钟就两点了。"

东风君很是同情地说："等于是彻夜漫游啊。"

迷亭长出一口气："总算是买回来了，唉，简直像下了一盘长长的飞行棋啊。"

"好戏还在后头呢，刚才讲的不过是序幕罢了。"

迷亭说："后面还有？这可不简单！遇上一般人，怎么挺得住？"

"挺不挺得住姑且不谈，要是说到这儿就打住，那就好比造好佛像却没有开光，所以我还得接着讲下去。"

"讲不讲你随意，反正我是奉陪到底。"迷亭又招呼主人，"喂，苦沙弥先生，也来听一听吗？提琴已经买到手了，喂，先生！"

"接着该卖琴了吧？卖琴的话，我不听也可。"

"还没到卖琴的时候。"

"那就更不用听了。"

"唉，真难办啊，东风君，热心听众只剩下你一个了，真让人扫兴，后面的我就大略讲讲吧。"

"那是何必？还是慢慢地讲就行。我觉得趣味盎然！"

"好容易买到了小提琴，现在最大的难题就是没地方放。我的住处经常有人来找我玩，要是随手挂在什么地方、靠在什么地方，马上就会被人看到。挖个坑埋起来吧，未免太费事。"

"那倒是，藏在顶棚如何？"东风君很轻松地问。

"我是住在农家嘛，哪有什么顶棚。"

"那可难办了，你放在哪里呢？"

"你猜猜。"

"猜不出来，放在窗套里？"

"不是。"

"裹上被子，藏在壁橱里？"

"也不是。"

正当东风与寒月在为小提琴藏身何处展开问答时，主人和迷亭也在不住地讨论着什么。

"这个该怎么读啊？"主人问。

"哪里？"

"就这两行。"

"什么？Quid aliud est mulier nisi amicitiæ inimica①……这个，哎，这不是拉丁文吗？"

"我知道是拉丁文，可该怎么读呢？"

迷亭见形势危急，打算赶紧撤退，说："你平时不是会读拉丁文吗？"

"当然会读了。会读是会读，可这两句是什么意思呢？"

"'会读是会读'，这叫什么话？亏你说得出口。"

"随便你，爱怎么说怎么说，你用英语给我翻译一下这句话。"

"你这口气也太居高临下了吧？简直是拿我像勤务兵一样使唤。"

"勤务兵不勤务兵的，你先别管，这句话到底什么意思？"

"拉丁文什么的等会儿再说，还是先听听寒月君的逸事吧。现在正说到紧要关头，会不会被人发现的千钧一发的时刻了。是吧？寒月君，后来怎么样了？"

迷亭对"小提琴逸话"又突然来了兴致，加入了寒月与东风一伙，

---

① 大意："何为女子？友谊之敌。"

把主人孤零零地晾到了一边。寒月也越发得意,揭示了小提琴的藏身之所。

"最终我把它藏在了一个旧藤条箱里。这个箱子是我出来上学时祖母送给我的纪念品,听说是她当年出阁时的嫁妆呢。"

"这可是件旧货啊。好像跟小提琴不太协调,你说是不是,东风君?"

"嗯,是有点不太协调。"

"可是放在顶棚不也是不大协调吗?"寒月回敬了一句东风君。

"放心吧,虽然不怎么协调,这情景倒正好可以吟成一首俳句:'寥落清秋,藤箱深锁,寂寞小提琴。'怎么样,两位?"

东风说:"迷亭先生今天俳兴大发,佳句接连不断啊。"

"何止今天,我是无论何时何地都一肚子俳句,张口就来。说起我在俳句上的造诣,就连已故正冈子规都啧啧称奇、惊叹不已呢!"

"先生跟子规先生有交往?"率直的东风直截了当地问。

"呃……虽然没有面对面交往过,可是经常电报联系,可谓是肝胆相照的至交了吧。"

迷亭一吹起来就没边没沿,东风目瞪口呆,只好一声不吭了。

寒月笑着继续说:"小提琴现在有了藏身之所,可是怎么拿出来呢?这又成了大难题。当然,只是背人耳目打开瞧几眼,这倒容易,然而,仅仅看几眼有什么乐趣?不能弹奏,顶什么用?可是只要弹奏,就会出声音。一出声音,就会暴露。和我的住所仅隔了一道树篱的南邻就住了'沉渣党'的头目,危险啊。"

"真让人伤脑筋啊。"东风附和说。

迷亭说:"确实让人伤脑筋。空口无凭,有史实为证。当年小督局就因为弹琴声才被人发现的[1]。如果是偷吃东西、造伪钞,还更容易

---

[1]　高仓天皇宠妃,因遭权臣嫉恨而逃亡,途中因弹琴声泄露藏身之所而被捕。

掩人耳目呢，这弹琴怎么瞒得过人呢？"

寒月说："要是不出声就还好，不过……"

"等等，你说不出声就还好，可是有时候不出声也照样会暴露。以前我们寄宿在小石川一座庙里过自炊生活时，有位铃木藤君[1]很喜欢喝做菜用的甜酒，经常用啤酒瓶买来满满一瓶甜酒，自斟自饮，自得其乐。有一天藤君出去散步，不料苦沙弥先生竟然偷他的酒喝，正喝着……"

主人突然大喝一声："我哪里偷过铃木的酒喝？偷他酒喝的不是你吗？"

"哟，我还以为你在看书，随便扯两句也没事呢。没想到还是让你听见了。看来，对你还是不能掉以轻心啊。所谓'眼观六路、耳听八方'说的就是你这样的人吧。没错，我也喝了，可是让人发现酒被偷的却是先生你啊。两位听着，苦沙弥先生是天生不会喝酒的，可那一次，估计是他寻思着这反正是别人的酒，不喝白不喝，就一味痛饮，结果呢，喝出事来了。他那张脸喝得红彤彤的，简直让人不好意思看第二眼……"

"闭嘴！你连拉丁语都不会读，还说这个……"

"哈哈哈哈，那位藤君回来后，晃了晃自己那个啤酒瓶，见少了一大半，他就知道肯定是什么人偷喝了。四下一瞅，就见这位老爷独个儿傻愣愣地缩在角落里，活像一个红土捏成的泥人……"

三人都不禁哄然大笑，主人虽在看书，却也不由得咯咯笑起来。唯有独仙，大概是玩弄"禅机外之禅机"过头了，有些困倦，不知何时趴在棋盘上呼呼大睡起来。

迷亭又说："还有个不出声而东窗事发的例子呢。我以前有次去姥子温泉，曾经跟一位老头儿同住一个房间。他好像是东京一家绸缎店的老板，当时退休了。我跟他只是同住一间房，也就不管他是绸缎店还

---

① 即前面提到的铃木藤十郎。

是旧货店的了。不过有一件事让我发愁：到温泉的第三天，我的香烟就抽完了。估计大家也都知道，那个姥子温泉就是深山里的一栋房子，很不方便，除了泡泡温泉和吃吃饭，别的啥都没有。在这里断了香烟，那可要老命了。大凡一个东西吧，越是缺，就越是想要。本来平时我也没那么大的烟瘾，可偏偏那天一想到没有烟抽，就马上想抽了。更让人恼恨的是，那老头儿却带了一大包烟进山。他一根一根拿出来，盘腿坐在我面前优哉游哉地抽着。他光这么抽也就算了，后来还吐起了烟圈，横着吐一个，竖着吐一个，又跟要魔术似的，把喷出的烟吸入鼻孔又喷出来，一言以蔽之，这就是'衣锦昼行'啊。"

"什么是衣锦昼行？"

"古人云，'富贵不还乡，如衣锦夜行'，他在这儿炫耀地抽烟，所以我叫他'衣锦昼行'。"

"哎，既然你看得心里痒痒，跟他要几支抽不就得了？"

"男子汉大丈夫，哪有跟人开口要的？"

"男子汉就不能伸手要吗？"

"也不是要不得，可当时就是没伸手要。"

"那你怎么办呢？"

"我没有跟他要，自己偷来抽了。"

"哎哟喂！"

"我眼瞅着老头儿拎了块毛巾去泡温泉了，就寻思着，机不可失，时不再来，要抽就得趁现在！就不管不顾，一门心思人抽特抽起来。真过瘾啊。可不大会儿工夫，就听隔扇哗啦啦地拉开了，回头一看，呀，原来是香烟的主人。"

"他没去泡澡？"

"去是去了，可想起没拿钱包，半道上又折返回来。难道还有人稀罕他的钱包不成？他有这个心思，就是对我的冒犯！"

"看你偷烟这一手，还真说不准。"

"哈哈哈哈，你别说，老头儿还真有眼力。钱包的事儿就不用说了，且说老头儿一拉开隔扇，差点让屋里的烟熏过去。为了补上断了两天的烟，狠狠抽了这一顿，屋子里弄得浓烟滚滚。俗话说坏事传千里，这一下事情就败露了。"

"老头儿怎么说？"

"果然是年高德劭啊，他啥都没言语，就包了五六十支烟递给我，说：'不好意思，没啥好烟，你要是不介意，就随便抽吧。'说完，他又去泡澡了。"

"这就是江户范儿吧。"

"是江户范儿还是绸缎店老板的范儿，我也不懂。总之，从那以后，我就与老头儿肝胆相照，在那儿开开心心地逗留了两周才回来。"

"这两周抽的都是老头儿的烟吧？"

"嗯，差不多。"

"小提琴的事儿说完了吗？"我家主人终于合上书本，起身加入他们一伙。

"还没有，马上就要讲到有趣的部分了，你来得正正好，就一起听听吧。顺便叫叫在棋盘上趴着睡觉的那位，叫什么来着，对了，独仙先生……那，独仙先生也过来听听吧。怎么样？您这么睡对健康可不大好啊。叫他起来吧。"

"喂，独仙君，起来了，醒一醒，正在讲有趣的故事呢。你这么睡有害健康啊，你太太会担心的哦！"

"哦？"独仙哼唧着抬起脸，一长串口水顺着他的山羊胡流下来，像是蜗牛爬过的痕迹闪闪发亮。

"啊——好睡！'浮云闲人意，乾坤梦里长。'睡得真香啊。"

"你睡得香大家都知道了，赶快起来吧。"

"起来也好，有什么趣闻吗？"

"接下来就要讲到那把小提琴……呃，怎么来着，苦沙弥君？"

"现在到了哪一步，我完全没有头绪啊。"

东风说："接下来就要拉小提琴了。"

"对对，马上就要拉小提琴了，你过来听听吧。"

"还在说小提琴的事儿？真愁人啊。"

"你弹的是无弦之素琴，有什么好愁的？寒月君可是要把小提琴拉得吱吱呀呀，声震四邻，那才叫愁人呢。"

"是吗？寒月君莫非不懂得不必惊动邻居就能奏琴的方法？"

寒月说："没有听说过，有的话，愿意请教一二。"

"何须请教，一见'露地白牛①'，即可分晓。"

独仙君的话让所有人都觉得莫测高深。寒月君断定他尚未从睡梦中清醒，在信口胡言乱语，便不接他的茬儿，自顾自往下说道："后来，我总算琢磨出了一条妙计。第二天就是天长节，不用去上学，我一大早起来，把藤箱开了又关，关了又开，一整天都心慌意乱，坐立不安。直等到天黑，从藤箱下传来蟋蟀啼鸣之声，我这才把小提琴和琴弓都拿了出来。"

"终于要拉琴了。"东风君这么一说，迷亭却警告道："太冒失了，会很危险的哟。"

寒月说："我先拿起琴弓，从弓头到弓把都仔细检查一遍……"

迷亭嘲讽说："又不是三流刀匠，何必如此？②"

"我实在觉得这就是我的魂魄所在，琴弓拿在手上这么端详着，不由得瑟瑟发抖，心情就如古代武士长夜漫漫对着一盏青灯，将刚刚磨

---

① 出自《碧岩录·第十卷·第九十四则》，"净裸裸赤洒洒露地白牛"，比喻清净境界。

② 寒月说的"弓头""弓把"，日语里也有"刀头""刀把"的意思，故而迷亭以此开这个玩笑。

好的宝刀拔出鞘……"

"不折不扣的天才！"东风赞叹。

"不折不扣的疯子。"迷亭紧跟着说。

主人催促说："还是赶快拉琴吧。"

独仙则一副无可奈何的表情，仿佛觉得寒月已经不可救药。

"万幸的是琴弓完好无损，接着我又把琴捧到油灯下，里里外外仔细察看。这一过程大概持续了五分钟。箱子下面一直有蟋蟀在啼鸣。请各位想象这个场景……"

"我们会好好想象的，你还是放心地拉琴吧。"

"还不到拉琴的时候。——万幸，小提琴也没什么瑕疵。那就好，万事大吉，我猛地站起来……"

"你要出去？"

"能不能少打岔，光用耳朵听不行吗？每说一句都要插嘴，还怎么往下讲？"

"喂，各位都别出声啦，嘘——嘘——"

"就只有你老是多嘴多舌。"

"哦，是吗？抱歉抱歉，我洗耳恭听！"

"我腋下夹着小提琴，趿拉上草鞋出了草庐，刚迈出两三步，且慢……"

"看，又来了，我就料到你会半路上断电的。"

"回去也没用吧，柿饼已经吃完了。"主人说。

"列位先生这么你一言我一语地打岔，实在让我感到遗憾。没办法，我只能对东风君一个人讲了。怎么样，东风君？我迈出两三步，又折了回去，拿了离家上学时三块两毛钱买的大红毛毯蒙在头上，一口气吹灭了油灯。可哪想到这么一来，周围一片漆黑，连草鞋放在哪儿都看不见了。"

"你到底要去哪儿呢？"

"听听就知道了。我好不容易找到草鞋穿上，来到外面一看，'星空月夜，柿叶飘零；红毯蒙头，腋下携琴'。向右，一路向右沿着缓坡登上庚申山。猛听得'咚——'，东岭寺的钟声透过我的毛毯，震动我的耳鼓，在我的脑中回响。你猜这时几点了？"

"不知道。"

"九点了。接下来，我就在那漫漫秋夜，独自一人，走了八百米山路来到一处叫大平的地方。胆小如鼠的我，若是平日干这样的事肯定会惊恐万分，然而神奇的是，在那种全神贯注的状态下，不要说害怕，压根儿就没考虑过害怕这回事儿，满脑子就只想着要拉小提琴。这个叫大平的地方位于庚申山南侧，在天气晴朗时登临此处，可以从赤松林间俯瞰山下的繁华街市，是一块适合观光远眺的绝佳平地。大小嘛，有一百坪，中央有一块八铺席大小的磐石，北侧有一个叫鹈沼的池塘，池塘周围是三人合抱的大樟树。由于地处深山，有人烟的地方就只有一间采樟脑人住的小屋，哪怕在白天，池塘周围也阴森可怖。幸亏工兵为了演习开了一条山路，因此一路上山还不太费劲儿。终于，我来到那块磐石之上，铺了毛毯坐下来。这么晚登山，我还是头一回，坐在磐石上稍微平静了些，四周的寂寥便渐渐渗透进心底。此时此刻，让人方寸大乱的唯有恐怖之感，若能消除这种恐怖之感，余下的便只有皎皎清冽的空灵之气。我茫然呆坐了二十分钟，不知为何，竟觉得俨然如在水晶宫中孑然一身独居，而且我那孑然独居的身体，不，不仅仅是身体，还有心灵与魂魄全都变得像琼脂制造的一样透明，真是不可思议。此时此刻，究竟是自己身处水晶宫呢，抑或水晶宫就建在我身体里呢，已经分不清楚……"

"越说越玄乎了。"迷亭一脸严肃地嘲讽说。

"趣味盎然的境界啊。"独仙的话里竟流露出些许赞赏之意。

"如果这种状态持续下去，说不定直到第二天早上，我也不会弹起好不容易买来的小提琴，而是一直在磐石上茫然坐着……"

"那儿是狐仙出没的地方吗？"东风问。

"就在自己物我两忘、生死不明之际，突然从身后的古池传来嘎的一声怪叫……"

"终于现身了？"

"那叫声伴随着秋夜寒风，掠过满山的树梢，在远处阵阵回响，我这时才从一片茫然中醒过来……"

"终于放心了。"迷亭做了个摸胸的动作。

"大死一番乾坤新①啊。"独仙君意味深长地给寒月使了个眼色。可惜寒月不解其中深意。

"醒来以后，我环视四周，庚申山一片寂静，连雨滴那样小的声音都没有。哎，我想，刚才的声音到底是什么呢？若说是人声吧，太尖锐了，说是鸟声吧，又过于洪亮了，说是猿声——附近又没有猿猴。到底是什么呢？我头脑中一旦有了这个疑团，并试图解释时，迄今为止安安静静蛰伏的各种念头便纷至沓来，喧嚣、纷杂、混乱，翻腾如首都民众欢迎康诺特②殿下一样。这会儿全身的毛孔就像用烧酒喷过一样都突然张开了，名为勇气、胆量、智谋、沉着的那些客人全都跑得无影无踪。心脏也在肋骨之下跳起了抓鼻舞。两腿就像风筝上的响笛一样颤抖不已。我再也受不了啦，于是猛地用毛毯蒙住头，腋下夹着小提琴，晃晃悠悠从磐石上跳下来，一口气冲下八百米的山路直奔山脚，回到住处，钻进被窝蒙头就睡。此事至今回想起来仍心有余悸，我从未遇见比这更可怕的事啊，东风君。"

---

① 禅语，比喻置之死地而后生。

② 即阿瑟亲王（1850—1942），英国维多利亚女王和阿尔伯特亲王的第三个儿子，曾任加拿大总督及多种军事职务。——编者注

"后来呢？"

"这就是结束了。"

"没拉小提琴？"

"我是想拉，可是拉不成啊。那一声嘎的怪叫，就算是你碰上，也没法再拉琴的吧。"

"可我总觉得你的故事不够完满。"

"不完满就不完满吧，事实就是如此。诸位觉得如何？"寒月环顾在座众人，大为得意的样子。

"哈哈哈哈，很精彩啊，为了讲成这样子，肯定煞费苦心吧。我还以为是一位男性的桑德拉·贝罗尼[①]在东方的君子之国上场了呢。因此才会一直洗耳恭听到现在。"

迷亭说到这里，本以为会有人请他解释一下桑德拉是何许人也，但不料没人发问，他只好主动说明："桑德拉·贝罗尼在月下弹奏竖琴，唱起意大利风情的歌，你怀抱小提琴独自攀登庚申山，可以说与她是异曲同工了。可惜，她让月中嫦娥为之惊叹，你却让古池中山狸精吓得抱头鼠窜。在这紧要关头表现了崇高与滑稽的巨大反差。实在是遗憾啊，遗憾。"

寒月却格外从容地说："这没什么好遗憾的。"

主人严厉地评论道："都怪你想赶时髦，带着小提琴上山，才会受到这样的惊吓。"

独仙叹息说："好好一个人，却向魔窟里讨生活。惜哉，惜哉！"

独仙说的话，寒月完全不知所云。不光寒月，恐怕在座的各位都是一头雾水吧。

过了会儿，迷亭转换了话题。

---

① 英国作家乔治·梅瑞狄斯（George Meredith，1828—1909）同名小说的女主人公。

"哦，对了，寒月君最近还去学校磨玻璃球吗？"

"没有，最近回老家待了一阵子，就暂时中止了。说实话我现在对磨玻璃球已经腻烦了，想放弃呢。"

"可是不磨球的话，就当不了博士吧？"主人微微皱起眉头说。

不过当事人却一脸轻松："博士嘛，嘿嘿嘿，当不了就算了呗，没什么。"

"可这样一来结婚就得延迟了吧，这样双方不都会觉得烦恼吗？"

"结婚？谁结婚？"

"你啊。"

"我跟谁结婚？"

"金田家小姐啊。"

"嘿嘿嘿。"

"嘿嘿什么，不是约定好了吗？"

"哪有这样的约定？她那边愿意到处宣扬这种事儿，随便，我也管不了他们。"

"这可有点胡闹了，迷亭，你也知道这件事的吧？"

"这件事，是说的鼻子事件吧？这事件，岂止是你我知道，已经人尽皆知，是公开的秘密了。比如《万朝报》的人就老纠缠着问我什么时候能登载两位新人的合影呢。东风君也早在三个月前写就一首长诗《鸳鸯歌》，要是寒月君当不成博士，那他会因为这呕心沥血的杰作不能得见天日，而担心得不得了呢。是吧，东风君？"

"还不至于到担心的程度，不过还是希望这篇凝聚了满腔情思的作品问世啊。"

"你看，你当不当博士可不是你一个人的私事，已经牵涉到四面八方了，你就再加把劲儿，继续磨你的玻璃球吧。"

"嘿嘿嘿，有劳各位挂心，很是抱歉，不过，我当不当博士已经无所谓了。"

"为何？"

"因为我已经有老婆了。"

"哟，可真有两下子！你什么时候秘密结婚的？这事儿可草率不得啊。苦沙弥君，你也听清楚了吧，寒月君已经有妻子了。"

"妻是有了，子还没有呢。结婚还不到一个月就生小孩出来，那还了得？"

"你到底是何时、何地结婚的？"主人像个预审法官似的问他。

"何时？就是回老家这段日子，人家一直在老家等着我呢。今天给苦沙弥先生带来的鱼干，就是亲戚送来的贺礼。"

"用三条鱼干当贺礼，这也太小气了吧？"

"哪里，人家送来一大堆呢，我只带了三条过来。"

"这么说，是你老家的姑娘，皮肤自然也是黑的了？"

"是啊，黑极了，跟我正般配。"

"那金田那边你打算怎么办？"

"没打算怎么办啊。"

"这面子上多少说不过去吧，是不是，迷亭？"

"这有啥？她嫁给别人不也一样？反正姻缘这东西，就好比在黑暗里乱碰，碰不到一块儿的，硬要他们凑一块儿也是瞎耽误工夫。谁碰上谁那都无所谓。只是东风君好不容易作的《鸳鸯歌》太可惜了。"

"没事的，我可以根据寒月兄的情况再修改一下《鸳鸯歌》作为祝贺。等金田小姐结婚时，我另作一篇就是。"

"不愧是诗人，可以自由变通啊。"

"金田那边你回绝了吗？"主人还是放心不下金田小姐。

"没，没这个必要。我这边从没跟他们说起把女儿嫁给我这档子事，一声不吭就行了。再说，恐怕眼下就有一二十个密探把我们的谈话一五一十转告给他们呢。"

主人一听"密探"一词，马上一脸的厌恶，说："哼，那就什么都不用跟他们讲！"

说完这话，他觉得意犹未尽，又针对密探发表了一番长篇大论。

"趁人不备，取人怀中之物者，是扒手；趁人不备，取人心中所思者，是密探。趁着神鬼不知撬门开窗、入室取人财物者，是小偷；趁着神鬼不知，从人嘴上取人心思者，是密探。匕首插在铺席上向人勒索钱财者是强盗；恐吓要挟人、强迫别人听从的是密探。由此可见，密探与扒手、小偷、强盗本是一伙，不能让他们占了上风，听他们的，就是助长他们的恶习。坚决不能向他们服软！"

"不要紧，就算来上一两千个密探整编成队伍，从上风头冲过来袭击，我也不怕。我可是磨球名人理学士水岛寒月啊。"

"哈哈，这话让我佩服！果然是新婚的学士，精力旺盛，元气十足！不过，苦沙弥君，要是密探跟扒手、小偷、强盗是同一伙，那么雇用密探的金田君一流又跟谁是同一类呢？"

"应该跟熊坂长范是一类吧。"

"如果是熊坂长范，那就好办了。谣曲里不是有这样的唱词吗？'看那熊坂长范，早已分成两半，原来是身首异处，一命呜呼。'可我们这位熊坂长范，靠着高利贷发家，贪得无厌，无恶不作，却没那么容易归天。叫这种人缠上了，可算是倒了大霉，一辈子都不得安生。寒月君要小心啊。"

"没事，不要紧的。谣曲里不是还有这样的词吗？'哎呀呀，这等强盗横行，须知咱家本领，若来纠缠不清，管教你丢下小命！'"寒月君从容不迫、气势不凡地模仿宝生流的调调唱了一段。

与众不同的独仙提出一个超越当前实际问题的话头："说到密探，二十世纪的人大都具有成为密探的倾向，是何原因呢？"

"因为物价太高了吧。"寒月回答。

"由于不懂艺术趣味吧。"东风回答。

"就像金米糖一样，长了文明的犄角，所以一个个都烦躁不安。"迷亭回答。

轮到主人作答了，他拿腔作势地发表了下面的议论："对于这一问题，鄙人也曾深思熟虑过。依照鄙见，当今世人的密探化倾向完全是个人的自觉心太强烈的缘故。我所谓的自觉心，跟独仙君所说的'见性成佛''自我与天地同体'之类悟道的话语不是一回事……"

"哎哟，你也开始说这种玄之又玄的话了。苦沙弥君，既然你摇唇鼓舌搬弄这套大而无当的理论，那么迷亭我也要在你之后堂堂正正对现代文明发表批判了。"

"随便你，谅你也说不出个一二三来。"

"我要说的可多着呢。老兄你前几天还对刑警敬若神明，今天却又把密探比作扒手、小贼、强盗，真是自相矛盾。至于我呢，从父母未生以前到现在都始终一贯，从未改变过自己的观点。"

主人说："刑警是刑警，密探是密探；前几天是前几天，今日是今日。从未改变过自己的观点，无非是证明了没有进步。《论语》里说的'下愚不移'就是你。"

"这话说得够刻薄。密探要是也能这样正面攻击，倒也有几分可爱之处。"

"你说我是密探？"

"谁说你是密探了？我的意思是，正因为你不是密探，直来直去，才可爱嘛。咱不为这个争吵了。请接着发表你的高论，我还想恭听下文呢。"

"现代人的所谓自觉心，其实是对自己与他人之间截然分明的利害鸿沟了解得过于清楚。而且这种自觉心又随着文明的进步日益敏锐，到最后一举手一投足都失去了天真自然。有位叫亨利^①的曾经批评史蒂文森说：'他只要是进了挂有镜子的房间，每次从镜子前面经过，都要看一下自己镜中的身影，否则便不自在。他就是这么每时每刻都忘不掉自我。'他这番话颇为生动地描绘了当今世界的趋势。现代人无论白天还是黑夜，醒着或是睡梦，都把'我'字时刻记挂在心，以至于言行举止都变得矫揉造作，作茧自缚，把整个世道弄得苦不堪言，大家从早到晚都如青年男女相亲时那样忐忑不安。什么悠然啊，从容啊，都成了没有现实意义的空洞字眼。就这点而言，现代人都成了密探式、小偷式的人。密探的职业要求掩人耳目、巧妙地达到个人目的，势必强化其自觉心；小偷则念念不忘会不会被抓，也势必强化其自觉心。而现代人无论醒着还是做梦，都在时刻算计着自己的利害得失，势必跟密探和小偷一样强化其自觉心。二六时中，总是提心吊胆、蝇营狗苟，直到踏入坟墓都不得安宁。这便是现代文明的诅咒。这愚蠢的世道啊！"

"解释得真是有趣！"独仙赞赏道，在这种问题上，他是不会保持沉默的，"苦沙弥君的说明深得我心。古人教人'忘我'，现代人却教人'勿忘我'，真是云泥之别。二六时中，完全被自我意识占据，以至于片刻都不得太平。每时每刻都如身处火狱当中。若问天下，可有良药？那再也没有比'忘我'二字更有效的了。'三更月下入无我^②'，所吟咏的正是这种至高境界。现代人哪怕是表示亲切的态度，也有欠自然。英国人颇为得意他们优雅得体的绅士做派，其实这也是强烈的自觉心的表现。据说英国太子殿下去访问印度时，曾同印度某王族共餐。那位王族一时忘记太子殿下在场，一不留神拿出本国做派，伸手去将土豆抓到自己盘子里，当他意识到自己失礼时，便满脸通红、羞愧难当。而

---

① 威廉·欧内斯特·亨利（William Ernest Henley，1849—1903），英国诗人、编辑。
② 禅诗集《江湖风月集》中广闻的诗句，原句为"三更月下入无何"。

英国太子殿下却佯装不知,也伸出两个指头把土豆抓到自己盘子里……"

"这就是所谓英国做派吧?"寒月问。

"我听过这样一个故事,"主人补充说,"也是在英国,某个兵营的联队长官宴请一个下士。宴会结束时,端上来装洗手水的玻璃钵。这个下士由于不懂宴会的规矩,就对着玻璃钵沿口把里面的水一饮而尽。而联队长官则一边祝福下士健康,一边也将洗手钵里的水一饮而尽。在座的士官也都竞相效仿,举起洗手钵祝福下士身体健康。"

"还有这么个故事。"不甘沉默的迷亭也加进来,"卡莱尔第一次谒见女王时,由于这位先生是个不谙宫廷礼节的怪物,嘴里嘟囔着'可以吗',就一屁股坐到了椅子上。这一下,女王身后站立的众多侍从、女官都哧哧笑起来——不,还没笑出来,是忍不住想笑。女王回头使了个眼色什么的,于是众多侍从与女官也都纷纷落座。这样一来,卡莱尔才保住了面子。这样的体贴关怀也算是用心了。"

"既然是卡莱尔,纵然大家都站着,他也会满不在乎的。"寒月插入一句短评。

"体谅他人的自觉心当然不错。"独仙继续说道,"不过,也正因为有自觉心,在体谅他人时也特别吃力,可怜哪。一般人都认为,随着文明的进步,杀伐之气会渐渐消磨殆尽,人与人的交际会变得平和、斯文,这可是大错特错。自觉心这么强,怎么可能相安无事呢?确实,从表面看来像是相安无事的样子,但相互之间其实都在苦苦忍受。就好比相扑力士在擂台上扭成一团、纹丝不动,从旁边看上去也是平稳至极,可是本人却都在拼命较劲呢。"

轮到迷亭发言了:"说起打架,从前打架都是靠蛮力来压迫制伏对方,反而谈不上什么罪过,可最近打架的方式也变得巧妙了,这只会越发增强自我意识。培根曾说过:'唯有顺从自然,才能战胜自然。'不可思议的是,当今这种争斗正好符合培根的格言。就好比柔道,都讲究利用敌人的力量来打倒敌人……"

寒月接茬说："还有像水力发电也是这样的，不是与水力抗衡，而是利用它，将其化作电力为我所用……"

寒月的话还没有讲完，独仙马上接着道："所以说，贫穷时为贫穷所束缚，富有时为财富所束缚，忧愁时为忧愁所束缚，喜乐时为喜乐所束缚。才子为才所累，智者因智而败。像苦沙弥君这样脾气火暴的人，只要利用你的火暴脾气对付你，你马上就会火冒三丈，中了敌人的圈套……"

"对呀，对呀。"迷亭拍手叫好。苦沙弥则笑呵呵地答道："我哪有那么容易就上他们的当？"大家都哄堂大笑起来。

"像金田那样的人会死在什么上呢？"

"金田老婆会死在鼻子上，金田老板会死在作恶多端上，他那些爪牙会死在做密探上。"

"那位小姐呢？"

"他女儿啊，我没见过，不好说，不过，无非是死在穿衣打扮、暴饮暴食之类的上吧。反正不会因恋爱而死就是了。弄不好，说不定会跟卒塔婆小町①一样死在道边呢。"

"你这话说得也太刻薄了。"东风君毕竟是给对方献过新体诗，立刻提出抗议。

"所以'应无所住而生其心'这话很了不起，到达不了这个境界，人总是苦不堪言的。"独仙又是俨如众人皆醉我独醒似的说一些莫测高深的言语。

"你先别那么神气，像你这样的说不定也会死在电光影里呢。"

主人说："不管怎么说，文明照这样发展下去，我是觉得活着好

---

① 日本古典谣曲中的人物，年轻时美貌出众，年老色衰后晚景凄凉。

没意思。"

"那就别客气了，去死呗。"迷亭一语道破。

"我才不想死呢。"主人又难以理喻地犟起来。

"出生时没人深思熟虑过，临死时却各个不情愿。"寒月说了句冷冰冰的格言。

这种时候，只有迷亭接茬最快："这就好比借钱时满不在乎，到了还债时又心疼起来。"

独仙则以超然出世的姿态说："就像借了钱不考虑还钱的人最幸福，不为死亡这件事而苦恼的人才是幸福的。"

"照你这么说，脸皮厚的人就是开悟了？"

"是啊，这就是禅语里讲的'铁牛面铁牛心，牛铁面牛铁心'。"

"你就是这种人的标本吗？"

"倒也不是，只是以死为苦，那是在人类出现了神经衰弱这种病症以后的事。"

"怪不得，像您这样的，怎么看都像神经衰弱以前的先民呢。"

迷亭和独仙你来我往、唇枪舌剑的当儿，主人正对着寒月和东风发泄他对文明的不满。

"怎么才能借钱不还，这是个问题。"

"这算什么问题？借了债就得还啊。"

"哎，别着急，只是讨论一下问题，你就先听着好了。正如怎么才能借钱不还是个问题，怎么才能长生不死也是个问题。不，应该说过去曾经是个问题。炼丹术就是为了解决这个问题的。所有的炼丹术都失败了，于是人是非死不可这一点也就明白了。"

"早在炼丹术以前，这一点就够明白了。"

"只是讨论一下而已嘛，先别吭声，听我讲。好吧？当确定人是非死不可以后，又出现了第二个问题。"

"哦？"

"第二个问题就是：既然无论如何终归要死，怎么死才好呢？而伴随着第二个问题，自杀俱乐部也就应运而生。"

"原来如此。"

"死是痛苦的，然而求死不得更痛苦。神经衰弱的国民，活着比死更加痛苦万分。他们把死亡作为苦事，并不是害怕死亡，而是为如何死才好而忧虑。一般人由于智慧不足，都只能听天由命，任凭这世道将自己虐杀。然而，有个性的人却不满足于被世道零割碎切式地虐杀，定然会对各种死法加以研究后，提出一种崭新的方案来。因此，今后世界的趋势，必然是自杀者不断增加，而这些自杀者必然是依照各自独创的方法来告别人世。"

"嚯，这么一来这世道可更乱糟糟了。"

"那是，确实如此。阿瑟·琼斯①写过一个剧本，里面就有个一贯主张自杀的哲学家……"

"他本人自杀了吗？"

"真可惜，没有。不过，一千年后，大家都会实行自杀的。一万年后，一说到死，大家只会想到自杀，不会有别的死亡方式了。"

"那还了得！"

"会这样的，我肯定。到那时，对于自杀，积累了大量研究成果以后，自杀学将会成为一门正儿八经的科学。像落云馆这样的学校，自杀学将代替伦理学成为一门主课。"

"有意思，我都想去旁听了。迷亭先生，苦沙弥先生的高论您听见了吗？"

"听见了。到那时，落云馆的伦理学老师大概会这么上课吧：'诸

---

① 亨利·阿瑟·琼斯（Henry Arthur Jones，1851—1929），英国戏剧家。

君，我们不能再墨守公德这种野蛮人的遗风了。作为世界青年，诸君首先要注重的义务就是自杀。而且，根据己之所欲务施于人的原则，还可以将自杀推进一步，施行他杀。特别是像眼前这位穷措大珍野苦沙弥先生，眼睁睁看着他活着就是受罪，不妨趁早结果了他。当然，现在不同以往，乃是开明时期，不能再用刀枪箭矢这些卑劣的武器来杀人了，只能用高明的冷嘲热讽置其于死地。这对他本人来说是功德无量，对诸君而言也是名誉攸关。'……"

"这样上课实在太有趣了！"

"还有更有趣的呢。现代警察是以保护人民生命财产为第一要务的，但到了将来那一天，警察就会像扑杀野狗一样，手持棍棒，去扑杀天下的公民……"

"为什么？"

"为什么呢？如今的人珍重生命，才会要警察来保护，可到了那时候，国民全都痛苦不堪，警察便会慈悲为怀将其扑杀。当然，脑子灵活的人早就自杀了，警察扑杀的都是那些优柔寡断、不具备自杀能力的白痴和残废。那些想被杀的人会在家门口贴一个告示，上面写着'有男（或女）自愿被杀'。这样就可以了。等警察恰好巡逻到此处，就会立刻帮他们了结生命。至于尸体，那当然也是用警车拉走处理掉。还有更有趣的呢……"

"先生一说起笑话，真是滔滔不绝啊！"东风大为佩服地说。

独仙则捋着自己那绺山羊胡，慢条斯理地说道："这话要说是笑谈，也算是笑谈；可要说是预言呢，也许真成了预言。不能彻底掌握真理的人，总是为眼前的现象世界所束缚，将如梦幻泡影的现象认定为永恒真实，因此只要稍微说得脱离常规，马上就被视为笑谈。"

寒月充满钦敬地说："这就是燕雀安知大鹏之志啊。"

独仙做了个认可的表情，又接着说："从前在西班牙有个叫科尔多瓦^①的地方……"

"现在还有吗？"

"大概还有吧。这个暂且不管它，说的是那时有个风俗，一到傍晚时分，只要寺院的晚钟一敲响，家家户户的女子就全都跑出来，跳到河里去游泳……"

"冬天也这样？"

"这个也不太清楚，总之不分贵贱老幼，都会跳进河里，但一个男子都不可以加入，最多远远看着。隔得远，再加上暮色苍茫，男人们只能朦朦胧胧看到雪白的裸体在水波里上下起伏……"

东风一听有裸体出现，就往前凑了凑："真是富有诗意的画面啊。可以根据这个写一首新诗呢。那地方叫什么来着？"

"科尔多瓦啊。当地的小伙子既不能跟女性一起游泳，望一望的话又只能隔得远远的看不清，就觉得很遗憾，于是就搞了个恶作剧……"

"哎，什么样的恶作剧？"迷亭一听这个，马上来劲儿了。

"他们花钱贿赂了寺院的敲钟人，让他提前一个小时^②敲响本该在日落时分才敲的钟。而女人呢，都是没脑子的，一听钟响了，就纷纷聚集到岸边，脱得只剩内衣内裤，扑通扑通跳进水里。可进去一看，跟往常不一样，天还早着呢。"

"又是'烈烈秋日明晃晃'吧。"

"再一看桥上，好多男的在那儿朝这边看呢。尽管害羞，可也没办法了，都臊得满脸通红。"

"后来呢？"

"后来？没有后来了。这个故事说的是人很容易受眼前习惯的摆

---

① 西班牙南部历史文化名城。
② 独仙讲的这个故事出自法国作家梅里美的名作《卡门》第二节开头。此处《卡门》中为二十分钟。

布，而忘记了根本原理。不当心的话是不行的。"

"不错，这个故事让人深受教益啊。说到为眼前的习惯所摆布，我也来讲一个故事吧。最近在某杂志上看到一篇小说，说的是一个骗子。小说里的'我'呢，开了一家书画古董店。店里摆了好多大家的书画、名人的遗物之类的。不是赝品，都是地地道道的上等真品。既然是上等货，当然卖得都很贵。于是来了一位喜好收藏的客人，问：'这幅狩野元信的画多少钱？'标价是六百，于是'我'就跟他说是六百块。客人就说：'想要是很想要啊，可六百元的话，手头没那么多钱，真是遗憾啊，只能作罢了。'"

"客人真的会这么说？"主人问了一句，他是个死脑筋，根本不管别人是不是在说故事。迷亭也没跟他较真，说："这不是在讲小说吗？姑且就当他这么说吧。当时'我'就说了：'钱不要紧，您中意的话就拿着呗。'客人说：'这哪行啊。'他在踌躇不决中，'我'就爽快地说：'那您就按月付款吧。可以分期长一点，每月少给一点，细水长流嘛……您别客气，每个月十元怎么样？不方便的话每个月五元都行。''我'跟客人你来我往又商量了两三个来回，就把狩野元信那幅画用六百元的价格卖给了他，分期付款，每月十元。"

"就跟卖《泰晤士百科全书》一样啊①。"

"《泰晤士百科全书》那个是可信的，我这个就不怎么靠谱了。以下就说到巧妙的诈骗了。你好好听着，每月十元，六百元要多少年还清呢，寒月君？"

"那当然是五年了。"

"对，当然是五年。那么五年的时间，是长还是短呢，独仙君？"

"一念万年，万年一念，说短也短，说长也长吧。"

---

① 当时《泰晤士百科全书》曾采取分期付款的方式出售。

"你这是说的什么？是道歌的词儿吗？还是没什么常识的道歌。且说这五年里每月付款十元，当然，一共要付款六十次。不过习惯这东西的可怕之处就在于，假如同一件事月月干、年年干，到第六十一回的时候还是会照例付款十元，有了第六十二回，就有第六十三回。重复的次数多了，一到时间就非要付款不可。人似乎很聪明，却有个大弱点，就是为习惯所摆布，而忘记了根本。利用这种弱点，'我'就可以一连好多个月白赚便宜。"

寒月笑着说："哈哈哈哈，真会有这种事？不至于健忘到这个地步吧？"

我家主人却认真地说："不，真会有这种事的。我上大学的贷款，就是这么分期还款的，每个月还一次，我又不记账，一直给一直给，最后是对方拒绝再收款才停下来的。"

主人把自己丢人现眼的事儿当成普通人都会干的事儿公开了。

"好嘛，那样的人现在这里就有一个，所以这样的事儿确实会发生。所以说，听完我刚才的文明《未来记》还笑说那是玩笑的人，肯定也认为分六十回一直按月付款的方式是合理的。我想提醒一下寒月君、东风君，像你们这样缺乏经验的青年，可要好好听听我们的话，千万别被人骗了。"

"领教了。以后分期付款就以六十次为限。"

"听着好像是玩笑，但也有实际参考的价值哦，寒月君。"独仙君对寒月说，"比如说吧，现在苦沙弥君或者迷亭君都认为你不打声招呼就结婚的做法不太稳妥，提出忠告让你去金田家谢罪，你打算去谢罪吗？"

"谢罪什么的就免了吧。对方要是跟我谢罪那是另一回事，我是没这种打算。"

"要是警察命令你去呢？"

"那就更不会去了。"

"要是某位大臣或者贵族要你去呢？"

"越发不想去了。"

"瞧瞧吧，比起古代，现代人变化有多大！在古代，官府的威严是至高无上的，可以为所欲为，但继之而来的时代，却再不能凭借官家的威严恣意妄为了。当今世界，不管是多么高贵的殿下或者将军阁下，都不能肆意践踏别人的人格。说得严重一点，对方权力越大，被压迫者就越觉得难受，会奋而反抗。因此，今非昔比，出现了一种新现象：正因为是官府的威严，对很多事反而无可奈何。对古人而言，当今世界这种做法是无法理解的。世态人情的变迁真是不可思议啊。迷亭君的《未来记》要说是笑谈也可以说是笑谈，但要说它指明了未来的趋势，不也是意味深长吗？"

听完独仙的议论，迷亭欣然接茬说："人生难得一知音啊，既然如此，我一定要把《未来记》的续篇讲完。正如独仙君所言，当今世界要是有谁还靠着官府的权势作威作福，仗着两三百条竹枪横行霸道，那就好比坐着轿子和火车赛跑，是一帮早已落后于时代的老顽固。对于这样无知的糊涂蛋，如放高利贷的熊坂长范之流，我们只需静观其变，任其折腾就是。我的《未来记》所针对的并非眼下这些无足轻重的小事，而是与整个人类命运攸关的社会现象。在对当前的文明审视过后，我预测未来的发展趋势将是结婚再无可能。先别大惊小怪，结婚的确将成为不可能之事。理由如下：

"如前所述，当今社会乃是以个性为中心的。从前，家长代表一家，郡守代表一郡，领主代表一国，他们以外的人几乎没有人格可言。纵然有，也不被认可。而如今发生了天翻地覆的改变，每个人都标榜起个性来了。不管是谁，都好像在心里说：你是你，我是我。如果两人在大街上相遇，擦肩而过时也会各自在内心较劲儿：你是人，我也是人。个性已经强化到这种地步。然而，个人因平等而变得强大的同时，也因平等而变得弱小了。为什么这么说呢？从别人难以伤害自己这一点来讲，自己是变得强大了；可从自己也不能随意凌驾别人这一点来讲，自己明显变得比以前弱小了。变得强大自然令人愉快，可谁都不愿意接受变弱。于是，现代人一面坚守自己的强大之处，不让别人动自己一根毫毛，另一面尽量扩大自己的弱点，哪怕占半分便宜也好。这样一来，人与人之间就没有了空间，生活环境变得逼仄窘迫。人们都尽量扩张自我，直到膨胀欲裂的地步，活得毫无生趣。由于活得痛苦，人们便绞尽脑汁寻求人与人之间的空间。人类这种痛苦也算是自作自受吧。为了缓解这种痛苦，人们发明的第一个方案就是亲子分居制。大家可以去日本的山村看看，在那些地方，全家人都生活在同一个屋檐下，你挤我、我挤你的，谁都没什么个性可言，即便真有，也不会张扬。这样一来倒也相安无事，可文明人是受不了这样的，哪怕亲子之间，如果不张扬自我就感觉吃亏了一样，因此，为了保护双方的安全，只能是分居。欧洲因为文明更发达，早在日本之前就实行了亲子分居。哪怕偶尔有一两个亲子同居的，儿子住在老子家里要像外人一样付房租，跟老子借钱也要算利息。正因为老子认可并尊重儿子的个性，才会形成如此良俗。这种风气早晚也要传入日本。如今，亲戚们都分开住了，接着就是亲子分居。一直压抑的个性得到发展，而随着个性张扬，尊重个性的观念也会散播开来，大行其道。如果还不分居，那就不舒心了。然而，亲子兄弟都已分居，要继续再分下去的话，夫妻分居作为最后的方案也会被提出。按照现代人的观念，同居才可以叫夫妻，实则大谬不然。要同居，必须情投意合才行。从前是不存在什么问题的，那是讲究所谓'异体同心'，亦即看上去是夫妻二人，但其实是一人而已。正因如此，才会宣称'偕老同穴'，就是说死了也要变成一个窝里的山狸，真够野蛮的。现在这一套行不通了。丈夫是丈夫，妻子是妻子。做妻子的也穿着从前武士穿的灯笼裙裤上学，锻炼出了强烈的个性，等梳着西洋发髻嫁出去，怎么可能对丈夫言听计从呢？要是对丈夫百依百顺，那就不是妻子，而是人偶了。越是贤能的夫人，个性就越强烈。而个性强烈、棱角突出，就与丈夫合不来，自然就会同丈夫产生冲突。因此，凡是贤能的妻子，一定会与丈夫一天到晚闹矛盾、起冲突。娶个贤能的妻子本是一件无可厚非的好事，却发现妻子越是贤能，双方反而越是难受。夫妇之间就跟水与油一样互不相容，倘若平安无事，还能保持着平衡，可如果水和油要支配对方，家里就会像大地震一样上下颠簸。于是人们逐渐认识到夫妇同居是一件两败俱伤的事……"

"就这么着夫妇就分居了？好令人担心啊。"寒月说。

"要分居的，必然会分居的。全天下的夫妇都会分居。从前人们以为同居才是夫妇，将来人们会觉得同居的人并没有夫妇的资格。"

"如此说来，我这样的该打入没有夫妇资格的一类咯？"在这种关键时刻，寒月暴露了自己的小心思。

"你生在明治时代是万幸，像我这样头脑总是领先时势一两步、能作出《未来记》的人，就干脆提前过起单身生活啦。那些嚷嚷着我是因为失恋才单身的人，都是些近视眼，浅薄得可怜！不过这些暂且不提，还是继续讲我的《未来记》吧。那时将有一位哲人从天而降，宣说破天荒的真理：人，乃个性之动物。消灭个性，其结果等同于消灭人类。为了实现人生的意义，必须不惜代价保持并发展人的个性。束缚于陈规陋习，哪怕不情不愿也要结婚的做法，是违反人类自然倾向的野蛮风俗。在个性不发达的蒙昧时代也就罢了，在文明昌盛的时代，倘若有谁仍然陷入这种陋习而恬然不以为耻，实在荒谬绝伦。文明开化的高潮已经达到顶点的当今，两个具有不同个性的人，实在没有理由结成非同寻常的亲密关系。一些没有受过教育的青年男女，无视如此显而易见的理由，为一时的卑劣情感所驱使而擅自举行什么合卺之礼，悖德乱伦至极！吾等为了人道，为了文明，为了保护青年男女的个性，当竭尽全力抵抗结婚这种野蛮遗风……"

这时，东风用手心啪地拍了一下膝盖，斩钉截铁地说："迷亭先生，对这种学说，我彻底反对！在我看来，世上再没有比爱与美更尊贵的了。它们给我们慰藉，使我们更完整、更幸福。多亏了它们，我等才会情操优美、品性高洁、悲悯纯净。因此，无论生在什么时代，我们都不能忘记这两者。当这两者在现实世界里降临，爱就成为夫妇关系，美则分身为诗歌、音乐等形式。因此我认为，只要人类仍存在于地球表面，婚姻与艺术便绝不会消亡！"

"如果不会消亡那当然不错，但事实上正如那位哲人所言，婚姻是一定要消亡的，你能奈何？只能死了这条心罢了。至于你说的什么艺术，最终也会落得和婚姻一样的命运。个性的发展也就意味着个性的自由，而个性的自由就意味着'我是我，你是你，互不相干'。这不就证明了艺术不可能存在吗？艺术的繁荣，有赖于艺术家与欣赏者个性上的一致之处。像你这样的新体诗人，无论多么努力，倘若没有一个人津津有味地读你的诗，你的诗除了自己再也没有别的读者，那么很遗憾，你写再多的《鸳鸯歌》也是白费工夫。你有幸生在明治时代，普天下的人都爱读你的诗……"

"没有那么多读者啦。"

"你瞧瞧，即便是现在都没有那么多读者，等到了文明更发达的将来，也就是那位哲人宣扬其'非婚论'的时代，那就更是谁都不愿意读了。倒不是唯独你写的诗他们不愿意读，而是人人都拥有独一无二的个性，对别人所作的诗文都不感兴趣。这种倾向眼下在英国已经表现得十分明显。看看梅瑞狄斯吧，看看亨利·詹姆斯吧，他们的读者不是少得可怜吗？也难怪读者少啊，那样的作品，如果不是有那样的个性，怎么会有兴趣读呢？没办法啊。这种倾向继续发展下去，等到结婚变成不道德行为之时，艺术也彻底消亡了。你写的东西我看不懂，我写的东西你也看不懂，到了那时，你我之间哪有什么艺术可言呢？"

东风说："听着虽说有道理，但我直觉上认为不可能这样。"

"你'直觉地'对此不以为然，而我是'曲觉地'对此深以为然。"

接下来独仙开口了："我的观点也可以说是'曲觉'的，总之，人越是张扬个性自由，人与人之间的关系反而越窘迫，这是必然的。尼采之所以抬出'超人'，正因为他无法消解这种窘迫感，才会将其表现为哲学。乍看上去，'超人'是他的理想所在，但那不是理想，而纯粹是他内心愤懑不平的表征。他憋屈地蜷缩在个性已经相当发达的十九世纪，那可是个对左邻右舍都不敢轻易怠慢的时代。因此，他索性放开手笔，汪洋恣肆地乱写一气。读他的著作，我的感觉与其说是壮哉快哉，不如说带有对他的悲悯之情，总觉得书里回荡的不是勇猛精进的呐喊，而是怨恨悲愤的呻吟。在远古往昔，是'一伟人出，天下翕然而从，集于旗下'，何等痛快。既然如此痛快，那也就没有必要像尼采这样通过纸笔来抒发不平之气了。因此，《荷马史诗》也好，《切维会猎记》①也罢，虽是同样写超人性格，给人的感受却迥然不同。但都是明朗、昂扬的。事都是欢快的事，把这些事写下来，也没有苦涩之感。到了尼采的时代可就不同了，英雄嘛，是一个都没有。即便出了英雄，也得不到世人承认。从前，孔子只有一个，孔子最受尊崇。而今天正不知有多少个孔子，甚至可以说天下人皆是孔子。因此，就算吹嘘说自己是孔子，也得不到信奉。于是无怪乎他要愤愤不平了，只能在书里鼓吹超人哲学。我等皆向往自由，得到自由以后，却又感觉不自由、不自在，很苦恼。因此说，西洋文明乍看起来了不得，但归根到底是不行的。与之相反，东方文明

---

① 《切维会猎记》（*The Ballad of Chevy Chase*），英国 15 世纪民谣，记述 1388 年英格兰与苏格兰边境上的奥特本战役。诗题中的 Chevy Chase 是切维厄特丘陵（Cheviot Hills）周围的一个游猎场。——编者注

自古以来讲求内心修养，这才是正道。看看吧，个性发达的结果，是个个都得了神经衰弱，最后弄得没法收拾，这才发觉'王者之民荡荡然'这话的价值，领悟到'无为自化'这句不可小觑。但那时纵然醒悟，也为时已晚、无能为力了。就像是酒精中毒以后，才彻底明白：不喝酒该多好！"

寒月说："诸位所言，大都为厌世学说，然而不知怎的，我听来听去，却毫无触动之感。这又是为何呢？"

"那是因为你刚刚娶妻嘛。"迷亭立刻做出了解释。

没想到主人这时突然冒出这么一番话："娶了老婆，就觉得女人真好，这种想法可大错特错了。我来念一段有趣的文字给大家听听，供大家参考。大家都好好听听！"

说着，他翻开之前从书斋拿来的旧书，说："这是本很老的书了，不过也说明很久以前大家就对女人的坏处了如指掌了。"

寒月一听，问："这可没想到啊，那是什么时候的书？"

"十六世纪了，一个叫托马斯·纳什[1]的作者。"

"更令人吃惊了，那时候就有人谩骂我的妻子了？"

"书里说了各种各样女人的坏话，其中肯定有对得上你妻子的。你就听着吧。"

"听着呢。真是难得啊。"

"书上说，'首先来介绍自古以来古圣先贤的女性观'，都在听吗？"

"都在洗耳恭听呢，连我这个单身汉也在听呢。"

"亚里士多德曰：'女子者，祸水也；既娶祸水，则娶大不如娶小，盖其为祸较小也。'"

"寒月君的妻子是大还是小？"

---

[1] 托马斯·纳什（Thomas Nashe，1567—1601），英国作家，和莎士比亚同时代的"大学才子派"之一。

"应该属于大祸水吧。"

"哈哈哈哈，这本书有意思，继续念吧。"

"或问：'最大奇迹为何？'贤者答曰：'贞妇。'……"

"这位贤者是谁啊？"

"没有具名。"

"总之是个让女人甩了的贤者吧。"

"接着是第欧根尼出场。或问：'何时娶妻为宜？'答曰：'青年时太早，老年则太迟。'"

"这位先生是躺在酒桶里思考的吧。"

"毕达哥拉斯曰：'天下有可畏惧者三：曰水，曰火，曰女人。'"

"古希腊哲学家怎么老说这些格外迂阔的话啊。依我看，天下一切皆不必畏惧：有道之人入水不溺，入火不烧……"独仙君说到这儿卡壳了。

"遇上女人也不迷糊嘛。"迷亭及时伸出援手。

主人不理会他们的打岔，继续念道："苏格拉底曰：'驾驭女子为人间至难之事。'德摩斯梯尼曰：'欲陷敌人于困境，其良策莫过于赠以美女，可令其夜以继日疲于家庭风波，直至心力交瘁，一蹶不振。'塞涅卡将妇女与无知视作世上两大灾难。马可·奥勒留曰：'女子如海上行船，极难控制。'普劳图斯曰：'女子好锦衣华服以修饰其天赋之丑陋，实为下策。'瓦勒里乌斯写信给朋友：'天下之事，无女子不忍为者，但愿上天垂怜，勿令君堕入女人圈套。'又曰：'何为女人？岂非无可避免之苦痛、必然之灾害乎？岂非自然之诱惑、似蜜而实毒乎？若以抛弃女子为不德，则不忍抛弃彼等者尤当呵责。'……"①

"已经够了，先生，拜听了这么多关于拙荆的坏话，已经够了。"

---

① 德摩斯梯尼、塞涅卡、马可·奥勒留、普劳图斯、瓦勒里乌斯，均为古希腊或古罗马哲学家、文人。引文出自纳什《蠢行的剖析》（*The Anatomy of Absurdity*）。

"还有四五页，顺便听完怎么样？"

迷亭开玩笑说："还是适可而止吧，夫人这时候该回来了吧？"

这时忽听太太在餐厅那边叫唤女仆："阿清！阿清！"

"这可糟啦！原来夫人在家哪！"

"嘿嘿嘿，"主人笑着说，"在家又有什么要紧。"

"太太，太太！您什么时候回来的？"

餐厅里静悄悄的，无人应答。

"太太，刚才念的您都听见了吗？"

还是没有应答。

"刚才念的不是您先生自己的想法，是十六世纪纳什的学说哦，您就安心吧。"

"和我没关系！"夫人在远处不耐烦地答道。

寒月咻咻地笑着。迷亭则不客气地放声大笑起来，说："和我也没关系，对不起，打扰了，太太！哈哈哈哈！"

就在他大笑的时候，房门哗啦啦拉开了。也没听到来客知会一声"有人吗"，就听见沉重的脚步声传进来，接着，客厅的隔扇被猛地使劲拉开，多多良三平的脸出现在门口。

跟往日不同的是，三平君今天穿上了雪白的衬衣和崭新的礼服，让人对他刮目相看。他手上还拎着扎成一捆的四瓶啤酒，沉甸甸的。他把啤酒往鱼干旁边一放，也没打招呼，就大咧咧地盘腿坐下来，显得气派非凡、威风十足。

"老师胃病好些了吗？这么老憋在家里可不行啊。"

"也说不上好还是不好。"

"虽然说不上来，可是瞧这脸色可不大好啊。脸色发黄啊。最近这段时候钓鱼最好了。怎么样？挑个时间去品川，租上一条船去钓鱼吧——我上周日刚去过。"

"钓到什么了？"

"啥也没钓到。"

"啥也没钓到，那还有啥意思？"

"养浩然之气嘛。各位觉得怎么样？有人想去钓鱼吗？多有意思啊。在茫茫大海上，乘着小舟，晃晃荡荡……"他毫不见外地跟在场的人搭话。

迷亭接茬说："我嘛，倒是想在渺渺小海上坐着个大船兜圈子。"

"要是能钓上鲸鱼啊，人鱼啊，那还有意思，不然还有啥趣味？"寒月说。

"那玩意儿能钓上来？要不怎么说文学青年没常识呢。"

"我可不是什么文学青年。"

"哦，是吗？那你是干什么的？像我这样的商务人士，最看重的就是常识。老师，近来我的常识可是大大丰富了。所谓近朱者赤嘛，在那样的地方待久了，耳濡目染，自然而然就被熏陶了。"

"熏陶成什么样了？"

"咱就说这个抽烟吧。你要是抽'朝日'啊，'敷岛'啊，这些牌子，那可是吃不开的。"说着，他抽出一支金箔烟嘴的埃及烟，美滋滋地抽起来。

"你有那么多钱让你摆阔吗？"

"现在虽说还没有，可马上就会有了，一抽上这种烟，身份立马不一样了。"

迷亭对寒月说："比起寒月君苦哈哈地在那里磨球，这么着改变身份可是又轻松又便捷啊。"

还没等寒月回答，三平说："你就是寒月君？到头来还是没当上博士啊。就因为你没当上博士，才让我捞着了。"

"捞着什么了？博士？"

"不，什么呀，是金田家的小姐。确实觉得挺不好意思的，不过对方一再要求，娶了吧，娶了吧，最后我才答应了这门亲。不过我总觉得挺对不住寒月君的。"

"这个你不必挂虑。"

寒月君这么一说，主人也含含糊糊地说："娶就娶了呗，没什么的。"

迷亭则像往常一样咋呼着说："哟，可喜可贺啊！所以说嘛，不管什么样的姑娘，都不用担心没人要的。这不就有了一位英俊潇洒的绅士来做东床快婿吗？东风君，又有新体诗的素材了，赶快动笔写吧。"

三平马上对东风说："你就是东风君？我结婚时你能为我们作首诗吗？我会马上印出来分发给亲友的。还可以投稿到《太阳》杂志登出来。"

"哦，那我就作一首试试看，你什么时候用呢？"

"什么时候都可，从现有诗作里选一首也可。作为回报，婚礼时会请你参加的，肯定好好款待，请你喝香槟。香槟喝过吗？很好喝的。老师，我婚礼上还要请个乐队，将东风君的诗作谱成曲子如何？"

"你爱怎么样就怎么样，随便。"

"老师可以给我谱曲吗？"

"别胡扯！"

"在座有哪位会谱曲吗？"

"这位落选的候补贤婿可是个小提琴高手啊，好好央求他吧。不过，只是招待香槟的话，他未必会应承呢。"

"香槟也分好坏啊，四五元一瓶的那种不怎么样，我可不会用那种便宜货招待人的。怎么样，可以帮谱曲吗？"

"行啊，哪怕给我喝两毛钱一瓶的香槟我也谱，白谱都行！"

"感谢感谢，那就拜托了，我肯定不会让你白劳动的。要是你不喜欢喝香槟，看看这个怎么样？"

说着，他从上衣的暗兜里掏出七八张照片，随手扔在榻榻米上。有半身照、全身照，有站着的、有坐着的，有穿裙裤的、有穿宽袖和服的，还有梳着高岛田发髻的，全是些妙龄女郎。

"先生您看，都是些候选人。为了表示对寒月君、东风君的谢意，我愿意向二位介绍其中的姑娘。看看这位如何，中意吗？"说着他递给寒月一张照片。

"中意，请您多多费心。"

"这个也不错吧？"他又递过去一张照片。

"这个也好，请多多费心。"

"那这位呢？"

"个个都好，有劳了。"

"你可真多情啊。老师，这位可是博士的侄女哦。"

"哦，是吗？"

"这位是性情极温柔的，而且很年轻，才十七岁。——这位有上千元的陪嫁呢。——这位，可是县知事的女儿……"他自顾自地介绍着。

"这几位我全都娶过来不行吗？"

"全都要？你也太贪心了吧？你是一夫多妻主义者吗？"

"不是，我是个肉食论者。"

"爱怎么怎么，把这些东西赶快收起来吧！"

主人怒斥似的说着，三平又催问了一句："这么说，是一个也不要咯？"这才把照片一张一张地收起来。

"这些啤酒是干什么的？"

"是我带来的礼物啊，为了提前庆祝一下，我从拐角的酒馆买来的。干一杯怎么样？"

主人拍了下手，叫女仆来开了瓶盖。主人、迷亭、独仙、寒月、东风，五人都恭恭敬敬举起酒杯，祝贺三平君艳福不浅。

三平兴致勃勃地说："我邀请在座的各位都参加我的婚礼，大家愿意赏光吗？"

"我不去。"主人当即拒绝。

"为什么？这可是我一生当中唯一一次大礼啊。您要是不去，不有点太不近人情了吗？"

"我没有不近人情，就是不去。"

"是因为没有礼服吗？不要紧，穿着家常的外褂、裙裤就行。老师，您还是偶尔参加一些社交比较好，我会给您介绍一些名人的。"

"还是免了吧。"

"这对胃病也好啊。"

"好不好无所谓。"

"您这么固执，我就拿您没辙了。——您怎么样，愿意赏光吗？"三平转向迷亭。

"我嘛，肯定要去的。要是能作为媒人的身份出席，那就更有面子了。'香槟醺满堂，九巡过后醉春宵。'——什么，媒人是铃木藤十郎？原来如此，我也觉着是他撮合的。真是遗憾，那就没办法了，两个媒人的话就太多了，罢了，我就作为普通客人出席也行啊。"

"您呢？"三平又问独仙。

"我嘛，我是'一竿风月闲生计，人钓白苹红蓼间'。"

"这是？《唐诗选》？"

"我也不懂是什么。"

"连你自己都不知道，那可犯愁了。寒月君肯定要出席的吧？你跟这事儿还算有一段牵扯呢。"

"肯定出席。不是要演奏我谱的曲子吗？要是不去听听，那可就太遗憾了。"

"就是。东风君？"

"好啊，我很想在两位新人面前朗诵自己的新体诗。"

"那我就太开心了！老师，我有生以来，还从没这么开心过呢。为了这个，我得再干一杯！"

他把自己买来的啤酒，一个人大口喝着，喝得满脸通红。

秋日短暂，转眼间已到傍晚。火盆中的火早已熄灭，里面扔的烟蒂横七竖八堆成了小山。在座的诸公饶是悠闲自在，这时也是意兴阑珊。

"时候不早了，我要回去了。"独仙君先站起来。其余人也纷纷咕哝着"该回去了"，出了门。客厅里一下子变得像是散场后的戏院，空荡荡、冷清清的。

主人吃罢晚饭缩进书斋。太太在缝补一件洗得褪了色的家常便服，好像是觉得冷了，收拢了自己单薄的内衣领子。孩子们已经并排睡下。女仆去洗澡了。

看上去闲适逍遥的人，倘若叩其心底，也会发出悲凉之音吧。纵然是大彻大悟、看破红尘的独仙，也要脚踏大地才行。迷亭也许轻松悠闲，但他的世界也未必如画中那么美妙。寒月放弃了磨球，从老家娶了夫人回来。这倒是稳当。只是，稳当的生活过久了，也会索然无味的吧。而再过十年，东风君会不会反悔今日到处胡乱献诗的鲁莽？至于多多良三平，日后能成什么气候，还很难断定，但只要平时能请人喝喝香槟，他就得意十足了吧。铃木藤，圆滑世故如此，自然会左右逢源，翻滚于名利场上。翻滚久了，难免沾染污泥，可即便满身泥泞，也比不会翻滚的人要阔气。

在下生而为猫、长在人世间，迄今已二年有余。本以为在下这般博学多识的猫儿再也没有第二个，却不料最近有位叫穆尔的素不相识的同胞先达突然大放厥词，气焰很是嚣张，让本猫着实吃惊不小。仔细一打听，才知那位在百年前已经魂归冥界，不知为何，或许出于好奇吧，才化作幽灵，从遥远的冥界赶来吓唬本猫。据闻这位前辈在跟母亲会面时，叼了一条鱼作为见面礼，可在半路上馋得忍不住，于是自己把它给享用了。就这么个不孝之子，倒是才气过人、豪气干云，不输于人类，所作的诗让其主人也惊诧不已。既然这么一位豪杰在一个世纪以前就已经横空出世，像本猫这样的庸庸碌碌之辈，早该告个假，退隐到无何有之乡去也。[①]

主人早晚要死于胃病。金田老爷已经因为贪得无厌变成了行尸走肉。秋叶凋零殆尽。死亡是万物之归宿，活着既然没什么大用，不如尽早去死还算聪明。如刚才几位先生所言，人类命运终将归于自杀。倘若马虎大意，猫也难保投生为万事不如意的人类。可怕啊。想到这儿，自己感觉闷闷的，还是去喝一点三平君剩下的啤酒，提提精神吧。

我转到厨房。厨房门开着道缝儿，被秋风吹得哗啦啦响个不止，煤油灯不知何时已经熄灭。明月皎洁，透过窗子，在屋里洒满了银辉。茶盘上并排放着三只玻璃杯，有两只里面残留着半杯茶色的水。哪怕是热水，放在玻璃杯里也会给人清冷之感。更何况在寒夜月光下，寂然与灭火罐为邻，这杯里的液体尚未沾唇已觉得冰冷，哪还能喝下去呢？然而，不试试怎么知道呢？三平君喝了这玩意儿，满脸通红，呼出的气也热乎乎的。猫要喝了，也会振奋起来吧。反正终归要死的，不趁着还有这条小命尝一尝，等完蛋了，躺在坟墓里再去后悔也来不及了。打定主意，我横下一条心，猛地将舌头伸进去吧唧吧唧舔了几口，这下可吃惊不小。舌尖上针扎一般火辣辣地疼，真不知人类发了什么神经才会喝这种怪兮兮的东西，猫是无论如何享受不了的。不管咋说，可见猫与啤酒是没啥缘分的。

由于受不了，我收回了伸出去的舌头，可转念又一想，人们常说：

① 德国作家 E. T. A. 霍夫曼著有小说《雄猫穆尔的生活观》，以猫的口吻记叙见闻。《我是猫》开始连载后，当时有人假托穆尔的口吻批评道："夏目漱石要么孤陋寡闻，要么妄自尊大，竟然从未提到过霍夫曼的作品。"这段议论即为此而发。

良药苦口。每当得了感冒什么的，他们就皱着眉头喝那些苦水。我至今还心存疑问：他们是为了治病才喝药呢，还是因为病好了才喝那玩意儿呢？今天恰逢良机，就用啤酒来解开这个谜题吧。假如喝了以后只是肚子里难受，那只能自认倒霉，要是像三平那样快活得忘乎所以，那可是前所未有的一大收获，可以将这一经验传授给邻近的猫了。唉，豁出去了，听天由命吧，于是又伸出舌头。因为睁着眼实在喝不下去，就闭上双眼，吧唧吧唧又舔起来。

这一回，本猫耐着性子，终于喝光了半杯啤酒。此时，奇怪的事出现了。刚开始，我的舌头麻辣辣的，嘴里像是从外部受到什么压迫似的，很难受。可是，喝着喝着，就渐渐轻松起来。喝完那半杯后，已经不觉得有什么不舒服，再喝另外那半杯也没费什么劲，顺带着还把洒在盘子里的酒也舔进肚里，盘子舔得就像擦拭过一样干净。

之后好一阵子我都纹丝没动，想看看自己会有什么动静。身子慢慢地暖起来了，眼皮发沉，耳朵发烧。想要唱歌。想要跳猫咪猫咪舞。想大骂主人、迷亭、独仙这帮人：滚去吃屎！想抓破金田老头儿的脸，想啃下他老婆的大鼻子。想干的事好多啊，什么都想干。最后，摇摇晃晃地站起来，站起来又踉踉跄跄迈开步子。真有趣啊。仰天大笑出门去，举杯邀明月，对影成三猫！痛快，痛快！

所谓陶然就是这种感觉吧。漫无目的、东游西逛，似散步而非散步，似飘荡而非飘荡。就是老觉得要打盹。自己也弄不清是在打瞌睡呢，还是仍在走着。想睁开眼，可是眼皮好沉啊。唉，无所谓，管他前方是大海高山，何足畏惧，入火不烧、入水不溺嘛，想到此处，将前脚轻轻迈出，忽听得咕咚一声。猛然一惊：要完蛋了！怎么回事？根本容不得细想，只是脑子里迷迷糊糊，隐约觉得要完蛋了。天旋地转，一片混沌。

等清醒过来，才发现自己是漂在水里。难受啊，用爪子拼命乱挠一气，可挠到的只有水。一挠，身子就往下沉。没办法，只能一面使劲蹬后腿，一面前腿继续往上挠，终于像是抓到了什么，咯吱一声，总算露出了头。四下一瞧，原来是掉进了一个大缸里。直到夏末，水缸里密密麻麻生着一种叫水葵①的水草，后来被乌鸦啄食殆尽，接着乌鸦就在水缸里洗澡。它们一扑腾，水就浅了；水一浅，乌鸦就不再来了。前一阵子我还寻思着怎么不见乌鸦过来了呢，结果，怎么也没想到，自己居然代替乌鸦来这儿洗澡了。

水面到缸沿有四寸多，本猫伸直前爪也够不到，跳呢，也跳不出去。要是听之任之，就只好往下沉到底。挣扎着往上抓挠，也只是抓得缸壁咯吱响而已。碰到缸壁，也会有似乎要浮上来的感觉，可是一滑，就又咕咚一声沉入水中。在水底憋得难受，就又挠起来。用不了多久，已经累得筋疲力尽。心里再怎么焦躁，腿脚却不中用了。渐渐地，再也难以弄清，自己是为了下沉而挠呢，还是为了挠才下沉。

在极度困苦中，我想，这么煎熬，都怪自己老是想着要爬出水缸。要是真能爬出去，那自然求之不得，谢天谢地，但事实明摆着是逃不出去了。我的腿不足三寸，哪怕浮到水面上，再拼命伸腿，也仍然够不着缸沿啊。既然够不着，则无论怎么乱抓乱挠，如何焦躁不安，折腾上一百年，也还是逃不出。明明知道逃不出，还幻想要逃出去，不过是勉强硬干罢了。正因勉强硬干，才会如此痛苦。好没劲儿啊。自讨苦吃，自己折腾自己，不是也太蠢了吗？

"算了，顺其自然吧，再也不用挠得咯吱响了。去他的！"这么一想，我的前后腿、脑袋、尾巴都放松下来，顺其自然，不再挣扎了。

逐渐轻松起来。说不清这是受罪呢，还是欢喜，也弄不明白这是在水里呢，还是仍在客厅里。身在何处，状况如何，全都无所谓，只觉得轻松、舒服、惬意。不，就连愉快的感觉也消融了，我已进入日月坠

---

① 莼菜的别称。

落、天地化为齑粉的不可思议的太平世界！一命呜呼。死后方得太平。非死则不得太平。南无阿弥陀佛，南无阿弥陀佛。多谢，多谢。

下巻 完

吾輩ハ猫デアル

译事有三难：哲学难译，诗难译，笑话难译。偏偏《我是猫》既有大段的哲学思考，又有诗一样的文字，还有无处不在的笑话，可以说是三难兼具了。译者自然不敢保证译文尽善尽美，只能说尽心尽力吧。

其实最难翻译的是笑话，很多笑话，即使不牵涉文字游戏，也只有在当时当地的文化背景下的人才容易理解，发出会心一笑。对于不同文化背景，有着时代隔膜、地域隔膜、语言隔膜的人，再怎么有趣的笑话，翻译过来也总觉得索然无味。哪怕解释一番，读者懂是懂了，但笑话一经解释，就像融化了的冰激凌，失去了它爽口的味道。

因此，有很多读者看了《我是猫》，大失所望，觉得索然无味，或者说，至少没那么有趣，"从第三回开始就看不下去"，都是可以理解的。不过，在这里我也有个老笑话讲给大家，这是个关于笑话的笑话：一位名人来到外国演讲，为了增加讲话的趣味便讲了一个笑话。这个笑话有很长的铺垫，最后的包袱抖得也很巧妙。演讲者很是得意，可令他大惑不解的是，自己足足说了五分钟的笑话，旁边的翻译只翻译了一句话就完了，而底下的听众则哄堂大笑起来，并报以热烈掌声。散场后演讲者问这位翻译，到底是怎么翻译的那个笑话。翻译回答道："我当时翻译的是，'嘉宾刚才讲了个很好笑的笑话，大家好好笑一笑'。"

译者也很想在译文中做一些标记，提示一下，"这里是一个很好笑的笑话，大家好好笑一笑"。难以完全体会小说的有趣所在，固然是个遗憾，不过，就如那位名人的演讲不会是仅仅为了逗乐一样，《我是猫》也并非仅仅是为了有趣而写，在笑话之外还有着严肃的思想。读者不能会心一笑，但能引发深思也是好的。

小说中最引人注目也是最有趣的人物自然是迷亭，这个人物的原型，据著名演员饭泽匡称，是帝国大学教授大塚保治博士。据说夏目漱石一直爱慕着博士的夫人楠绪子，他当初辞去高等师范学校的职务，跑到偏远的松山中学教书，就是因为得知楠绪子与大塚保治成婚而伤心欲绝。楠绪子刚满三十五岁就离世了，夏目漱石为她写了一首悱恻的俳句："向着棺木里，尽情抛下，所有的菊花。"我们从夏目漱石后来的几部小说里都能隐约看到作者的痛楚[①]。

不过，据镜子夫人回忆，夏目漱石本人的说法是：苦沙弥是他闭塞、固执的一面，迷亭则是他谐谑、豁达的另一面。小说中的苦沙弥固然与夏目漱石本人相似之处极多，但显然不能完全把他看成是作者本人一比一的写照。夏目漱石没有苦沙弥那么穷，也没有他那么偏执。这样的情

---

① 如《从此以后》写的是自己放弃爱人，以至于爱人嫁给自己的好友，《心》写的则是一对朋友同时爱着一个女子，其中一个抢先求婚，婚后一直自责。

况下，夏目漱石安排一个迷亭作为自己另外一面人格的影像，当然也合乎情理。

至于猫的原型，考证起来就简单多了。夏目漱石前前后后养过三只猫。他在《玻璃门内》这部回忆录里曾说："第一只猫虽然没有定居下来，但从某种意义上而言，可谓相当有名了。"据此，这只猫并没有像小说里最后写的那样因醉酒失足落水而魂归极乐。以常理而论，虽然小说里的猫对爱情不怎么上心，但公猫总是要发情的，这只猫十有八九是去寻找爱情而不知所踪了。

不过，关川夏央在《少爷的时代》这部书里却言之凿凿地说："《我是猫》里那只无名猫于明治四十一年（即《我是猫》全书出版后的第二年，1908年）九月十四日死于早稻田南町夏目漱石家中，就在库房的炉灶上。"

夏目漱石养的第二只猫"可以放在手掌上，还会顺着胳膊爬来爬去"，但它在用人整理床铺时不小心被踩死了。

第三只猫是只黑猫，"连脚底都是黑的"，夏目漱石写《玻璃门内》时，这只猫还健在。谷口治郎依据关川夏央的脚本所作的漫画里，将《我是猫》里的那只猫画成了黑猫。看来，如果不是有意为之，就是将夏目漱石的第三只猫和第一只猫弄混了。

译者也曾收养过几只无家可归的流浪猫。养多只猫与养一只猫最大的不同是可以观察到猫与猫之间的相处方式。比如大猫总是让小猫先吃东西，从来不会欺凌小奶猫，哪怕没有血亲关系也是如此，这曾经令我颇感惊奇。

译完这本书的时候，想写点东西来谈一下感想，但总也写不出来，于是便乞灵于猫们。顺便说一句，家里的猫们个个都有名字，有的除了大名、小名，还有别号、昵称、笔名……（既然夏目漱石的猫会写小说，我家的猫有笔名又有什么奇怪？）

后来，我家的猫（"王羲之尚废墨"）替我写了这篇读后感——

强烈灯光的背面，是于天之川相会的人们

日俄战争爆发前夕，啤酒在日本都市流行，过去没有的啤酒屋在各地纷纷出现。拥挤吵嚷的啤酒屋里，充斥于室内的闷热空气浮在微醺的各种人声之上，倒进容器里的舶来品淡定地释放着二氧化碳，使洁白细腻的泡沫点缀着这个时代躁动的人们手中的玻璃杯。

《我是猫》以一只猫儿的出生开始，它溜到英语教师苦沙弥的宅院便赖了下来，在这部作品的前一、二回，对于这只小猫的形影气息还算颇有描述。但或许是长时间宅在书房里，灯光刺激，抑或作者神经衰弱病症引起的焦躁不安，发散的光线，宛如牛的胃部第三个间隔瓣胃内——即负责吸收水分及发酵产生的酸的叶片状瓣胃——剖开且展开，密集的肉刺布满内里，饱含水分的肉刺在胃活动时，如同一条条充满演讲欲望的舌头，"每条舌头所叙述的内容，有的互有关联，有的零碎不成句，但回忆起来，有时是在复述所见所闻，也有自己与他人的交谈；它们不断催促我复述它们所拥有的内容，因此，周遭嘈杂得很"。沉浸在思考与由现实转换来的对象们的对话里，作者为了不至于完全沉溺下去，被病症苦苦纠缠的身心尽力做出往岸上靠的意志，并且由语言透露出来。

虽然作品名为《我是猫》，但对于猫儿的记叙实在很少，作者也意识到了，在第三回第二段便坦诚，"我身上的猫性既已退化"，自己只是假托猫儿的名义，不停书写着的，是身为日本近代历史转折点即明治时代中的一员，自身所思所感，以及如何在西欧文明的冲击下不失去哺育成为"自己"的原生文化。而面对碾过的

时代之轮，强烈的无可奈何感，以及明白必须正视正在失去的某些时代价值观，心思细腻的作者在此驱动下将其统统记录下来，既为抚慰自己，也期望精神因此得到自由。

身处自己的时代，心思细腻的人难免产生迷失于其中的不安感，而将这时代的事件排列起来的后人，由自己描绘的画面之基底看到有序的线条，从这些线条联想到游回原乡的鱼儿，若是以为因此找到时代的脉络，以为历史可按图索骥，就真的雾迷其中了。

个人在时代里随之荡漾时，自我活动的时间漫长得不时感到不知所措。当属于"我"的时间结束，个人成为被叙述讨论的对象，浓缩后的文本对比时代却是多么仓促和失真。专属"自我"的时间，其意义的价值只有自身才能体味和领会，后来人或许能从中找到与自己相同或类似的本质，以抚自身的无助感。

《我是猫》以猫儿的溺亡结尾，这只猫儿到死都没有名字，也没有人用爱称呼唤它。而嘈杂的人声，并没有因为作品于文末谢幕而沉静下去，它们像连绵不绝升到酒液面上且堆积起来的白色泡沫，不停地爆破又不断地生成，在肉眼中，似乎有序地进行着周而复始的活动。

常非常